Olivia Harvard

7 lettres

Traduit de l'anglais (Australie)
par Axelle Demoulin et Nicolas Ancion

hachette
ROMANS

Prologue

Je me souviens du jour où Colton Crest a disparu.

La nouvelle a secoué notre petite ville d'Australie. Surtout le lycée de Hampton High, à vrai dire. Les élèves ont fait courir des rumeurs, les profs ont relayé de fausses informations, les parents se sont mis à échanger les potins les plus absurdes. Certains affirmaient que Colton était en prison, d'autres racontaient qu'il avait été enlevé. En réalité, personne ne savait où il était passé.

Même les parents de Colton n'avaient pas la moindre idée d'où il se trouvait. Chaque fois qu'on leur posait la question, ils sortaient la même excuse : il était en visite dans sa famille. Mais la détresse se lisait dans le regard de Mme Crest. Des cernes semblaient tatoués sous ses yeux, on aurait dit que son instinct maternel lui intimait de se préparer au pire.

Un mois s'est écoulé sans que la situation change. Les bruits couraient encore et personne ne s'en offusquait.

Seuls les Crest semblaient plus apaisés. Ils devaient avoir reçu des informations qu'ils n'avaient pas envie de divulguer. Ça ne me dérangeait pas encore trop, à ce moment-là. Colton était mon meilleur ami et il était capable de se débrouiller seul. Si ses parents n'étaient pas inquiets, je n'avais aucune raison de l'être.

Les jours se sont succédé, tous pareils.

Dimanche, lundi, mardi, mercredi, jeudi, vendredi.

Puis, un samedi, on a frappé à ma porte sans prévenir.

C'est ce jour-là que Colton Crest a réapparu.

— Salut, t'as pas une bière ?

Je l'ai vu retirer sa veste le plus naturellement du monde, se diriger vers la cuisine et fouiller dans mon frigo. C'était incroyable qu'il débarque chez moi comme si de rien n'était, comme s'il n'avait pas disparu depuis deux mois. C'était pourtant bien lui, là, sous mes yeux. Il ne s'était pas rasé depuis longtemps et son sourire habituel s'était envolé, mais il semblait en bonne forme physique.

Il a sorti un pack de six bières et l'a emporté sous la pergola. Je l'ai suivi et j'ai empoigné une bouteille, sans le lâcher des yeux. Colton était parfaitement calme. Il sortait de temps en temps sa montre à gousset pour vérifier l'heure avec une fascination agaçante. Sa montre ne le quittait jamais. Elle était accrochée à un passant à l'arrière de son jean. C'était un héritage familial, qui avait une valeur à la fois sentimentale et financière. Je l'ai regardé la ranger dans sa poche arrière et j'ai avalé une gorgée de bière pour me donner du courage. Le liquide a étanché ma soif et brûlé mon estomac.

Puis je me suis lancé :

— T'étais où, mon vieux ? Et ne me raconte pas des conneries, du genre que t'étais dans ta famille.

Il a souri et a porté la bouteille de bière à ses lèvres.

— Pas la peine de jouer au détective, Elliot. Certains mystères ne sont *jamais* résolus.

Je ne lui ai pas reposé la question. Je ne voulais pas l'énerver et le voir filer à nouveau. J'ai gardé le silence. Au lycée, en revanche, les autres ont été moins discrets que moi. Les questions se sont bousculées, de nouveaux bruits ont couru et l'histoire de la disparition de Colton l'a propulsé au sommet de sa popularité.

Ce phénomène a duré jusqu'à la veille de la remise des diplômes. Ce soir-là, j'ai emmené Milo se promener. Le chien commençait à ressembler à un chou à la crème sur pattes, il avait besoin d'exercice. Nous avons suivi notre chemin habituel, quittant la maison par l'arrière, longeant le parc derrière mon lotissement pour rejoindre la rue, d'où nous avons emprunté un raccourci vers le lac.

Le soleil était juste au-dessus de l'horizon, le ciel déployait un véritable festival de couleurs chaudes. Les rues étaient désertes et l'air était frais. À part mon chien qui haletait trop fort en trottant sur ses pattes courtaudes, tout était calme.

Dès que nous avons atteint la rive, Milo est devenu hystérique. Il avait le poil hérissé et aboyait comme un fou en direction d'une forme près du ponton. J'ai d'abord cru qu'il y avait un autre chien ou qu'il voulait chasser un oiseau, mais, quand Milo a commencé à me tirer en direction de l'eau, j'ai réalisé ce qui le mettait dans cet état.

Un corps flottait à la surface du lac.

— Merde, ai-je murmuré en fouillant mes poches pour trouver mon téléphone.

Mais quelque chose m'a fait hésiter. La lumière du soleil couchant tombait sur la poche arrière du jean du mort et se reflétait sur une surface brillante. Un rayon orangé m'a aveuglé pendant une fraction de seconde et m'a obligé à détourner le regard. J'avais un très mauvais pressentiment. Je ne connaissais qu'un seul objet dont la surface polie pouvait briller ainsi. Mes mains se sont mises à trembler et les aboiements de Milo ont cédé la place à un silence accablant.

Je me suis forcé à relever les yeux pour m'assurer que mon imagination ne me jouait pas des tours. Mais, quand j'ai distingué la montre à gousset, j'ai compris que c'était lui.

Je venais de trouver le cadavre de Colton Crest.

1.

Le deuil comporte cinq étapes :

1. Déni
2. Colère
3. Négociation
4. Dépression
5. Acceptation

La phase 1 a commencé quand la police et une ambulance sont arrivées. Les preuves de la mort de Colton flottaient sous mon nez. Des policiers sont montés dans un canot pour repêcher le corps. Quand ils ont hissé le cadavre à bord, l'embarcation a tangué, menacé de se renverser, mais, une fois le centre de gravité trouvé, il ne leur a pas fallu longtemps pour regagner la rive.

Le visage pâle et sans vie de Colton aurait dû suffire à me prouver qu'il s'agissait bien de mon ami, mais mon cerveau m'affirmait le contraire. Je trouvais toutes sortes d'excuses pour nier l'évidence. Cette scène était une hallucination ; un pur produit de mon imagination, causé par l'excitation que je ressentais à la veille de la remise des diplômes. Ce cadavre était celui de quelqu'un d'autre, je m'étais trompé ; c'était un inconnu qui lui ressemblait. C'était un rêve, j'allais me réveiller d'un moment à l'autre et assister à la cérémonie de remise des diplômes aux côtés de mon meilleur ami.

Même lorsque sa montre à gousset et ses papiers d'identité ont été retirés de ses poches, j'ai refusé de voir la réalité en face. Tout cela était un énorme malentendu, une mauvaise blague, une plaisanterie pour célébrer la fin de l'année. C'était une acrobatie, un tour de magie, un gag. Colton n'était pas mort.

Colton n'était pas mort.

Colton n'était pas mort.

Colton n'était pas mort.

— Elliot ?

J'ai entendu ma sœur aînée m'appeler, mais sa voix était faible et lointaine, comme un bourdonnement agaçant. J'ai passé les bras autour de ma tête, le dos courbé. Tout s'est obscurci autour de moi et je n'ai plus eu la moindre idée d'où j'étais. Le paysage est devenu flou, mes oreilles se sont mises à siffler, mon corps s'est engourdi. Je ne sentais même pas le sable s'engouffrer dans ma bouche alors que je martelais la rive de mes poings pour évacuer ma frustration. Pendant de longues minutes, j'ai enchaîné les cris de désespoir muets.

— Elliot, a répété Cass quand elle est arrivée à ma hauteur et qu'elle m'a tiré vers elle. Je suis vraiment désolée…

— Il n'est pas mort ! ai-je insisté en repoussant ma sœur et en reculant. Il n'est pas mort. Ce n'est pas possible.

— Son cœur ne bat plus, a-t-elle chuchoté prudemment, comme si les mots qu'elle choisissait risquaient de me blesser. Elliot, la police pense qu'il a été assassiné…

Au cours des dix-huit années de mon existence, je n'ai assisté qu'à deux enterrements. Le premier était celui de mon grand-père, décédé d'un cancer. Ce n'a pas été une expérience pénible. Je ne veux pas paraître insensible en disant cela, mais l'événement était prévisible. Ma famille et moi y étions préparés depuis des mois, nous lui avions fait nos adieux et avions passé le plus de temps possible à ses côtés. Nous savions que cette fin était inéluctable.

Les funérailles de Colton étaient dix fois plus difficiles à supporter parce que je n'avais pas envisagé sa mort. Personne ne l'avait anticipée. Mon estomac n'était qu'un nœud, j'étais effondré. Et ça empirait : j'avais l'impression qu'au moindre mouvement brusque j'allais imploser.

Puis quelqu'un m'a heurté l'épaule et, pendant une fraction de seconde, la sensation physique m'a arraché à mes pensées et ramené dans le présent. Le type qui m'avait bousculé m'a adressé des excuses avec un sourire gêné et s'est éloigné pour rejoindre un groupe en pleine conversation.

C'est seulement à ce moment-là que je me suis demandé : *Qui sont tous ces gens ?* Ceux qui pleuraient et se passaient des Kleenex ? Ceux qui étaient venus rendre visite à la famille de Colton pour débiter des platitudes genre *Sincères condoléances* et *Je suis vraiment désolé* ? Ceux qui évoquaient le défunt comme s'il était un frère ?

Cela m'a mis en rogne. J'ai serré les dents et les poings.

Cela a déclenché en moi une colère terrible.

Et c'est à cet instant précis que la phase 2 a commencé.

— Je n'arrive pas à croire qu'il soit parti pour toujours, a marmonné Lydia, la copine de Colton, en me rejoignant sur les bancs de l'église. Qui a bien pu lui faire ça ?

— J'en sais rien.

Elle a écarté de son visage une mèche d'un blond vénitien et s'est tamponné les yeux.

— Je… je crois que je perds la boule. J'entends sa voix, j'ai des hallucinations. C'est comme s'il essayait de communiquer avec moi depuis l'au-delà.

— Pas sûr, non, ai-je répondu à voix basse.

— J'ai peut-être juste besoin d'un psy, a-t-elle chuchoté en regardant au loin dans le vide.

— Peut-être.

J'essayais que mes réponses soient le plus brèves possible. J'étais toujours en colère.

Lydia a posé ses grands yeux verts sur moi :

— Je déteste quand tu fais ça.

J'ai crispé la mâchoire.

— Tu me réponds par des monosyllabes, m'a-t-elle reproché. J'ai besoin de parler à quelqu'un, Elliot. *Je t'en prie.* C'est dur pour moi.

Ses paroles se sont insinuées en moi et ont sapé les dernières traces de bon sens qui me retenaient encore. Je me suis tourné vers elle. Ma colère s'est transformée en rage. Je sentais un incendie me tordre les entrailles. *C'est dur pour moi.* Avait-elle même envisagé que c'était dur pour moi aussi ? Autant, sinon plus ? C'était moi qui avais trouvé le cadavre. Moi qui l'avais trouvé *mort*. Qui l'avais identifié. Lydia m'avait à peine adressé la parole quand Colton avait disparu et, à présent, elle voulait me parler de son décès à cœur ouvert ?

— Dur pour toi ? C'est peut-être une *tragédie* pour toi. Mais, pour moi, c'est un *traumatisme*. Je cauchemarde toutes les nuits : je retrouve sans cesse son cadavre dans le lac. Tu ne peux pas te plaindre que *ce soit dur pour toi.*

Je n'étais pas fier d'entendre mon explosion de rage résonner dans la petite église, mais j'étais incapable de regarder son visage en pleurs et d'avouer que je regrettais mes paroles. Elle méritait pourtant des excuses sincères, prononcées sans hargne et sans rage. Je n'étais pas en état de les lui offrir. Pas à ce moment-là. Je me suis levé, je suis passé devant elle et je me suis dirigé vers la sortie. La sensation d'étouffement que j'éprouvais dans cet espace confiné m'a enfin quitté quand l'air doux du printemps s'est infiltré dans mes poumons.

J'ai passé des doigts tremblants dans mes cheveux et j'ai tourné mon visage vers le soleil jusqu'à en être aveuglé. Les yeux fermés, j'ai regardé les taches de lumière danser derrière mes paupières. Pour me distraire, j'ai tenté de compter les taches au fur et à mesure qu'elles apparaissaient. Je ne sais pas combien de temps je suis resté là, mais pas assez.

— Elliot ?

J'ai ouvert les yeux et j'ai vu Cass.

Ses bottines crissaient sur le gravier tandis qu'elle avançait vers moi.

— Les Crest demandent que tu viennes pour ton éloge funèbre.

J'ai poussé un grognement et je me suis frotté vigoureusement le visage.

— Ça ne sera pas long, a-t-elle insisté en me serrant l'épaule. Tu feras ça très bien.

J'ai suivi ma sœur à l'intérieur. Elle a disparu vers le côté de l'église tandis que je continuais à avancer le long du tapis qui séparait la nef en deux. J'ai parcouru du regard la foule de visages inconnus et de traits vaguement familiers. Nous étions tous réunis pour une même raison, mais je ne m'étais jamais senti aussi seul.

J'en voulais à la terre entière et une nouvelle série de questions se bousculaient dans ma tête. Qu'est-ce qui ne tournait pas rond dans l'univers ? Pourquoi Colton était-il mort ? Pourquoi n'étais-je pas sorti me promener plus tôt ? Si je l'avais repéré plus vite, j'aurais pu le sauver. J'aurais pu l'empêcher de mourir.

Dès que je me suis retrouvé derrière le pupitre, je me suis senti mal. La nausée montait dans ma gorge et de la sueur perlait sur mon front. J'ai agrippé le côté de la structure, mes ongles se sont enfoncés dans le bois et mes articulations ont blanchi. J'ai humecté mes lèvres sèches et levé les yeux vers le public. L'assemblée attendait que je commence mon discours.

J'ai avalé la boule qui s'était formée dans ma gorge en tentant de garder l'équilibre. La pièce s'est mise à tanguer – à moins que ce ne fût moi – quand j'ai fouillé les poches de ma veste pour trouver mes notes. Un silence assourdissant résonnait dans mes oreilles, tandis que mes doigts passaient en revue le contenu de ma poche. Un bouton, quelque chose qui ressemblait à un vieux chewing-gum, une pièce et, enfin, mon discours.

Mais, en le sortant, j'ai réalisé que c'était une bête feuille pliée et non mes notes. Quelqu'un a toussé au fond de l'église, ça m'a fait paniquer. J'ai déplié le papier avant de le poser sur le pupitre. J'allais devoir improviser. Et, quand j'ai lissé les plis de la page, j'ai découvert une écriture peu soignée qui n'était pas la mienne.

Si tu as trouvé cette lettre, ça veut dire que j'ai bien fait mon boulot : Colton Crest n'est plus qu'un souvenir, un corps sans vie, une enveloppe charnelle dans une boîte.

Je me suis empressé de replier la feuille et de la fourrer dans ma poche. Mon cœur battait à tout rompre, mon estomac était noué et mes mains étaient plus moites que jamais. Les visages dans la foule sont devenus flous.

Je crois que quelqu'un m'a appelé par mon prénom. On m'a peut-être demandé si tout allait bien. Je n'en étais pas sûr. Je n'arrivais plus à me concentrer sur les voix.

Je me suis écarté du pupitre en tentant de calmer ma respiration haletante, amplifiée par le micro. Je me suis éclairci la gorge pour m'excuser, mais les mots refusaient de sortir.

Il fallait que je sorte de l'église au plus vite.

Je suis parti en courant.

Dix minutes plus tard, j'étais seul dans ma voiture, le papier plié en main. Je faisais courir mon pouce sur la feuille, je caressais les sillons formés par l'écriture. Je débattais avec moi-même pour savoir si je devais lire le texte ou non. Une partie de moi avait envie de me débarrasser de ce mot parce que je *savais* que la lecture me détruirait. Mais une autre me suppliait de le lire au plus vite et de laisser les phrases me faire du mal.

Le soleil se reflétait sur une pièce d'un dollar traînant sur le tableau de bord. Je me suis penché pour la saisir et je l'ai fait glisser entre mes doigts. Une face arborait le profil de la reine, l'autre montrait un groupe de kangourous.

Face, je jette la lettre. *Pile*, je la lis.

J'ai posé le dollar en équilibre sur mon pouce, je l'ai jeté en l'air et je l'ai regardé tourner avant de retomber dans ma paume. J'ai collé la pièce sur le dos de ma main et j'ai pris une profonde inspiration.

— Pile, ai-je chuchoté en regardant les animaux gravés dans le métal.

J'ai remis le dollar là où je l'avais trouvé et j'ai déplié le papier. Sans écouter la petite voix qui me hurlait de ne pas le faire, je me suis mis à lire.

Si tu as trouvé cette lettre, ça veut dire que j'ai bien fait mon boulot : Colton Crest n'est plus qu'un souvenir, un corps sans vie, une enveloppe charnelle dans une boîte. J'aimerais prétendre que ça a été dur de le tuer, mais en réalité c'est tout le contraire. Ça m'a paru presque trop facile. Un bon meurtre se justifie pour de solides raisons. Tu ne devais être au courant de rien, sinon tu aurais deviné ce qui allait se produire. Tu aurais peut-être pu le sauver. Mais tu ne l'as pas fait. Je te laisse digérer cette info.

Tu dois savoir une chose : je connaissais Colton mieux que toi. Chacun doit admettre ses faiblesses. Je parie que tu n'avais pas repéré celles de Colton. Après tout, c'était l'élève modèle de Hampton High. Il n'était pas censé avoir de défauts visibles à l'œil nu. Pourtant, crois-moi, si tu avais appris à le connaître comme moi, tu aurais su qu'il en était bourré.

Je suis la seule personne à posséder toutes les réponses. Je sais où il se trouvait en mai quand il a disparu mystérieusement. Je sais ce qui s'est passé, je sais pour quelle raison. Mais ce ne serait pas amusant de te révéler tous les détails d'un coup. Je te propose donc une chasse au trésor. J'ai écrit six autres lettres, que j'ai cachées dans six endroits différents. Chacune contient une confession. Quand tu liras la dernière, tu sauras qui je suis.

Prends ton temps. Moi je n'en manque pas.

J'assisterai même à ses funérailles. Je suis le coupable auquel tu t'attends le moins.

Bon, avant de conclure et de te laisser t'arracher les cheveux pour tenter de résoudre cette énigme, je te laisse avec ma première confession : c'est moi qui ai tué Colton Crest.

2.

J'ai envisagé d'apporter la lettre à la police. À ma connaissance, l'enquête était au point mort ou, s'il y avait des avancées, aucune information n'avait filtré. En conservant ce document, je dissimulais une preuve essentielle.

Je devrais la livrer aux autorités.

Mais l'idée de transmettre ce message me terrifiait. Allais-je trouver des menaces dans ma voiture le lendemain matin ? Est-ce qu'une nouvelle missive apparaîtrait dans ma boîte une semaine plus tard ? Il fallait d'urgence que je dirige ma haine contre quelqu'un, et cette lettre était l'occasion rêvée.

Pourtant, mener ta propre enquête ferait plus de mal que de bien.

J'ai poussé un gémissement, épuisé par le combat que je livrais intérieurement. Après avoir lu et relu le texte pendant une semaine, je n'avais toujours rien trouvé. J'avais l'impression d'être coincé dans une boucle temporelle : tout progrès me semblait impossible. L'assassin expliquait que des indices me permettraient de mettre la main sur les prochaines instructions. Pourtant je ne trouvais pas le moindre signe d'énigme, de poème étrange ou de quoi que ce soit d'intrigant. Plus je relisais le message, moins il avait de sens.

Peut-être que je n'étais pas de taille à jouer les détectives. C'était un signe, probablement : je devais livrer la lettre à la police. Je me suis fixé un ultimatum : si je n'arrivais pas à découvrir quelque chose de concret avant la fin de la journée, je confierais le document aux autorités.

— Tu as faim ?

J'ai relevé les yeux. Cass était devant ma porte, un plateau de nourriture en main. J'étais parfaitement capable de préparer moi-même mon déjeuner, et pourtant elle ressentait le besoin de me materner. Sans doute à cause de son instinct de grande sœur ou de l'envie de s'occuper dans ces circonstances difficiles… J'aurais été bien plus à l'aise si elle était simplement repartie à l'université étudier dans son coin. Sa présence me faisait plaisir, mais pas la raison pour laquelle elle restait.

J'ai haussé les épaules. Elle est entrée et a posé le plateau sur mon bureau.

— Merci.

Elle a indiqué d'un mouvement du menton la feuille froissée que j'avais laissée devant moi.

— Tu travailles sur quoi ? Je croyais que les cours étaient finis.

J'ai attrapé la lettre, je l'ai repliée d'un air indifférent et je l'ai glissée entre deux livres.

— Juste un peu de lecture, ai-je répondu.

Je n'avais jamais beaucoup lu, mais c'était la première excuse qui m'était venue à l'esprit. Pourvu qu'elle ne devine pas qu'il s'agissait d'un mensonge.

— Ton éloge funèbre ? m'a-t-elle demandé d'une voix timide, comme si évoquer mon pétage de plombs aux funérailles de Colton risquait d'en provoquer un nouveau.

Sa justification paraissait beaucoup plus crédible que la mienne.

— Oui.

— Tu devrais t'excuser auprès des Crest, a poursuivi Cass en enfonçant les mains dans ses poches. Te barrer en plein milieu de la messe, c'était pas terrible.

— Je sais.

Cass s'est assise au bord de mon lit, a croisé les jambes et a écarté nerveusement une mèche de son visage. Sa posture était parfaite : le dos aligné, la nuque droite. Ça ne pouvait signifier qu'une chose : elle avait quelque chose à m'annoncer… et pas une bonne nouvelle.

J'ai fait pivoter ma chaise de bureau pour lui faire face.

— Qu'est-ce qu'il y a ?

Elle semblait mal à l'aise et n'a pas répondu tout de suite.

— Cass ? ai-je insisté. Qu'est-ce qui se passe ?

Elle a fini par répondre en fixant ses mains :

— Maman arrive.

— *Quoi ?*

— Elle prend le premier vol, m'a-t-elle expliqué en se mordillant la lèvre.

Mes parents avaient divorcé bien avant mes premiers souvenirs. Cass se souvenait du jour où on l'avait retirée de la maternelle, et c'est à peu près tout. D'après mon père, la séparation n'avait pas été déclenchée par un événement dramatique, du genre liaison extraconjugale. Mes parents avaient tout simplement perdu le feu sacré et avaient décidé de se séparer d'un commun accord. Je restais pourtant convaincu qu'il s'agissait d'une décision unilatérale, parce que mon père ne s'était jamais remis avec personne, alors que ma mère s'était remariée et avait eu trois enfants.

Elle venait nous rendre visite au moins deux fois par an, généralement pour nos anniversaires et parfois pendant les vacances, mais nous ne la voyions pas souvent en dehors de ces occasions. Nous la considérions comme un membre éloigné de la famille, du genre avec lequel on est un peu mal à l'aise et qui vous offre des cadeaux à côté de la plaque parce qu'il vous connaît à peine.

— Elle vient avec Ryan ?

C'était le nom de son deuxième mari.

— Non. Il reste pour s'occuper des enfants.

— Qu'est-ce qu'elle vient faire ?

— Elle imagine que ça doit être dur pour toi, a repris Cass. Elle veut t'emmener en vacances une semaine. Où tu en as envie, comme cadeau de fin d'études.

— Je suis bien, ici.

Je n'avais aucune envie de voir ma mère ni de subir la tension qui accompagnait ses visites. Je ne me sentais pas en état de supporter sa présence, surtout à l'heure des repas. C'était une cuisinière hors pair, mais cela ne suffisait pas à combler le silence pesant qui régnait à table. Il n'y avait aucun sujet que j'avais envie d'aborder avec elle et je suis sûr que c'était réciproque. C'était ma mère biologique, d'accord, mais c'était sa famille dans le Queensland qu'elle avait appris à aimer et à chouchouter. Elle était partie quand j'avais à peine deux ans : j'étais pratiquement un inconnu pour elle.

En plus, j'avais encore six lettres à dénicher.

— Peut-être qu'un changement de décor te fera du bien. Je ne sais pas ce que tu en penses, mais cette ville me semble sinistre en ce moment, même si c'est le printemps.

— Je n'irai nulle part, Cass, ai-je affirmé avec assurance avant de me lever, de prendre mes clés et de retirer la lettre de sous la pile de livres.

— Elliot ! Où tu vas ?

Mais j'étais déjà sorti de la chambre et je dévalais les escaliers. Mon père était assis dans son bureau. Il avait sorti sa vieille machine à écrire, et une pile de pancakes gorgés de sirop d'érable était posée sur une assiette à côté. Par la porte grande ouverte, on apercevait les papiers en désordre et les étagères chargées de livres de poche à la reliure abîmée. Derrière ses lunettes, papa a levé vers moi des yeux surpris. Avant qu'il ne puisse prononcer un mot, j'ai ouvert la porte d'entrée et je suis parti.

Le *Jukebox* était le restaurant local, surtout réputé pour ses goûts musicaux légendaires et pour servir les meilleurs hamburgers du monde, notamment parce que le steak haché était super épais et les propriétaires généreux avec la betterave. C'est d'ailleurs ce que j'ai commandé quand je me suis glissé sur une banquette, avec une grande portion de frites assaisonnées au romarin et un milk-shake au chocolat.

Puis j'ai sorti la lettre et j'ai lu en mangeant. Grâce à ce nouveau décor, peut-être, les mots m'ont paru différents. L'éclairage naturel de la fenêtre me permettait de distinguer l'encre beaucoup plus clairement et mon cerveau alimenté par la graisse m'a offert un point de vue plus neuf.

Prends ton temps. Moi je n'en manque pas.

Quelque chose dans ces deux phrases m'a mis la puce à l'oreille. Le *temps*. Chaque fois que je pensais au temps qui passe, à l'heure qu'il est, je revoyais la montre à gousset de Colton. Son châssis doré, la chaîne qui la reliait à son jean et le léger tic-tac qu'on entendait quand il ouvrait la montre et examinait le cadran comme si c'était un mécanisme beaucoup plus compliqué qu'il n'y paraissait. Peut-être que la deuxième lettre était cachée dans cette montre ?

Tandis que je réfléchissais, une ombre s'est projetée sur la feuille. J'ai levé la tête et j'ai vu Lydia. Elle portait une robe pastel à col Claudine et une croix en argent autour du cou. Elle revenait sans doute de l'office du samedi.

— Ça te dérange si je m'assieds près de toi ? m'a-t-elle demandé timidement.

Je lui ai indiqué la banquette en face de moi. Elle a souri avant de s'installer et de poser son sac à main sur ses genoux. J'ai poussé le panier de frites dans sa direction. Je savais qu'elle ne pourrait pas résister. C'étaient ses préférées. Comme je l'avais prévu, elle en a pioché quelques-unes.

— Merci.

J'ai pris le papier et je l'ai replié avant que Lydia n'ait le temps de me poser des questions. Elle était concentrée sur le panier. Elle a sélectionné d'abord les petites frites croquantes, restées trop longtemps dans la friteuse, puis, une fois qu'il n'y en a plus eu, elle s'est mise à manger les plus grosses et à combler son appétit. Il n'a pas fallu longtemps pour que le panier soit vide et qu'apparaisse au fond un morceau de papier absorbant imbibé d'huile.

— Rhoo, c'était trop bon, a-t-elle déclaré avec culpabilité en regardant mon plateau dénudé. Hé, tu veux une deuxième tournée ? Je suis censée être au régime, mais ces frites me font craquer.

Elle a levé la main pour faire signe à un serveur. J'ai réalisé que je ne m'étais pas encore excusé auprès d'elle. J'étais allé trop loin quand j'avais pété un câble et j'avais lâché des trucs que j'avais aussitôt regrettés. Même si Lydia et moi n'avions pas été très proches pendant la disparition de Colton, l'amitié que nous avions avant ne devait pas s'évaporer pour autant.

— Lydia…

Elle s'est tournée vers moi d'un air inquiet.

— Comment ça va ? ai-je repris.

— Tu veux parler de mon régime ? m'a-t-elle demandé avec un rire gêné. Ça craint. Je crois que j'ai pris plus de kilos que je n'en avais perdu. J'ai cherché du réconfort dans la nourriture.

— Non, je voulais dire comment ça va… en général.

Elle a posé sur moi un regard vide, calfeutré derrière une barrière invisible qui m'a fait comprendre que je venais de toucher un point sensible. Puis elle a cligné des yeux, m'a adressé un demi-sourire et a épousseté de la saleté imaginaire sur sa robe.

— Je… tiens le coup.

— Désolé pour ce que j'ai dit aux funérailles de Colton. C'était déplacé.

Lydia a secoué la tête :

— Non, non. Ce que tu as dit m'a vraiment… ouvert les yeux. J'ai réalisé à quel point j'étais égoïste avant sa mort. J'aurais pu être une meilleure amie.

— Je me sens tellement coupable…

— Nous avons tous des raisons de nous sentir coupables, m'a-t-elle interrompu.

Son visage s'est assombri un instant, puis elle s'est tournée vers l'employé qui arrivait à notre table.

— Un grand panier de frites au romarin, s'il vous plaît. Et un Coca light. Elliot, tu veux quelque chose ?

Malgré le comportement étrange de Lydia, je sentais un poids en moins sur mes épaules et le nœud dans mon estomac s'était desserré. Pourtant, il me restait encore des excuses à présenter avant la fin de la journée. Je commençais tout de même à me sentir moins stressé, peut-être grâce à l'atmosphère agréable du restaurant, à la gentillesse de Lydia et à ce repas délicieux. De toute façon, j'étais déterminé à surmonter toutes les difficultés.

— Non merci. Il faut vraiment que je file.

— Oh ?

— Je vais rendre visite aux Crest. Je ne me suis pas encore excusé.

— Tu t'excuses beaucoup aujourd'hui, Elliot Parker.

— Peut-être. J'espère en tout cas que les gens sont d'humeur à pardonner, ai-je répliqué en empoignant ma veste. Je suis désolé de partir aussi vite.

— Je comprends.

— Tu veux qu'on mange une pizza dans la semaine ? Ça fait longtemps qu'on n'a pas passé du temps ensemble. Juste toi et moi.

Dès que les mots sont sortis de ma bouche, je m'en suis voulu. Je ne souhaitais pas sous-entendre que, puisque Colton n'était plus de ce monde, on ne pouvait plus l'inviter. Lydia a tressailli comme si je l'avais giflée.

— Je ne voulais pas… Je me suis mal exprimé.

Elle a mis un moment avant de me regarder et de se forcer à sourire :

— Non, ouais, je comprends ce que tu voulais dire. Bonne idée, la pizza.

Mais j'ai compris à sa voix qu'elle ne disait pas le fond de sa pensée. Et pas juste pour la pizza.

3.

J'avais déjà gravi les escaliers qui menaient à la porte d'entrée de la maison de Colton un million de fois, mais je ne m'étais jamais senti aussi nerveux. Avant d'empoigner le vieux heurtoir en laiton, j'ai pris appui contre l'un des imposants piliers du porche. La nourriture trop riche combinée au retour de mon stress me donnait mal au ventre.

J'ai collé mon front contre la colonne bien fraîche et, entre les taches noires qui dansaient devant mes yeux, j'ai aperçu la peinture s'écailler çà et là. J'ai passé la main dans mes cheveux humides et j'ai pris une profonde inspiration. La lettre m'avait empêché de vivre pleinement ce qui se déroulait en ce moment. Elle m'avait *presque* éloigné de la réalité.

Presque.

La confession de l'assassin me permettait aussi de voir la mort de Colton sous un angle complètement différent, comme si c'était un inconnu. Me retrouver devant sa maison m'a fait l'effet d'un coup de poing.

Il m'a fallu plusieurs minutes pour me ressaisir. Une fois que je me suis redressé, j'ai soulevé la poignée en laiton et j'ai frappé. Le martèlement a résonné dans mes oreilles et son écho a duré, comme le bourdonnement irritant d'un moustique.

Mme Crest m'a ouvert. Elle portait un tablier par-dessus un chemisier aux manches roulées jusqu'aux coudes. Elle a commencé par froncer les sourcils, comme si elle avait du mal à me reconnaître. Elle semblait épuisée. Elle m'a fixé de ses yeux bleus délavés, tentant de mettre un nom sur mon visage. Quand elle a enfin trouvé l'information qu'elle cherchait, elle m'a souri, soulagée.

— Elliot ! Ça me fait plaisir de te voir.

— Bonjour.

Je n'ai rien trouvé de plus original comme entrée en matière.

Mme Crest s'est écartée et m'a fait signe d'entrer. J'ai timidement posé le pied dans l'immense hall. Elle a refermé la porte et a regagné la cuisine, où elle s'est mise à trancher des légumes posés sur le plan de travail. La lame aiguisée du couteau débitait les carottes avec une facilité étonnante.

J'ai dégluti :

— Madame Crest, je suis venu m'excuser pour la semaine dernière. C'était égoïste de ma part de quitter la cérémonie. Je me sentais très mal, mais je sais que ce n'est pas une raison.

Mme Crest a posé le couteau et a essuyé ses mains sur son tablier, avant de se retourner pour me serrer dans ses bras. J'étais tout raide et j'osais à peine respirer. J'ai d'abord eu envie de me dégager, sans doute parce que je me méfiais de l'affection maternelle, puis, après un silence gênant, je l'ai serrée à mon tour.

— Je suis désolée, a-t-elle dit.

Elle s'est écartée en reniflant, puis s'est essuyé le nez sur sa manche. Elle m'a adressé un sourire contrit et est retournée à la planche à découper, sans reprendre le couteau. Elle a fixé les légumes éparpillés sur le plan de travail.

— Tu sais ce qui lui est arrivé ? a-t-elle chuchoté.

J'ai d'abord cru qu'elle se parlait à elle-même, que la question était rhétorique. Mais, quand ses yeux suppliants et pleins de larmes se sont tournés vers moi, j'ai compris qu'elle attendait vraiment une réponse.

— Non, mais j'essaie de le découvrir.

Mme Crest a eu un petit rire :

— Colton adorait les mystères. Il regardait des séries policières en noir et blanc et s'amusait à démasquer le coupable avant le héros.

Je me suis forcé à esquisser un sourire à mon tour. Je n'avais pas envie de contribuer à la conversation, de peur de causer un dérapage. Dès que je parlais de Colton, ma colère bouillonnait, je sentais une frustration énorme monter, prête à se déverser sur n'importe qui. J'en voulais à mon ami de ne m'avoir rien dit. À ses parents de ne pas s'être mieux occupés de lui. À moi aussi, parce que je n'avais pas réalisé qu'il courait un danger et parce que je n'avais pas veillé sur lui.

J'ai compté jusqu'à dix dans ma tête.

— Est-ce que ça te dirait de rester dîner ? m'a soudain proposé Mme Crest.

Elle avait l'air tellement paumée que j'ai eu peur qu'il ne lui arrive quelque chose si je la laissais seule.

— Avec plaisir.

Elle a semblé soulagée et s'est à nouveau essuyé les mains sur son tablier.

— Je vais devoir aller chercher de la viande chez le boucher. Tu veux bien rester ici pour garder la maison ? Je n'en ai pas pour longtemps.

— Pas de problème, madame Crest.

Son départ était l'occasion rêvée de jouer les détectives. J'ai réfléchi à mon hypothèse concernant le temps. Il n'y avait que deux horloges chez les Crest, une première dans la salle à manger et une autre dans le couloir de l'étage. Je pourrais profiter de l'absence de Mme Crest pour vérifier si mes soupçons étaient fondés.

Je l'ai regardée se laver les mains et dénouer son tablier en dressant à voix basse sa liste de courses. Puis je l'ai suivie jusqu'au hall d'entrée, où elle a récupéré son sac et ses clés. Elle m'a jeté un regard un peu inquiet, comme si j'étais son petit garçon et qu'elle me laissait seul à la maison pour la première fois. Puis elle a repris confiance et m'a souri.

— Appelle-moi si tu as le moindre problème, m'a-t-elle lancé avant de sortir.

Depuis le salon, j'ai attendu que le ronronnement du moteur me confirme qu'elle quittait l'allée et s'engageait sur la route. Une fois convaincu qu'elle se rendait bien en ville, je me suis dirigé vers la première pendule, celle de la salle à manger. C'était un coucou dont les couleurs vives étaient passées. Le toit était recouvert d'une couche de poussière. On aurait dit que le petit oiseau n'était pas sorti de sa maison depuis des années.

C'était probablement le cas.

J'ai tiré une chaise vers le mur et je suis monté dessus. J'ai tourné l'aiguille des minutes, les doigts tremblants, le cœur battant. Je voulais à tout prix résoudre l'énigme, mais je ne savais pas à quoi m'attendre. Est-ce que j'allais trouver une deuxième lettre accompagnée d'autre chose ? D'une photo ? D'un vêtement ayant appartenu à Colton ou d'un mouchoir imbibé de son sang ?

Je n'ai pas eu le temps de décider si je voulais continuer à tourner l'aiguille ou non car, dès qu'elle a atteint la verticale, le petit oiseau a surgi en entonnant son chant. J'avais environ quatre secondes pour découvrir si le volatile cachait un secret.

Le premier endroit qui a attiré mon regard était son bec.

Il était vide.

Une fois sa mélodie achevée, l'oiseau a disparu à l'intérieur du petit chalet. J'ai fouillé toute la pendule, depuis l'extérieur poussiéreux jusqu'aux détails du mécanisme. Je n'ai rien trouvé. Tout ce que j'en ai retiré, c'est une réaction allergique à la poussière.

Peut-être que la seconde horloge renfermait un indice ?

En montant l'escalier, j'ai senti mon estomac vibrer. L'atmosphère qui régnait en haut était bien plus pesante. Je n'étais déjà pas très à l'aise au rez-de-chaussée, mais au premier l'ambiance était presque suffocante, comme si les pièces étaient hantées, protégées des intrus par un être surnaturel.

J'ai surmonté mon malaise et j'ai continué à avancer.

Au fond du couloir, il y avait une imposante horloge normande en bois lustré. Elle toisait les visiteurs, comme si elle les mettait au défi de s'approcher. Je ne me suis pas laissé intimider.

Plutôt que de faire demi-tour, je me suis avancé en cherchant des indices.

Arrivé au pied de l'horloge, j'ai palpé les faces lisses en faisant courir mes doigts sur la texture uniforme du bois façonné, espérant que le contact me révèle quelque chose.

C'est exactement ce qui s'est produit.

Mes mains ont repéré une surface rêche, dont les bords tranchants m'ont râpé la peau. Une inscription était gravée sur le flanc de la pendule, vers l'arrière, tout en bas. Je me suis aussitôt mis à genoux et je me suis penché pour tenter de déchiffrer l'inscription. Une fois que ma vue s'est habituée à la luminosité très basse, la joue collée contre le tapis moelleux, j'ai distingué des lettres minuscules tracées dans le bois, formant une phrase.

Cette horloge n'indique pas la bonne heure.

Je me suis remis debout et j'ai regardé l'heure. D'après l'horloge, il était 17 heures. J'ai comparé avec mon téléphone. Il y avait une différence de deux minutes… cette petite variation pouvait-elle avoir la moindre importance ?

Et qui avait écrit ce message, d'abord ? L'assassin de Colton ? Si c'était le cas, il fallait que ce soit une personne susceptible de se faire inviter chez lui, ce qui n'excluait pas grand monde. Colton était accueillant, certains clubs se réunissaient régulièrement dans sa maison, on n'hésitait pas à s'y retrouver pour des activités ou des projets scolaires. Près de la moitié des lycéens avaient défilé sous ce toit.

À moins que quelqu'un d'autre n'ait également trouvé une lettre dans sa poche ? Je n'étais peut-être pas le seul à traquer l'assassin ? Est-ce que quelqu'un d'autre avait reçu l'aveu et les énigmes ? Est-ce que cette phrase visait à me guider vers le prochain indice ou à m'en éloigner ?

Un millier de questions se bousculaient dans ma tête, mais, avant que je ne puisse faire le tri, j'ai entendu une clé tourner dans la serrure, en bas. Pris de panique, j'ai dévalé les marches quatre à quatre et j'ai déboulé dans le hall, les jambes en coton, pile au moment où Mme Crest ouvrait la porte.

Elle m'a regardé d'un air ahuri pendant une seconde, comme si elle avait oublié ma présence. Puis elle a levé les yeux en direction de l'escalier, l'air songeur. Avais-je oublié quelque chose qui trahissait ma visite à l'étage ?

Elle a posé la main sur mon épaule et m'a écarté délicatement de son chemin.

— Elliot, qu'est-ce que tu faisais derrière la porte ?

— Il m'a semblé vous entendre arriver. J'allais vous ouvrir, mais vous m'avez devancé.

J'ai été surpris moi-même de constater à quel point je mentais facilement.

— C'est très attentionné de ta part.

— Vous avez trouvé tout ce qu'il vous fallait ? lui ai-je demandé en empoignant les sacs pour les porter dans la cuisine.

Elle a retiré sa veste et l'a posée sur un tabouret.

— Oui. Tu peux m'aider à préparer le dîner ? Mon mari devrait bientôt rentrer. Il sera content de te voir.

— Bien sûr.

Mon rythme cardiaque revenait tout doucement à la normale. En réalité, je n'avais qu'une envie : partir, être enfin seul et analyser les informations que j'avais découvertes. Mais je ne pouvais pas quitter la maison aussi vite que je l'aurais souhaité. Mme Crest avait déjà l'air de trouver mon comportement un peu suspect. Si je disparaissais maintenant, je ne ferais qu'aggraver mon cas.

— Qu'est-ce que je peux faire ?

— Tu veux bien préparer les ingrédients pour moi ? m'a-t-elle demandé en se lavant les mains. Il y a du romarin et du gros sel dans l'étagère à épices. Je dois assaisonner le rôti.

J'ai acquiescé et je me suis approché des pots alignés par ordre alphabétique. J'ai passé les doigts au-dessus des couvercles sur lesquels étaient collées de petites étiquettes et j'ai sélectionné les deux condiments. Mais, avant que je me retourne, mon regard a été attiré par la marque sur un pot de bouquet garni.

Au bonheur d'antan.

4.

Le dîner s'est révélé une véritable torture, presque aussi gênant qu'un repas avec ma mère. Toutefois, comme je mangeais avec des gens dont je n'étais pas censé être proche, mon malaise était beaucoup plus compréhensible.

J'ai coupé un morceau de rôti avant de le porter à ma bouche. La salle à manger était si calme que j'entendais grincer ma mâchoire à chaque mastication. Mme Crest avait le regard perdu de l'autre côté de la table, braqué vers la place vide habituellement occupée par Colton. M. Crest contemplait son repas avec tristesse, fixant les légumes comme si c'étaient ses ennemis.

— C'est délicieux, madame Crest, ai-je déclaré pour tenter de briser la glace.

— Merci, Elliot.

Elle m'a adressé un sourire qui ne s'est pas communiqué à son regard.

La conversation était hachée, maladroite, elle s'essoufflait après un ou deux échanges. Le silence était pesant et je m'agitais sur ma chaise. J'ai repensé au bouquet garni. Il y avait quelque chose dans ce pot. J'en étais convaincu.

Cette horloge n'indique pas la bonne heure.

La bonne heure ? En réalité, la lettre ne faisait pas allusion au temps ni à l'heure, elle faisait allusion au bonheur.

Même si j'avais l'impression de faire un pas en avant, j'avais aussi le sentiment d'en avoir fait trois en arrière. Qui avait gravé l'indice sur le flanc de l'horloge ? L'assassin de Colton ? Ou un autre destinataire de la lettre ? Quel genre d'indice pouvait-on glisser dans un pot de bouquet garni ?

— Tu as fini, Elliot ?

Mme Crest était debout, son assiette en main. Elle n'avait pas touché à sa nourriture.

J'ai baissé les yeux vers mon repas à peine entamé et je lui ai tendu mon assiette.

— Oui, merci.

Elle me l'a prise et s'est éloignée vers la cuisine. Ses mouvements étaient raides, comme ceux d'un robot. Elle devait fonctionner en mode automatique.

Pendant que M. Crest lisait son journal, je suis allé dans la cuisine aider Mme Crest. Elle regardait dehors, au loin, à travers la vitre au-dessus de l'évier, ses mains gantées étaient plongées dans l'eau, des grappes de mousse amoncelées autour de ses avant-bras. Elle semblait tellement noyée dans ses pensées qu'elle ne devait même pas avoir conscience de laver la vaisselle.

En lui donnant un coup de main, non seulement je l'empêcherais de se couper par distraction, mais cela me donnerait aussi l'opportunité de vérifier mon hypothèse sur le pot à épices. Je me suis approché de l'évier et j'ai doucement posé la main sur son épaule.

— Je vais prendre le relais.

Elle m'a souri et a fait un pas de côté en prenant un torchon pour essuyer la vaisselle. J'ai enfoncé les mains dans l'eau tiède, j'ai soulevé une assiette et je l'ai frottée à l'aide de l'éponge. Par la fenêtre, j'apercevais le jardin des Crest, avec sa vieille balançoire en pneu couverte de crottes d'oiseau suspendue à l'extrémité d'une corde usée. Quand nous étions petits, c'était notre bateau pirate, notre navette spatiale, notre machine à remonter le temps.

Absorbé par mes souvenirs, j'ai à nouveau plongé la main dans l'eau et mes doigts ont touché quelque chose de tranchant. Je suis revenu à l'instant présent et je me suis écarté de la lame du couteau. Je n'avais qu'une égratignure, qui ne saignait même pas, juste assez pour me rappeler pour quelle raison j'aidais Mme Crest. D'abord, pour que personne ne se blesse et, ensuite, pour avoir accès au bocal de bouquet garni.

— Madame Crest ?

Elle a levé vers moi des prunelles vides. Elle semblait tellement ailleurs que j'aurais pu la manipuler pour qu'elle accepte à peu près n'importe quoi. C'était le moment idéal pour poser ma question.

— Auriez-vous du bouquet garni, par hasard ? lui ai-je demandé en lui tendant des couverts mouillés.

— Oui. Il doit y en avoir sur l'étagère à épices. Cass a prévu de cuisiner quelque chose ?

Elle semblait à nouveau se concentrer sur la conversation, elle se montrait d'ailleurs un peu méfiante. Je ne pouvais pas lui en vouloir. Je vivais avec un père célibataire incapable de mitonner un repas qui ne soit pas à moitié préparé et mon unique sœur était à l'université la plupart du temps. Ma demande était plutôt inhabituelle.

Heureusement, en mentionnant Cass, Mme Crest me fournissait l'excuse parfaite.

— Oui, elle veut préparer à manger un soir cette semaine.

— Comme c'est gentil.

— Ma mère vient nous rendre visite, ai-je ajouté pour rendre mon histoire plus crédible.

— Oh ? Ça fait des années que je n'ai pas vu Valérie.

Elle avait complètement gobé mon mensonge. J'espérais juste qu'elle ne s'inviterait pas à notre table.

— Quand elle sera là, passe-lui le bonjour de ma part et propose-lui qu'on aille prendre un café.

— Je n'y manquerai pas, madame Crest.

J'ai tiré le bouchon et l'eau s'est écoulée dans les canalisations. Je me suis essuyé les mains sur mon jean et me suis dirigé vers l'étagère à épices pour prendre le pot.

— Elliot ?

Je me suis retourné, un peu inquiet. Mon histoire n'était pas convaincante ? Elle avait deviné que je mentais ?

Mme Crest a pointé du doigt un point derrière moi en souriant.

— Je ne sais pas ce que Cass compte cuisiner, mais dis-lui que ce sera encore meilleur avec un soupçon de romarin.

Ouf.

Chez nous, le calme régnait dans la maison. Cass avait disparu dans son ancienne chambre et mon père était encore devant sa machine à écrire, les bruits incessants de ses doigts sur les touches martelaient le silence. Je montais à l'étage avec le pot de bouquet garni, quand mon père m'a appelé.

— Elliot, c'est toi ?

— Oui.

J'ai fait demi-tour jusqu'à son bureau et j'ai passé la tête dans l'embrasure de la porte.

— Tu veux manger quelque chose ? Cass a préparé…

— J'ai déjà dîné, l'ai-je interrompu.

Il a hoché la tête, mal à l'aise. Peu de choses le mettaient dans cet état : les discussions concernant le développement personnel et… ma mère. J'ai pénétré dans la pièce exiguë en désordre, je me suis assis dans le fauteuil en face de lui, devinant ce qu'il allait dire avant qu'il n'ouvre la bouche.

— Ta mère vient, m'a-t-il annoncé à toute vitesse.

— Je sais. Cass m'a prévenu.

— Elle t'a parlé des vacances qu'elle veut passer avec toi ?

— Ouais.

— Qu'est-ce que tu en penses ?

Mon père a penché la tête pour me dévisager, d'un air préoccupé et compatissant.

— Tu joues les psys, papa ? Sérieux ?

Il a détourné le regard, comme si j'étais un chiot blessé, et a froncé les sourcils.

— Oui, sérieux, Elliot.

— Elle est têtue, me suis-je contenté de dire.

Il a eu un petit rire.

— Je sais. Comme ta sœur.

Nous avons gardé le silence un moment, puis j'ai conclu :

— Je survivrai.

Il m'a souri.

— Je n'en doute pas. Je veux juste que tu saches que tu n'es pas obligé.

C'est ce que j'aimais chez mon père. Il ne me bombardait pas de câlins et n'essayait pas de m'étouffer avec son affection. Mais il n'était pas complètement indifférent non plus. Je pouvais compter sur son soutien, quoi qu'il arrive.

— Merci, papa.

Il m'a répondu par un bref hochement de tête.

J'ai quitté son bureau et monté les marches quatre à quatre. Quand je suis arrivé au premier étage, je m'attendais à trouver Cass sur le palier, exigeant des explications au sujet de mon départ si brusque. Son absence m'a surpris. Mais, au lieu de me demander où elle se trouvait, j'ai filé dans ma chambre, j'ai fermé la porte et j'ai sorti le pot de bouquet garni.

Qu'est-ce que j'allais trouver là-dedans ? Je n'étais même pas sûr qu'il y ait quoi que ce soit. Un petit morceau de papier ? Un fragment de photo ?

Il n'y a qu'un moyen de le savoir.

Il était temps de mettre fin au suspense. J'ai dévissé le couvercle, posé le pot sur mon bureau et tapoté délicatement le fond pour vider le contenu. Du thym, de la sauge et du laurier séchés se sont répandus en pluie verte. Parmi les petits fragments d'épices, j'ai vu briller quelque chose d'argenté.

Une clé.

Je l'ai prise en main et je l'ai tenue sous la lumière pour examiner les dents minutieusement découpées. J'ai passé les doigts dessus, les sourcils froncés. Elle me semblait très familière, sans que je parvienne à me rappeler pourquoi. C'était énervant. Où est-ce que je l'avais déjà vue ?

Lycée ? Maison ? Voiture ? Salle de sport ? Casier ?

— Casier de la salle de sport ! ai-je marmonné.

Je possédais une clé de forme similaire. C'est pour ça qu'elle me disait quelque chose. Colton et moi allions nous entraîner au gymnase tous les mardis et vendredis après l'école. C'était notre routine bihebdomadaire. Depuis son décès, je n'avais plus mis les pieds à la salle.

J'ai rassemblé les épices à la hâte pour les remettre dans le flacon. Une petite partie a atterri dans le fond, mais la majorité a fini sur le sol. En voyant le pot presque vide, j'ai décidé de régler ce problème plus tard. Je suis redescendu en emportant la clé.

— Je vais faire un tour en voiture, ai-je annoncé à mon père en ouvrant la porte.

— Encore ?

Il semblait étonné.

— Ne rentre pas trop tard !

Je me suis glissé au volant et j'ai démarré en jetant un coup d'œil au tableau de bord. Il était 20 h 30. Le gymnase ne serait plus ouvert que pendant une demi-heure. J'ai fait marche arrière dans l'allée et j'ai rejoint la route. Les idées se bousculaient dans ma tête.

Une chose m'apparaissait clairement : il n'était plus question de remettre la lettre aux autorités. J'étais piqué au vif, et ce n'était que le début.

Il devait y avoir une bonne raison pour laquelle l'assassin m'avait contacté et je devais la trouver.

Et surtout, je devais démasquer le tueur.

J'avais enfin une piste ! Je ne savais pas ce que j'allais trouver dans le casier. Dans un film d'horreur, je serais tombé sur un truc dégoûtant, genre ossements, ou, pire encore, sur un cœur sanguinolent. J'étais hyper nerveux. J'ai passé la langue sur mes lèvres sèches, tentant d'évacuer les images terrifiantes. J'ai allumé la radio, choisi une station au hasard et laissé une vieille mélodie jouée à la guitare emplir l'habitacle.

Quand je suis arrivé à un feu rouge, j'ai baissé la vitre, soulagé de sentir l'air frais du printemps emplir mes poumons. Je me suis massé le front. De la sueur s'était formée à la racine de mes cheveux. J'ai fermé les yeux un instant. Pendant une seconde brève et délicieuse, tout m'a paru calme. Tranquille, apaisé.

Je me serais probablement endormi si le klaxon furieux du conducteur derrière moi ne m'avait sorti de ma torpeur. Je me suis empressé de poser le pied sur l'accélérateur et j'ai avancé avant que le feu ne passe à l'orange.

Le gymnase se dessinait devant moi, ses lumières brillaient dans l'obscurité. À travers la façade vitrée, j'ai vu les participants du dernier cours collectif achever leurs étirements et des sportifs solitaires boucler les ultimes séquences de leurs séances de musculation. Je me suis garé sur une place de parking, j'ai pris la clé et je me suis dirigé vers l'entrée.

— On ferme dans dix minutes.

— Oui, je sais, ai-je répondu distraitement. Je suis juste venu chercher un truc.

J'ai pénétré dans les vestiaires, l'odeur familière et nauséabonde de transpiration séchée mêlée à celle des déodorants m'a assailli les narines. Je suis passé devant les rangées de casiers réservés aux membres du gymnase pour m'arrêter devant celui de Colton. Je ne savais pas s'ils l'avaient déjà vidé. Avaient-ils trouvé une lettre ? Je m'étais peut-être trompé en imaginant qu'il s'agissait d'une clé de casier ?

J'ai secoué la tête pour chasser mes doutes et j'ai tenté ma chance.

La clé rentrait parfaitement. Elle a tourné sans effort et j'ai entendu le déclic annonçant l'ouverture. J'ai laissé la porte s'entrebâiller doucement avant d'examiner le contenu du casier. Un vieux tee-shirt fripé était roulé en boule dans un coin. Deux bouts de papier dépassaient de ses plis. J'ai tendu la main pour les attraper. Le premier était un vieux plan de montage d'équipement de gymnastique. Et l'autre était une lettre.

Je n'ai pas attendu de remonter dans ma voiture pour la lire.

Une conclusion s'impose : le temps n'est pas synonyme de bonheur. Ou devrais-je plutôt parler de bonheur d'antan ? Honnêtement, je ne pensais pas que tu trouverais la deuxième lettre. Je te félicite. Les gens sont peut-être moins idiots que je ne le pensais.

Maintenant, vu l'énergie que tu as consacrée à cette enquête, je suppose que tu aimerais en savoir un peu plus. Par où commencer ? Le soir de la disparition ? Parfait. Colton est venu me parler avant de quitter la ville. Il n'était pas rasé, ses yeux étaient cernés, il avait le teint blafard. Il était dans un état pas possible.

C'est pour ça qu'il voulait partir.

Il n'avait pas besoin de me l'expliquer, parce que je le savais déjà. Nous étions le 17 mai. Tu vois, si tu avais connu Colton comme moi, tu aurais su que, chaque année, il disparaissait à la même date. J'ai mis du temps à m'en rendre compte. La première fois, ça pouvait être un hasard ; la deuxième, une coïncidence ; mais, à la troisième, c'était devenu une habitude. Et il a continué ainsi pendant des années. Si tu consultais ses dossiers scolaires, tu verrais qu'il comptabilise un nombre important d'absences qui démarrent chaque année à la même date.

Ça n'a pas toujours été le cas. Et je parie que tu te demandes pour quelle raison.

Remontons huit ans en arrière. Le 17 mai, plus précisément. Colton avait dix ans et était fasciné par les trains. C'est banal. N'importe qui aurait pu le remarquer. Colton n'était qu'un enfant, à cette époque. N'empêche, il y a huit ans, le 17 mai, Colton est brusquement passé de l'enfance insouciante à l'âge adulte.

Ce qui nous amène à la confession de cette deuxième lettre : Colton a vu un homme mourir.

Harrison Noel, vingt-trois ans, traversait la rue. Il avait son téléphone collé à l'oreille et un café dans l'autre main. Il regagnait l'université pour assister à un cours de l'après-midi et discutait avec sa petite amie enceinte. Les routes étaient dégagées, aucun véhicule n'était en vue, il ne risquait rien à traverser. Mais une voiture a débouché du coin de la rue. Tout s'est joué très vite. Un homme, une voiture, une collision. Un mort.

Colton lui-même n'a pas eu besoin de me raconter ce qui s'était passé. Un bon vieux journal s'en est chargé. Il a suffi qu'il me touche un mot de l'accident pour que je déniche moi-même les informations. Ce petit gamin traumatisé a assisté à la mort tragique de Harrison Noel. Même si personne n'aurait rien pu faire pour le sauver, Colton s'est senti responsable et la culpabilité l'a rongé.

Cette année, il a décidé que l'heure était venue de tourner la page. Il a quitté la ville pour trouver des réponses au meurtre de Harrison Noel. Oui, c'est bien ce que j'ai écrit. Meurtre. Tu pensais que c'était un homicide involontaire, non ? Faux. Même si sa mort paraissait accidentelle, en réalité elle avait été soigneusement préméditée.

Lors de son départ, on aurait dit que Colton avait pris la décision de mourir.

Alors je l'ai suivi.

Et tu t'apprêtes à marcher sur ses traces, pendant sa disparition.

5.

— Hé ! Qu'est-ce que tu fiches à fouiner ici ?

Je me suis empressé de replier la lettre et de la ranger dans ma poche arrière, avant de faire volte-face. Un homme baraqué, le crâne rasé, se tenait dans l'encadrement de la porte, les bras croisés. Un tatouage représentant des corbeaux entrelacés remontait de l'encolure de son tee-shirt et disparaissait derrière son oreille gauche. Sa posture était menaçante, comme s'il me mettait au défi d'avancer.

— Je ne fouine pas.

— Je sais très bien que ce casier n'est pas à toi, a-t-il riposté en indiquant d'un signe de tête la porte ouverte derrière moi. Alors je te suggère de te barrer avant que j'appelle la police.

— J'étais un ami. Je suis juste venu prendre les affaires qui restent.

J'ai tenté de ne pas avoir l'air de battre en retraite, encore moins de me sentir coupable ou intimidé, mais j'étais épuisé et j'ai dû redoubler d'efforts pour y parvenir.

Peut-être que l'inconnu a pressenti que j'étais à bout de forces, ou peut-être qu'il a réagi parce que j'avais dit être un ami de Colton, en tout cas son expression s'est assombrie.

— Tant que ça revient à ses parents… Je vérifierai.

Je commençais à me demander comment il connaissait Colton. Il y avait plusieurs rangées de casiers, une quantité impressionnante de mecs avec des abonnements et encore plus de serrures. Comment pouvait-il être certain que ce casier n'était pas le mien ? Et comment savait-il qui contacter pour vérifier que j'avais bien remis les affaires de Colton à sa famille ? Ma tête commençait à tourner, alors j'ai pris les affaires de Colton et j'ai refermé la porte du placard métallique.

— Tu transmettras mes condoléances aux Crest, m'a lancé le gars quand je suis passé devant lui.

Tant de questions se bousculaient dans ma tête que j'avais besoin d'au moins une réponse. Je me suis arrêté.

— Comment est-ce que vous le connaissiez ?

— Je suis le propriétaire de la salle. J'organise des séances d'entraînement individuelles en soirée. Colton venait presque tous les jours, juste avant la fermeture du gymnase.

— Presque tous les jours ?

— Depuis sa réapparition, bien sûr. Parmi les membres, je sais qui est régulier et qui ne l'est pas. Son absence a été remarquée. Mais, après son retour, il était là tous les soirs, malgré l'heure tardive.

Après son retour, j'avais tenté de ne pas prêter attention à sa disparition, de retrouver la routine, d'agir le plus normalement possible. Maintenant que je nageais en plein mystère, je me rendais compte que ce qui m'avait paru clair au sujet de mon ami était en réalité complètement flou.

— Je ne savais pas qu'il s'entraînait autant, ai-je noté à voix haute.

J'ai tenté de faire le tri parmi ce que je savais vraiment sur lui, de démêler le vrai du faux.

— Ce gamin était une armoire à glace.

— Excusez-moi, comment vous appelez-vous ?

J'avais besoin d'en savoir un peu plus sur lui avant de croire les informations qu'il me balançait comme des évidences.

— Rick.

— Elliot.

Il n'y a eu ni claques dans le dos ni poignée de main amicale. Nous nous sommes contentés de nous regarder droit dans les yeux, en conservant nos distances.

— Il faut que je file. Vous allez probablement fermer.

Je lui ai tourné le dos et je me suis éloigné en serrant les effets de Colton contre moi.

— Fais gaffe.

Mes pas se sont faits hésitants.

— C'est une menace ? ai-je osé demander, figé sur place.

Dans les films, c'est le genre de question que la victime pose avec calme. Dans la vraie vie, maintenant que je me retrouvais dans la même situation, j'avais du mal à ne pas paniquer. Ma voix était faible et chevrotante.

— Non. Un conseil.

Je me suis retourné :

— Qu'est-ce que ça veut dire ?

— Ce n'est pas parce que la ville est petite qu'elle est sûre.

J'ai réprimé le frisson glacé qui m'a parcouru l'échine.

— Pourquoi vous me dites ça ?

Cette fois, ma voix était claire, malgré ma bouche sèche.

— Parce qu'un assassin se balade en liberté, a déclaré Rick en serrant les dents. Et les habitants feraient bien de ne dormir que d'un œil, parce que je ne crois pas que Colton sera sa seule et unique victime.

Rick me fichait la frousse. Même si j'étais parvenu à rester calme en apparence, j'étais mort de trouille. Dès que je suis rentré à la maison, j'ai verrouillé les portes et fenêtres et je me suis couché avec la lumière allumée. Comme je n'arrivais pas à trouver le sommeil, je me suis mis à faire les cent pas.

La deuxième lettre était posée sur mon bureau, avec le vieux tee-shirt de Colton et le plan de montage trouvé dans le casier. Ces trois éléments étaient plutôt disparates et je me suis demandé s'ils formaient un indice collectif ou s'ils n'étaient que les traces de sa dernière visite au gymnase.

Le gymnase.

J'avais la chair de poule en repensant à cet endroit. Même si c'était le printemps, j'ai enfilé un sweat à capuche et je me suis affalé sur ma chaise de bureau. Comme je n'arrivais toujours pas à dormir, je me suis concentré sur les affaires de Colton. Son tee-shirt était gris uni, sans dessin ni inscription. Puis je me suis intéressé aux instructions de montage.

J'ai pris le plan et je l'ai parcouru. C'était une feuille imprimée recto verso, pliée pour être glissée dans un emballage hermétique.

L'encre avait légèrement coulé par endroits, sans doute parce qu'il faisait chaud et humide dans les vestiaires. En dehors de ce détail, rien de particulier.

C'est du moins ce que je pensais jusqu'à ce que je le retourne.

Une partie d'une ligne d'instruction avait été surlignée au marqueur vert : Assembler *L* et *M* à l'aide des vis *7*, *8* et *9*.

LM789…

— Elliot ?

La voix de Cass m'a tiré d'un sommeil dans lequel je ne me souvenais pas d'être tombé. Ma nuque était raide suite à la nuit passée la tête posée sur mon bureau. J'avais mal partout quand je me suis redressé pour faire pivoter ma chaise. Ma sœur a poussé un cri de panique en me voyant.

Elle est entrée dans ma chambre et a aussitôt refermé la porte derrière elle.

— À quelle heure tu t'es couché hier soir ?

Comme j'étais encore à moitié endormi, j'ai marmonné :

— Laisse-moi tranquille. J'étudiais.

— Les cours sont finis, m'a rappelé Cass, irritée. T'es bizarre en ce moment. Tu pourrais prendre une douche, te changer et faire semblant d'être normal pendant deux heures ? J'ai préparé le petit déjeuner.

Je me suis passé une main sur le visage.

— Je suis crevé. Je vais me rendormir jusqu'à midi. Appelle-moi quand le déjeuner sera prêt.

Cass a protesté, mais je me suis pelotonné sur mon lit moelleux et je sombrais déjà dans l'inconscience. Avant que je ne puisse m'endormir complètement, les draps ont été arrachés d'une main experte et l'oreiller a été retiré de sous ma tête. J'ai poussé un gémissement en enfouissant mon visage dans le matelas.

— Tu ne m'as pas bien entendue, a décrété Cass en haussant le ton. Douche-toi, habille-toi et viens manger dans dix minutes.

— Mon meilleur ami est mort, ai-je protesté. Laisse-moi me reposer.

— Maman est là.

J'ai ouvert les yeux, je me suis tourné sur le dos et j'ai poussé un violent soupir de défaite. Ma mère débarquait toujours au pire moment ! Je n'étais pas d'humeur à plaquer un sourire forcé sur mon visage et à faire la conversation au-delà de trois questions-réponses, mais elle était bel et bien là et je n'avais pas le choix. Je devais me forcer à lui adresser la parole, même si c'était juste pour lui répéter de rentrer dans sa nouvelle famille.

Après une douche froide et revigorante, je me suis changé et je suis descendu. Il me suffisait de sortir de ma chambre pour me sentir étouffé par ma famille dysfonctionnelle et la tension qu'elle générait. J'entendais mon père s'éclaircir la gorge – un tic qu'il avait dès qu'il était nerveux – et une odeur de nourriture montait du rez-de-chaussée – quand ma sœur se trouvait dans une situation embarrassante, elle s'affairait aux fourneaux. Elle était persuadée que la nourriture arrangeait tout.

Quand je suis entré dans la cuisine et que j'ai fixé l'inconnue assise à table, tout le monde s'est montré doux et attentionné avec moi. Cass m'a invité à prendre place devant une assiette de saucisses accompagnées de galettes de pommes de terre, mon père m'a servi un verre de jus et ma mère s'est forcée à sourire.

Je détestais ces instants où ma famille se faisait croire que nos relations étaient parfaitement normales. Inutile de prétendre que tout allait pour le mieux, je savais que c'était faux et j'avais accepté notre façon de vivre. J'avais dix-huit ans, pas huit.

— Salut, ai-je lancé en m'asseyant.

Valérie, ma mère, a prolongé son sourire artificiel et a glissé un paquet dans ma direction.

— Je t'ai apporté un petit quelque chose.

— Tu n'aurais pas dû.

Je le pensais.

— Mais si, mon cœur…

Elle s'efforçait de jouer les mères aimantes, mais le terme affectueux m'a fait l'effet d'un cri étranglé.

— Je ne te vois jamais, a-t-elle conclu.

Dis plutôt que tu ne veux jamais nous voir.

— D'accord.

Je n'avais pas envie de me disputer de si bonne heure. J'ai déchiré l'emballage.

C'était un livre ; il était fin et relié, sans jaquette. Le titre s'étalait en lettres d'argent sur la surface noire : *Le Message d'un fou*, de Gregory Everett.

— C'est un bouquin que j'ai lu quand j'étais en première année à l'université. Ce texte m'a vraiment ouvert les yeux et, comme tu as fini le lycée, je me suis dit que ça pourrait t'inspirer toi aussi, m'a expliqué Valérie sans cesser de sourire.

— Merci.

Je faisais de mon mieux pour me montrer enthousiaste.

Mon père, appuyé contre le plan de travail sans rien dire, a toussé :

— C'est vraiment intéressant, Elliot. J'ai étudié ce roman dans un de mes cours de littérature, il est très bien écrit.

Ma mère l'a dévisagé avec une moue étrange. Ils se sont fixés pendant quelques secondes avant qu'elle se détourne. La relation de mes parents était comparable à un élastique : elle était flexible, mais elle pouvait rompre à tout moment. Même s'ils étaient toujours polis l'un avec l'autre, la tension était palpable. Cass faisait de son mieux pour l'ignorer en récurant une poêle qui me semblait déjà propre.

— Bon, a dit ma mère en brisant le silence d'un ton trop enjoué, je voudrais t'emmener en vacances. Tu choisis la destination, ce sera ton cadeau de fin d'études secondaires.

— Je veux rester ici.

Valérie a lancé un regard désapprobateur à mon père, qui a haussé les épaules et avalé une gorgée de café.

— Ça te fera du bien, mon cœur. Tu prendras l'air, tu changeras d'atmosphère, dans un endroit un peu moins…

— Morbide ? ai-je suggéré.

— Chargé, a-t-elle rectifié.

— Comme je te l'ai dit, j'ai envie de rester ici.

J'ai planté ma fourchette dans mon dernier morceau de saucisse et je l'ai enfourné, afin d'avoir une bonne excuse pour me taire, ne fût-ce que quelques secondes.

Ma mère a soupiré. Cela la mettait mal à l'aise d'argumenter avec un fils qu'elle connaissait à peine.

— Et si je te laissais quelques jours pour y réfléchir ? J'ai prévenu Ryan que je serais absente pendant plusieurs semaines, de toute façon.

J'ai jeté un œil en direction de mon père. L'allusion au nouveau mari de Valérie ne semblait pas l'affecter. Il a examiné ses mots croisés avec un visage impassible, puis il s'est resservi du café. Quand j'ai reposé les yeux sur ma mère, elle me scrutait nerveusement.

— Si j'arrive à terminer un truc, j'y réfléchirai peut-être.

6.

Cela faisait cinq jours que Valérie était à la maison, et elle essayait sans cesse d'organiser des déjeuners embarrassants. Si elle avait été moins tenace, j'en aurais peut-être accepté un ou deux. Mais ses tentatives pour rattraper seize années d'absence me paraissaient super lourdes. Et, tant que ma mère tentait de photoshoper sa silhouette dans ma vie, j'avais un mal fou à me concentrer sur mon enquête.

C'est pour cette raison que j'ai décidé de me rendre à la bibliothèque municipale.

Les lettres en poche, je me suis dirigé vers une table à l'écart et je me suis mis au travail. J'ai placé les deux pages par ordre chronologique et j'ai effectué une comparaison rapide. L'écriture était la même : brouillonne et griffonnée au stylo noir. Le genre de stylo gras qui troue le papier si on appuie trop fort. L'écriture ne permettait pas de deviner le genre de celui ou celle qui avait rédigé les lettres. Les deux feuilles lignées de bleu étaient similaires, probablement arrachées au même cahier.

En les comparant, la seule conclusion que je pouvais tirer était qu'elles avaient été écrites par la même personne, qui était droitière. À en juger par la qualité du stylo et son encre grasse, aucun gaucher n'aurait pu écrire ces phrases sans que l'encre s'étale. Cela éliminait tous les gauchers, mais, comme Colton était le seul que je connaisse, cela ne réduisait pas vraiment la liste des suspects.

J'ai relu les lettres avec attention. La deuxième mentionnait un événement traumatisant dans la vie de Colton, dont je n'avais jamais entendu parler. L'épisode devait être important puisqu'il était mentionné dans cette missive. Je n'étais pas certain que cette histoire soit vraie. Elle pouvait très bien avoir été inventée de toutes pièces pour m'embrouiller. Il n'y avait qu'un moyen de m'en assurer : faire des recherches.

Comme j'étais à la bibliothèque, je pouvais profiter des ressources mises à la disposition des lecteurs.

Tout ce qui avait trait à l'histoire locale était archivé dans la section documents, regroupée en une seule allée remplie de vieux articles de journaux, de photos et d'enregistrements radio. Le tout était classé par dates. J'ai passé les doigts sur les reliures poussiéreuses pour repérer le volume que je cherchais. J'ai feuilleté les pages, parcourant des yeux les images en noir et blanc, les petits caractères, les titres en gras. Elle était là.

L'histoire de Harrison Noel.

Ce samedi 17 mai, un étudiant de notre université a perdu la vie, renversé par un véhicule roulant à vive allure. Harrison Noel, âgé de vingt-trois ans, traversait la rue en début d'après-midi lorsqu'un conducteur a accéléré et foncé droit sur lui, provoquant sa mort instantanée. Au cours de l'enquête, la police a découvert que Tristian Yanks, le conducteur, âgé de vingt-cinq ans, et la victime, Harrison Noel, s'étaient disputés trois heures avant l'accident.

J'ai parcouru tout l'article. Il n'y avait aucun détail concernant le conflit qui avait opposé les deux protagonistes. Soit le journaliste n'avait pas réussi à apprendre de quoi il retournait, soit la presse ne souhaitait pas publier ce genre d'information. Le seul autre élément important était que la collision était bien intentionnelle et que Tristian Yanks avait été condamné à huit ans de prison. En calculant la date, je me suis rendu compte qu'il devait être sorti depuis quelques mois à peine.

Il avait dû être libéré à peu près au moment où Colton avait disparu…

L'ouvrage que j'avais entre les mains était une source intéressante, mais on ne pouvait l'emprunter. J'ai sorti mon téléphone pour prendre une photo rapide avant de le remettre à sa place. Alors que je le glissais sur le rayonnage, une inscription sur le dos du volume a attiré mon attention. NF301. J'ai sorti le plan de montage de ma poche : la combinaison était similaire. Deux lettres suivies d'un numéro à trois chiffres.

C'était la référence d'un livre de la bibliothèque.

Le papier en main, je me suis mis à chercher frénétiquement. J'ai d'abord eu un mal fou à me repérer. La bibliothèque était bien organisée, mais mon cœur battait si vite et les questions se bousculaient tellement dans ma tête que j'errais dans les allées comme un gamin qui a perdu sa mère au supermarché.

En faisant un effort pour rester concentré, j'ai fini par dénicher l'étagère et le livre correspondant à la référence. Il s'appelait *Service d'étage*, et c'était un manuel de gestion hôtelière écrit par un certain L. A. Maddison. Comme je ne savais pas si le bouquin lui-même était un indice, j'ai pris note du titre et de l'auteur, puis je me suis assis par terre pour le feuilleter.

Dès que je l'ai ouvert, une carte en plastique est tombée d'entre les pages. Je l'ai ramassée et j'ai inspecté sa surface lisse. *Motel Bentley, chambre 102.*

Ma prochaine étape était toute trouvée.

Quand je suis arrivé, je ne savais toujours pas trop à quoi m'attendre, même si j'avais eu tout le loisir d'y réfléchir durant les quarante-cinq minutes de trajet. Je me suis garé devant la rangée de petits bungalows, juste assez grands pour contenir chacun une chambre à coucher, une kitchenette et une salle de bains. Je me suis demandé si j'allais tomber sur la planque du tueur. On m'avait peut-être guidé jusque-là pour que je me fasse assassiner à mon tour ?

J'ai serré les doigts autour du volant si fort que mes articulations ont blanchi. Si ce n'était pas la planque du tueur, qu'allais-je trouver d'autre ? Est-ce que j'allais ouvrir la porte et tomber sur une scène de cauchemar ? Était-ce un piège ? Le motel était-il vide ?

Tandis que je continuais à stresser dans la voiture, une femme est apparue au coin de la rue. Elle portait un manteau violet foncé qui flottait à hauteur des chevilles. Le col relevé dissimulait ses traits et ses cheveux enveloppaient son visage, la dissimulant presque parfaitement. Si elle essayait de passer inaperçue, en revanche, la stratégie n'était pas très efficace.

Au moment où j'allais détourner le regard, elle s'est immobilisée devant la chambre 102. Je me suis enfoncé dans le siège et je l'ai regardée faire en retenant mon souffle. Elle a sorti une carte et l'a insérée dans la fente pour ouvrir la porte et elle a disparu à l'intérieur. Maintenant que j'avais aperçu l'occupante des lieux, je ne savais plus quoi faire. Cette information n'en était pas une. Tout ce que j'avais appris, c'est que la chambre de motel était occupée par une femme portant un manteau violet.

Colton avait l'âme d'un détective, il adorait prêter toute son attention aux infimes détails. Les dix secondes qu'avait duré le passage de l'inconnue lui auraient probablement suffi pour déduire sa pointure ou remarquer un renflement bizarre dans sa poche. Il aurait su quoi faire. Il se serait sans doute dirigé vers la porte, l'aurait ouverte avec sa carte et se serait lancé dans un interrogatoire en bonne et due forme.

Mais Colton était mort et je ne pouvais plus compter sur son aide. Je n'avais qu'une vague idée de ce qu'il aurait fait à ma place. J'ai empoigné mes clés et je suis sorti de la voiture. Mon pas était déterminé et je me sentais étrangement sûr de moi en avançant vers le petit bungalow. J'ai jeté un coup d'œil à la clé magnétique, j'ai posé ma main sur la poignée, j'ai glissé la carte et ouvert la porte.

Je ne savais pas trop à quoi m'attendre et, honnêtement, je n'étais pas du tout préparé. Que ferais-je si l'inconnue était à moitié nue ? Et si elle attendait mon irruption, une arme pointée en direction de la porte ? Que se passerait-il si je découvrais un nouveau cadavre ? Je n'avais aucune idée de ce qu'il y avait dans cette chambre…

Mais je ne m'attendais pas à y trouver ma sœur.

— Elliot ! s'est-elle exclamée, les yeux grands comme des soucoupes.

— Cass ?

— Qu'est-ce que tu fabriques ici ? Comment tu m'as trouvée ?

Je n'avais même pas *essayé* de la trouver.

— C'est ta chambre ? Qu'est-ce que tu fiches dans un motel ? Je croyais que tu avais un appart…

Cass s'est mordillé la lèvre en plissant le front.

— Et si je te servais quelque chose à boire ?

Elle avait esquivé ma question et, sans attendre ma réponse à sa proposition, elle s'est dirigée vers la kitchenette. Elle a mis la bouilloire à chauffer, sans un mot, et a sorti une petite boîte de chocolat en poudre.

— Qu'est-ce que tu sais exactement ? m'a-t-elle demandé en me tournant le dos pour préparer deux tasses.

Comme je n'ai pas répondu tout de suite, elle a ajouté :

— Colton t'a donné la clé, c'est ça ? Il a dû t'expliquer.

Honnêtement, à ce moment-là, je me moquais de savoir pour quelle raison Cass était ici. Ce que je voulais savoir, c'est pourquoi mon meilleur ami avait la clé de la chambre de motel de ma sœur. C'était très perturbant et j'avais besoin de m'asseoir pour réfléchir. J'avais un goût aigre dans la bouche.

— Colton ne m'a pas donné la clé.

— Oh…

Cass s'est immobilisée un instant. Puis elle m'a proposé :

— Tu veux manger quelque chose ? Je dois avoir un paquet de biscuits dans le placard.

— Non.

— Tu préfères du salé ?

— Non.

— Ou alors…

— Cass ! ai-je crié, surpris moi-même par la dureté du ton que j'avais adopté.

Elle a cessé de s'affairer et s'est enfin retournée. Seul le sifflement de la bouilloire a interrompu le silence. Ma sœur regardait droit devant elle, dans le vide, comme si elle ne me voyait pas, comme si ignorer le problème allait finir par le faire disparaître. Puis ses yeux se sont posés lentement sur les miens.

— Je sais ce que tu penses.

— Vas-y, je t'écoute.

— Tu crois que je l'ai tué.

Étonnamment, l'idée ne m'avait même pas traversé l'esprit. Je n'avais jamais associé Cass au meurtre de Colton. Elle le connaissait à peine ; ils échangeaient des banalités polies à propos des études ou de la météo. Pourtant, maintenant que j'avais appris que mon meilleur copain possédait une clé de la chambre de motel occupée par ma sœur, je devais admettre qu'ils étaient sans doute bien plus proches que je ne l'avais imaginé.

— En fait, je me demande pourquoi il avait une clé de ta chambre. Et pourquoi tu as une chambre ici, d'ailleurs…

Cass m'a à nouveau tourné le dos pour reprendre la préparation des boissons et disposer quelques biscuits sur une assiette. Elle a posé le tout sur la table sans un mot et je n'ai pas insisté.

Je devinais à son expression qu'elle allait me révéler quelque chose. Si je lui mettais la pression, elle changerait d'avis et ne se confierait sans doute pas.

Elle a tiré une des chaises et s'est assise, avant de serrer les deux mains autour de sa tasse.

— Il y a quelques mois, il y a eu un incendie dans mon immeuble.

Je me suis assis en face d'elle et j'ai écouté son histoire.

— C'était un incident stupide : un fer à lisser les cheveux resté branché…

Cass a secoué la tête en y repensant.

— Ça a dégénéré et, finalement, tout le monde a dû évacuer le bâtiment. Comme il y avait des dégâts, on a dû trouver un endroit où se loger en urgence. Avec quelques filles, nous avons décidé de nous cotiser pour nous payer un motel pendant les travaux.

J'attendais toujours qu'elle explique le lien avec Colton. Jusqu'ici, il n'apparaissait pas dans son récit.

— Finalement, on nous a autorisées à rentrer. Les autres sont parties vérifier que tout était en ordre pendant que je restais ici. Alors Colton a débarqué. Je ne sais pas comment il a fait pour me trouver.

Sa voix n'était plus qu'un murmure, comme si le souvenir était tellement sinistre qu'elle ne supportait pas de l'évoquer à haute voix.

— Il était dans un état pas possible, Elliot. Tu n'imagines pas. Il flippait grave, il répétait qu'il devait absolument s'enfuir. Je ne savais absolument pas quoi faire.

— Qu'as-tu fait, alors ? lui ai-je demandé avec douceur en m'arrachant à la contemplation du chocolat chaud.

Cass a repris sa respiration en tremblant et a fermé les paupières :

— Il m'a dit qu'il avait besoin d'un endroit où dormir et m'a demandé s'il pouvait occuper la chambre. Il m'a proposé de payer le loyer et, comme je partais, j'ai accepté. Je… je n'imaginais pas que c'était si grave. Je croyais que c'était juste une dispute avec ses parents, qu'il voulait leur échapper quelques jours ou quelque chose du genre. C'était le soir de sa disparition.

Mon estomac s'est noué ; la sensation n'était que trop familière, mais elle me prenait chaque fois au dépourvu. C'était une douleur tranchante, qui ne pouvait être apaisée avec des médicaments ou une boisson chaude. Pour calmer les problèmes qui me remuaient les tripes, il me faudrait des réponses et du temps.

— Je n'y ai pas trop prêté attention, au début. Je suis retournée dans mon appart, j'ai suivi les cours. Mais j'ai fini par m'inquiéter. À la fin de la semaine, je suis revenue le voir et j'ai découvert qu'il n'était plus là. La direction du motel m'a informée que la chambre n'avait été occupée que quelques nuits. Il avait bouclé ses valises et il était parti, sans aucune explication. Quelque temps plus tard, je suis revenue chez nous et ce n'est qu'à ce moment-là que je me suis rendu compte qu'il avait disparu depuis plus de trois semaines.

— Tu l'as vu le soir où il a disparu…

— Je sais, a-t-elle chuchoté, l'air effondré, détachant les mains de sa tasse pour enfouir son visage dans ses paumes.

— Tu l'as raconté à la police ?

Cass a secoué la tête.

— Non, a-t-elle marmonné entre ses doigts. Je ne peux pas.

— Pourquoi ?

Elle m'a regardé.

— Je ne peux pas, c'est tout. Tu dois comprendre. *Je ne peux pas.*

7.

— Pourquoi es-tu revenue ici ?

— Pour la même raison que toi. Je cherche des réponses.

— Je ne t'ai pas dit pourquoi j'étais ici.

Cass a hésité, les lèvres entrouvertes, un peu abasourdie. Puis elle s'est ressaisie et a replacé les mains autour de son chocolat chaud. Elle a contemplé la fumée qui en sortait, avant de se lever et de se diriger vers un des deux lits de l'autre côté de la pièce. Elle s'est penchée pour ramasser son sac et elle l'a fouillé à la recherche d'un carnet.

— Une seule personne a occupé la chambre après le départ de Colton. C'était en septembre, m'a-t-elle informé en passant en revue ses notes. En dehors de ça, la pièce est restée vide et je me suis dit que Colton avait peut-être laissé un indice quelque part. Quelque chose de si discret que ça aurait pu échapper à l'équipe de nettoyage. Il était très… méticuleux.

— Méticuleux ?

— Ça t'étonne que j'emploie ce mot ?

— Ce n'est pas ton vocabulaire qui me paraît bizarre, c'est le fait que tu parles de lui comme si tu le connaissais bien.

Cass s'est raidie et a fixé son carnet en faisant semblant de lire.

— C'est une observation, rien de plus. Pas besoin d'être ami avec quelqu'un pour remarquer ça.

— Il faut quand même le connaître un minimum.

Cass a haussé les épaules comme pour signifier *Fin de la discussion*.

— Bon, à part ça, qu'est-ce que tu penses de ma découverte ? m'a-t-elle demandé en m'observant depuis le bord du lit où elle s'était assise.

— Un million de trucs.

— Alors tu peux bien m'en expliquer un ou deux.

— Pour commencer, je me demande comment tu as dégotté l'information sur les occupants de la chambre.

— Facile. Le motel fonctionne à l'ancienne. Les proprios sont âgés et les réservations sont toujours consignées à la main dans un registre. Ils rangent les fiches d'inscription dans une pièce derrière la réception. Pendant qu'ils allaient chercher la mienne, j'ai rapidement consulté les infos sur cette chambre. Je n'ai pas eu assez de temps pour lire les détails, mais il me semblait que j'avais l'essentiel.

— Depuis quand est-ce que tu joues les Sherlock ?

Ce n'était pas spécialement un compliment, mais Cass a eu l'air flattée :

— J'ai appris avec le meilleur maître qui soit, a-t-elle déclaré fièrement.

— Le meilleur, c'était Colton.

Cass a semblé interloquée.

— Bon, je ferais bien d'y aller, ai-je annoncé en me levant si vite que j'ai cogné la table et failli renverser mon chocolat.

Cass a semblé sur le point d'ajouter quelque chose, mais elle a serré les lèvres.

— Je te raccompagne.

— Pas besoin. Je trouverai le chemin tout seul.

J'étais déjà à la porte. Je savais qu'elle me proposait cela par gentillesse et qu'elle n'avait pas peur que je me perde, vu que nous étions dans un motel, mais j'avais besoin d'être seul. Ma réponse avait été brusque et elle s'est rassise sur le lit, un peu abattue.

— Bon, ben, à plus tard, alors.

— Ouais.

Je suis sorti pour reprendre ma voiture. Même si j'étais pressé de partir, je n'ai pas enclenché le moteur tout de suite. J'ai allumé la radio dans l'espoir que la musique et les pubs me distraient du torrent de pensées qui m'assaillait.

— Aujourd'hui, c'est vendredi et chez *Mozzarella* vous recevez deux pizzas pour le prix d'une. Ne manquez pas cette aubaine !

Avant d'entendre la pub, je n'avais pas réalisé à quel point j'avais faim. Une pizza au pepperoni était tentante. Avec du pain à l'ail, peut-être ? J'ai repensé à la proposition que j'avais faite à Lydia au *Jukebox*. Je ne l'avais pas vue depuis et je me demandais si elle serait toujours partante.

J'ai pris mon téléphone et je l'ai appelée. Elle a répondu à la troisième sonnerie. J'ai entendu un *Allô ?* puis un bruit de raclements et une série de grommellements inintelligibles. Elle avait laissé tomber son portable. C'était une maladresse courante, mais elle m'a fait sourire. Depuis la mort de Colton, j'avais l'impression que Lydia jouait un rôle, qu'elle débitait des banalités pour surmonter la disparition de son petit ami.

Cette petite gaffe me rappelait l'ancienne Lydia. J'ai réalisé qu'elle me manquait.

— Désolée, m'a-t-elle dit après avoir récupéré son appareil.

Je n'ai pas répondu. J'étais perdu dans mes pensées.

— Allô ? a-t-elle répété.

Puis un peu plus fort :

— Allô ?

Je me suis redressé sur mon siège et je me suis éclairci la gorge.

— Euh, salut.

Il y a eu un silence.

— Elliot ?

— Oui. Salut.

— Salut.

Ce coup de fil nous mettait tous les deux mal à l'aise, mais j'étais décidé à rompre la glace. Ou du moins à la fendiller.

— Je me demandais si tu étais toujours d'accord pour qu'on mange une pizza ensemble ?

— Oh oui, bien sûr.

— Tu veux qu'on aille chez *Mozzarella* ? C'est moi qui invite.

J'ai serré le volant de ma main libre en attendant sa réaction. Quand elle a enfin répondu, elle avait l'air enthousiaste. J'ai entendu son sourire.

— Tu sais quoi ? C'est une super bonne idée.

— J'y serai dans une heure.

Mozzarella était une des deux pizzerias du centre-ville. Elle était un peu plus chère que l'autre mais nettement meilleure, et le pain à l'ail était offert pour l'achat de deux pizzas. Nous en avons commandé deux grandes au pepperoni et, tandis que nous attendions qu'elles sortent du four, on nous a apporté nos boissons et notre baguette à l'ail.

— J'avais presque oublié le goût des glucides, a déclaré Lydia en arrachant un morceau de pain pour le dévorer.

J'ai ri quand elle s'est emparée d'une deuxième tranche.

— Vas-y mollo.

— Désolée.

Elle a enfourné le bout de baguette avec un sourire gêné.

— Mon régime me tue. J'étais tellement affamée hier que j'aurais bien mangé mon pull.

— Mmm, super tentant.

— Comparé à la laitue ? C'est aussi tentant que du chocolat.

Lydia a bu une gorgée de son thé glacé.

— Tu as l'air d'aller beaucoup mieux.

C'était vrai. Ses joues étaient plus colorées, ses yeux plus pétillants, son pas était plus assuré.

— Je m'occupe, ça aide.

Elle a redéposé son verre et s'est léché les lèvres.

— T'as pas l'air d'aller trop mal non plus.

— Moi aussi, je m'occupe.

Un serveur est arrivé et a posé nos pizzas au centre de la table. Lydia a saisi une tranche et le fromage s'est allongé en fils interminables. Nous avons mangé en silence pendant un moment, bercés par les conversations environnantes : des répliques de drague, des rires, des exclamations.

— J'ai appris que ta mère était là.

Sa remarque m'a embarrassé. J'ai bu une grosse gorgée de mon verre en évitant son regard.

— Oui.

Lydia m'a observé un moment avant de décider quoi dire. Elle trouvait le silence gênant, mais ne voulait pas m'embêter. J'ai décidé de lui venir en aide.

— Elle veut m'emmener en voyage.

— En voyage ?

— Où je veux…

Elle a souri et s'est mise à tripoter la croix en argent à son cou.

— Comme cadeau de fin de lycée ?

— C'est son excuse, mais, en réalité, si Colton n'était pas mort, je suis sûr qu'elle n'y aurait même pas pensé.

Lydia semblait beaucoup plus calme quand j'évoquais le nom de son ex-petit ami. Elle n'a pas sursauté, ni tiqué, ni fait la moue. Elle avait les yeux dans le vague. Elle a hoché distraitement la tête.

— En tout cas, si tu as besoin de changer d'air, tu peux toujours venir chez moi, a-t-elle proposé, sans détourner le regard cette fois.

— Merci.

Nous avons achevé nos pizzas et nos boissons, jusqu'à ce qu'il ne reste que les glaçons au fond des gobelets. Notre conversation est restée légère, nous avons surtout parlé des projets pour après le lycée. Et des changements que nous devions y apporter car, jusque-là, tout tournait autour de Colton. Nous avions prévu de prendre une année sabbatique pour voyager tous les trois, mais notre ami commun était le ciment de notre trio et, maintenant qu'il n'était plus là, Lydia et moi envisagions d'autres options pour l'année à venir.

Lydia voulait commencer l'université sans attendre. Le changement de décor et les nouveaux visages lui apporteraient une distraction bienvenue. Quant à moi, je comptais différer mes études d'une année et profiter de ma liberté pour résoudre le mystère du meurtre de Colton. Ce n'est pas ce que j'ai expliqué à Lydia. J'ai prétendu devoir travailler pour économiser de l'argent avant la fac.

— T'as entendu parler de la soirée camping ? m'a demandé Lydia.

Nos assiettes avaient été débarrassées et nous partagions un fondant au chocolat, pour prolonger le repas. Lydia se contentait de picorer. Quant à moi, même si je n'avais plus faim, je n'avais aucune envie de partir tout de suite.

— Non. C'est quoi ?

— La classe de terminale organise une nuit sous la tente, une sorte de réunion en mémoire de Colton, m'a-t-elle expliqué en reposant sa cuillère.

— C'est prévu quand ?

— La date n'a pas encore été annoncée, mais je te préviendrai. Ça va être une nuit d'enfer.

Maintenant que j'avais l'estomac rempli et les idées plus claires, je me sentais regonflé à bloc pour l'enquête. Quand j'ai repris la parole, ma réponse ne s'appliquait pas qu'au camping :

— Oui, ça va être *trop bien*.

8.

Faire le mur à 1 heure du matin n'est pas aussi simple que dans les films. J'avais passé l'âge que mon père se soucie de ce que je faisais la nuit, mais j'ai enjambé le rebord de ma fenêtre et j'ai sauté vers l'arbre, risquant de me casser la figure. L'adrénaline pulsait dans mes veines. Pour tout dire, si j'avais demandé la permission, il me l'aurait accordée. Mon père me faisait confiance. Même si 1 heure du matin est un drôle de moment pour quitter la maison, il aurait sans doute pensé que rien de grave ne pouvait m'arriver.

Le frisson que je ressentais à agir en douce était addictif et, par ailleurs, je ne voulais pas que Cass soit au courant. J'avais l'intention de m'introduire discrètement dans sa chambre de motel.

Après m'être maladroitement laissé glisser le long du tronc, je me suis dirigé vers ma voiture. J'y suis monté, j'ai effectué une marche arrière dans l'allée et je me suis engagé sur la chaussée. C'était à la fois un peu flippant et stimulant de rouler seul en pleine nuit : le décor sombre et silencieux me faisait penser que l'univers était disposé à me révéler ses secrets. Mais une petite voix dans ma tête me rappelait que le danger pouvait très bien surgir de l'obscurité.

J'ai baissé ma vitre pour laisser entrer un peu d'air frais. Je ne voulais pas risquer de m'endormir au volant. Et j'avais besoin d'avoir les sens en alerte à l'arrivée. La lettre m'avait conduit à la clé, qui m'avait mené à la chambre de motel. Tout cela devait avoir plus de sens qu'il n'y paraissait au premier abord.

Après un trajet qui m'a semblé interminable, j'ai enfin rejoint le motel Bentley. J'ai décidé de ne pas me garer sur le parking, mais de me ranger de l'autre côté de la rue, devant un resto de *fish and chips* fermé, et j'ai coupé le moteur. J'ai ouvert la boîte à gants et j'ai fouillé dans mon bric-à-brac, composé principalement de vieux énoncés de devoirs, d'emballages de chocolat et de stylos oubliés. J'ai fini par dénicher la carte magnétique du motel au milieu de tout ce fourbi.

Je suis sorti de ma voiture et je me suis mis à marcher. Il n'y avait personne, à part un homme qui fumait une cigarette devant la porte de sa chambre. J'ai entendu un bébé pleurer au loin. La rue pratiquement déserte me donnait la chair de poule. J'ai enfoncé les mains dans mes poches et j'ai allongé le pas pour arriver rapidement devant le numéro 102.

Quand j'ai inséré la carte et ouvert la porte, je m'attendais presque à ce que quelqu'un bondisse de l'obscurité avec une machette et tente de me décapiter. Mais, quand j'ai allumé les lumières, j'ai trouvé la pièce exactement comme je l'avais laissée. Ma tasse de chocolat était encore sur la table basse, comme si Cass était partie en urgence et avait oublié de la ranger dans l'évier.

Je me suis approché de la boisson à laquelle j'avais à peine touché et j'ai penché le nez dessus. Le liquide m'a paru trouble. Je me suis détourné pour commencer mon examen de la pièce.

Je ne savais pas trop ce que je cherchais, mais j'étais déterminé à trouver quelque chose. Les tiroirs de la table de chevet ne renfermaient rien d'intéressant, juste les accessoires habituels de ce genre d'établissement : un annuaire téléphonique et une bible.

Le coin cuisine était tout aussi décevant. Il était équipé de vaisselle et de couverts dépareillés, le frigo était vide, à l'exception d'une brique de lait, et les armoires contenaient quelques aliments de base : des biscottes, des petits paquets individuels de beurre et de la confiture.

Rien qui sorte de l'ordinaire, mais je ne voulais pas m'avouer vaincu. J'ai cherché d'autres endroits à passer en revue, comme l'armoire derrière le miroir de la salle de bains, qui ne renfermait que quelques pansements, de la poussière et une boîte de paracétamol vide.

J'ai vérifié le rideau de douche pour m'assurer qu'il n'y avait ni message ni objet caché dans les plis. J'ai inspecté les W-C, où j'ai juste trouvé quelques graffitis obscènes. J'ai feuilleté les pages de la bible et du bottin, en espérant que quelque chose en tombe ou que des passages aient été surlignés ou entourés, mais il y avait trop de pages et, après m'être coupé deux fois avec les feuilles, j'ai décidé d'arrêter.

Je suis ensuite passé à l'inspection du meuble de salle de bains : dessus, dessous, derrière. Rien.

Je commençais à désespérer.

Je me suis laissé glisser contre le mur entre les deux lits et je me suis assis sur le sol, abattu. Est-ce que je perdais mon temps avec un mystère impossible à résoudre ? Est-ce que je cherchais à mourir, moi aussi ? Est-ce que je faisais tout pour être la prochaine victime ?

Je me suis passé une main sur le visage en gémissant.

Alors que je m'apprêtais à prendre appui sur la moquette pour me relever, mes doigts ont heurté la plinthe. La surface était rugueuse, comme si quelqu'un l'avait sculptée au couteau. Je me suis retourné pour l'examiner.

CT + LR

TU T'AGITES, MAIS C'EST DU VENT

HOT-DOG

En résumé : une déclaration d'amour, avec des cœurs et des initiales ; un bout de poésie ; quelques gros mots et des obscénités que je n'ai pas retenues ; puis ce mot qui semblait écrit au hasard, *hot-dog*.

Tout ça ne m'avançait guère.

Tout à coup, alors que mes yeux se déplaçaient entre la plinthe et la lisière du tapis, un truc sous le lit a attiré mon regard. La cachette était tellement banale qu'elle m'avait échappé. Je me suis penché pour saisir l'objet.

C'était un journal intime. Un petit carnet de format poche relié en cuir, juste assez grand pour qu'on y consigne des listes et des idées. *Ça y est*, me suis-je dit, le cœur battant. Je l'ai ouvert sans attendre.

J'étais tellement pressé d'enregistrer tous les détails contenus dans les pages que je ne comprenais rien à ce qui était étalé sous mes yeux. Je me suis forcé à me calmer et j'ai repris la lecture au début.

L'étrange affaire de Colton Crest

J'ai reconnu l'écriture.

C'était celle de Cass.

J'ai rapidement feuilleté le reste du carnet à la recherche de quelque chose d'intéressant. Il renfermait des informations sur Colton, rassemblées depuis sa disparition. Ma sœur avait établi une liste d'événements marquants depuis le soir où Colton avait frappé à sa porte. Elle racontait le jour où elle m'avait trouvé au lac après la découverte du cadavre, elle avait aussi consigné le détail du déroulement des funérailles.

Pour quelle raison ?

Je n'ai pas eu le temps de réfléchir à la question parce que j'ai entendu une voix derrière la porte.

— Je n'arrivais pas à dormir. Oui, j'y suis en ce moment.

C'était ma sœur.

Si elle m'attrapait, j'étais grillé.

Comme j'étais accroupi, elle n'avait pas dû apercevoir mon ombre, mais je ne pouvais plus éteindre la lumière. La lueur jaune artificielle se voyait comme le nez au milieu de la figure et il était trop tard pour y remédier. J'ai roulé sur le dos et je me suis traîné sous le lit, après avoir replacé le journal là où je l'avais pioché : sous le lit, avec un coin qui dépassait.

La porte s'est ouverte avec un cliquetis et je me suis recroquevillé pour me faire le plus petit possible. Depuis mon refuge, j'ai vu Cass entrer et refermer silencieusement derrière elle.

— J'ai tellement de choses en tête. Ma mauvaise conscience me ronge…

Elle avait l'air crevée.

Je me suis d'abord demandé avec qui elle était, mais, quand elle a poursuivi la conversation après une courte pause, j'ai compris qu'elle était au téléphone.

— J'ai horreur de lui mentir. C'est mon frère.

Je ne bougeais pas un cil.

— Quand est-ce que je devrais lui dire ? Je suis trop impliquée dans cette histoire. C'était son meilleur ami. Il a le droit de savoir.

Silence.

— Oui, peut-être. Mais, si les choses dérapent, je lui dis tout.

J'ai vu ses chaussures se rapprocher de moi. Ma respiration s'est arrêtée.

— Hé, tu es passé ici cet après-midi ? Oh non, pour rien. J'ai dû oublier d'éteindre, c'est tout. Je suis juste venue reprendre mon journal, puis je m'en vais.

Elle s'est baissée et a tâtonné sous le lit pour trouver son carnet. J'ai retenu mon souffle. Mon cœur battait si fort que je n'entendais plus que lui. De la sueur froide perlait sur mon dos et, dans la panique, mes joues devaient avoir pris une teinte écarlate très peu flatteuse.

Dépêche-toi.

Les doigts de Cass se sont enfin refermés sur le journal et elle s'est relevée.

Merci, mon Dieu.

— Oui, je m'en vais maintenant. À tout à l'heure.

Cass a raccroché, mais elle n'est pas partie tout de suite. Elle a vidé le contenu de ma tasse dans l'évier avant de la laver rapidement. Puis elle s'est dirigée vers la porte et a éteint la lumière avant de sortir.

Je suis resté sous le lit et j'ai regardé les phares de sa voiture briller à travers les rideaux. Je repensais à la conversation que j'avais surprise et au journal intime. Un million de questions et d'hypothèses me traversaient l'esprit.

Qui était en ligne avec ma sœur ?

Quels secrets est-ce qu'elle me cachait ?

Est-ce qu'elle était impliquée dans le meurtre de Colton ?

Mon cerveau était embrouillé et je commençais à avoir mal à la tête. J'ai fini par m'extraire de sous le lit et je suis resté allongé sur la moquette, les yeux rivés au plafond, tandis que je tentais de reprendre une respiration normale.

Puis j'ai repensé aux graffitis.

TU T'AGITES, MAIS C'EST DU VENT.

J'ai deviné où se trouvait la troisième lettre.

Dans le ventilateur suspendu au centre de la pièce.

9.

J'ai traîné une chaise en dessous de l'appareil et j'ai commencé à examiner les pales une par une, en passant les doigts sur la surface jusqu'à atteindre la dernière. La lettre était là. Soigneusement pliée et collée sur le ventilateur.

J'ai dû résister à la tentation de l'arracher d'un coup. Je devais rester prudent. J'ai détaché précautionneusement le papier de l'hélice, puis j'ai repoussé la chaise à sa place, sans me tracasser de la remettre exactement dans sa position d'origine, et je me suis dirigé vers la porte, toujours dans le noir.

Avant de sortir, j'ai glissé le papier dans ma poche. Je me suis retrouvé dans l'air frais de la nuit. Tous les clients du motel avaient regagné leur chambre, il n'y avait plus de fumeur couche-tard tirant sur une dernière cigarette ni de mère apaisant les pleurs de son bébé. Les chiens également semblaient avoir trouvé le sommeil.

Et pourtant, même si je ne voyais personne, j'étais peut-être encore surveillé. Je suis retourné à ma voiture sur le qui-vive, prêt à me mettre à courir si nécessaire, mais assez lentement pour ne pas attirer l'attention.

J'ai sorti mes clés en traversant la rue. Une fois assis au volant, j'ai verrouillé les portières et j'ai déplié la lettre, les doigts tremblants.

Intelligent. Très intelligent.

Si tu as trouvé cette lettre, c'est que tu as réussi à suivre mes indices. Et, sans vouloir me vanter, ils n'étaient pas simples à décrypter. Des pistes trop faciles à explorer seraient une insulte à mon intelligence. Les tueurs ont toujours l'esprit affûté. Ceux qui s'en tirent, du moins.

Mais, quand on se rend compte que le travail a été accompli presque sans effort, il faut bien s'amuser un peu, non ? Retourner dans la course, reprendre la chasse, redescendre dans l'arène. C'est ce qui nourrit les gens comme moi : l'adrénaline, le frisson, l'excitation, la fièvre. Les jeux d'esprit, c'est ma spécialité et, si j'ai triomphé de Colton, je peux surpasser n'importe qui.

C'est intéressant. Très intéressant. Tu ne trouves pas ?

Tu veux que je t'apprenne autre chose d'aussi intéressant ? Alors, reste attentif parce que j'ai une nouvelle révélation : Colton Crest a peut-être été un héros au lycée, mais, en dehors de votre petite ville de merde, il était connu sous le nom de Daniel Heckerman. C'est grâce à cela qu'il a obtenu tant d'informations quand il a disparu.

Et, pour se forger une identité secrète, il faut apprendre à mentir.

Avec des mensonges et de belles phrases complexes, on peut convaincre n'importe qui de n'importe quoi quand on sait y faire. Et Colton Crest savait s'y prendre. Demande à Alexandra Yanks.

Alexandra Yanks ? Yanks, de la famille de Tristian ? L'assassin de Harrison Noel ? Pourquoi Colton aurait-il cherché cette Alexandra ? Depuis combien de temps avait-il une seconde identité ?

Une double question supplantait soudain toutes les autres : qui était le vrai Colton et est-ce que je le connaissais vraiment ?

Apparemment non.

Un morceau de papier était agrafé au verso de la lettre. Il était nettement plus petit et plus fin qu'une feuille standard. Un des bords était déchiqueté. En le retournant et en le détachant, je me suis rendu compte que c'était un reçu du supermarché Woolworths.

LAIT DE FERME 1 L

FARINE DE MARQUE GÉNÉRIQUE 1 KG

ŒUFS ÉLEVÉS EN PLEIN AIR

BEURRE DE FERME 500 G

SUCRE SEMOULE DE MARQUE GÉNÉRIQUE 500 G

Un message était griffonné à l'arrière, toujours de la même écriture :

J'espère que tu auras envie de sucré. Marché des producteurs de Ridgemount, tous les samedis de 11 heures à 13 heures.

J'ai dû m'endormir à un moment donné parce que la sonnerie de mon téléphone m'a tiré du sommeil. J'ai détaché ma tête du volant et j'ai cligné des yeux dans la lumière du soleil matinal. Mes muscles étaient raides et protestaient à chaque mouvement.

— Allô ?

Il y a eu un silence d'une fraction de seconde.

— Salut. Euh, désolée, je t'ai réveillé ?

Je me suis frotté l'œil gauche avec ma paume en essayant de réprimer un bâillement.

— Non, non, c'est bon. Quoi de neuf, Lydia ?

— Je ne voulais pas te déranger, c'est juste que ta mère n'arrête pas d'appeler chez moi. Elle a essayé de te joindre toute la matinée. T'es où ?

J'ai fermé les yeux. J'avais mal au crâne.

— Tu sais si elle a appelé sur le fixe chez moi ? ai-je demandé en espérant qu'elle ne remarquerait pas que j'évitais de répondre à sa question.

— Elle ne me l'a pas dit. J'imagine que oui.

J'espérais que mon père dormait encore et que Cass n'était pas rentrée à la maison.

— Je devrais l'appeler, ai-je déclaré en soupirant.

— Tu n'as pas répondu à ma question, tu sais.

— Ah bon ?

— Tu n'es pas doué pour faire semblant d'être étonné. Tu devrais t'entraîner un peu.

— Désolé, je suis sorti faire un tour en voiture avant l'aube ce matin. Je ne suis pas encore rentré.

Colton n'était pas le seul à savoir mentir.

— Ça n'explique pas pourquoi tu as la voix de quelqu'un qui vient de se réveiller.

— Je suis crevé, Lyd.

Elle n'a rien répondu.

— Je te rappelle plus tard, OK ?

— OK, s'est-elle contentée de répéter avant de raccrocher.

Lydia trouvait mon comportement louche. Elle ne raccrochait jamais sans dire au revoir, j'en déduisais qu'elle était fâchée, elle aussi. Et personne n'a envie d'avoir deux femmes en colère contre soi… J'ai ouvert la portière, je suis sorti et je me suis étiré. Puis j'ai composé le numéro de ma mère pour tenter d'arrondir les angles sur au moins un des deux fronts.

Elle devait attendre que je la rappelle, parce qu'elle a répondu au milieu de la deuxième sonnerie.

— Elliot, ça fait deux heures que j'essaie de te joindre.

Son ton était vexé, mais elle ne pouvait pas jouer les mères offusquées avec moi. Elle ne savait pas trop comment réagir. Je n'avais pas encore discuté avec elle depuis son arrivée. Nous avions juste échangé quelques coups de fil gênés entrecoupés de nombreux silences, rien de plus.

— J'étais sorti.

Elle a laissé échapper un léger soupir, avant de prendre une profonde inspiration. Quand elle s'est remise à parler, sa voix avait retrouvé son entrain forcé :

— J'espérais qu'on pourrait déjeuner ensemble.

— Déjeuner ?

— Je n'ai pas mis les pieds en ville depuis des années, j'aimerais beaucoup que tu me montres tes endroits préférés.

— Je vois.

Je n'ai pas pu m'empêcher de prendre un ton amer.

Elle n'a plus rien dit. Je devais admettre que ma contribution à la conversation n'était pas très encourageante. J'ai eu une pointe de regret.

— J'ai des courses à faire, mais je peux passer te prendre à l'hôtel vers 13 heures ?

Son soulagement était perceptible même au téléphone.

— Super. J'ai hâte de te voir.

Comme je ne pouvais pas en dire autant sans que cela paraisse forcé, je n'ai rien répondu. J'espérais qu'elle comprendrait. Après quelques secondes, je lui ai demandé :

— Tu es à quel hôtel ?

— Au motel Bentley.

Je me suis immobilisé, stupéfait.

— À Ridgemount ?

Pour masquer ma stupéfaction, j'ai demandé :

— Ce n'est pas à des kilomètres d'ici ?

— Si, a-t-elle admis. Je sais que c'est là que Cass va à l'université. J'espérais qu'elle me ferait visiter le campus, mais elle a trop de trucs à faire. Je ferais mieux de te laisser y aller. Plus vite tu finiras tes courses, plus vite nous pourrons déjeuner.

Nous avons échangé des *Au revoir* maladroits et j'ai sauté dans ma voiture. Si ma mère me voyait, elle me demanderait ce que je fichais là et je n'avais pas besoin de stress supplémentaire. J'ai démarré sans attendre.

Je ne roulais pas depuis très longtemps quand mon ventre s'est mis à gronder de faim. J'ai jeté un coup d'œil rapide au compartiment à côté du tableau de bord et j'ai repéré un tas de pièces. Il devait y avoir au moins quinze dollars, pile le montant pour un petit déjeuner.

Juste devant moi, un panneau indicateur annonçait un McDonald's. Mon estomac me suppliait de le soulager, mais les quinze dollars me criaient d'être économe. Et si j'avais besoin d'une pièce d'un dollar pour entrer au marché des producteurs ? Je me suis mordillé la lèvre. Mon regard s'est posé sur le siège passager, où j'avais abandonné la lettre et le reçu.

Tant pis. En route pour Woolworths.

J'ai déniché un paquet de huit biscuits en promo et une brique de lait à prix réduit aussi. Ça ne valait pas un McMuffin au bacon et aux œufs mais, comme petit déj rapide, c'était suffisant. Après avoir fait le tour du rayon boulangerie et des frigos, je suis passé à la caisse.

J'ai laissé tomber les marchandises sur le tapis roulant et j'ai sorti les pièces de mes poches. L'employé, un étudiant qui devait avoir à peu près mon âge, m'a salué d'un ton monocorde et a commencé à scanner mes articles. J'ai regardé ses mains tatouées passer les codes-barres de mon petit déjeuner devant le lecteur et les jeter paresseusement dans un sac en plastique.

— Cinq dollars soixante-dix. En espèces ou par carte ?

— En espèces, ai-je répondu en lui tendant l'argent.

Il a lancé les pièces dans la caisse enregistreuse, arraché mon reçu et l'a glissé dans mon sac. D'une voix aussi lasse que son expression, il m'a tendu mes achats en ajoutant :

— À plus, mec.

En prenant le sac, j'ai repensé au reçu agrafé au dos de la lettre. Était-ce un vieux ticket de Colton ? Ou de son assassin ? Est-ce qu'il appartenait à Alexandra Yanks ?

Je devais trouver des réponses.

— Hé, ça fait combien de temps que tu travailles ici ?

Il n'y avait pas de queue, mais j'ai tout de même jeté un œil au tapis roulant au cas où. Le type à la caisse m'a regardé bizarrement – c'était la première émotion dont il faisait preuve depuis le début de notre interaction – et il a fait craquer ses doigts. Pendant une fraction de seconde, j'ai cru qu'il allait me frapper, mais il a détendu ses mains et haussé un sourcil.

— Quelques années. Pourquoi ?

— J'ai un copain qui venait souvent dans cette ville.

— Ah ouais ? Il s'appelle comment ?

— Colton Crest.

Le nom ne semblait rien lui évoquer. Puis je me suis souvenu de ce que disait la lettre : *Colton Crest a peut-être été un héros au lycée, mais en dehors de votre petite ville de merde, il était connu sous le nom de Daniel Heckerman.*

— Daniel Heckerman ? ai-je essayé à la place.

— Oh, Daniel !

Il a hoché la tête en souriant.

— Super mec.

— Il venait souvent ici ?

— À fond. Il mettait l'ambiance. Tout le monde l'aimait bien. Quand est-ce qu'il revient, à propos ? Ça fait un bail.

— Il est mort.

— Non ?!

Je ne savais pas quoi dire d'autre.

— Si.

— Tu te fous de moi, mec.

— Non, je t'assure.

— Putain de merde.

Nous sommes restés quelques instants sans rien dire. J'attendais qu'il digère la nouvelle, mais il n'arrêtait pas de secouer la tête d'un air incrédule.

— Je me demande si Alex est au courant. Mec, elle va être trop mal.

— Alex ? Alexandra Yanks ?

Il a haussé les sourcils.

— Tu la connais ?

— J'ai entendu parler d'elle, ai-je menti.

Ça devait être crédible, parce que le type a acquiescé d'un signe de tête.

— Elle est vachement réputée pour ses gâteaux. Si tu passes la journée en ville, tu devrais aller au marché des producteurs dans le parc en face de la bibliothèque. Elle vend le meilleur gâteau au fromage blanc du monde. Sérieux, il est à tomber. Bordel, j'arrive pas à croire que Daniel soit mort.

J'avais un peu de mal à suivre cette conversation décousue. Comment est-ce qu'Alexandra Yanks connaissait Colton ?

— Je me demande comment Tristian va prendre la nouvelle, a repris le préposé.

Là, j'ai carrément eu l'impression que ma tête tournait.

— Tristian Yanks ?

Le type à la caisse m'a examiné d'un air méfiant.

— T'es sûr d'être le pote de Daniel ? Parce que tu ne sais pas grand-chose sur lui.

Ça, on pouvait le dire.

— Je croyais le connaître, ai-je avoué en toute honnêteté.

Je ne savais pas pourquoi je lui disais ça, mais, si je voulais qu'il s'ouvre à moi, je devais le faire aussi.

— Je pense que sa vie était plus compliquée qu'il n'y paraissait. C'est comme ça qu'il a été assassiné.

— Assassiné ? a-t-il répété.

Il s'est passé la main dans les cheveux.

— Merde. Je pensais qu'il avait fait une overdose. Putain. Je vais te raconter ce que je sais de lui. Mais je ne t'ai rien dit, OK ? Je ne tiens pas à être le prochain sur la liste…

10.

— Hé, Tina ! a braillé le type à travers tout le supermarché.

Sa collègue s'est retournée et l'a regardé, interloquée.

— Je prends ma pause.

Tina a plissé le front et a semblé vouloir répliquer quelque chose, mais le caissier se dirigeait déjà vers l'arrière du bâtiment, sans prêter attention aux clients que nous croisions et qui voulaient lui poser des questions. Il m'a guidé jusqu'à la salle du personnel, a fait courir ses doigts tatoués sur les casiers et a poussé la porte de derrière.

— Avant de commencer, moi c'est Bones.

— Bones.

— Bones, a-t-il confirmé en me montrant les phalanges de sa main droite sur lesquelles son nom était tatoué en lettres gothiques.

— Elliot.

Bones m'a adressé un signe de tête et a plongé la main dans sa poche arrière pour en sortir une cigarette. Il a placé la clope entre ses lèvres et a pris son briquet, mais, avant de l'allumer, il m'a demandé :

— Ça te dérange ?

Comme j'étais persuadé qu'il la fumerait de toute façon, j'ai répondu :

— Vas-y.

— Cool.

Il a allumé sa cigarette en inhalant profondément avant d'exhaler un nuage de fumée.

— J'ai rencontré Daniel ici, il y a quelques années. Il était avec Alex, la mère de Tristian.

Pour commencer, il avait commencé à venir ici avant cette année ? Ensuite, il était avec la mère de Tristian ?

J'avais l'impression de relier des points numérotés pour former un dessin sans avoir les chiffres dans le bon ordre. Les informations étaient partielles et livrées en vrac. Je manquais de recul, j'aurais voulu avoir une vue d'ensemble.

— Au début, je me suis dit *Waouh, c'est de la bombe, je ne savais pas que Tristian avait un petit frère.*

En voyant mon air interloqué, il m'a expliqué :

— Ils se ressemblaient comme deux gouttes d'eau. Tout le monde croyait qu'ils étaient de la même famille.

— Et c'était le cas ?

— Quoi ? Non. Ils n'avaient pas *vraiment* de lien de parenté, a clarifié Bones en me jetant un regard en biais avant d'expirer un nouveau nuage gris.

J'avais posé la question à haute voix, sans m'en rendre compte.

— Ils étaient comme des frères de sang. Des super potes.

Je ne savais pas si c'était la fumée que j'inhalais malgré moi ou l'information qui m'était lancée à la figure, mais j'avais du mal à respirer.

— Daniel rendait visite à Tristian pendant son séjour en prison et il s'occupait aussi d'Alex. Le jour où j'ai fait la connaissance de Daniel, il venait avec Alex acheter des trucs pour les pâtisseries. C'est comme ça qu'on s'est rencontrés.

Il avait rendu visite à Tristian en prison ?

Pour couronner le tout, ils étaient meilleurs amis ?

— Mec, tu as l'air sur le point de vomir, m'a prévenu Bones en me jetant un regard inquiet.

J'ai réprimé un haut-le-cœur.

— Ça va.

Il a pris une dernière longue bouffée de sa cigarette, avant de la jeter par terre et de l'écraser sous le talon de sa botte. Puis il s'est mis à agiter la main pour essayer de se débarrasser de l'odeur de tabac, mais elle s'était déjà insinuée partout, je ne sentais plus qu'elle.

— Tu veux un coup d'eau ?

Ressaisis-toi.

Je me suis redressé et j'ai refusé d'un signe de tête.

— Non, c'est bon.

Pourtant, la proposition était tentante. J'avais la gorge sèche et la tête qui tournait, mais ce n'était pas ce qui me préoccupait. Je n'avais qu'une idée en tête : obtenir des réponses. Bones a haussé les épaules face à mon refus et a repris son récit :

— Tristian traitait Daniel comme son petit frère. Ils allaient partout ensemble, quand il est sorti de tôle cette année. Tristian m'a invité à boire un verre avec d'autres mecs. Je venais juste de quitter le boulot et j'avais emporté un pack de six bières pour l'occasion. La porte du garage était ouverte et ils gueulaient. Tristian était furieux. Une horreur ! Je ne l'avais pas vu aussi en colère depuis… eh ben, depuis qu'il a tué Harrison Noel.

— Et qu'est-ce que tu as fait ? lui ai-je demandé, inquiet de ce qui allait suivre.

— Je me suis barré, mec. Crois-moi, tu aurais fait pareil.

Il a passé la main dans ses cheveux épais.

— Tristian est mon pote et tout, mais tout le monde sait qu'il part vite en vrille. Je ne dis pas qu'il a tué Daniel, mais… fais gaffe quand même.

J'ai regardé l'heure au tableau de bord. Il était midi passé. Le temps avait filé tandis que je discutais au supermarché avec Bones. Et, même si j'avais été intoxiqué par la fumée ambiante, l'information en valait la peine.

Le marché des producteurs était encore ouvert pendant quarante-cinq minutes. Je ne savais pas exactement ce que je comptais dire à Alexandra ni comment j'allais l'aborder, encore moins comment j'allais m'arranger pour poser les questions qui me brûlaient les lèvres.

Qu'est-ce que je *voulais* savoir ?

Comment est-ce que j'étais censé m'y prendre ?

Ouais, salut, vous ne me connaissez pas, mais mon meilleur ami a été assassiné et son assassin m'a embarqué dans une chasse au trésor pour que je résolve le mystère, et vous savez quoi ? Vous êtes censée être un indice. Vous pourriez peut-être me raconter ce que vous savez ?

Elle réagirait *très* bien, c'était certain.

Le marché hebdomadaire des producteurs semblait être un événement important dans la localité de Ridgemount. Des voitures étaient garées partout autour du parc et les piétons traversaient les rues encombrées sans trop faire attention. Le printemps avait été très froid ces dernières semaines, mais il faisait bon ce jour-là. Le ciel était d'un bleu infini et le vent n'était plus aussi mordant. On aurait dit que les cieux avaient décidé de se montrer cléments pour que la petite ville puisse profiter des festivités dans une atmosphère agréable.

Comme il y avait beaucoup de monde, j'ai dû me garer quelques pâtés de maisons plus loin et marcher jusqu'au parc. Il y avait foule derrière les grilles aussi. Les gens déambulaient en groupes, en discutant et en riant. J'aurais bien aimé pouvoir profiter du marché. Des étals étaient posés sur l'herbe. Les marchandises allaient des bijoux en perles à divers aliments frits, en passant par les livres d'occasion et les produits frais. Des guitaristes étaient perchés sur des tabourets de bar, un micro collé contre les lèvres, pour assurer l'animation. Des artistes assis pieds nus sur le gazon dressaient le portrait des visiteurs.

Ça aurait pu être une belle journée.

Mais j'étais venu dans un but précis.

Il fallait que je rencontre Alexandra Yanks.

Comme prévu, à l'entrée, j'ai dû faire un don d'un dollar pour aider la communauté à financer l'hôpital pour enfants. Après avoir laissé tomber la pièce dans la main du bénévole, je me suis aventuré dans le parc. Quelques arbres encerclaient la pelouse, offrant de l'ombre aux familles fatiguées et à leurs enfants surexcités par l'excès de sucre.

J'ai tout de suite cherché Alexandra du regard. Le reçu trouvé avec la lettre laissait entendre qu'elle était pâtissière, ce que Bones m'avait confirmé en me conseillant de goûter son gâteau au fromage blanc. Trois femmes d'âge à peu près similaire tenaient des étals de pâtisseries. Comme je ne savais pas quel stand choisir, je me suis attardé avec quelques clients en faisant semblant d'hésiter.

Puis j'ai entendu quelqu'un héler :

— Alexandra !

J'ai tourné la tête si vite qu'on aurait cru que *je* m'appelais Alexandra. La femme de l'étal situé à l'extrême gauche a fouillé la foule du regard jusqu'à ce que ses yeux se posent sur quelqu'un derrière moi. Elles ont échangé des sourires et quelques mots, puis Alexandra a tendu à son amie un cupcake garni de crème fouettée et elles se sont saluées.

— Je te recommande la tarte au caramel…

Je me suis retourné et je me suis retrouvé face à une fille très jolie. Super jolie. Ses cheveux tombaient sur ses épaules bronzées en cascades dorées et, quand elle m'a souri, ses yeux bruns ont semblé pétiller. Je l'ai observée, hypnotisé, déposer un plateau de cupcakes derrière le stand d'Alexandra.

— Ne me dis pas que tu n'es pas fan de caramel ?

En fait, je ne l'étais pas trop.

— C'est un crime ?

— Non, c'est une insulte, a-t-elle répliqué avec un sourire chaleureux. Goûte une part de tarte au caramel et je te promets que tu changeras d'avis.

— C'est si bon que ça ?

— Incroyable. Je vais même te confier un petit secret. Si tu la flattes suffisamment…

Elle a indiqué Alexandra d'un mouvement du menton.

— Elle te servira ta tarte avec de la glace à la vanille.

Puis la fille m'a tourné le dos, me laissant bouche bée. Alexandra, qui venait de finir avec un client, s'est approchée et m'a souri. Elle a essuyé ses mains sur son tablier et a fait un geste en direction des pâtisseries.

— Qu'est-ce que tu veux, mon cœur ?

— Heu… Une part de tarte au caramel, s'il vous plaît.

Son visage s'est illuminé tout autour d'un immense sourire. Elle a enfoncé un long couteau dans la croûte. Une fois le triangle soigneusement découpé, elle l'a placé sur une assiette en plastique et me l'a tendu. Je lui ai donné une pile de pièces de monnaie en échange. Quelques secondes plus tard, elle est revenue avec une fourchette sans cesser de me sourire.

Il m'a fallu un moment pour me rendre compte qu'elle attendait que je goûte. J'ai planté ma fourchette avec hésitation dans le coin de la tarte. Dès que la pâtisserie a touché ma langue, j'ai été conquis. J'avais beau ne pas être fan de caramel et avoir été prévenu par la jolie blonde que c'était délicieux, j'étais hyper impressionné.

Mon air enthousiaste a fait plaisir à Alexandra.

— Alors, elle est comment ?

— Sans doute la meilleure tarte que j'aie jamais mangée.

J'ai tourné le regard vers le plateau, où il en restait un peu plus de la moitié.

— Je peux acheter tout le reste ?

Elle a ri, même si j'étais sérieux.

— Attends, laisse-moi t'offrir une boule de glace maison. Elle se marie parfaitement à la saveur du caramel.

Alexandra s'est baissée sous son stand et a sorti une glacière. Des glaçons se sont entrechoqués pendant qu'elle fouillait pour en retirer une boîte en plastique couverte d'idéogrammes chinois. Puis elle a retiré une cuillère d'un verre d'eau et l'a secouée avant de la plonger dans la vanille. J'ai tendu mon assiette et elle a déposé une boule parfaite sur la tarte.

C'était le complément idéal de ce dessert incroyable : le mélange entre chaud et froid, fondant et friable, était succulent. Quand j'ai eu terminé, je me suis retenu de lécher mon assiette et j'ai extrait sept dollars de mes poches.

Mais, avant que je ne puisse demander une deuxième part, la lueur dorée des pièces m'a ramené aux funérailles de Colton. Je me suis souvenu de cet instant où j'avais joué à pile ou face. La pièce avait décidé de mon destin : j'avais lu la première lettre.

Je me suis rappelé pour quelle raison j'étais ici.

Je me suis promis une deuxième part de tarte si je trouvais le moyen de lui parler de Colton.

— Alors, je n'avais pas raison ?

J'ai levé les yeux, la jeune fille arborait un sourire satisfait.

— La meilleure, c'est sûr.

— Est-ce que j'ai droit à un merci pour t'avoir présenté l'amour de ta vie ? m'a-t-elle taquiné en indiquant mon assiette vide.

— Il me faudrait ton prénom pour ça.

Elle m'a souri.

— Eliza.

— Merci, Eliza.

— De rien…

— Elliot.

— De rien, Elliot.

— Eliza, tu peux me filer un coup de main ? lui a demandé Alexandra, qui empilait des plateaux vides.

— Je ferais mieux de ranger. On doit tout mettre dans le van avant les autres. Ça se bouscule à la fermeture.

Eliza m'a adressé un sourire.

— Si tu reviens une autre fois, passe acheter quelque chose. Je te recommande les brownies au chocolat.

Quand elle a tourné les talons, je lui ai crié :

— Attends !

Pourquoi ? Je n'en avais aucune idée. Sans doute parce qu'elle m'invitait à partir et que je ne voulais pas m'en aller sans avoir obtenu de réponse.

— Je peux t'aider ?

Eliza a eu l'air enchantée de ma proposition.

— Vraiment ? Ce serait génial.

Je l'ai suivie jusqu'à l'arrière du stand, où elle m'a présenté officiellement Alexandra, qui, après m'avoir remercié, m'a offert une boîte de donuts à la crème.

— Tu travailles pour Alexandra depuis combien de temps ? ai-je demandé à Eliza pendant qu'elle me passait des caisses pour que je les dispose dans le van avant d'aller en rechercher d'autres.

— Depuis toujours, a-t-elle répondu en souriant. C'est ma mère.

Je ne sais pas comment je n'avais pas fait le lien plus tôt : la ressemblance était frappante. Elles avaient les mêmes yeux, ceux d'Alexandra étaient entourés de rides et ses cheveux étaient désormais gris argenté, mais on y distinguait encore les reflets dorés de sa jeunesse.

Il nous a fallu quelques allers-retours, mais nous avons fini par caser toutes les caisses et le stand replié à l'arrière du van. Maintenant que je savais qu'Eliza faisait partie de la famille Yanks, j'avais un angle d'attaque pour lui parler de mes secrets.

— Encore merci, a conclu Eliza quand nous avons eu terminé de ranger l'équipement.

Elle a verrouillé l'arrière du van puis a plongé la main dans sa poche et en a sorti de l'argent.

— Non, c'était avec plaisir.

Eliza a encore insisté et, comme je refusais d'accepter, elle a fait la moue.

— Prends au moins quelque chose. Si tu emportais la fin de la tarte ?

La nourriture est mon point faible. J'ai accepté qu'Eliza ressorte la tarte, qu'elle l'emballe dans un carton et me l'offre.

— Merci.

— Non, merci à *toi*.

C'était le moment de dire quelque chose, de m'assurer que nous allions nous revoir. Que j'aurais les réponses que je cherchais.

— Puisque tu m'as initié aux délices de la tarte au caramel, si je te faisais découvrir quelque chose que tu vas adorer ? Ça me semble juste, non ?

Eliza m'a souri.

— Qu'est-ce que tu proposes ?

— Si on déjeunait ensemble demain ?

Une seconde. Déjeuner ? Merde. Ma mère.

11.

Le temps que j'arrive au Bentley, j'avais quarante-cinq minutes de retard et trois appels manqués de ma mère. Comme je ne savais pas dans quelle chambre elle était installée, je suis passé lentement devant le motel et je l'ai trouvée assise devant son bungalow, très mécontente.

Je me suis garé.

— Désolé, il y avait une circulation de dingue. J'avais oublié que c'était aussi long de venir jusqu'ici.

Je mentais de plus en plus facilement.

Valérie s'est levée, a épousseté son jean et s'est forcée à esquisser un demi-sourire.

— C'est pas grave, mon chéri, je comprends.

J'ai senti une pointe de culpabilité me tirailler l'estomac, mais j'ai réussi à me faire croire que c'était la faim. Ma mère est montée dans la voiture. Au moment où elle bouclait sa ceinture, son téléphone a sonné dans son sac, faisant vibrer le contenu, et elle n'a pas décroché.

Je n'y ai pas trop prêté attention. J'ai quitté le parking du motel. J'avais à peine roulé cinquante mètres que le portable s'est remis à sonner. Du coin de l'œil, je l'ai vue serrer son sac contre elle, les doigts crispés sur la bandoulière enroulée.

— Tu devrais répondre.

Valérie m'a regardé en essayant de décoder mon ton, pour déterminer si je lui accordais la permission de décrocher ou si ma remarque était sarcastique. J'ai détourné une seconde les yeux de la route pour indiquer d'un geste du menton son sac qui vibrait encore.

Elle a fini par accepter ma suggestion et a glissé une main à l'intérieur. Après quelques instants de fouille, elle l'a trouvé et a examiné le numéro qui s'affichait à l'écran, l'air hésitant. Bien que sa position ne me permette pas de le voir, je savais qui c'était.

Ryan.

Son autre famille était toujours un sujet délicat et nous n'en parlions jamais de façon directe. Ma mère nous avait prévenus qu'elle se remariait et mon père avait poliment décliné à ma place l'invitation à la cérémonie. J'avais six ans à l'époque, et rester assis sans bouger pendant des heures juste pour voir deux personnes s'embrasser n'était pas très tentant. Cass était la seule à y être allée, mais elle avait été soudoyée par la promesse de porter le bouquet de la mariée et ça l'intéressait bien plus que moi d'enfiler de beaux habits et de manger du gâteau.

Valérie nous avait aussi évidemment prévenus à la naissance de ses enfants. Elle avait tenté de me montrer des photos, un soir de Noël. J'avais treize ans et cela m'avait vraiment mis en rogne. Je n'avais pas caché mon dégoût et elle avait compris le message : elle ne m'avait plus jamais montré de clichés de ses enfants. Je me sentais trahi dès que j'apercevais les portraits de famille glissés dans son portefeuille. Je l'imaginais mal montrer des photos de Cass et moi quand elle était avec son autre famille.

Ma mère a encore hésité avant de débloquer son écran d'un glissement de doigt.

— Bonjour, chéri.

J'ai entendu quelques réponses inintelligibles. J'essayais de ne pas prêter attention à la conversation, mais ce n'était pas facile dans un espace aussi réduit. J'avais envie d'allumer la radio pour faire diversion, mais je n'ai pas osé.

— Je m'amuse très bien, a-t-elle affirmé d'un ton trop joyeux.

À moins qu'elle ne s'adresse toujours à lui de cette manière ? Il la rendait peut-être heureuse ? J'ai serré le volant plus fort.

— Elliot et moi sommes en route pour aller déjeuner tous les deux…

Je regardais droit devant moi, je me concentrais sur les panneaux routiers, les piétons, les feux de signalisation, les autres véhicules et les ronds-points.

— Elliot te passe le bonjour, a-t-elle menti en me regardant, pleine d'espoir, s'attendant à ce que je répète ses mots pour justifier son affirmation.

Comme je me suis contenté de serrer les lèvres, elle a baissé la voix.

— Il conduit, je ne devrais pas l'embêter. Il doit se concentrer.

J'ai senti une nouvelle pointe de culpabilité, que j'ai évacuée.

— Oui, dis aux enfants qu'ils me manquent. Je rappellerai ce soir, d'accord ? Je t'aime aussi. À bientôt.

Dès qu'elle a raccroché, le silence s'est abattu sur nous. Il était si pesant que j'ai ouvert ma fenêtre pour que l'air frais m'apaise.

Valérie a rangé son téléphone. J'ai cru qu'elle allait faire allusion à sa conversation, mais elle a dû changer d'avis et m'a simplement demandé :

— Alors, où allons-nous ?

Très bonne question.

Je me suis agité sur mon siège, incapable d'évacuer mon malaise. J'avais l'impression qu'un million de chenilles rampaient sur ma peau et que je ne parvenais pas à les chasser.

— Franchement, je ne viens jamais à Ridgemount, je ne connais pas d'endroit sympa. Je suis juste venu une fois ou l'autre rendre visite à Cass et, en général, on mange sur le campus.

— Oh.

Elle a placardé un faux sourire sur son visage.

— Si on allait au centre commercial, alors ? Je ne fais pas confiance à ce que proposent les motels.

J'ai accepté et elle m'a indiqué comment rejoindre le centre commercial le plus proche. Comme nous étions samedi après-midi, il y avait pas mal de monde. Le petit parking était complet, j'ai dû faire trois fois le tour avant que quelqu'un ne quitte sa place. Nous avons dû marcher longtemps pour rejoindre l'entrée, mais cela ne semblait pas déranger Valérie. Elle m'a parlé pendant tout le trajet en se frayant un chemin dans la foule. Elle a abordé des tas de sujets, évoquant tour à tour une nouvelle série qu'elle avait commencé à regarder, les fruits qui étaient meilleurs ici que chez elle, la laine qu'elle avait trouvée dans un magasin et qui lui avait donné envie d'apprendre à crocheter.

Je marmonnais et j'émettais d'autres bruits sans signification, tout en me demandant si je préférais le silence ou cette logorrhée.

En arrivant dans la zone de restauration, elle m'a demandé ce que j'avais envie de manger. J'ai fait un geste au hasard et elle a suivi la direction de mon bras, qui pointait vers un kebab. Quand j'ai passé ma commande, elle a absolument tenu à payer. C'était la première fois depuis son arrivée qu'elle me tenait tête, et elle était bien décidée à avoir le dernier mot.

— Je t'en prie, Elliot, a-t-elle insisté en m'écartant doucement de la caisse et en sortant un peu d'argent de son sac.

Ça m'arrangeait bien. Il me restait juste assez de monnaie, mais le geste était tellement maternel que j'ai cédé.

Valérie a ensuite fait le tour des échoppes pendant que je choisissais une table. Elle a trouvé le bar à sushis et s'est commandé un plateau et une salade avec une sorte de vinaigrette qui sentait très bon. Mais, avant qu'on attaque le repas, elle m'a arrêté en plaçant ses mains dans les miennes. J'ai cru qu'elle voulait réciter une prière :

— Je ne suis pas vraiment croyant… ai-je marmonné en essayant de me dégager.

Mon père nous avait élevés sans nous imposer de religion ou de croyance. Il voulait que nous trouvions nous-mêmes notre chemin spirituel, sans influence parentale.

Elle a eu l'air un peu interloquée et m'a lâché pour fouiller dans ses affaires et sortir une petite bouteille de désinfectant. Elle a fait gicler du gel sur mes paumes.

J'ai baissé les yeux vers la petite noix de désinfectant violet. Le gel qui glissait sur ma peau dégageait une senteur de fruits des bois. Valérie se comportait à nouveau comme une mère, alors que j'avais l'habitude de la considérer comme une vague connaissance avec qui je me sentais mal à l'aise. Je l'ai regardée se frotter les mains l'une contre l'autre, sans qu'elle remarque que je l'observais.

J'ai rapidement détourné le regard quand elle a relevé la tête et qu'elle s'est mise à frotter mes paumes pour que le gel violet disparaisse. Puis nous avons enfin entamé le repas. Nous avons gardé le silence jusqu'au bout, perdus dans nos pensées.

Pour une fois, je ne me sentais pas gêné.

Mes rapports avec ma mère étaient encore tendus, malgré l'après-midi relativement agréable que nous venions de passer ensemble. Je ne m'attendais pas à ce que les choses évoluent du jour au lendemain. Je ne m'attendais même pas du tout à ce que nos relations s'améliorent. Mais, quand je l'ai déposée à son motel et que je lui ai avoué avoir passé un bon moment, je ne mentais pas.

J'ai décidé de rentrer directement à la maison et de peut-être m'offrir une sieste. Le trajet de retour a été lent et j'ai dû baisser les vitres pour ne pas tomber de fatigue. Mais j'ai réussi à arriver chez moi en un seul morceau.

La porte du bureau de mon père était ouverte. J'ai remis les clés dans ma poche et j'ai jeté un coup d'œil à l'intérieur de la pièce. Mon père était couché sur le sol, pieds nus, les bras étendus et les yeux fermés, derrière ses lunettes.

— Le yoga, ça demande un peu plus d'effort que ça, ai-je plaisanté en me penchant dans l'embrasure.

Il a ouvert une paupière.

— J'ai le syndrome de la page blanche.

Ça expliquait tout. Mon père faisait toujours des trucs bizarres ou impulsifs quand il n'arrivait pas à écrire : des road trips improvisés, des régimes étranges, des expériences de privation de sommeil. C'était sa façon de surmonter l'obstacle.

— Profite bien de ta méditation, ai-je dit en fermant la porte.

— Elliot.

Je me suis arrêté.

— Oui ?

— La prochaine fois que tu décides de sortir la nuit, ne le fais pas en douce, préviens-moi.

Oups, j'étais grillé.

— Désolé, papa.

— Tu as dix-huit ans maintenant. Je te fais confiance. Tu es assez mature pour prendre de bonnes décisions. Nous sommes arrivés à un stade où on peut discuter de ça sans avoir à se disputer ou à brandir la menace d'une punition. Je suis prêt à fermer les yeux sur ce petit incident si tu me prépares des nouilles instantanées.

Mon père était le meilleur.

— Saveur poulet ou bœuf ?

— Poulet. J'adore ta sœur, mais les plats réchauffés au micro-ondes me manquent. Je ne sais pas combien de temps je vais pouvoir supporter de manger des trucs au nom imprononçable, a-t-il ajouté, penaud.

— Ne lui avoue jamais ça.

— Je vais essayer. Oh, Elliot ?

— Oui ?

— Ta mère a appelé ce matin. Elle te cherchait.

— Je sais.

Il a repoussé ses lunettes sur son nez.

— Comment ça s'est passé ?

— Étonnamment bien.

— Et toi, ça va ?

— Oui. Bon, je vais préparer les nouilles maintenant, OK ?

— D'accord.

Il a fermé les yeux.

— Merci.

J'ai à moitié refermé sa porte et je me suis dirigé vers la cuisine. Cass était assise, son ordinateur portable devant elle. Elle était occupée à marteler le clavier à toute vitesse. Elle a fixé l'écran en fronçant les sourcils, puis a supprimé tout ce qu'elle venait d'écrire. Quand elle m'a vu, elle a retiré ses écouteurs.

— Où tu étais passé ?

J'ai sorti des nouilles de l'armoire.

— Avec maman.

Elle a eu l'air sur le point de faire une remarque, mais elle s'est ravisée.

— Ah bon.

Le petit carnet que j'avais trouvé la veille dans la chambre de motel était posé à côté du portable. Instinctivement, ma sœur a mis la main sur la reliure en cuir et l'a glissé sur ses genoux.

— Qu'est-ce que c'est ? ai-je demandé d'un ton faussement détaché en sortant un bol.

— Un truc que j'étudie. Je bosse sur un projet.

— Un projet. Pour la fac ?

Elle a acquiescé.

— J'ai passé toute la soirée dessus.

— Tu as dû te coucher tard, ai-je remarqué en l'observant discrètement.

— Oui, a-t-elle répondu en me fixant droit dans les yeux.

Nous nous sommes dévisagés encore quelque temps avant que je retourne à mes préparatifs. Cass a dû décider de mettre fin à l'interrogatoire que je lui faisais subir. Elle a rassemblé ses affaires et a quitté la cuisine.

Elle me cachait un truc.

Je me suis demandé ce que je devrais négocier pour qu'elle m'avoue ce que c'était.

12.

Ce soir-là, j'ai décidé d'appeler Lydia.

— Salut, Lyd.

— Elliot.

Je ne savais pas si elle m'en voulait encore, mais j'ai décidé de m'excuser quand même :

— Je suis désolé pour ce matin.

Elle m'a surpris en répondant :

— Tu n'as aucune raison de l'être.

Je ressentais tout de même le besoin de me justifier :

— J'ai fait une balade de nuit en voiture. J'étais à côté de mes pompes. Puis je me suis endormi sur le bord de la route et je me suis réveillé ce matin.

— Tu es allé où ?

— Ridgemount.

Il y a eu un silence pendant quelques secondes.

— Ça a dû être une sacrée aventure, a-t-elle fini par reprendre.

— En effet. J'ai déjeuné avec ma mère aujourd'hui.

Il y avait un truc chez Lydia qui me donnait envie de tout lui déballer : ma journée, ma vie, ma famille. Tout ce que j'avais en tête.

Presque tout.

Pas les lettres.

Tout, mais pas les lettres.

— Ça s'est bien passé ?

— Étonnamment bien.

Je me suis allongé sur mon lit, une main derrière la tête, et j'ai fixé le plafond.

— C'était moins le supplice que je ne l'imaginais.

— C'est vrai ?

— Oui, je t'assure.

— Je suis contente pour toi. Espérons qu'il y en aura d'autres.

— Je n'espère rien du tout. Mes attentes sont encore très limitées.

— Quel pessimiste !

— Je suis *réaliste*. C'est pas pareil.

— Bon. Est-ce que le réaliste a quelque chose demain ? m'a-t-elle demandé d'un ton plus léger, plus joyeux.

J'ai repensé à Eliza et à notre déjeuner.

— Je suis libre le matin. Qu'est-ce que tu avais en tête ?

— La messe du dimanche.

Je me suis retenu de gémir.

— Je devine ta mine dégoûtée. Je sais que ce n'est pas le rendez-vous du siècle, mais je trouve la messe réconfortante et je me disais que tu voudrais peut-être te joindre à moi.

Je n'avais pas mis les pieds dans une église depuis les funérailles de Colton et je voulais éviter de le faire le plus longtemps possible. Mais, si Lydia y trouvait la sérénité, ça me ferait peut-être du bien aussi.

— D'accord, ai-je concédé en tentant de ne pas paraître réticent.

— Je passe te chercher ?

— Non, je te retrouverai devant. J'ai besoin de ma voiture. J'ai un déjeuner après.

— Encore avec ta mère ?

Je ne voulais pas lui parler d'Eliza. Pas encore. J'ai donc menti :

— Exactement.

— J'espère que ça se passera aussi bien qu'aujourd'hui.

J'ai entendu une sonnerie au loin, accompagnée d'une vibration, puis Lydia s'est éloignée du téléphone fixe. Elle consultait sans doute une notification sur son portable. J'ai attendu patiemment son retour.

— Désolée. Je viens de recevoir un SMS d'une fille du lycée. J'organise le camping en souvenir de Colton avec elle et elle m'a envoyé les infos.

— C'est quand ?

— Vendredi, à Darion Rock. C'est le parc près de l'église.

— On a le droit de camper là-bas ?

— Le père de Charlie fait partie du comité et il nous donne la permission. Juste pour une nuit. Nous devons avoir tout remballé et nettoyé à 6 heures. Apporte un sac de couchage et de la nourriture. Tu n'auras besoin de rien d'autre.

— C'est noté. Tu veux qu'on y aille ensemble ?

— Bonne idée.

Puis elle a étouffé un bâillement et j'ai entendu les ressorts de son lit grincer quand elle s'est couchée.

Ce mouvement a été suivi par un silence qui m'a persuadé qu'elle s'était endormie.

Puis elle a murmuré d'une voix fatiguée :

— Elliot ?

— Oui, Lyd ?

— Ça devient moins dur pour toi ?

Malgré son ton doux, fragile, presque vulnérable, elle exigeait la vérité. Elle en avait besoin. J'aurais pu mentir. J'aurais pu prétendre que j'allais mieux, que j'apprenais à vivre avec l'idée. Que je commençais à accepter la mort de mon ami. Mais c'était un mensonge si gros que je n'avais pas la force de convaincre quelqu'un d'autre.

— Non, pas du tout. Pour être honnête, c'est encore plus dur.

— Je voulais juste savoir.

— Savoir quoi ?

Mais elle s'était endormie.

Le lendemain matin, j'ai retrouvé Lydia devant l'église. Elle s'est laissée glisser du coffre de sa voiture, où elle s'était perchée pour m'attendre. Elle portait une robe pastel sage et avait les cheveux noués par un ruban. Dès qu'elle s'est approchée, j'ai tiré sur une de ses mèches.

— Tu es bien jolie.

— Tais-toi ! a-t-elle répliqué avec un regard désapprobateur, mais, quand elle s'est retournée, je l'ai surprise à sourire.

Je l'ai suivie à l'intérieur. Je ne sais pas pourquoi, mais je ne m'attendais pas à ce que tant de gens assistent à l'office du dimanche matin. J'ai été un peu effrayé de voir l'assemblée se déplacer entre les bancs.

Les parents d'enfants tirés à quatre épingles échangeaient des politesses avec des personnes âgées. De jeunes couples discutaient à voix basse. Et puis il y avait Lydia et moi. Deux adolescents tout juste sortis du lycée, qui détonnaient dans la foule comme un passage surligné dans un livre.

Et, même si personne ne faisait attention à nous pendant que nous cherchions une place, j'avais l'impression que tous les regards étaient braqués dans notre direction. Je me sentais accablé par les souvenirs de l'enterrement. J'ai pris une inspiration profonde en tremblant et j'ai essuyé mon front moite.

Lydia n'a pas tardé à remarquer mon malaise : ma transpiration et ma respiration hachée trahissaient ma crise de panique. Elle n'a rien dit, mais elle m'a pris la main.

C'était un geste tout simple, qui m'a immédiatement soulagé.

La chaleur de sa paume était apaisante et me tirait vers la réalité. C'était une ancre qui me maintenait au sol et m'empêchait de péter un câble.

Je lui ai serré la main à mon tour.

Puis l'office a commencé. Le prêtre s'est positionné derrière le petit pupitre, a levé les mains et a adressé quelques signes de tête polis à deux ou trois habitués.

— Bienvenue… a-t-il hurlé d'une voix étonnamment aiguë et sifflante.

Des cris étouffés ont résonné dans la nef et une vague de murmures s'est élevée dans la foule. Même Lydia a sursauté et ses doigts ont inconsciemment serré les miens.

— Oh, je suis vraiment désolé, a bafouillé le prêtre en posant une main sur le micro et en reculant. Il semblerait que nous ayons quelques problèmes techniques.

Sans le micro, il avait retrouvé son timbre ordinaire : doux, mais puissant. Sa voix avait été considérablement altérée par le dysfonctionnement de l'appareil, qui l'avait rendue presque démoniaque.

Suite à cet incident, le début de l'office a été retardé de dix minutes pour qu'on puisse retirer et remplacer le micro défectueux. Quelques cafouillages ont accompagné la mise en place de la nouvelle installation, mais, une fois que le micro a fonctionné correctement, la messe a pu commencer.

Lydia a gardé sa main dans la mienne pendant toute la cérémonie.

Une fois l'office terminé, Lydia m'a lâché et il y a eu une seconde gênante, genre *Je ne sais pas si c'est ta transpiration ou la mienne sur ma paume, mais je vais m'essuyer l'air de rien.* Nous avons évité de nous regarder. Lydia a fourragé dans son sac, sans doute pour chercher du désinfectant ou un mouchoir.

Alors que les gens commençaient à se diriger vers la porte pour filer déjeuner ou prendre un petit déjeuner tardif, le prêtre a rappelé aux fidèles que le confessionnal serait ouvert pendant vingt minutes pour tous ceux qui voudraient confier leurs péchés.

Lydia a arrêté ses fouilles et a tourné la tête en direction du confessionnal.

— Ça te dérange si je…

— Vas-y, l'ai-je interrompue. Je t'attends ici.

Elle m'a adressé un petit sourire avant de se lever et de se frayer un chemin à travers le labyrinthe des bancs. J'ai décidé d'explorer l'église. J'ai fait le tour de la nef et j'ai jeté un coup d'œil aux différents dépliants mis à disposition près des portes, aux statues magnifiquement sculptées et aux images projetées par les vitraux. Le soleil de fin de matinée brillait à travers le verre coloré et formait des reflets dansants sur le tapis. Le spectacle était fascinant.

Maintenant que l'église était moins encombrée, elle était beaucoup plus accueillante et l'atmosphère plus réconfortante. Comme mon père ne nous avait pas élevés dans la foi, il ne nous avait jamais obligés à assister aux messes ou aux cérémonies religieuses. Je n'avais poussé les portes de l'église locale que trois fois.

Les deux premières, c'était pour des enterrements, ce qui n'était pas les meilleurs souvenirs. La troisième, c'était cette messe du dimanche avec Lydia. Je me sentais claustro dans cet espace confiné. Trop de gens me regardaient et parlaient. Et, même si ce n'était pas un enterrement, j'avais l'impression d'étouffer.

Cependant, voir l'église presque déserte me la montrait sous un nouveau jour. L'expression passionnée des statues de marbre parfaitement sculptées m'a paru incroyable. L'attention portée aux détails était admirable et l'église était si bien entretenue qu'elle m'a semblé apaisante.

— Elliot.

Lydia m'a touché l'épaule délicatement. J'ai sursauté comme si ma peau était à vif et qu'elle avait enfoncé ses doigts dans ma chair. J'étais tellement surpris que j'ai failli m'encastrer tête la première dans le vitrail.

— Lydia, ai-je soufflé.

— Désolée. J'ai, euh, fini.

— C'était comment ?

Je ne savais pas si cela se faisait de demander comment s'était passée la confession, mais j'avais besoin de penser à autre chose qu'à mon cœur qui battait la chamade. Lydia n'a pas eu l'air effarouchée par ma question.

— Bien. Je me sens beaucoup mieux. Tu devrais essayer.

J'ai regardé le confessionnal avec scepticisme.

— Non merci.

Elle a haussé les épaules.

— Comme tu veux. Peut-être une autre fois ?

Nous nous sommes dirigés vers la sortie.

Et c'est là que j'ai hésité. J'ai jeté un œil par-dessus mon épaule.

— En fait, peut-être que ce serait une bonne idée…

Je ne savais pas trop si ce que je voulais avouer était considéré comme des péchés, mais j'avais envie de soulager ma conscience. Un prêtre me semblait l'oreille idéale. J'avais entendu dire qu'il n'avait le droit ni de juger ni de commenter, et je ne me voyais pas aborder le sujet des lettres avec Lydia, Cass ou mon père.

Peut-être que parler à quelqu'un pourrait me déstresser.

Lydia attendait que je me décide, la tête inclinée sur le côté, une mèche de cheveux échappée de son ruban frôlant sa joue.

— Oui, ai-je confirmé en me redressant un peu. Je pense que je vais le faire.

Je me suis dirigé vers le confessionnal avant d'avoir le temps de me raviser.

— Je t'attends ici ! m'a crié Lydia.

Sa voix a rebondi contre le plafond voûté, provoquant une vague d'échos.

J'ai dégluti en approchant de la cabine et je suis entré en hâte, pour ne pas me dégonfler. L'intérieur était plus petit que ce que j'imaginais. Je ne m'attendais pas à trouver un canapé et une table basse avec des biscuits et du thé, mais tout de même.

Je me suis assis sur le banc étroit et je me suis lancé :

— Pardonnez-moi, mon père, car j'ai péché.

Je ne savais pas si c'était la formule exacte, mais elle me paraissait appropriée parce que je l'avais entendue dans les films. Un bruissement de soutane s'est élevé de l'autre côté de la cloison, mais le prêtre n'a rien répondu. J'ai pris ça comme une invitation à poursuivre :

— J'ai beaucoup menti à mes amis et à ma famille. Mon meilleur ami a été assassiné il y a presque un mois et j'essaie de résoudre le mystère. Comme je ne sais pas à qui je peux faire confiance, je n'en ai parlé à personne. Parfois… parfois, j'ai l'impression de perdre la tête.

J'ai continué à me confier, il a continué à m'écouter en silence et cela m'a fait du bien. Je me suis abstenu de mentionner ma relation étrange avec le tueur et les lettres. Comme je ne savais pas si le secret de la confession s'appliquait quand un prêtre était interrogé par la police, j'ai préféré garder ces informations pour moi, même s'il ignorait mon identité grâce à l'écran qui nous séparait. Si les autorités décidaient de l'interroger, je serais facilement identifiable : je serais le mec qui a trouvé le cadavre de son meilleur ami. Il ne se passait jamais rien dans la ville et tout le monde était au courant de la mort de Colton.

Je ne sais pas combien de temps a duré mon monologue. Sans doute quelques minutes sans interruption, ce qui était un record, parce que je n'étais pas d'un naturel très bavard. Une fois que j'ai eu fini de m'épancher, il y a eu un blanc. Je ne savais pas si le prêtre était surpris par la longueur de ma confession ou s'il réfléchissait à sa réponse, mais il est resté silencieux.

Puis un bout de papier, pas plus grand qu'une carte de visite, a glissé à travers la grille du confessionnal. Il y avait six mots imprimés dessus :

COLTON CREST A DISPARU DEPUIS LONGTEMPS

J'ai gardé les yeux fixés sur le papier un long moment, jusqu'à ce qu'une voix s'élève dans le confessionnal :

— Je suis vraiment désolé, mon garçon. Une gentille paroissienne m'a apporté un pichet de limonade maison et je n'ai pas pu aller aux toilettes avant l'office, ce matin. Vous m'avez attendu longtemps ?

Le prêtre, le vrai, venait seulement de prendre place de l'autre côté de la cloison.

Tout ce que mon cerveau arrivait à comprendre, c'était que le tueur était ici. Et que je venais de lui livrer ma confession.

— Mon fils ? Est-ce que tout va bien ?

— Très bien, ai-je répondu d'une voix légèrement tremblante en reculant. Je… je dois y aller.

— Vous êtes sûr que ça va ? a insisté le prêtre, inquiet.

Je me suis mis à courir, en jetant un rapide coup d'œil à Lydia pour m'assurer qu'elle n'était pas blessée. Quand j'ai vu qu'elle n'avait rien, je l'ai attrapée. Elle ne comprenait pas pourquoi j'étais soudain si pressé.

— Elliot, ça va ? Qu'est-ce qu'il y a ? Qu'est-ce qu'il s'est passé ?

Les questions se bousculaient sur ses lèvres tandis que je la tirais vers l'extérieur.

— Tu es restée ici près de l'entrée tout le temps ? lui ai-je demandé avec véhémence.

Comme elle ne répondait pas tout de suite, j'ai répété :

— Lydia ? Tu es restée là tout le temps ?

— Oui, a-t-elle fini par dire.

Elle avait du mal à me suivre. Mes doigts ont serré inconsciemment les siens plus fort et elle a laissé échapper un petit cri, mais ne m'a pas ordonné de la lâcher.

— Pourquoi ? Qu'est-ce qui ne va pas ?

Je parcourais le bâtiment du regard.

— Il doit y avoir une autre sortie. Tu sais s'il y en a une autre ? Bon sang, Lydia, réponds-moi !

— Il y en a une autre sur le côté et une à l'arrière, m'a-t-elle expliqué, un peu effrayée par mon énervement.

Je m'en voulais de lui avoir parlé d'une façon si pressante, mais il fallait agir vite.

Le tueur de Colton Crest était ici.

Je devais traquer et capturer ce salaud.

13.

Lydia venait de me dire qu'il y avait deux autres sorties, en plus de la principale que nous avions empruntée, à l'avant de l'édifice. Je ne savais pas où se trouvait celle de derrière, mais je pensais pouvoir trouver l'issue latérale si Lydia m'indiquait la bonne direction.

— Où est la porte sur le côté ? lui ai-je demandé en scrutant la nef, au cas où quelqu'un apparaîtrait.

Je sautillais nerveusement sur la pointe des pieds, sentant les secondes me filer entre les doigts.

— Là.

Lydia a pointé le côté gauche du bâtiment et j'ai foncé vers la direction qu'elle m'indiquait. Elle m'a suivi.

— Lydia, il faut que tu montes la garde près de la porte de derrière.

Je l'ai regardée d'un air implorant pour qu'elle réalise l'urgence de la situation.

— Si quelqu'un d'autre que le prêtre en sort, tu l'attaques. Ne te pose pas de questions, n'hésite pas, ne te sens pas coupable.

Et, si cette personne ose te faire du mal, crie le plus fort que tu peux et j'accourrai à ton secours. S'il te plaît, Lydia, promets-moi que tu le feras. C'est hyper important.

Je m'apprêtais à ce qu'elle me bombarde de questions, mais elle s'est contentée d'acquiescer d'un signe de tête. Si je n'avais été pris dans cette course contre la montre, j'aurais été stupéfait par sa bonne volonté. Mais je n'avais pas le temps de m'attarder. Je lui ai juste pris la main pour la serrer, avant de la lâcher et de courir vers la porte latérale tandis que Lydia poursuivait son tour de l'église.

Mon cœur battait la chamade. Le moment était venu. J'allais démasquer l'assassin de Colton Crest.

Qu'allais-je faire une fois que je l'aurais coincé ? Exiger des réponses ? Lui casser la figure ? Appeler la police ?

J'ai repoussé toutes ces questions dans un coin de ma tête pour me concentrer sur l'instant présent. Quand j'ai atteint l'accès, je n'ai rien remarqué d'anormal. Pas de preuves traînant sur le sol, pas de cheveux coincés dans la poignée, pas de traces d'effraction ou de lutte.

Je me suis approché du battant, d'un pas mal assuré. J'essayais de rester détendu et de contrôler ma respiration. Et si le tueur était *juste là*, juste derrière le panneau de bois ?

C'est alors que j'ai réalisé que je n'avais pas peur. Au contraire, j'étais furieux : mon sang bouillonnait de colère. Cette personne – ce connard – avait assassiné mon meilleur ami et me narguait avec des messages à la mords-moi-le-nœud, des confessions bateau, des énigmes tordues, des graffitis et des rebondissements improbables. Il se foutait de moi depuis des semaines.

J'étais fou de rage.

Et je n'allais pas hésiter à le montrer.

Dès que je suis rentré dans l'église, j'ai regardé dans toutes les directions, cherchant quelqu'un, n'importe qui. J'ai tiré le battant dans les deux sens pour m'assurer que personne n'était tapi dans l'ombre. C'était comme jouer à un jeu d'objets cachés, je cherchais n'importe quoi qui ne soit pas à sa place.

J'ai ri en silence, d'un rire jaune.

Ça aurait plu au tueur. *Un nouveau jeu.*

J'ai cherché derrière les meubles, les statues, les bancs. J'espérais tomber sur un petit fragment de peau, une mèche de cheveux, un morceau de tissu. Je balayais l'église d'un regard frénétique, tentant désespérément de débusquer l'assassin.

Où es-tu ?

Putain, t'es où ?

— Elliot.

Je me suis retourné et j'ai vu Lydia arriver. J'ai supposé qu'elle était passée par la porte de derrière. J'avais le souffle court.

— Tu cries, m'a-t-elle dit doucement, mais sa voix a tout de même résonné dans la nef.

Je ne m'étais pas rendu compte que je criais. J'ai passé une main dans mes cheveux, frustré.

— Il y a quelque chose qui ne va pas ? a demandé le prêtre en surgissant de nulle part.

Je me suis demandé d'où il sortait et depuis combien de temps il savait qu'on était là. En découvrant mon air paniqué, il a ajouté :

— Est-ce qu'il y a quelqu'un que je peux appeler ?

— Non, ai-je répondu un peu trop durement. Je suis désolé, on s'en va.

Je me suis approché de Lydia, je lui ai pris la main et je l'ai entraînée dehors en douceur.

J'avais envie de casser quelque chose.

Comment le tueur avait-il pu s'enfuir aussi vite ?

J'ai lâché la main de Lydia et je me suis dirigé vers ma voiture sans prononcer un mot. J'ai rapidement déverrouillé les portières et je me suis glissé sur le siège conducteur. Une fois ma portière claquée, je me suis mis à cogner le volant en hurlant.

— Connard ! Je te déteste ! Je te *hais* !

Puis j'ai collé mon front contre le volant en essayant de contrôler ma colère. Je savais que je me comportais comme un gamin, mais je me sentais horriblement frustré.

Après quelques secondes, quelqu'un a ouvert la portière du côté passager et est monté. Je n'avais pas besoin de lever les yeux. Je reconnaissais l'odeur de son shampooing à la fraise.

— Je croyais que tu étais partie.

— Tu croyais que j'allais te laisser ici tout seul ? Tu as l'air prêt à étriper quelqu'un à mains nues.

J'ai eu un petit rire sarcastique :

— C'est tentant.

Lydia n'a rien dit. Elle s'est assise et a refermé doucement la portière.

— Qu'est-ce qui se passe, Elliot ?

J'ai relevé la tête et je l'ai regardée. Ses sourcils étaient froncés, ses épaules voûtées en signe de défense. Lydia avait peur. Peur de moi. Je me suis tout à coup détesté de l'avoir laissée penser que je pourrais lui faire du mal.

— Lydia, je suis vraiment désolé.

Je voulais la prendre dans mes bras. J'ai levé une main timide vers elle, mais elle a eu un mouvement de recul. Gêné, j'ai saisi le volant à la place.

— Qu'est-ce qui se passe ? a-t-elle répété.

— Plein de choses.

Je gardais le regard rivé sur le pare-brise.

— Genre ?

— Je ne peux pas te le dire.

En parler à Lydia compliquerait encore les choses. Et si elle racontait tout à quelqu'un ? Et si le tueur s'en prenait à elle ? Et si elle était blessée par ma faute ? Cette simple idée me faisait horreur.

— Pas encore, ai-je ajouté. J'ai besoin d'un peu plus de temps.

Je l'ai dévisagée. Je n'arrivais pas à déchiffrer son expression.

— Un peu plus de temps, a-t-elle répété, le regard perdu dans le vide, comme si je n'étais pas là.

— Je suis désolé, Lyd…

— Tu parles comme Colton.

— Quoi ?

Lydia me dévisageait maintenant d'un air désespéré, comme si j'étais le dernier être sur terre et que, si elle clignait des yeux, j'allais cesser d'exister.

— Tu parles comme Colton. Il parlait toujours de temps. Ça le stressait tellement…

— Je sais.

J'ai repensé au jour où il était réapparu à ma porte. À la façon qu'il avait de consulter sa montre sans arrêt.

— Tu sais ce qui lui faisait le plus peur ?

— Non.

— Il a failli me le dire. Ce soir-là…

Elle s'est interrompue et a serré les lèvres.

— J'aurais tant voulu savoir de quoi il avait si peur.

— Moi aussi, ai-je renchéri.

Quand elle a à nouveau posé les yeux sur moi, ils étaient remplis de larmes.

— J'ai donné tout mon temps à Colton et ça n'a pas suffi. Je ne veux pas refaire la même erreur. Partage tes secrets avec moi, Elliot. Et je te confierai les miens.

J'ai ouvert la bouche, mais rien n'en est sorti.

Lydia a tiré la poignée de la portière.

— Je t'appelle plus tard, OK ?

J'aurais dû dire quelque chose, n'importe quoi. Mais je ne l'ai pas fait. Je l'ai laissée partir.

À cause des événements de la matinée, j'avais complètement oublié mes projets avec Eliza. Jusqu'à ce qu'elle m'appelle vers le milieu de la journée, une heure après notre rendez-vous.

— Alors, c'est comme ça que tu traites une fille au premier rencard ?

Même si son ton était moqueur, je me suis senti coupable.

— Je suis vraiment désolé, ai-je répondu en me passant une main sur le visage. J'ai eu une matinée de dingue.

— Raconte-moi tes mésaventures.

— Et si on faisait une deuxième tentative ?

Je n'avais pas l'intention de lui confier ce qui m'était arrivé. J'espérais qu'en lançant la conversation sur un sujet plus amusant, je la ferais passer à autre chose.

— Ça me ferait plaisir. Un café ?

— Oui, ça me va. Il y a un super endroit, à quelques rues de…

— En fait, je pensais te proposer de prendre un café chez moi. Qu'est-ce que tu en dis ?

Ce serait une excellente occasion de fouiner.

— Comme ça, a-t-elle repris, si tu me poses un deuxième lapin, ce sera moins grave. Je serai à la maison.

Elle a ri doucement.

— Je suis vraiment désolé. Je te jure que je suis un mec charmant… quand je viens aux rendez-vous.

Eliza a émis un petit *Mmm* dubitatif.

— Je le croirai quand je le verrai. Tu veux passer demain ? Disons, autour de 10 heures ?

J'espérais qu'aucun événement imprévu ne viendrait perturber mes plans.

— Je serai là pile à l'heure.

— Je compte sur toi. Si tu n'es pas là à 10 heures, c'est que tu ne tiens pas à moi.

— Je ferais mieux de viser 9 h 45 alors.

Elle a ri.

— Bon, à demain ? Je t'enverrai les indications par SMS.

Quand elle a raccroché, j'ai balancé mon téléphone sur le lit. Je me sentais complètement dépassé et je ne savais pas si j'étais content ou stressé par la distraction qui se présentait. Le meurtre de Colton m'accaparait totalement, je n'arrivais plus à m'en détacher. Je crois que c'est à ce moment-là que la troisième étape du deuil a commencé. Je me suis demandé si Colton aurait été aussi affecté que moi si les rôles s'étaient inversés.

Probablement pas.

Je n'ai pas pu m'empêcher de négocier dans ma tête avec des forces invisibles qui ne pouvaient pourtant rien changer à la situation.

14.

Les indications d'Eliza m'ont mené à l'entrée d'une propriété privée, puis à une route en terre battue et à une sorte de ranch. Le genre de maison qu'on voit à la télé ou dont on lit la description dans les livres, avec un escalier en bois menant à un porche qui fait le tour complet du bâtiment. Il y avait un fauteuil à bascule à gauche et une petite table basse sur laquelle avaient été abandonnés une tasse de thé refroidi et un livre relié dont il manquait la jaquette.

Je me suis senti mal à l'aise.

J'avais une impression de… mise en scène.

J'étais peut-être simplement nerveux. J'ai enfoncé les mains dans mes poches pour les empêcher de trembler et j'ai gravi les marches. Je me suis arrêté devant la porte d'entrée et j'ai pris une grande inspiration avant de me décider à frapper. Le battant s'est ouvert au moment où je levais le poing.

Eliza s'est figée dans son élan en me voyant. Son mouvement soudain a fait voler autour de ses genoux sa robe blanche légère et a secoué les fleurs flétries qu'elle tenait dans les bras. Des pétales ont virevolté autour de ses pieds nus. Ses yeux étaient écarquillés, ses lèvres entrouvertes, mais elle s'est ressaisie rapidement et a esquissé un sourire.

— Je ne m'attendais pas à te voir ici si tôt, a-t-elle déclaré en consultant la fine montre dorée à son poignet. Tu as un quart d'heure d'avance.

— Je t'avais prévenue.

Elle a ouvert plus largement la porte et s'est écartée.

— Eh bien, entre. Je vais te préparer quelque chose à boire. Je dois juste jeter ça.

L'intérieur ressemblait à une maison de poupée : l'essentiel était là, mais l'ensemble manquait de caractère. Je me sentais mal à l'aise qu'Eliza me laisse seul. Je suis entré dans le salon. Des canapés en daim entouraient une table basse en verre qui semblait ne jamais avoir servi. Pas de rond laissé par une tasse de café, pas un grain de poussière. J'ai passé mon doigt sur la surface pour m'en assurer. Elle était immaculée.

Je me suis approché du manteau de cheminée. La grande fenêtre sur la gauche était ouverte et les lourds rideaux écarlates tirés pour que le soleil inonde la pièce. Une douce brise m'a effleuré le bras quand j'ai traversé le salon pour examiner les cadres photo. Au lieu de renfermer des portraits de famille, ils contenaient des phrases. Des poèmes, des citations, des passages de romans.

— Ma mère adore ce genre de trucs.

J'ai failli en renverser un en me retournant vers Eliza.

Elle a ri.

— Excuse-moi, je ne voulais pas te faire peur. Ça n'a jamais été son truc, les photos de famille.

J'étais déçu. Je ne savais toujours pas à quoi ressemblait Tristian. Je l'avais peut-être déjà croisé sans le savoir. Cette idée me donnait le tournis.

— Tu veux boire quelque chose ?

— Oui, super.

J'avais la gorge sèche et ma voix semblait artificielle.

Je l'ai suivie jusqu'à la cuisine, où je me suis perché sur un tabouret devant le plan de travail, sur lequel étaient posés des sablés juste sortis du four. Ils étaient super appétissants.

— Je sais que techniquement je t'ai proposé du café au téléphone, mais en réalité je préfère le thé.

J'ai souri.

— Je ne suis pas fan de café non plus.

— J'espérais que tu dirais ça, parce que je serais incapable d'en préparer un bon si ma vie en dépendait. Qu'est-ce que tu voudrais à la place ? Eau, thé glacé, limonade, thé ?

— C'est quel parfum, le thé glacé ?

Eliza a ouvert le frigo et en a sorti un pichet.

— Pêche. Ça te va ?

— Parfait.

Elle a jeté des glaçons dans deux verres, y a versé le thé et en a fait glisser un vers moi. J'en ai bu la moitié d'un seul trait. C'était frais et sucré et cela a tout de suite étanché ma soif. Puis Eliza m'a offert des biscuits, qui étaient encore meilleurs que je ne l'avais imaginé.

— Alors, tu étudies à la fac ?

— Je vais commencer… Je devais prendre une année de congé pour voyager, mais…

Mon meilleur ami a été assassiné.

— … mes plans ont changé.

— Moi aussi, j'aurais voulu prendre une année sabbatique. Finalement, je suis entrée directement à l'université. Je viens de finir ma première année.

— Qu'est-ce que tu étudies ?

— Le droit.

Je me demandais si Eliza avait choisi ce domaine parce qu'il l'intéressait vraiment ou parce qu'elle voulait veiller sur son grand frère. Si Tristian avait de nouveaux ennuis avec la justice, elle connaîtrait les lois et pourrait le défendre. Il suffisait de trouver une faille dans le système pour lui éviter la prison.

— Tout le monde est persuadé que, pour s'en sortir, il faut une bonne stratégie. Mais, si on y réfléchit bien, se familiariser avec le droit, ça permet de se tirer de n'importe quel mauvais pas, y compris d'un meurtre.

Elle a pris son verre avec un sourire goguenard et en a bu une gorgée avant de conclure :

— Je ferais un excellent assassin.

Cette déclaration a accéléré mon rythme cardiaque.

— Tu ferais mieux de garder ce genre d'information pour toi. Et si j'étais un flic en mission secrète ? ai-je plaisanté.

— Je connais un très bon moyen de te faire taire.

Je n'avais pas l'habitude d'embrasser une fille au premier rendez-vous, mais Eliza avait l'air vraiment sympa. Je ne risquais rien à essayer. Il faut une première fois à tout.

Quand elle s'est penchée vers moi de l'autre côté du comptoir, si près que j'apercevais en gros plan les taches de rousseur qui parsemaient son nez, le téléphone de la maison a sonné. Elle n'a pas eu l'air surprise ou agacée. Elle s'est écartée et m'a souri.

— Excuse-moi une seconde.

Puis elle a décroché et est sortie de la cuisine.

Je ne savais pas combien de temps Eliza s'absenterait. J'ai attendu trente secondes avant de descendre de mon perchoir pour explorer le rez-de-chaussée. Même si je n'avais pas beaucoup de temps, je me suis mis à fouiner. Je suis sorti de la cuisine et j'ai rejoint le couloir.

Tout en cherchant des indices, je me suis posé des questions sur ce Tristian Yanks. Qu'est-ce qui le motivait ? Quelles étaient ses faiblesses ? Et qu'est-ce qui le faisait avancer ? Je me suis demandé s'il était ici, dans la maison, en ce moment.

Le couloir était sombre par rapport à la cuisine et au salon. La seule lumière provenait de l'entrée. Les rayons du soleil étaient colorés par le vitrail au-dessus de la porte. En examinant les murs, j'ai constaté qu'Eliza avait raison. Sa mère n'était pas du genre portraits de famille. Il n'y avait aucune photo pour immortaliser des journées passées à la plage, des événements officiels ou des fêtes de fin d'année.

Ici aussi, les cadres ne renfermaient que des phrases.

Je les ai parcourues en essayant d'en comprendre le sens le plus rapidement possible.

Si tu ne réussis pas la première fois, essaie encore.

La plupart étaient des pensées positives. Je me demandais si la famille Yanks les lisait pour s'en inspirer. Je me demandais si ces mots avaient un impact sur leur vie de tous les jours. D'autres étaient des citations extraites de livres, des classiques surtout. J'ai reconnu certaines phrases célèbres de romans étudiés au lycée.

Un texte a retenu mon attention.

Ceux qui cherchent à gagner leur liberté
Doivent s'éloigner du monde,
Des interdictions, des attentes, des manipulations.
C'est grâce à la liberté qu'ils s'en sortent
Car, avec la liberté, on découvre qui on est vraiment
Et on peut alors s'ouvrir
Aux secrets de l'univers,
Explorer sa face cachée.
N'oublie pas de regarder partout, en tout cas,
Car tous les chemins sont possibles.

Ce texte était brodé au fil rouge sur un tissu blanc. Les lettres étaient épaisses et formaient de jolies boucles. Cela avait dû prendre un temps fou à réaliser. Il y avait quelque chose dans l'écriture…

J'ai collé le nez contre le cadre pour mieux voir à travers la vitre. J'ai relu la première ligne et… je l'ai aperçue. Une fine ligne de fil blanc courait sous certains mots. À cause du reflet et du manque de lumière, on distinguait à peine le blanc sur fond blanc. Mon cœur s'est mis à battre plus vite.

Ceux qui cherchent à gagner leur liberté
Doivent s'éloigner du monde,
Des interdictions, des attentes, des manipulations.
C'est grâce à la liberté qu'ils s'en sortent
Car, avec la liberté, on découvre qui on est vraiment

Et on peut alors s'ouvrir

Aux secrets de l'univers,

Explorer sa face cachée.

N'oublie pas de regarder partout, en tout cas,

Car tous les chemins sont possibles.

Mon cœur tambourinait dans ma poitrine comme un animal sauvage qui cherche à se libérer. C'était un extrait de la dernière lettre. Peut-être que la suivante était cachée derrière…

J'ai levé une main tremblante, mais je n'ai pas eu le temps de retourner le cadre pour vérifier si mes soupçons étaient exacts, parce que la porte de la maison s'est ouverte. J'ai redressé la tête, m'attendant à ce qu'Eliza débarque et me lance un commentaire bien senti.

Mais j'ai su tout de suite que ce n'était pas elle. Même si je ne distinguais que les contours du nouveau venu parce qu'il était à contre-jour, je savais que ce n'était pas une femme. Il était grand, plus large, ses pas étaient plus lourds.

— Je peux t'aider ?

Pourquoi sa voix me semblait-elle si familière ?

La porte s'est refermée derrière lui et j'ai dû cligner des yeux pour faire disparaître les taches qui m'obscurcissaient la vue. Des fragments de sa silhouette se sont lentement révélés : cheveux foncés, nez large, mâchoire carrée. J'ai inspiré à fond pour chasser mon impression de tournis.

— Colton ?

15.

À peine le prénom prononcé, j'ai réalisé mon erreur. La silhouette s'est avancée et je la distinguais beaucoup plus clairement. Les yeux du jeune homme étaient d'une nuance trop foncée, son teint était différent et ses lèvres étaient tordues dans une moue que je ne connaissais pas. Ce n'était pas mon meilleur ami. C'était l'assassin que Colton était parti traquer pendant sa disparition.

C'était Tristian Yanks.

— Je peux t'aider ? a-t-il répété.

Plus je le regardais, moins j'arrivais à me défaire de l'image de Colton. Bones avait raison. Ils se ressemblaient comme deux gouttes d'eau. Tristian devait avoir plus de trente ans. Il ressemblait exactement au Colton que j'aurais pu imaginer dans une quinzaine d'années.

— Je cherchais les toilettes.

— Tu es un ami d'Eliza ? m'a-t-il demandé, sans se tracasser de savoir pourquoi je traînais dans le couloir de la maison.

Sa sœur est revenue, pile au bon moment. Elle s'est cognée à son grand frère, qui se trouvait encore près de l'entrée. Tristian n'a pas eu l'air le moins du monde perturbé par cette collision ; il ne me quittait pas des yeux.

— Oh. Salut. Je croyais que tu étais parti ?

— Je viens de rentrer, lui a-t-il expliqué sans la regarder. Mes affaires sont dans la voiture. C'est qui, ton copain ?

Eliza a remarqué ma présence, dans l'ombre. Elle a eu l'air de se demander ce que je fabriquais là, mais elle a souri après un bref instant.

— C'est Elliot. Elliot, je te présente mon frère, Tristian.

— Enchanté, ai-je déclaré en essayant de prendre une voix normale.

— Elliot Parker ?

Ma gorge s'est serrée et ma respiration s'est arrêtée. Comment connaissait-il mon nom complet ? J'ai entrouvert les lèvres, incapable d'articuler le moindre mot. Tristian en a profité pour s'expliquer :

— C'est toi qui as trouvé le corps de Colton Crest, non ?

Techniquement, j'avais trouvé le cadavre, mais je n'avais pas appelé les autorités. J'étais en état de choc, mon corps s'était arrêté de fonctionner, mon esprit refusait de comprendre la scène qui se déroulait sous mes yeux. Ce n'est qu'après le passage d'un joggeur qui m'a trouvé en pleine crise de panique que la police a été prévenue. J'avais peu de souvenirs de cette soirée. Comme si c'était tellement traumatisant que mon cerveau avait mis en marche un mécanisme d'autodéfense et bloqué les souvenirs pour m'empêcher de péter un câble. Des fragments devaient être enfermés dans un recoin de mon esprit, comme la présence de Cass à mes côtés ou le reflet de la montre de Colton, mais même ces rares images étaient floues.

J'ai été incapable de répondre à l'interrogatoire quand j'ai été escorté au poste de police ce soir-là, et je n'ai sûrement pas été en mesure de fournir des informations cohérentes. Le temps qu'on me laisse partir, le journal local avait déjà publié un article en ligne : UN ADO TROUVE SON MEILLEUR AMI MORT LA VEILLE DE LA REMISE DES DIPLÔMES. Ce n'était donc pas un secret que c'était moi qui l'avais trouvé, mais on ne m'avait pas dit qu'ils avaient ajouté ma photo. Je n'en revenais pas que Tristian ait prononcé mon nom complet avec un tel aplomb. C'était une affirmation, pas une question.

— Je ne savais pas qu'on avait publié une photo de moi.

Tristian m'a adressé un mince sourire.

— Il n'y en avait pas. J'ai vu juste, c'est tout.

Mon sang s'est glacé dans mes veines.

— Eliza, je serai dans le garage, a-t-il annoncé en faisant enfin attention à la présence de sa sœur.

Puis il s'est éclipsé.

Eliza avait l'air fâchée que son frère s'en aille. Elle a serré une main autour de son poignet et l'a tordu avec force. J'étais encore sous le choc, incapable de comprendre sa réaction. Était-elle gênée par le comportement de son frère ? Inquiète ? Savait-elle quelque chose que j'ignorais ?

Trop de *peut-être*. Trop d'incertitudes.

— Eliza ?

Elle m'a regardé et s'est forcée à sourire.

— Je suis désolée pour mon frère. C'était vraiment indélicat de sa part.

— Ce n'est pas un secret. Il n'y a rien de grave.

Elle ne semblait pas étonnée que je sois le mec qui avait trouvé le meilleur ami de son frère mort. Elle se préoccupait plutôt du comportement de Tristian. Je me demandais si elle savait qui j'étais et si c'était une bonne chose.

Ou si j'étais vraiment, *vraiment*, vraiment dans la merde ?

— Si, c'est grave, a-t-elle repris.

Elle paraissait fatiguée. Abattue. La fine bretelle de sa robe a glissé le long de son bras mince et bronzé, et elle l'a remontée lentement sans me regarder. Quand elle a reposé les yeux sur moi, elle a déclaré :

— En fait, on connaissait plus ou moins Colton.

J'ai fait semblant d'être surpris. Je ne sais pas si j'ai bien joué la comédie. Mes talents d'acteur se limitaient aux rudiments de base qu'on m'avait enseignés dans mon cours optionnel en quatrième. Et j'étais encore sous le choc de la rencontre avec Tristian. Tout en lui me mettait mal à l'aise.

Son apparence.

Sa façon d'interagir.

Sa voix.

Pourquoi sa voix me semblait-elle si familière ?

Pourquoi me paraissait-il si familier, d'ailleurs ? En dehors de la ressemblance avec Colton, il y avait autre chose et je n'arrivais pas à mettre le doigt dessus. Comme une démangeaison sous la peau que je ne parvenais pas à gratter.

— Comment ça *plus ou moins* ?

Eliza ne savait plus où se mettre. Dans d'autres circonstances, j'aurais trouvé cela amusant. Elle était si sûre d'elle et enthousiaste d'habitude. Je n'aurais pas cru la voir aussi embarrassée.

— Et si on allait discuter dehors ? Je vais nous chercher des boissons fraîches et les biscuits.

J'étais prêt à tout pour obtenir des informations. Je l'ai suivie dans la cuisine. Eliza m'a fait signe de lui ouvrir la porte de derrière.

L'arrière du porche était semblable à l'avant, mais beaucoup plus grand encore. Il y avait assez de place pour une table de six personnes. Sur la droite, un fauteuil était suspendu. Je me suis dit que Lydia aimerait en avoir un. Je l'imaginais s'y installer pour lire. Je me suis promis d'en chercher un pour Noël.

Eliza s'est assise sur une des chaises et j'ai pris place en face d'elle. Les verres de thé glacé et les biscuits étaient entre nous sans que personne y touche. Elle a pris une profonde inspiration.

— Nous connaissions Colton sous le nom de Daniel Heckerman. C'est comme ça qu'il s'est présenté, il y a deux ans.

Il y a deux ans ?

— Il avait seize ans, il nous a expliqué qu'il venait d'une ville pas loin. On s'est rencontrés de la même façon que toi et moi. Un jour, il est venu au marché. Il s'est extasié sur la pâtisserie de ma mère, qui était évidemment ravie. Il a fini par devenir un habitué. Quelque chose en lui faisait ressurgir l'instinct maternel de ma mère. Elle était un peu en manque, je crois. Mon frère était en prison et ça lui manquait d'avoir un fils à chouchouter. Et Daniel ressemblait à Tristian au même âge.

Elle a marqué une pause.

— C'était un mec génial. Il a vraiment aidé ma mère, il était super gentil avec moi, et il a rendu visite à Tristian quand il était derrière les barreaux. Colton était la première personne à vouloir connaître mon frère. Il ne s'était pas contenté des ragots publiés dans la presse. Il voulait vraiment le connaître. Tu as sans doute entendu parler de Tristian. Les nouvelles vont vite dans le coin.

— J'ai dû entendre un ou deux trucs, ai-je avoué en m'adossant à la chaise.

Eliza n'a pas paru étonnée.

— Ça lui a coûté huit ans. Mais Colton avait l'air de lui faire du bien. Tristian a beaucoup appris grâce à lui, ce que son caractère entêté l'avait toujours empêché de faire. Et, quand il a été libéré, ils se sont rapprochés.

Tandis qu'elle parlait, j'essayais de recouper ces renseignements avec ce que je savais déjà. Son récit correspondait-il à ce que les lettres racontaient ?

J'ai repensé au deuxième message. Il évoquait le fait que Colton avait décidé de parler du meurtre à Tristian. Il avait peut-être essayé de se rapprocher de Tristian pour obtenir des réponses. C'est sûrement pour cette raison qu'il lui avait rendu visite en prison.

— Puis ça a mal tourné. Ils étaient dans le garage un soir, ils buvaient un coup. Je suis entrée et j'ai trouvé Tristian en rage. Je ne l'avais jamais vu dans une colère pareille.

Peut-être que Colton lui avait parlé du meurtre ce soir-là ? Il y avait de quoi péter un câble. Tristian figurait de plus en plus haut sur ma liste de suspects.

Je m'apprêtais à dire quelque chose quand la porte de derrière s'est ouverte. Alexandra Yanks est sortie.

— Eliza ?

Eliza s'est retournée.

— Bonjour, maman.

— Bonjour, ma chérie. Excuse-moi de t'interrompre pendant que tu as de la visite, mais tu pourrais m'aider à décharger la voiture ? J'ai des provisions et je dois préparer quinze plateaux de cupcakes fées pour une fête ce soir.

Eliza m'a regardé avec un air de chien battu, les lèvres serrées. Elle voulait encore me dire autre chose. Mais elle a rapidement changé d'avis, ses traits se sont détendus et elle m'a décoché un sourire.

— Désolée. Tu m'excuses un instant ?

Elle s'est levée et je l'ai imitée.

— Il faut que j'y aille.

Elle a eu un moment d'hésitation, comme si elle allait protester. Mais elle n'a rien dit et m'a accompagné vers la porte. Alexandra m'a souri quand elle m'a reconnu et m'a dit au revoir alors qu'elle commençait à vider les sacs de courses et à ouvrir les tiroirs pour sortir ses ustensiles.

Eliza m'a ouvert le battant et s'est appuyée contre le chambranle :

— Désolée d'avoir dû couper court.

— On va se revoir, lui ai-je assuré en sortant les clés de ma poche.

— Je n'en doute pas.

J'ai descendu les marches pour rejoindre ma voiture. Eliza est restée dans l'entrée jusqu'à ce que je sois installé au volant, puis elle s'est dirigée vers le van pour sortir le reste des provisions.

J'étais tellement distrait par la scène qui se déroulait derrière mon pare-brise que j'ai tenté d'introduire la clé de contact sans regarder et j'ai raté mon coup. Le trousseau m'a échappé et est tombé sur le sol. Je me suis penché sous mon siège pour le récupérer et je me suis coupé le bout du doigt sur je ne sais quoi. Je me suis rétracté instinctivement. Mes réflexes étaient rapides, trop peut-être : mon poignet a heurté le volant, provoquant une nouvelle douleur.

J'ai ravalé une série de jurons et j'ai retourné ma main pour examiner les dégâts. J'avais une petite entaille au bout de l'index. Elle était étroite, mesurait à peine un centimètre de long et paraissait peu profonde, mais elle faisait un mal de chien. Quelques gouttes de sang ont fait leur apparition.

Qu'est-ce qui avait provoqué cette blessure ?

Avec précaution, j'ai activé le levier sous mon siège et appuyé de tout mon poids sur mes jambes pour le faire reculer. Avec une vue plus dégagée de l'espace devant moi, j'ai compris ce qui m'avait coupé. Des dizaines de bouts de papier étaient éparpillés sur le plancher : des copies conformes de l'original que j'avais reçu dans le confessionnal.

COLTON CREST A DISPARU DEPUIS LONGTEMPS

Il fallait que je me tire d'ici.

J'ai enfoncé la clé de contact et mis le moteur en marche sans prêter attention aux picotements là où la peau à vif touchait le métal. Le pied sur le frein et une vitesse enclenchée, j'ai jeté un dernier coup d'œil à la maison.

Tristian était là, dans l'ombre du garage. Il me fixait, le visage impassible. Depuis combien de temps était-il là ? Qu'est-ce qu'il avait vu ? Ma tête tournait sous le tourbillon d'interrogations. J'ai décidé de ne plus y penser et j'ai appuyé sur l'accélérateur. Les pneus ont fait voler de la poussière quand j'ai démarré.

16.

Au moment où je jetais le dernier papier dans un sac plastique, j'ai entendu quelqu'un se garer derrière moi. Je me suis penché du côté du passager pour attraper deux ou trois emballages de nourriture qui traînaient et je les ai posés sur les autres papiers dans le sac. Ce n'était pas idéal pour dissimuler les preuves, mais je n'avais pas le temps de réfléchir à une meilleure stratégie.

— Qu'est-ce que tu fabriques ? m'a demandé Cass en sortant de sa voiture avec un regard inquisiteur.

Je lui ai jeté un coup d'œil en coin, prêt à lui répondre par une remarque cinglante ou des reproches qui me vaudraient sûrement un coup de poing sur l'épaule, mais la portière côté passager de sa voiture s'est ouverte et ma mère est sortie pour la rejoindre dans l'allée.

— Bonjour, mon chéri, m'a lancé Valérie avec un sourire un peu forcé.

Depuis notre déjeuner, nos rapports s'étaient nettement améliorés. Pas mal de non-dits et de vieux problèmes non résolus nous empêchaient encore de nous rapprocher vraiment, mais nous faisions des progrès. Je ne m'attendais pas à ce que nous ayons une relation mère-fils solide et, en réalité, cette situation un peu bancale me convenait assez bien.

— Nous venons de passer une journée entre filles, a-t-elle poursuivi en levant son gobelet de jus frais comme si elle avait besoin de prouver ses dires.

J'ai fermé la portière de ma voiture.

— Vous vous êtes bien amusées ?

— Super, a répondu Cass en regardant le sac-poubelle que je tenais en main. On rentre boire un thé. Papa est là ?

— Il vient de partir à la bibliothèque. Je crois qu'il y restera jusqu'à la fermeture. Il a trouvé l'inspiration.

— Il écrit encore ? a demandé ma mère.

— Oui.

L'ombre d'un sourire a flotté sur ses lèvres.

— Quand il a le syndrome de la page blanche, est-ce qu'il fait toujours…

— Des trucs bizarres, genre s'allonger sur le sol pendant quatre heures ? ai-je complété. Oui.

Cass et moi, nous nous sommes regardés, un peu gênés. Nous étions habitués à ce que notre père se souvienne de petits détails au sujet de notre mère, mais la situation inverse nous surprenait. Ma sœur a mis fin à la conversation en prenant doucement le coude de Valérie pour la conduire vers la maison en lui demandant comment elle préférait son thé.

Dès qu'elles ont disparu derrière la porte, j'ai noué le sac et j'ai foncé vers la poubelle. Je l'ai jeté au fond en veillant à le recouvrir de papiers et de cartons pour qu'il reste à l'abri des regards.

Une fois le couvercle refermé, j'ai reculé d'un pas. Même si je ne voyais plus les messages, j'en avais encore la chair de poule. Le tueur les avait touchés, les avait rédigés et dispersés sur le plancher de ma voiture pour me flanquer la frousse.

Quel salaud ! Il avait parfaitement atteint son but.

Je n'arrêtais pas de repenser à la citation encadrée chez les Yanks ; aux phrases brodées dont certains mots avaient été discrètement soulignés à l'aide de fil blanc. Ce message accaparait mes pensées. C'était un nouvel indice, j'en étais convaincu.

J'avais des hypothèses plein la tête.

Je ne comprenais pas comment Colton se débrouillait. Quand il regardait une série policière, il avait déjà identifié trois suspects clés avant la moitié de l'épisode. Quand il lisait des polars, il notait les indices au fur et à mesure et découvrait le coupable avant que le héros y parvienne. Et, dans la vraie vie, il comprenait le fonctionnement des gens, il était capable de saisir leurs mobiles et de pressentir les forces qui les poussaient à commettre l'irréparable.

À ma place, il aurait su exactement quoi faire. Il aurait déjà démasqué le tueur et il n'aurait pas flippé comme moi.

Le sang battait dans mes tempes.

Je n'en pouvais plus. J'ai décidé de sortir. J'ai attrapé mes clés, fourré quelques billets de vingt dans ma poche, je suis descendu prendre du paracétamol avant de partir faire un tour en voiture. Cass était dans la cuisine, elle suivait les instructions d'une recette de cuisine. Ma mère était repartie depuis longtemps.

— Tu as faim ?

— Non, je m'en vais. Papa est rentré ?

— Non, pourtant la bibliothèque est fermée depuis deux heures. J'imagine qu'il est allé manger quelque part. Il va sûrement rentrer bientôt.

Je suis passé devant elle et je me suis dirigé vers le tiroir près de l'évier. Je l'ai fouillé à la recherche d'une boîte de comprimés. J'en ai sorti deux et je me suis servi un verre d'eau pour les avaler.

— Tu rentres à quelle heure ? m'a demandé Cass, qui me tournait le dos, concentrée sur les légumes qu'elle découpait.

Même si ses mains étaient occupées et que sa tête était baissée, je voyais bien qu'elle attendait ma réponse. Nous étions prudents l'un avec l'autre, à l'affût de la moindre information qui pourrait nous échapper. Et, comme nous étions constamment sur nos gardes, même les questions les plus innocentes prenaient des allures d'accusation.

— Je ne sais pas trop.

Ma réponse était sincère, mais, quand j'ai fait le tour du plan de travail et aperçu le visage de Cass, j'ai compris qu'elle ne s'en contenterait pas.

— Je t'appellerai, ai-je ajouté.

— Ne reste pas parti trop longtemps.

Ma sœur a posé son couteau et s'est essuyé les mains sur le torchon à côté d'elle. Elle m'a observé un moment, avant de décréter :

— Tu sais, ça me ferait plaisir que tu me parles.

— Je n'ai rien à dire.

— Il y a des tas de trucs à expliquer, pourtant. À commencer par le fait que tu n'es pratiquement plus jamais là. Je sais à peine où tu vas ou avec qui tu passes ton temps.

Elle avait l'air énervée.

— Tu n'as pas besoin de me surveiller, Cass. Qu'est-ce que ça peut faire que je sorte ? C'est plus sain que de rester dans ma chambre à ne rien faire.

— Mais n'es-tu pas… en deuil ?

Son ton était devenu franchement accusateur. J'ai senti la colère monter en moi.

— Ce n'est pas parce que je ne passe pas ma journée à pleurer que je ne suis pas triste ! Peut-être que je m'occupe tout simplement pour penser à autre chose, en attendant d'être prêt à accepter la mort de Colton…

— Peut-être que si tu parlais…

— *Je ne veux pas parler !*

Un signal sonore a suivi mon explosion. Le portable de Cass a vibré sur la table et s'est allumé pour lui annoncer la réception d'un texto. D'un certain T. Ma sœur s'est empressée de prendre son téléphone et de le glisser dans sa poche arrière en évitant mon regard.

— Je ne veux pas parler, ai-je répété en tentant de garder mon calme. Mais peut-être que *toi* tu devrais te confier.

J'ai perçu sa stupéfaction au moment où je quittais la maison. À l'extérieur, l'air était plus frais, ma respiration s'est allégée. J'ai inspiré profondément avant de déverrouiller la portière de ma voiture et d'y prendre place. En démarrant, j'ai repensé au regard de Cass avant mon départ.

On aurait dit qu'elle se sentait coupable.

Quand j'étais gamin et que j'en avais marre des disputes familiales, Colton me proposait d'aller boire un milk-shake dans notre resto préféré. Il commandait les plus grands, avec tellement de glace qu'on n'arrivait pas à la moitié sans être malade. Et pourtant, ça me remontait le moral. C'est la nostalgie qui m'a amené au *Jukebox*.

Il y faisait chaud et une odeur de graisse flottait dans la salle. C'était à la fois écœurant et réconfortant. En un mot : parfait. J'ai choisi une banquette, je me suis installé et j'ai consulté le menu. Je savais déjà que je voulais le grand milk-shake au chocolat avec des boules de glace en supplément, mais j'ai tout de même passé en revue tous les choix qui s'offraient à moi, en attendant qu'on vienne prendre ma commande.

Je n'ai pas eu à attendre longtemps. Une jeune femme mince s'est approchée de ma table avec un sourire et une voix enjouée. Elle a sorti un crayon de ses cheveux et a griffonné ce que je souhaitais. Puis, après avoir essayé de me convaincre de commander le poisson du jour – du barramundi avec une salade de mangue – et après mon refus poli, elle s'est éloignée.

Quand ma boisson est arrivée, j'ai coincé la paille entre mes lèvres et j'ai avalé le plus de milk-shake possible. C'était si glacé que ça deviendrait très vite insupportable, mais j'avais l'impression de laisser couler en moi une sorte de paradis liquide. J'ai arrêté de boire avant d'avoir le cerveau congelé et j'ai pris quelques instants pour savourer la douceur chocolatée qui persistait encore sur mes papilles, avant de reprendre une deuxième gorgée. Quelqu'un m'a appelé au moment où j'aspirais à nouveau.

J'ai reconnu la voix.

C'était la mère de Colton.

J'ai failli avaler ma paille.

Je me suis lentement retourné sur mon siège et j'ai aperçu les Crest assis sur les banquettes derrière moi. Je devais ressembler à un animal effrayé parce qu'ils m'ont adressé un sourire hésitant, comme s'ils voulaient me montrer qu'ils étaient inoffensifs et qu'ils ne mordaient pas. J'ai dégluti.

— Monsieur Crest, ai-je déclaré avec un signe de tête. Madame Crest.

Même si le *Jukebox* était censé être un restaurant familial, en réalité peu de familles y mangeaient. C'était plutôt un lieu de rencontre pour les lycéens, les étudiants de la fac et quelques touristes de passage en ville. C'était étonnant d'y trouver les parents de Colton.

— Il me semblait bien que c'était toi. Comment vas-tu ? Viens t'asseoir avec nous, m'a proposé Mme Crest.

Je n'en mourais pas d'envie. La dernière fois que nous avions partagé un repas, l'ambiance avait été tendue et je n'étais pas sûr que mon estomac puisse tenir le coup, surtout avec un milk-shake aussi riche. Mais je ne pouvais vraiment pas refuser. Je n'avais aucune excuse et je passerais pour un sale type si je déclinais la proposition. Je ne pouvais pas non plus prétendre que j'allais partir, parce que mon milk-shake était à peine entamé. Et je n'étais pas prêt à abandonner un verre à huit dollars pour esquiver une situation embarrassante.

— D'accord, ai-je fini par dire en espérant que ma voix ne trahissait pas mon malaise.

J'ai pris mon verre et je me suis installé sur la banquette en face des Crest. Ils m'ont dévisagé avec des sourires crispés. Trop parfaits. Trop forcés. Insupportables. J'ai baissé la tête pour échapper à leurs regards.

Les Crest avaient déjà passé commande et attendaient d'être servis. Je me suis remis à boire pour éviter une conversation embarrassante et je n'ai pas relevé le nez avant que leurs assiettes soient posées sur la table. J'avais l'impression d'être un enfant face à deux adultes qui veulent à tout prix l'adopter et font des gestes prudents, calculés et trop enthousiastes.

— Ça faisait un bail que je n'avais pas pris de petit déjeuner pour le dîner, a annoncé M. Crest en examinant son bacon, ses œufs et ses galettes de pommes de terre.

Mme Crest avait choisi un hamburger. Le dessus du pain était posé sur le côté, pour mettre en évidence le steak couvert de fromage et les légumes en accompagnement. Il n'y avait pas de betterave. Colton mangeait le sien de la même façon. Quand cette pensée m'a traversé l'esprit, je me suis demandé depuis quand j'étais devenu si attentif aux détails insignifiants. Est-ce que j'avais toujours été comme ça ou est-ce que c'était le résultat de l'enquête que je menais depuis quelques semaines ?

— Megan, il faut que tu goûtes ces galettes, a déclaré M. Crest en lui tendant un morceau piqué sur sa fourchette. Elles sont frites à la perfection.

Sa femme a décliné gentiment. D'un geste délicat, elle a posé le pain sur son hamburger et a soulevé le tout avec tant de précautions qu'on aurait pu croire que c'était un ornement en cristal. Je commençais à me sentir écœuré, mais j'ai saisi ma cuillère et je me suis mis à piocher de la glace. Ma stratégie, qui consistait à garder des aliments en bouche pour éviter de parler, fonctionnait à merveille, et je n'allais pas renoncer pour épargner mon estomac.

— On a vu ta mère tout à l'heure, m'a informé Mme Crest. Elle était avec Cass.

— Oh. Oui.

Quelle réponse lamentable.

— On devrait aller prendre un brunch tous ensemble. Tu devrais venir et Cass aussi, a-t-elle poursuivi avant de s'arrêter en réalisant son erreur.

Si les Crest n'invitaient que Valérie, ce serait parfait. Une discussion autour de petits pains beurrés et d'œufs Bénédicte. Mais nous inviter Cass et moi, c'était exclure mon père ; l'inviter, c'était affronter le malaise entre mes parents.

— Elle est sûrement très occupée, elle a des tas de choses à faire avec vous, a-t-elle ajouté pour tenter de revenir sur sa proposition.

Pfff. La situation était de plus en plus embarrassante.

— Cass s'est servie du bouquet ?

— Pardon ?

Elle a secoué la tête :

— Le bouquet garni. Tu m'as dit qu'elle voulait tenter une nouvelle recette, m'a-t-elle rappelé en me scrutant avec un intérêt tel que j'ai dû résister à l'envie de me tortiller sur la banquette.

— Oh, elle n'a pas encore eu l'occasion de l'utiliser, ai-je menti. Mais je vous le rendrai bientôt, avec le romarin.

— Prends ton temps.

Cela m'a fait repenser au texte de la lettre : *Prends ton temps. Moi je n'en manque pas.* J'ai réprimé un frisson et je me suis concentré sur la musique diffusée dans le restaurant.

Comme la plupart des clients avaient entre treize et vingt et un ans, les propriétaires misaient beaucoup sur l'ambiance musicale. Un juke-box était à disposition pour que les clients puissent choisir la bande-son. Quelques ados agglutinés autour de la machine discutaient de la chanson qu'ils allaient sélectionner. Même si personne ne s'intéressait à la télé, elle était branchée sur une chaîne d'information en continu. Le son était coupé, mais les images étaient nettes et, si on savait lire sur les lèvres, ça suffisait.

M. Crest avait les yeux tournés vers l'écran sans y porter grand intérêt. Je crois qu'il voulait juste se concentrer pendant qu'il enfournait des œufs et du bacon. Mme Crest était rivée à l'écran, le hamburger suspendu en l'air, prête à mordre une bouchée mais sans se décider.

Tandis qu'ils étaient distraits par les informations silencieuses, j'en ai profité pour les observer. Si je les avais rencontrés pour la première fois, j'aurais dit qu'ils avaient une mine atroce. Mais je les avais côtoyés dans les moments les plus sombres de leur vie et c'était peut-être l'effet de l'éclairage, mais j'avais l'impression qu'ils allaient un peu mieux tous les deux. M. Crest s'était donné la peine de se raser de près : il n'y avait pas d'ombre autour de sa mâchoire. Mme Crest avait appliqué du maquillage avec soin pour masquer ses cernes.

Alors que je l'étudiais, j'ai remarqué un changement dans son regard. Ses yeux se sont écarquillés, ont cessé de clignoter et sont devenus presque vitreux. En une seconde, cette vitre s'est transformée en un mur de larmes. J'ai suivi son regard, jusqu'à la télé.

Une journaliste se tenait debout, micro en main. Elle s'exprimait en direct sur un incident grave qui s'était produit dans une ville à quelques heures d'ici. Un jeune homme de dix-huit ans avait été retrouvé devant son domicile, trois balles dans la poitrine. Le titre qui défilait au bas de l'écran expliquait que son beau-père ivre était responsable de sa mort. Je n'ai pas pu en savoir plus.

Quand je me suis retourné vers Mme Crest, elle s'essuyait le coin des yeux avec une serviette. Ses mains tremblantes tamponnaient la peau sous ses cils. Voir un autre enfant assassiné avait touché une corde sensible.

— Chérie, a chuchoté M. Crest en passant les bras autour de sa femme pour la réconforter.

— Ça va, ça va, lui a-t-elle assuré d'une voix qui avouait le contraire.

J'étais coincé entre l'envie de la consoler et celle de m'enfuir. Je me sentais complètement pathétique.

— C'était peut-être une erreur de venir ici ce soir, a marmonné M. Crest près de la chevelure de sa femme.

— Je suis désolée, a-t-elle balbutié entre deux sanglots. Je suis vraiment désolée.

— Chut. Ce n'est rien, ma chérie…

M. Crest m'a adressé un bref regard avant de se reporter d'un air inquiet sur sa femme qui s'écroulait dans ses bras.

— Elliot, excuse-nous de devoir nous en aller si brusquement, mais…

Il fronçait les sourcils si fort que son front était sillonné de rides. Je me suis empressé de combler le silence.

— Je comprends. Voulez-vous que je raccompagne Mme Crest à votre voiture pendant que vous réglez ?

Ma proposition a semblé le soulager.

— Merci.

J'ai glissé le long de la banquette et j'ai plongé la main dans mes poches pour trouver de la monnaie.

— Je cherche juste de quoi payer mon milk-shake…

— Oh, a-t-il fait en secouant la tête, non, ne t'inquiète pas pour ça. Ça m'a fait plaisir de te voir, même si c'était bref. Je m'en occupe.

Avant que je ne puisse protester, il s'est dirigé vers le comptoir avec les deux notes en main. Mme Crest sanglotait encore, son corps était traversé de violentes secousses alors qu'elle essayait de ravaler ses larmes. Je l'ai prise doucement par le coude et je l'ai aidée à se relever. Quand elle a été debout, j'ai passé un bras autour de ses épaules et je l'ai guidée vers la sortie.

Elle continuait à essuyer furieusement ses larmes, pendant que je lui tenais la porte pour la laisser passer. J'ai dû la soutenir à nouveau pour l'empêcher de s'effondrer. Comme le parking était seulement illuminé par la vitrine du restaurant, j'ai mis un peu de temps pour repérer leur voiture.

Mme Crest avait sorti sa clé de son sac à main. Elle a tendu une main tremblante pour déverrouiller le véhicule. Les feux ont clignoté quand son pouce a appuyé sur la télécommande et je me suis approché pour ouvrir sa portière. Je l'ai prise doucement par la main, je l'ai aidée à s'asseoir et je lui ai souri. Je n'étais pas du genre à trouver des paroles réconfortantes et je m'en voulais de ne pas être capable de lui remonter le moral. Pour moi, les mots prononcés dans ce genre de circonstances étaient des mensonges remplis de faux espoirs et je ne voulais pas la consoler en lui murmurant des choses qui n'étaient pas vraies.

Je me suis contenté de lui serrer un peu les doigts.

Au moment où j'allais lâcher prise, elle m'a retenu.

— Elliot, a-t-elle chuchoté d'une voix chevrotante et désespérée. Je suis désolée… Je suis vraiment désolée.

J'ai ouvert la bouche pour répondre, mais M. Crest nous a rejoints avant que je n'en aie l'occasion.

— Merci, fiston, m'a-t-il dit en me tapotant l'épaule. Vraiment, tu m'as beaucoup aidé.

— Pas de problème, ai-je répondu en forçant un sourire.

— Sois prudent en rentrant, d'accord ?

— Promis, monsieur.

Il m'a tapoté encore une fois l'épaule avant de refermer la portière passager et de faire le tour pour s'installer au volant. Ils m'ont tous les deux adressé un petit signe et m'ont souhaité une bonne soirée avant de partir.

J'avais l'estomac noué quand j'ai traversé le parking pour regagner ma voiture. Je ne pouvais m'empêcher de penser aux Crest :

ils étaient tellement vulnérables, tellement avides de réponses, abattus par le meurtre de leur enfant unique.

Une idée m'est venue.

J'ai pris une grande inspiration.

C'était risqué. C'était dangereux. C'était complètement débile.

Mais voir les parents de Colton s'effondrer avait remué quelque chose en moi. Ils méritaient de savoir ce qui était arrivé à leur fils. Ils avaient le droit de connaître la vérité. Il fallait que je le fasse. Pour les Crest.

Quand j'ai démarré, ma décision était prise.

Je savais que la citation que j'avais lue chez les Yanks constituait un indice.

Il fallait que je m'introduise chez eux et que je la vole.

17.

On ne devrait jamais mettre une idée à exécution sans y avoir d'abord pensé et repensé.

Je l'ai réalisé trop tard. J'étais déjà tapi dans l'obscurité derrière la maison des Yanks, tendant l'oreille pour vérifier si quelqu'un était encore éveillé. Le trajet avait pris une heure. Avec les vitres baissées et le visage fouetté par l'air vif de la nuit, j'aurais dû avoir tout le loisir de réfléchir.

Malheureusement, ce n'avait pas été le cas.

Puis j'étais resté assis dans ma voiture encore plusieurs heures pour laisser aux Yanks le temps de se brosser les dents et d'aller au lit, je n'y avais pas réfléchi davantage. Chaque fois que je clignais des yeux, je revoyais le visage de Mme Crest : la douleur et le désespoir dans son regard, ses traits accablés par la tristesse. Cette image me hantait.

Ce n'est que lorsque je me suis retrouvé collé au mur à l'arrière du porche que j'ai réalisé que j'étais complètement fou. J'avais pénétré dans une propriété privée. Je m'apprêtais à commettre un vol avec effraction.

Il y avait tellement de paramètres qui pouvaient mal tourner !

Est-ce que cette expédition en valait la peine, au moins ? Les chances de m'en tirer sans me faire repérer étaient tellement minces…

Une vibration dans ma poche a interrompu mes réflexions. J'ai juré en silence parce que le bourdonnement n'était pas discret et je me suis dépêché de sortir mon portable pour rejeter l'appel avant qu'il ne fasse plus de bruit.

C'était Cass, *une fois de plus*. Elle était sans doute super énervée parce que je ne répondais pas. Si je ne mourais pas en m'introduisant chez les Yanks, ma sœur me tuerait à mon retour à la maison.

J'ai éteint mon téléphone et je l'ai rangé.

J'ai essuyé mes mains moites sur mon jean. Je me suis demandé si les voleurs avaient aussi le cœur battant à tout rompre avant de s'introduire chez les gens. Est-ce qu'ils étaient nerveux, en sueur ? Ou shootés à l'adrénaline ?

Personnellement, tout ce que je ressentais, c'était une accumulation de gaz à cause du foutu milk-shake que j'avais englouti au resto.

Il fallait que j'y arrive et que je m'en sorte sans me faire repérer. Quelle humiliation si je me faisais pincer à cause de mes pets.

J'ai secoué la tête. Mes pensées partaient dans tous les sens. Je me suis répété que je pouvais y arriver. J'avais roulé jusqu'ici, j'avais attendu des plombes : plus question de faire marche arrière.

C'était simple. Je n'avais qu'à grimper par la fenêtre à guillotine de la cuisine. Elle était entrouverte, suffisamment pour que je puisse glisser mes doigts dans l'interstice, espérer qu'elle ne grince pas et la soulever. J'avais presque *trop* de chance qu'elle ne soit ni complètement refermée ni verrouillée ; on aurait pu croire que les Yanks avaient préparé une mise en scène. Un piège à souris avec une tranche de fromage, attendant que le petit rongeur affamé morde à l'appât.

Je me demandais si les Yanks avaient laissé entrouvert pour permettre à la fraîcheur nocturne de circuler. Leurs voisins étaient proches, mais suffisamment éloignés pour qu'une certaine intimité soit préservée. Peut-être que la famille ne ressentait pas le besoin de se barricader la nuit. C'était courageux, surtout avec un tueur qui rôdait encore. Mais peut-être que l'assassin habitait là ?

Une autre idée m'a traversé l'esprit. Cette fenêtre entrouverte signifiait peut-être qu'ils n'étaient pas tous couchés ? Quelqu'un pouvait encore déambuler dans les couloirs silencieux, qui s'apprêtait à tout fermer avant d'aller dormir. À moins que ce ne soit un bête oubli.

Trop d'inconnues, une fois de plus.

J'attendais dehors depuis vingt bonnes minutes et je n'avais toujours pas entendu le moindre bruit. Pas de toux, pas de grincement de porte. J'espérais que tout le monde soit au lit, profondément endormi, ignorant tout de l'infraction que j'étais sur le point de commettre.

J'ai inspiré à fond et je me suis redressé légèrement de ma cachette sous la fenêtre pour jeter un œil à travers l'ouverture. La seule lumière provenait du clair de lune, je n'y voyais donc pas grand-chose, mais je ne distinguais rien d'autre que les ombres des meubles.

Puis j'ai inspecté la fenêtre à guillotine. J'ai posé les doigts sous la petite fente, j'ai exercé une douce pression vers le haut et j'ai tenté de la soulever pour vérifier si elle ne faisait pas trop de bruit. Le bois a émis un gémissement de protestation au moment où elle commençait à bouger, mais, dès que je l'ai remontée de quelques centimètres de plus, le mouvement s'est fait fluide et silencieux.

L'estomac noué, les oreilles bourdonnantes, je me suis hissé sur le rebord et j'ai pénétré dans la maison. Comme la fenêtre était située juste au-dessus de l'évier, j'ai dû me contorsionner et effectuer des manœuvres douloureuses pour me faufiler à l'intérieur sans rien renverser. Quand mes pieds ont touché le sol, je suis resté en position accroupie et j'ai tendu l'oreille dans l'obscurité.

Je n'étais pas sûr d'être soulagé de n'entendre que du silence. Est-ce que j'aurais préféré entendre du remue-ménage, qui m'aurait fait comprendre que la famille était occupée ? Ou est-ce que le bruit m'aurait stressé et poussé à commettre des maladresses ?

Les battements de mon cœur ont rapidement noyé mes interrogations.

Je me suis dirigé vers le couloir en longeant chaque meuble qui pouvait me servir de cachette. Je n'avais pas passé beaucoup de temps chez les Yanks, mais je suis parvenu à me repérer, même dans la pénombre.

Je me suis adossé au mur du couloir et je me suis épongé le front d'une main tremblante. Je transpirais, j'avais le souffle court, mon cœur battait trop vite et j'avais des vertiges. Quand j'ai avalé ma salive, j'ai eu l'impression de faire autant de vacarme qu'un hélicoptère au décollage.

Dans quoi t'es-tu fourré, Elliot ?

Je n'avais pas le temps d'écouter ma conscience. Je me suis redressé et je me suis déplacé discrètement d'un cadre à l'autre. Il faisait sombre, seul un rai de lumière filtrait par la fenêtre au-dessus de la porte d'entrée. Elle projetait un reflet sur le verre, j'avais du mal à distinguer les citations. Puis mes yeux se sont habitués à la pénombre et j'ai repéré ce que j'étais venu chercher.

J'ai posé les doigts sur le cadre. Y avait-il un bouton dévoilant un compartiment secret ? Un indice coincé entre la broderie et le fond en bois ? Est-ce que je réfléchissais trop ?

En soulevant la citation, j'ai senti que quelque chose était collé à l'envers du cadre. Mon pouls s'est accéléré tandis que j'essayais de l'arracher et mes doigts ont cogné maladroitement le mur. Quand j'ai enfin réussi, j'ai ressenti un énorme soulagement, mêlé à une peur panique.

C'est à ce moment précis que j'ai entendu des pas.

Sans même jeter un coup d'œil au papier pour voir s'il s'agissait d'une nouvelle lettre, je me suis mis à tourner en rond comme un chien qui court après sa queue, tentant de repérer l'issue la plus rapide. La porte principale était exclue d'office parce que la personne descendant les escaliers avait l'entrée dans son champ de vision. Il y avait des toilettes au bout du couloir, mais je ne savais pas s'il y avait une fenêtre assez grande pour me permettre de me glisser dehors. Et s'il n'y en avait pas ? Je risquais me retrouver coincé en compagnie d'un des Yanks.

Je n'avais presque plus de temps.

Avant que la personne n'arrive dans le couloir, j'ai couru dans l'ombre pour rejoindre le salon et je me suis caché derrière un canapé. C'était vraiment nullissime comme planque, mais j'avais réagi sous l'effet de la panique et pris la première solution qui s'offrait à moi.

Du salon, j'apercevais l'escalier, une partie du couloir et la cuisine, juste devant moi. J'ai attendu, tapi dans le noir, tentant de me calmer.

J'étais accroupi pour me faire le plus petit possible, mais je restais sur mes gardes, prêt à bondir s'il le fallait. J'ai rangé le papier dans la poche de mon sweat à capuche sans faire de bruit. J'étais rongé de curiosité. Qui était là ?

Si c'était Alexandra, je pourrais sûrement arriver à m'enfuir. Son âge la ralentirait sans doute, mais je pouvais très bien me tromper. Elle était peut-être championne d'athlétisme… Eliza me donnerait plus de fil à retordre. Au besoin, je pourrais faire tomber des meubles pour mettre des obstacles entre nous et augmenter mes chances de m'en sortir.

Mais Tristian ?

J'ai tenté de ne pas y penser. Il avait déjà tué quelqu'un. J'étais prêt à parier qu'il n'hésiterait pas à le faire à nouveau.

J'ai jeté un coup d'œil par-dessus le dossier du canapé en essayant de ne pas me faire voir, tout en continuant à réfléchir aux adversaires éventuels.

Mon estomac s'est noué quand j'ai reconnu Tristian.

Il buvait du jus d'orange à la bouteille, devant le frigo ouvert. Même de dos, il avait l'air menaçant. Je me suis maudit en silence d'avoir arrêté le sport et je me suis promis de retourner faire de la gym. Pas étonnant que Colton se soit donné autant de mal au gymnase, s'il devait affronter un type de ce gabarit.

Tristian a arrêté de boire. Il a posé la bouteille sur le plan de travail et a laissé tomber le bouchon à côté. Il est resté immobile comme s'il réfléchissait. Je me suis demandé quel genre de pensées tournaient dans sa tête. Puis je me suis rendu compte qu'il ne rêvassait pas : il fixait la fenêtre ouverte au-dessus de l'évier.

J'ai arrêté de respirer.

Il a tendu la main pour la refermer et la verrouiller. Puis il a revissé le bouchon sur le jus et l'a replacé dans le frigo. Ensuite il a repoussé la porte et la lumière jaune a disparu.

Je me suis aussitôt rencogné derrière le canapé, dévoré par l'angoisse. Je n'osais plus respirer en écoutant Tristian s'éloigner. Est-ce qu'il savait que quelqu'un s'était introduit chez lui ? Est-ce qu'il savait que l'intrus était encore là ?

J'ai attendu encore quelques minutes pour m'assurer que la voie était libre.

Puis j'ai essuyé mes mains sur mon jean et j'ai commencé à me redresser.

C'est à ce moment-là que j'ai été plaqué au sol.

Ma tête a heurté le bois à l'arrière du canapé, et une douleur intense m'a vrillé le crâne. Un bras musclé était collé contre ma gorge et me bloquait les voies respiratoires. Mes poumons avaient du mal à trouver de l'air. La panique.

Mon cerveau travaillait à toute allure pour tenter de me tirer de ce mauvais pas.

Avant que mon esprit n'ait le temps d'enregistrer ce que faisait mon poing, mes doigts serrés ont frappé aveuglément le nez de mon agresseur, qui a poussé un grognement mécontent. Tristian a légèrement relâché son emprise et j'en ai profité pour attraper son avant-bras et le tordre.

Dès que je me suis retrouvé debout, alors que Tristian gémissait encore de douleur, j'ai bondi en avant et je me suis mis à courir. Mais il était plus rapide. Il a plongé derrière moi alors que je contournais le canapé. Nous avons atterri tous les deux sur le sol et nos mentons ont heurté le plancher.

— Qui êtes-vous ? Qu'est-ce que vous voulez ?

Ma capuche était restée enfoncée sur ma tête et il n'avait pas encore clairement aperçu mon visage. Je tenais à l'éviter à tout prix. J'ai gardé la tête baissée, en tentant de reprendre mon souffle. J'étais pris au piège. Nous faisions un raffut tel que le reste de la famille n'allait pas tarder à descendre et découvrir ce qui se passait.

— Qui êtes-vous ? a grondé Tristian en me tordant le bras et en me frappant entre les omoplates à l'aide de sa main libre.

J'ai étouffé un cri.

— Vous avez intérêt à me répondre ou ça va mal finir !

Son genou s'est enfoncé dans ma colonne vertébrale pour me forcer à rester allongé à plat ventre. Je n'arriverais jamais à me dégager de sa prise autour de mon poignet. J'ai senti qu'il se déplaçait, sûrement pour saisir une arme cachée dans ses vêtements. Mon cœur battait contre le plancher et je me suis demandé s'il entendait le sang palpiter dans mes veines, ce sang qui allait bientôt se répandre sur le sol.

Mais Tristian n'arrivait pas à attraper ce qu'il voulait. Son genou s'est légèrement soulevé de mon dos. J'ai rassemblé toute mon énergie, j'ai roulé sur le bras qu'il tenait pour atteindre son coude, l'obligeant à lâcher prise pour ne pas être écrasé sous mon poids. J'étais tordu dans une position pas du tout naturelle qui me faisait un mal de chien, mais dès qu'il m'a lâché je lui ai décoché un nouveau coup. Comme il était accroupi au-dessus de moi, j'avais accès à sa gorge et je l'ai atteint directement à la pomme d'Adam.

Mon coup l'a déséquilibré.

Je ne savais pas s'il avait entrevu mon visage. J'espérais que l'obscurité masquait mes traits, mais je n'avais pas le temps de m'en inquiéter. Tristian était sur la pointe des pieds, penché en arrière, sur le point de tomber à la renverse.

Je me suis relevé et je me suis précipité vers l'entrée, sans me soucier de mes pas qui martelaient le sol. J'ai ouvert la porte, Tristian sur mes talons.

— Je vais te tuer ! m'a-t-il lancé en courant après moi.

J'ai accéléré. Tristian était rapide et un coup de feu a retenti dans mon dos. Il avait pour lui la vitesse et une arme à feu. J'étais mort.

J'étais à bout de souffle, mes poumons étaient en feu, chaque bouffée d'air me brûlait et me laissait la gorge encore plus sèche. Ma bouche était comme du papier de verre et j'avais un mal de dingue à avaler ma salive.

La propriété des Yanks était immense. Tristian a continué à me courser, même quand j'ai enfin atteint la route principale déserte. Si je me faisais assassiner, il faudrait des jours avant qu'on ne retrouve mon corps. J'étais perdu au milieu de nulle part.

Sans ralentir, je me suis retourné pour voir à quelle distance était Tristian. Pour vérifier s'il était sur le point de me tuer. Pour estimer combien de temps il me restait à vivre. Mais, quand j'ai regardé par-dessus mon épaule en tentant de l'apercevoir malgré la capuche serrée, je l'ai vu ralentir derrière les arbres qui bordaient la propriété, l'arme à la main.

Pourquoi avait-il abandonné la poursuite ?

Quand j'ai entendu le grincement des pneus et vu le clignotement familier des gyrophares rouge et bleu, j'ai compris pourquoi.

— Tout va bien ici ?

Un policier est sorti du véhicule de patrouille en braquant une lampe droit dans mes yeux. J'ai levé le bras pour me protéger de la lumière.

J'ai jeté un rapide coup d'œil derrière moi, mais je n'ai rien vu. Peut-être que Tristian était caché dans l'ombre. Peut-être qu'il avait battu en retraite. Je me suis retourné vers le policier, qui braquait maintenant sa torche dans la direction vers laquelle je m'étais tourné.

— Non, ai-je répondu, plus essoufflé que je ne l'aurais voulu.

— Qu'est-ce que vous faites dehors à cette heure-ci ?

— Je...

J'ai vite cherché une explication plausible :

— Ma voiture est tombée en panne. J'essayais de trouver de l'aide.

— C'est vrai ? Vous avez l'air paniqué.

— Je ne suis jamais venu dans ce coin-ci. Je croyais être paumé, ai-je répondu en essayant de garder un ton calme malgré ma respiration haletante.

Mon excuse était pitoyable, il fallait que je sorte un meilleur prétexte pour rendre mon histoire crédible.

— Je n'ai pas trouvé d'aide. Par contre, je suis tombé sur un chien agressif.

— Vous n'auriez pas pu appeler quelqu'un ?

— Je n'avais pas de réseau.

Je savais que c'était un mensonge, vu que Cass m'avait appelé juste avant que je pénètre par effraction chez les Yanks. J'espérais mettre cela sur le compte de mon fournisseur d'accès, en priant pour que le flic n'ait pas le même. Le type n'avait pas l'air de croire à mes bobards, mais il semblait épuisé. Il n'avait sans doute aucune envie de s'occuper d'un jeune de dix-huit ans en vadrouille à 2 heures du matin.

— Nous pouvons vous ramener chez vous.

L'idée de partir avec les flics ne m'enchantait pas, mais c'était déjà beaucoup mieux que de rester avec Tristian.

— Merci, c'est gentil.

Il m'a fait signe de monter.

— Comment vous appelez-vous ?

— Elliot, ai-je répondu en ouvrant la portière arrière. Elliot Parker.

Le policier a échangé un regard avec sa collègue au volant. Elle m'a examiné dans le rétroviseur en fronçant les sourcils.

— Elliot Parker, celui qui a découvert le corps de Colton Crest il y a un mois ?

J'étais en train de boucler ma ceinture et mon geste s'est figé.

— Oui… oui, c'est moi.

— Avant qu'on vous raccompagne, ça vous dérangerait si on passait au commissariat pour qu'on puisse vous poser quelques questions ? Ça ne sera pas long.

Mon estomac s'est noué. J'étais un homme mort.

Merde.

18.

Comme la pièce était froide, j'ai mis mes mains dans les poches de mon sweat à capuche. Mes doigts ont palpé la lettre. Je mourais d'envie de l'ouvrir, mais je me suis retenu et je me suis concentré sur le policier assis en face de moi. La dernière fois que j'avais mis les pieds dans une salle d'interrogatoire, c'était juste après la découverte du corps de Colton.

Ce jour-là, d'ailleurs, ma déposition n'avait pas été très cohérente. J'étais dans le déni et la confusion. Les événements de la soirée étaient masqués par un brouillard. Cette nouvelle séance n'était pas plus brillante. Mes souvenirs étaient toujours lointains et flous, mais j'étais au moins plus conscient d'où je me trouvais et des questions qu'on me posait. On m'avait fait venir pour confirmer mes déclarations, ce qui signifiait que j'étais toujours considéré comme un témoin, pas comme un suspect, et qu'il s'agissait d'une simple déposition, pas d'un interrogatoire.

J'ai répété l'information que j'avais fournie la première fois, en essayant de me souvenir des détails enfouis dans les recoins de mon cerveau. Même s'il arrivait qu'ils refassent spontanément surface, ils restaient enfermés dans des compartiments dont je n'avais pas la clé.

— Vous vous souvenez d'autre chose concernant ce soir-là ?

J'ai fait non de la tête.

— Avez-vous d'autres informations pertinentes qui pourraient nous aider à faire avancer l'enquête ?

La lettre dans ma poche semblait tout à coup très pesante. C'était une preuve que Colton avait été assassiné. La meilleure chose à faire aurait été de la remettre aux autorités et de les laisser s'en occuper. Mais j'avais dissimulé cette information trop longtemps. Est-ce que je serais considéré comme suspect si j'en parlais maintenant ? Est-ce que je serais considéré comme le meurtrier présumé de Colton Crest ?

Si je leur livrais les lettres, les indices, les aveux, je ne pourrais surtout plus mener l'enquête moi-même. Je ne trouverais aucune réponse, je ne connaîtrais jamais la vérité. Je ne pourrais plus explorer les endroits que la police fouillerait… en admettant qu'on ne m'ait pas jeté en prison avant.

— Non, ai-je fini par répondre.

Il a hoché la tête.

— Merci de m'avoir accordé du temps ce soir. Si vous vous souvenez de quoi que ce soit qui puisse faire progresser l'enquête, veuillez nous contacter le plus vite possible.

Dès que l'entrevue a pris fin, j'ai été escorté hors de la salle. J'ai pris mon temps, parce que je tombais de fatigue, mais aussi parce que je ne voulais pas montrer à quel point j'étais impatient de sortir et de lire la lettre cachée dans ma poche. Dans le couloir, j'ai surpris des bribes de conversation et j'ai immédiatement ralenti le pas.

— … Colton Crest…

— … traces de lutte…

— … blessure à la tête…

— … du sang…

Quelqu'un a toussé dans mon dos. J'ai tourné la tête. Une policière se tenait à quelques mètres de moi. Elle toussait simplement pour soulager sa gorge et je me suis remis à marcher d'un pas normal jusqu'à sortir du bâtiment. L'air froid m'a fait du bien. J'ai fermé les yeux pour savourer la sensation.

— Tu te souviens de quelque chose ?

J'ai rouvert les paupières d'un coup.

— Putain, Cass !

— Alors ? a-t-elle insisté en enfonçant les mains dans les poches de son manteau violet.

— Qu'est-ce que tu fous ici ?

— On m'a appelée. On m'a dit que tu avais été escorté jusqu'au commissariat et que tu étais tombé en panne dans la nature. On a demandé que quelqu'un vienne te chercher et te ramène à la maison. Tu as passé une sacrée nuit ! Nous irons rechercher ta voiture dans la journée.

— C'est qui *on* ?

— Qu'est-ce que tu as à être aussi méfiant, Elliot ?

Cass élevait rarement la voix dans les discussions. Au contraire, elle baissait le ton en s'exprimant de façon menaçante. Elle me fixait en crachant des mots trempés dans le venin, façon serpent. Si je trouvais une réplique pour la moucher, elle s'apaiserait et deviendrait momentanément inoffensive, mais une parole de travers pouvait entraîner une morsure mortelle.

Pour avoir la paix, j'ai préféré ne rien dire du tout. Il valait mieux la laisser s'énerver toute seule.

— Monte dans la voiture, m'a-t-elle ordonné en traversant le parking. Je ne veux pas faire de scène.

Je l'ai suivie, je me suis installé côté passager et j'ai bouclé ma ceinture. Cass a claqué la portière et démarré. Je me suis affalé sur mon siège en regardant par la fenêtre.

— Tu peux répondre à ma question, s'il te plaît ? m'a-t-elle demandé après un moment de silence.

Son ton n'avait pas vraiment changé. Elle était encore énervée.

— Pourquoi c'est si important pour toi que je me souvienne de cette soirée-là ?

Elle a agrippé le volant et a pris un virage serré. Je me suis redressé et j'ai tourné la tête vers Cass.

— Parce que tu ne comprends pas à quel point tes informations peuvent être vitales. Parfois, les témoins et les victimes sont tellement traumatisés par la situation qu'ils occultent des détails précieux. C'est toi qui as découvert le corps et cela a dû te faire un choc énorme, mais est-ce que tu t'es déjà demandé pourquoi tu es incapable de le raconter, même aujourd'hui ? Peut-être que tu as vu autre chose. Peut-être que tu en sais plus que tu ne le crois et qu'un mécanisme de défense essaie de te protéger de ce que tu as vu. Si tu refuses de parler, de pleurer ou quoi, c'est probablement parce qu'au fond de toi tu sais quelque chose. Tu n'es pas d'accord ?

— Qu'est-ce que tu veux dire ?

L'incrédulité mêlée à mon immense fatigue me donnait le tournis. Pas parce que je ne comprenais pas. Au contraire, parce que ce que Cass disait me paraissait hyper logique.

— Si tu te souviens d'un truc… tu dois me le dire.

— Je dois te le dire, ai-je répété machinalement.

— Tu dois m'en parler d'abord, Elliot. Pas à la police.

— Pourquoi pas à la police ?

Cass m'a dévisagé pendant un bref instant avant de se concentrer à nouveau sur la route.

— Parce que nous formons une famille. Et que les membres d'une famille se protègent mutuellement.

Quand nous sommes rentrés à la maison, Cass a filé dans sa chambre, prétextant qu'elle avait mal à la tête et qu'elle avait besoin de dormir. Papa était dans la cuisine, un sac du McDo posé devant lui, un hamburger Angus en main. L'odeur était appétissante. Après toutes ces péripéties, mon estomac grondait pour attirer mon attention.

Je me suis approché de la table, j'ai chipé une frite et je me suis dirigé vers le frigo à la recherche d'ingrédients pour mon sandwich. Du jambon ? De l'avocat ? Puis je filerais pour lire la lettre. Juste au moment où je sortais la mayonnaise, papa a pris la parole :

— Où étais-tu passé ?

— Je foutais la merde.

C'était vrai, mais la réponse était vague.

— C'était une question rhétorique. Je sais très bien où tu étais, Elliot. Je sais que tu étais au commissariat. Je sais que la police t'a trouvé.

J'ai jeté les ingrédients sur le plan de travail et j'ai fermé le frigo.

— Ma voiture est tombée en panne.

— Assieds-toi.

C'était rare que notre père ordonne à un de ses enfants de s'asseoir. Chaque fois qu'il le faisait, c'était sérieux et nous lui obéissions sans hésiter. Papa a remis son burger dans sa boîte et a essuyé la sauce autour de sa bouche.

— Tu sais que je ne suis pas très sévère, mais ce n'est pas une raison pour abuser de ma confiance. C'est la deuxième fois en deux semaines que tu rentres à une heure inacceptable. Tu es adulte maintenant et je te respecte, mais je suis aussi un adulte et tu dois me respecter. Ça marche dans les deux sens, mon vieux. Tu dois faire une partie du chemin.

— Écoute, papa, je suis désolé…

Il a levé la main pour me faire taire.

— Je n'ai pas fini. Ce coup de fil nous a flanqué la trouille. Tu sais ce que ça fait d'entendre la police appeler pour la deuxième fois, de les entendre expliquer qu'ils t'ont trouvé et que tu es au commissariat ? Que ce soit pour confirmer ou non ta déposition, ça nous a fichu la frousse à ta sœur et à moi. Je n'aime pas être obligé de faire ça, mais je vais devoir t'imposer un couvre-feu. Jusqu'à ce que l'affaire du meurtre de Colton soit résolue, tu devras être à la maison à 20 heures tous les soirs.

— Je…

Ma voix s'est éteinte. J'étais épuisé par mes mésaventures nocturnes. Comme j'ai compris que mon père me rendait service, j'ai accepté :

— D'accord.

— Je suis désolé. C'est difficile d'être père célibataire… Être père, en général, c'est déjà difficile. Tous les aspects de la parentalité sont durs. Ta mère était, et sera toujours, la meilleure mère.

Il a souri d'un air triste.

— Je ne sais pas, ai-je répondu. Mais je pense que tu fais du bon boulot.

— Merci, fiston.

Il a baissé les yeux vers sa nourriture, une moue au coin des lèvres. Tout à coup, je n'avais plus très faim, alors j'ai tout remballé et je suis monté à l'étage. Une fois dans ma chambre, j'ai attendu un peu. J'ai tendu l'oreille pour guetter d'éventuels pas, des voix ou tout autre signe d'une irruption possible. Comme il n'y avait que le silence, j'ai sorti le papier plié de ma poche et j'ai commencé à lire.

Comme tu le sais, une cassette peut enregistrer toutes sortes de choses : des chansons, des histoires, des secrets. Même des aveux. Mais on reviendra aux cassettes dans une seconde. Si ***on*** *reprenait plutôt les confessions ?*

Tu dois te souvenir du 26 juillet. C'est le jour où Colton est rentré. Ce jour a été célébré avec joie et soulagement, comme une victoire, comme si Colton était un soldat revenu de la guerre. Il a été traité en héros. Mais il ne le méritait pas. ***D****'autant plus que la moitié de la ville s'est trompée de* ***date****. Le 26 juillet n'est pas le jour où Colton est revenu. C'est la date à laquelle il a fait croire à tout le monde qu'il était revenu. En réalité, il est rentré deux semaines avant d'annoncer son retour. La plupart des gens ne le savaient pas. Moi, si. Tu sais qui d'autre le savait ?*

Tu sais, Colton était têtu. Ce n'est peut-être pas un scoop, car beaucoup de gens ont ce trait de caractère, ***mais*** *son entêtement a eu de nombreuses conséquences. Par exemple, quand Colton avait six ans, il avait une balançoire et* ***il*** *voulait* ***y*** *passer tout l'après-midi. C'était un véritable combat de le faire rentrer quand il y jouait. Il protestait chaque fois qu'il devait s'en arracher et il fallait suivre un <u>ordre précis</u> pour venir à bout de son entêtement et arriver à lui faire franchir la* ***porte****.*

Cette lettre peut te sembler frustrante, j'en viens donc aux cassettes. Je voulais décupler l'expérience pour toi et titiller tes sens. J'avais pensé à t'enregistrer une cassette, mais ma voix me trahirait, alors que j'ai encore tant de choses à t'offrir. Je te propose plutôt d'écouter d'autres voix. Pour célébrer les progrès de la technologie, j'ai créé une vidéo. Les rôles principaux y sont tenus par Colton Crest et Elliot Parker. C'est un grand honneur pour moi de te présenter la quatrième confession.

Au bas de la page se trouvait un lien.

Et un mot de passe.

19.

Il n'était plus question de dormir du tout quand j'ai achevé ma lecture. Le soleil allait bientôt se lever et mon corps exigeait le repos, mais mon cerveau s'emballait à l'idée de ce à quoi me mènerait la fin de la lettre. Le lien et le mot de passe étaient une combinaison de lettres et de chiffres, de tirets et de points. Le lien pouvait mener à n'importe quel type de page : un article de journal en ligne, un blog, une vidéo YouTube. Ça pouvait aussi être un virus. Mais je n'étais pas arrivé jusque-là pour m'arrêter de peur d'infecter mon ordinateur.

Le sommeil allait devoir attendre.

Je me suis installé à mon bureau et j'ai allumé mon ordinateur portable. Une fois le navigateur ouvert, j'ai commencé à taper l'adresse du lien. Les caractères me semblaient interminables, mais, quand j'ai enfin terminé, j'ai appuyé sur *Entrée* et j'ai attendu que la page soit chargée. Un carré est apparu, une petite barre blanche demandant le mot de passe. Quand j'ai encodé la suite de caractères, l'écran est resté blanc un moment tandis que mon navigateur chargeait lentement la page.

Puis une vidéo est apparue.

Ce n'était ni un blog ni un article. Il n'y avait pas de titre ni de décompte de vues ni d'espace pour laisser un commentaire. Tout l'écran était occupé par une vidéo dont Colton et moi étions les protagonistes. La première image montrait l'arrière de ma maison. La caméra était située en hauteur, peut-être sur le toit de ma véranda. J'ai fermé les paupières et j'ai frissonné. J'étais dégoûté à l'idée que le tueur de Colton ait mis les pieds chez nous, qu'il ait placé une caméra et filmé mes faits et gestes. Comment avait-il osé fouler notre pelouse ? D'ailleurs, comment avait-il installé la caméra ? Et comment ne s'était-il pas fait surprendre quand il était venu la récupérer ?

J'ai rouvert les yeux et, sur l'image figée, j'ai commencé à discerner des détails qui m'avaient échappé. La vidéo devait avoir été tournée le jour où Colton avait débarqué chez moi après sa disparition : la table était couverte de bouteilles de bière et nous étions affalés sur les chaises de jardin. Je me souvenais de cette soirée comme si c'était hier.

C'est du moins ce que je croyais.

Ma souris a survolé le bouton de lecture. Je ne savais pas ce que j'allais lancer. J'ai appuyé sur le petit triangle avec une certaine nervosité.

J'étais affalé paresseusement sur mon siège, une bouteille de bière à la main. Je la fixais avec une fascination telle qu'on aurait pu croire que je n'avais pas conscience de mon environnement ni même de qui j'étais. J'ai bu une gorgée, puis j'ai lâché un rot sonore. L'ancien Colton m'en aurait tapé cinq avec un grand sourire pour partager cet instant de complicité. Mais le type assis à côté de moi était une statue sans émotion. Il jouait avec sa montre à gousset, ouvrait et refermait le couvercle en regardant fixement l'heure, même si quelques secondes seulement s'étaient écoulées depuis la fois précédente.

Quand il l'a enfin rangée dans sa poche, je lui ai demandé :

— T'étais où, mon vieux ? Et ne me raconte pas des conneries, du genre que t'étais dans ta famille.

Ma voix était plus saoule que dans mes souvenirs.

Colton a souri et a incliné sa bouteille pour boire un coup avant de répondre :

— Pas la peine de jouer au détective, Elliot. Certains mystères ne sont jamais *résolus.*

C'est tout ce dont je me souvenais. Très précisément *quinze secondes* de la vidéo. Je n'arrivais pas à imaginer ce qu'allaient montrer les douze minutes restantes. Je croyais qu'on n'avait plus trop parlé après cela. Dans mes souvenirs, je ne lui avais pas posé d'autre question. Et il ne m'avait apporté aucune réponse. En réalité, je me trompais sur toute la ligne.

— D'accord, alors je peux te demander autre chose ? Où tu étais passé ?

— Tu viens de me le demander.

— Je sais, ai-je répondu en me redressant. Mais sérieusement… t'étais passé où, putain ? Tout le monde flippait, mon vieux. Lydia, moi, tes parents…

— Ma mère était au courant.

Hein, quoi ? Si Mme Crest savait ce que Colton mijotait, pourquoi l'avait-elle laissé faire ? Qu'est-ce que Colton lui avait raconté exactement ? Est-ce que M. Crest aussi était au courant ?

— Ne sois pas si choqué. Tu crois vraiment qu'elle m'aurait laissé partir comme ça ? Elle aurait signalé ma disparition à la police. Je lui ai dit que je resterais parti un moment, mais elle ne savait ni pourquoi ni où.

— Et elle t'a laissé faire ?

— J'ai dix-huit ans, Elliot. Je n'ai pas besoin du consentement parental.

Colton a à nouveau sorti sa montre et jeté un coup d'œil aux aiguilles.

— Si tu ne veux pas me dire où tu étais, dis-moi au moins pourquoi tu es parti. Si tu avais des ennuis, tu aurais pu m'appeler. Tu sais que je t'aurais aidé, ai-je protesté en posant ma bouteille vide sur la table.

Colton a rangé sa montre et a souri tristement.

— Je sais. Je suis désolé. Je suis parti parce que je cherchais des réponses.

— Des réponses ?

— Oui. Comme je ne les trouvais pas ici, je suis parti. C'est beaucoup plus facile d'obtenir des réponses quand les gens ne savent pas qui tu es. Ou quand ils pensent que tu es quelqu'un d'autre.

J'ai levé la main pour le ralentir.

— Qu'est-ce que tu racontes, mon vieux ?

— Pendant mon absence, j'avais une autre identité.

— Tu déconnes.

— Non, je suis sérieux.

L'Elliot bourré avait l'air de trouver que c'était le truc le plus cool du monde. J'ouvrais des yeux comme des soucoupes et mon sourire était béat d'admiration.

— Colton, t'es comme un espion !

Il a ri.

— En quelque sorte.

— C'était quoi ton nom d'emprunt ?

— Daniel Heckerman.

Je trouvais apparemment cela hilarant. J'ai éclaté d'un énorme rire. J'étais plié en deux par ce scénario de film d'espionnage et ce nom à la noix. L'alcool dans mes veines ne devait pas y être pour rien. Colton, lui, avait l'air parfaitement sobre malgré les nombreuses bouteilles sur la table. J'ai deviné que c'était moi qui les avais vidées. Je ne me souvenais pas d'avoir bu autant, mais c'est toujours ainsi avec l'alcool : il entraîne des trous de mémoire assez sélectifs. C'est peut-être pour cela que Colton me disait tout. Parce qu'il était persuadé que je ne m'en souviendrais pas. Parce qu'il pensait que j'étais trop saoul pour comprendre.

— Ris tant que tu veux, mais ça a marché.

— Tu as eu les réponses que tu voulais ?

— Oui. Et j'ai découvert des secrets.

— Des secrets ? À quel sujet ?

— Sur toi. Et sur moi. Sur plein de gens.

Des secrets sur moi ? Quel genre d'informations Colton avait-il pu obtenir s'il n'était même pas en ville ?

— Des secrets sur moi ? a répété l'Elliot du passé, exprimant ma pensée à haute voix.

Colton a sorti sa montre à gousset et regardé les secondes défiler. Lorsqu'il a refermé le couvercle, il l'a encore fixé en passant le pouce sur la surface en or. Puis il s'est levé d'un coup, si brusquement qu'il m'a fait sursauter. J'ai tendu la main pour tenter de rattraper lés bouteilles de bière vides qui ne risquaient même pas de tomber. Au lieu de remettre sa montre dans sa poche, il l'a gardée en main et s'est dirigé vers la porte de la cuisine.

— Attends, tu vas où ?

— J'ai un truc à faire.

— Colton, tu as disparu pendant deux mois. Putain, tu viens de rentrer !

Je commençais à bafouiller. Je ne savais pas où je voulais en venir, je savais juste que je devais protester.

— Tu es bourré, Elliot. Tu deviens chiant quand tu es saoul.

— Je sais, mais c'est pas juste…

— Tu ne te souviendras pratiquement pas de cette conversation.

— Mais si !

— Tu n'es déjà plus très cohérent.

— Si tu crois que je vais tout oublier, alors révèle-moi un secret.

La main de Colton s'est attardée sur la poignée. Puis il l'a baissée et s'est tourné vers moi.

— Tu crois que je suis rentré aujourd'hui. Eh bien, c'est faux. Je suis de retour depuis deux semaines.

— Et tu ne me l'as pas dit ? Quel super ami !

J'étais vexé. J'ai commencé à agiter la bouteille de bière que j'avais ouverte quelques minutes plus tôt.

— Elliot, tu es mon meilleur ami, m'a-t-il assuré en me regardant tristement. Je finirai par tout te dire… mais, si je ne le fais pas, je sais que quelqu'un d'autre le fera.

— Qui ?

Mais Colton avait déjà disparu.

L'écran est devenu noir dès la fin de la vidéo. Mon cœur a cessé de battre. Quand un message est apparu, mon pouls a repris deux fois plus vite sous l'effet de la panique :

VIDÉO TERMINÉE. SUPPRESSION IMMÉDIATE DU FICHIER.

— Quoi ? Non. Non, non, non, non ! ai-je crié, sans penser que tout le monde dormait à cette heure.

Une barre au milieu de l'écran commençait à se remplir, qui marquait l'avancée du processus. Crier sur mon ordinateur n'y changerait rien. Quand la barre est arrivée à mi-course, j'ai cliqué furieusement avec ma souris. Comme cela n'avait aucun effet, je me suis mis à taper sur mon clavier, à tenter des combinaisons de touches, à enfoncer frénétiquement le bouton *Échappe*.

J'avais besoin de cette vidéo ! J'aurais voulu la regarder au moins une deuxième fois. Impossible de trouver un indice avec une seule vision rapide, surtout avec le manque de sommeil.

— Elliot.

Cass frappait à ma porte.

J'ai regardé tour à tour mon écran et ma porte, paniqué. Qu'est-ce que je devais faire ?

Cass a choisi à ma place. Elle a ouvert et est entrée en posant sur moi ses yeux mi-clos. Elle avait les bras serrés autour d'elle pour se protéger du froid et réprimait un bâillement.

Une petite boule de fourrure est passée près des jambes de ma sœur et a bondi sur mon lit. Depuis mon enquête sur Colton, je n'avais pas prêté beaucoup d'attention à mon chien. Il se morfondait dans le bureau de mon père en reniflant le tapis à la recherche de nourriture abandonnée. Milo n'était plus que de la graisse et de la fourrure. Il n'avait jamais été mince et avait encore grossi.

— Tu sais quelle heure il est ? Qu'est-ce que tu fous ?

— Rien. Je... Je viens de mourir.

— Quoi ?

J'ai fait un geste vague en direction de mon ordinateur.

— C'était ma dernière vie dans mon jeu vidéo.

Cass m'a lancé un regard assassin, comme si elle hésitait entre me tuer et retourner dormir. Heureusement, elle a choisi la seconde option. Elle a secoué la tête, a refermé ma porte et est retournée dans sa chambre. Milo a poussé un gros soupir. Il était affalé sur le flanc et me regardait fixement avec de grands yeux accusateurs. Je me sentais coupable de l'avoir négligé, je me suis promis de le promener plus souvent.

Une fois cette décision prise, je me suis tourné vers mon écran. Comme prévu, la vidéo avait été effacée, mais il y avait autre chose à la place.

Un gif animé d'une petite fille se balançant sur un pneu.

20.

J'avais oublié le couvre-feu instauré par mon père. Je restais assis dans ma chambre à suivre le mouvement de va-et-vient du pneu qui se balançait dans le vent. C'était tout ce qu'il restait d'une vidéo à glacer le sang.

L'effet que cette vidéo avait eu sur moi était dingue. Sous l'emprise de la fatigue et de la colère, j'avais retourné toute ma chambre. Si le tueur avait placé une caméra dans mon jardin aussi facilement, qu'est-ce qui l'empêchait d'en planquer une pour m'épier dans l'intimité ? L'assassin devait être en train de me regarder en rigolant. Je ne réussirais jamais à lui échapper.

Big Brother me surveillait en permanence.

Quand j'ai enfin admis ma défaite, la pièce était dans un état catastrophique. J'avais renversé les livres des étagères, balancé feuilles et cahiers, des papiers traînaient partout. Les jeux vidéo avaient atterri sur le sol, les DVD étaient répandus sur la moquette. On aurait dit un champ de bataille.

Cela me rendait dingue que le tueur parvienne à tout contrôler. J'étais une marionnette, qui se laissait manipuler pour reconstituer le puzzle de la mort de Colton. L'assassin me poussait à commettre des actes inconsidéres et me faisait perdre la tête.

Je devenais fou.

J'ai fini par m'endormir sur des piles de vêtements et d'oreillers tombés par terre. Quand je me suis réveillé, j'ai entrepris de ranger mon bordel et de replacer les objets sur les étagères pour que chaque chose retrouve sa place. J'avais beau essayer, je ne me rappelais pas comment tout était disposé avant mon accès de rage. C'est toujours le problème quand on détruit les choses complètement : on ne peut pas les reconstruire à l'identique.

J'ai passé le reste de la semaine devant mon ordinateur. J'ai tenté en vain de rejouer la vidéo, j'ai cliqué sur des liens, effectué des recherches Google en pagaille, tapé tous les mots clés qui me passaient par la tête, mais rien ne marchait. L'image animée de la petite fille sur la balançoire me narguait. C'était une photo innocente après une vidéo qui m'avait terrassé sur ma chaise.

Une sonnerie m'a fait détourner les yeux de l'écran. J'ai pris mon téléphone.

— Allô ?

C'était Lydia.

— Salut, tu es prêt pour ce soir ? On y va toujours ensemble ?

— Ce soir ? ai-je répété d'une voix blanche. Aller où ?

Il y a eu un silence au bout de la ligne.

— Le camping en souvenir de Colton ?

Oh. Oh. Je n'avais même pas réalisé qu'on était vendredi.

— Euh, ai-je balbutié en glissant une main dans mes cheveux. Je pourrais probablement passer.

— Comment ça, *passer* ?

— En fait, j'ai un couvre-feu, ai-je avoué.

Lydia n'a pas fait de commentaire.

— Je dois être rentré avant 20 heures. Lydia ? Ça te pose un problème ?

Il y avait du bruit en arrière-fond. Lydia s'est éclairci la gorge :

— Non, c'est pas grave. Qu'est-ce qu'il s'est passé ? Ton père est plutôt cool, d'habitude.

— Je crois que j'ai abusé de sa confiance.

— Tu es dans une phase rebelle ? a-t-elle plaisanté.

J'ai souri.

— Un truc du genre.

— Bon, ben, comme je dois être là tôt pour aider à tout installer, je vais y aller seule. Tu me rejoins ?

— Promis.

On s'est dit au revoir et Lydia a raccroché. Même si je ne restais pas toute la nuit, j'avais envie d'y aller. Beaucoup de gens étaient rentrés, avaient écourté leurs vacances ou reporté leurs vols pour qu'on se soutienne au cours de cette soirée.

J'ai pris mes clés et je suis sorti pour la première fois depuis des jours.

Vers 19 heures, je suis rentré à la maison prendre un pull dans ma chambre. J'ai fouillé mon armoire en quête d'un truc à me mettre. J'ai reniflé un pull et j'ai décidé qu'il ferait l'affaire, je l'ai enfilé et je suis passé à la cuisine.

— Elliot, tu n'as pas vu ta sœur ? m'a demandé mon père en se grattant la nuque.

Il a remonté ses lunettes rondes sur son nez et m'a observé, les sourcils froncés.

— Non, ai-je répondu en choisissant un Gatorade rouge puis en refermant le frigo. Pourquoi ?

— J'ai une réunion avec les éditeurs à propos de mon prochain bouquin. Je me suis dit qu'un jean et un tee-shirt taché de moutarde ne feraient pas très pro, alors j'ai sorti mes vieilles chemises. Je suis nul avec le fer à repasser et j'ai besoin de l'aide de Cass.

— Je ne l'ai pas vue de la journée.

— À propos de ne pas voir les gens, je ne t'ai pas beaucoup croisé ces temps-ci. Tu es resté terré dans ta chambre. C'est à peine si je te vois pour dîner.

Mon père a ouvert le frigo et en a sorti une bouteille d'eau.

— Oui, je sais.

C'est tout ce que je pouvais répondre. Je ne pouvais pas lui fournir d'explications. Je n'en avais pas.

— C'est à cause du couvre-feu ?

Il s'est passé la main dans les cheveux, l'air embêté.

— Je suis désolé. J'ai l'impression d'être un père horrible. Je ne veux pas être dur comme ça avec toi, surtout après ce qui est arrivé à Colton. Je ne suis pas vraiment le meilleur père du monde en ce moment, hein ?

— Ce n'est pas ça, lui ai-je répondu en lui adressant un sourire qui se voulait rassurant. J'ai juste trop de trucs en tête.

Papa n'avait pas l'air de me croire. Il m'a examiné avec une insistance gênante.

— Tu as le droit de sortir, Elliot. Simplement, je dormirai beaucoup mieux cette nuit si je sais que tu es rentré à 20 heures. Jusqu'à ce que tout se tasse.

J'ai hoché la tête en évitant son regard. Je me sentais coupable de savoir que mon père s'en voulait. Mais comment aurais-je pu expliquer mon comportement autrement ? Ma mauvaise humeur, mon isolement, mon silence ? Mon attitude ressemblait à la réaction naturelle d'un ado à qui on impose un couvre-feu. Si seulement mon père avait su ce qui se passait vraiment ! Je mourais d'envie de lui parler des lettres, des aveux, du tueur. De lui raconter que j'avais des conversations à sens unique avec l'assassin de Colton. J'avais envie de me soulager la conscience en lui parlant des indices, de la chasse au trésor, des secrets, des vidéos, de l'espionnage. Tous ces mensonges me rongeaient de l'intérieur et mon cerveau était une bombe à retardement, prête à exploser à tout moment.

— En fait, ai-je déclaré pour interrompre son laïus, je sors ce soir.

Il a eu l'air soulagé.

— Où vas-tu ?

— Il y a une soirée camping en mémoire de Colton. Je vais y retrouver Lydia, déposer des trucs à manger pour la nuit, peut-être partager une ou deux anecdotes à son sujet.

Papa a souri tristement.

— Disons 23 heures, si tu passes au supermarché pour ramener du mix à pancakes ? On prendra le petit déjeuner en famille. J'ai l'impression de vous avoir à peine croisés ces derniers jours.

— Merci, papa.

Il a hoché la tête et est retourné dans son bureau. Après un petit verre de Gatorade, j'ai quitté la cuisine moi aussi. Il faisait étonnamment froid pour un début d'été et j'ai enfilé mon pull. Puis j'ai grimpé dans ma voiture et filé.

Un sac rempli de sept pains frais était posé à côté de moi, ainsi qu'un billet de vingt dollars. J'avais appelé Lydia depuis le supermarché et elle m'avait expliqué ce qu'ils comptaient préparer à manger. Un mec apportait un barbecue dans son van et des saucisses offertes par son père.

Lydia espérait que cela suffirait pour nourrir plus d'une centaine d'anciens lycéens. Elle avait précisé qu'il y aurait au moins une saucisse par personne, mais qu'il serait difficile d'empêcher les mangeurs rapides de revenir se servir.

Elle avait préparé une quantité impressionnante de sa célèbre salade de pommes de terre, mais, jusqu'à présent, c'était le seul accompagnement prévu. Du coup, j'avais pris du pain pour remplir les estomacs et j'étais en route pour acheter des frites dans un snack.

À l'arrière, il y avait un sac de gâteaux apéritifs qui contenait notamment des chips au bacon en édition limitée, parce tout le monde adore le bacon. J'avais aussi pris des paquets de sucettes et des barres chocolatées. J'aurais sans doute dû penser à quelque chose d'un peu plus nutritif, mais j'avais l'impression qu'une bande d'ados en deuil n'a pas trop envie de croquer des bâtonnets de carotte et de céleri en évoquant un ancien pote du lycée…

J'ai évacué cette idée et je me suis concentré sur la conduite. Direction le parc.

Des lycéens se garaient déjà sur le petit parking et certains stationnaient autour du pâté de maisons. J'ai eu la chance de trouver une place au moment où des filles en tenue de sport repartaient après leur footing.

Mon téléphone a sonné quand je prenais mes clés.

— Allô ?

— Salut, c'est toi que je viens de voir ? m'a demandé Lydia.

— Ouais, ai-je confirmé en me penchant pour attraper le sac posé sur le plancher.

— Attends-moi là, je te rejoins.

Entre-temps, je suis sorti de ma voiture, j'ai verrouillé les portes et j'ai fait le tour jusqu'au coffre. Lydia est apparue au moment où je l'ouvrais. Son visage était pâle, mais ses joues étaient rosies par le froid. Elle a croisé les bras et m'a souri.

— Besoin d'un coup de main ?

— Oui, j'ai quelques paquets là-dedans.

J'ai pris une partie des provisions, je les ai posées à mes pieds et j'ai attendu que Lydia retire le reste pour refermer le coffre. Mais elle fixait quelque chose derrière moi sans ciller.

— Je suis allé à Woolworths, lui ai-je annoncé pour essayer d'attirer son attention. J'ai pris tes sucettes préférées. Il y a un sac de grenouilles rouges rien que pour toi.

J'ai fouillé et j'ai trouvé le paquet, que j'ai agité sous son nez.

— J'ai aussi choisi un sac de serpents acidulés, juste pour nous deux. J'ai même mis tous les bleu et rose à part pour toi. Alors, je ne suis pas le meilleur ami de tous les temps ?

Les serpents acidulés de chez Woolworths étaient notre truc à Lydia et moi. Elle ne mangeait que les bleu et rose et moi, les vert et jaune. Notre tradition, c'était de laisser les orange et violet dans le paquet avant de le jeter. Nous ne les aimions ni l'un ni l'autre et Colton trouvait les serpents acidulés peu ragoûtants.

D'habitude, Lydia s'illuminait en entendant parler de ses bonbons préférés, mais cette fois elle n'a pas réagi. J'aurais pu dire n'importe quoi, elle était ailleurs.

Quelque chose clochait.

— Lydia. Lyd ?

Elle a tourné lentement le visage vers moi et m'a adressé un sourire distant.

— Excuse-moi, tu disais ?

Il y avait *vraiment* un truc qui ne tournait pas rond. J'ai posé mon sac par terre et je me suis assis à l'arrière de ma voiture.

— Bon, qu'est-ce qui se passe, Lyd ?

— Rien.

Elle s'est laissée tomber à côté de moi, sans plus rien regarder de particulier.

— Je te connais depuis qu'on a douze ans, Lydia Potter. Je sais quand quelque chose ne va pas.

Elle a repoussé une mèche derrière son oreille en soupirant.

— J'ai beaucoup de choses en tête. Je ne sais pas si je me sens capable de supporter cette soirée… Aider à l'organiser m'a changé les idées… au point que j'avais oublié ce que j'organisais. Et, maintenant que le moment est venu, je ne sais pas si je vais tenir jusqu'au bout. Est-ce que je vais réussir à passer la nuit à écouter des anecdotes sur Colton ? De vagues histoires de gens qui le connaissaient à peine ? Est-ce qu'ils savent qu'il s'est cassé le petit orteil quand il avait sept ans ? Qu'il avait peur des clowns ? Ou qu'il jouait du piano depuis ses dix ans ?

— Lydia, ai-je commencé doucement.

— Est-ce qu'ils savent qu'il n'était pas aussi parfait qu'il en avait l'air ? a-t-elle crié, le visage baigné de larmes. Il était aussi paumé, aussi effrayé, aussi à côté de ses pompes que tous les imbéciles sur cette terre !

J'ai passé mon bras autour de ses épaules. Elle a tourné la tête et enfoui son visage contre mon pull. Je lui ai frotté le bras et je l'ai laissée pleurer jusqu'à ce qu'elle soit à nouveau capable de parler.

— Excuse-moi, a-t-elle déclaré en s'essuyant les yeux sur sa manche. Je ne sais pas ce qui m'a pris. J'ai craqué...

— Hé, c'est rien. On va passer une super soirée. On va manger des cochonneries et parler de Colton.

En réalité, ces paroles s'adressaient aussi en partie à moi-même. Avec tous les événements qui s'étaient enchaînés, j'étais en train d'oublier qui était Colton Crest. Je lui construisais une nouvelle identité, basée sur son faux nom, ses disparitions mystérieuses et les mensonges. Cette soirée tombait à pic pour me rappeler l'ami que je connaissais. Celui qui était doué aux échecs, qui était dingue de Lydia et qui pouvait faire rire n'importe qui, même si cette personne avait passé une journée atroce.

— La soirée va être géniale, ai-je répété en la serrant une dernière fois contre moi.

Mais la fête ne s'est pas déroulée aussi bien que je l'espérais. Parce qu'à 21 heures Lydia est allée aux toilettes. Et qu'elle n'est pas revenue.

21.

Il était 21 heures et tout le monde était blotti dans les sacs de couchage, la tête sortie des tentes, pour discuter de Colton. Nous échangions des anecdotes ponctuées de fous rires. Tout le monde passait un bon moment. Lydia et moi étions assis côte à côte, nous partagions une couverture et un paquet d'oursons en gélatine. Elle avait l'air nerveuse, mais elle se forçait à sourire en permanence et s'occupait en mâchouillant des bonbons.

Tout à coup, en plein milieu d'une histoire qui impliquait Colton et un toboggan aquatique, Lydia a annoncé qu'elle devait aller aux toilettes. Je l'ai aidée à se relever et elle s'est dirigée vers le bâtiment de l'autre côté du parc.

Je n'y ai plus trop pensé. Mais, au bout de vingt minutes, j'ai remarqué qu'elle n'était pas revenue. Je commençais à m'inquiéter et je suis parti à sa recherche.

Le parc n'était pas très grand et je n'ai pas mis longtemps à rejoindre les W-C des dames. J'ai hésité, je n'osais pas entrer. Je suis resté près de la porte et je l'ai appelée :

— Lydia ? Lydia ?

Un moment plus tard, quelqu'un est apparu. Ce n'était pas Lydia. C'était Josie, une fille qui était avec moi en cours de chimie.

Elle m'a regardé d'un drôle d'air en voyant que je rôdais près des toilettes des femmes.

— Salut, Elliot. Tu as besoin d'un coup de main ?

— Je cherche Lydia. Elle est toujours là-dedans ?

Josie a secoué négativement la tête. Au lycée, elle avait de longs cheveux châtains. Mais, depuis la remise des diplômes, elle les avait coupés à hauteur du menton et teints en noir. Ça lui allait bien.

— Désolé, il n'y avait personne à part moi.

J'ai été pris de panique d'un coup.

— Merci. J'ai dû la rater.

Josie m'a adressé un petit sourire.

— Garde le moral, Parker. Je sais que ça doit être dur pour toi, mais tu t'en sors très bien. Nous sommes tous là pour nous serrer les coudes.

J'avais presque oublié que nous étions encore à la soirée en mémoire de Colton. J'étais trop occupé à réfléchir aux endroits où Lydia pouvait se trouver. J'ai répondu par un petit signe de tête et Josie est retournée auprès de nos camarades de classe.

J'ai rapidement scanné le parc du regard. Lydia m'avait semblé mal en point avant d'aller aux toilettes. Peut-être qu'elle s'était effondrée quelque part ? Je me suis senti coupable de ne pas m'être inquiété plus tôt, de ne pas avoir proposé de l'accompagner. Et si je n'étais pas là au moment où elle avait besoin d'aide ?

J'ai cligné des yeux pour m'habituer à l'obscurité, mais je ne voyais toujours rien qui sorte de l'ordinaire. Je ne distinguais pas de silhouettes, je ne percevais aucun mouvement en dehors de notre bivouac. J'ai passé le groupe en revue, cherchant une tache blond vénitien. En vain.

Je me suis passé la main dans les cheveux frénétiquement en faisant les cent pas.

Où es-tu, Lydia ? Où es-tu ?

Puis mes yeux se sont posés sur l'église et j'ai deviné qu'elle devait s'y trouver.

L'air semblait se refroidir à mesure que j'avançais vers l'édifice religieux, comme un signe que chaque pas me rapprochait de quelque chose de grave. Le vent tirait sur mes vêtements, on aurait dit que des doigts squelettiques m'empêchaient de progresser. Mais j'ai chassé cette sensation étrange et j'ai poursuivi mon chemin.

— Lydia ? ai-je appelé d'un ton hésitant en poussant la porte.

Elle s'est ouverte sans difficulté et j'ai fait quelques pas dans l'obscurité. Je progressais à l'aveuglette. Je me demandais si Lydia y voyait quoi que ce soit. Est-ce qu'elle trouvait cette absence de lumière réconfortante ? Il devait bien y avoir un interrupteur quelque part… J'ai commencé à tâtonner sur le mur pour en trouver un.

Je cherchais encore quand une main s'est posée sur ma bouche et qu'une autre a empoigné l'arrière de ma chemise pour m'indiquer la direction à suivre.

— Ne fais pas de bruit !

Cette voix. Je la connaissais. La main qui me bâillonnait s'est retirée.

— Lydia ? ai-je chuchoté.

Qu'est-ce qu'elle fabriquait ?

Elle a posé un doigt sur mes lèvres.

— Tu ne m'as pas entendue ? Je t'ai dit de ne pas faire de bruit, m'a-t-elle soufflé d'un ton irrité.

J'ai acquiescé et elle s'est accroupie à côté de moi, le dos contre le mur. Nous nous sommes tus tous les deux, mais j'entendais sa respiration et les battements affolés de mon cœur. Lydia avait la tête tournée, la joue collée contre les briques.

Je ne sais pas combien de temps nous sommes restés là, mais, comme mes genoux commençaient à être douloureux, j'ai bougé et mes pieds ont fait du bruit. Lydia m'a lancé un regard assassin.

— Tu veux qu'on t'entende ? a-t-elle chuchoté avec colère.

Qui était cette fille et qu'avait-elle fait à la Lydia que je connaissais depuis toujours ?

— Pourquoi tu es tendue comme ça ? ai-je demandé prudemment.

J'avançais en territoire inconnu. Je risquais de me faire massacrer.

Lydia s'est un peu calmée.

— Excuse-moi.

Je me suis détendu à mon tour. *Bien joué, Parker.*

— C'est juste que…

Lydia a été interrompue par le grincement d'une porte. Elle s'est tue et m'a repoussé contre le mur. Ma tête a heurté les briques et ça m'a fait un mal de chien. Lydia n'a rien remarqué. Elle se concentrait pour tenter de voir qui venait d'entrer. De ma place, derrière elle, je ne voyais rien à cause de l'obscurité.

Quelque chose a dû attirer l'œil de Lydia, parce qu'elle s'est écartée sans bruit de notre cachette et a commencé à ramper au sol. Je l'ai suivie en me baissant pour être le plus discret possible.

Lydia n'était qu'une tache sombre entre les bancs. Quand elle a vu que j'étais à ses côtés, elle m'a indiqué d'un signe de tête une silhouette. Mon sang s'est glacé.

Est-ce que c'était l'assassin de Colton ?

L'ombre était une forme noire non identifiable et, même si la personne avançait lentement, elle ne donnait aucune indication de sexe ni aucun détail personnel. C'était juste une silhouette floue qui flottait en silence à travers l'église.

Si c'était vraiment l'assassin de Colton, j'essayais d'assembler les pièces du puzzle. Comment Lydia savait-elle qu'il viendrait ici ? Est-ce qu'il la harcelait ? Est-ce qu'il la poursuivait pour la tuer ?

J'ai étouffé un grognement de rage. Un de mes amis avait été assassiné à cause de cette personne. Je n'étais pas prêt à ce qu'on m'enlève Lydia.

La silhouette continuait à progresser en silence. Le clair de lune éclairait la nef à quelques pas d'elle. Si l'inconnu continuait à progresser, je pourrais entrevoir un signe distinctif. Peut-être sa tenue, ses yeux ou au moins son sexe.

Plus près.

J'étais sur mes gardes, prêt à agir.

Encore un peu plus près.

Lydia a poussé un soupir agacé.

Presque.

Mon cœur a bondi dans ma poitrine.

Maintenant.

Le clair de lune s'est reflété sur un petit morceau de tissu. Cette laine violette ne m'a pas laissé le moindre doute. Je connaissais ce manteau.

— C'est quoi ce bordel, Cass ? ai-je crié en bondissant de ma cachette.

J'étais furieux. Lydia me fusillait du regard :

— Nous sommes dans une *église*, Elliot.

Mais, quand elle s'est retournée vers ma sœur, Lydia a eu l'air de se sentir trahie.

Cass ressemblait à un animal effrayé. Sa main était fourrée dans sa poche, mais elle était si profonde que je ne savais pas ce qu'elle y cachait. Un revolver ? Un couteau ? Si c'était elle, il pouvait y avoir n'importe quoi dedans. Si je découvrais qu'elle avait tué Colton, elle pourrait me mettre K-O avec un simple élastique à cheveux.

— Qu'est-ce que vous faites là, tous les deux ?

Avant qu'elle ne puisse ajouter quoi que ce soit, nous avons entendu du bruit dans la sacristie. En un instant, nous nous sommes figés à nouveau tous les trois. Cette soirée était de plus en plus dingue et j'étais furieux. J'avais besoin de canaliser ma rage, d'accuser quelqu'un. J'avais l'impression d'avoir un ouragan dans le cerveau.

Qu'est-ce que Lydia fichait ici ? Et Cass ? Et qui était dans la pièce du fond ?

Tout à coup, une voix profonde et démoniaque m'a répondu :

— Pardonnez-moi, mon père, car j'ai péché. J'ai tué Colton Crest.

La voix déformée ne laissait aucun doute : quelqu'un venait d'utiliser le micro cassé, celui qui avait percé les tympans de l'assemblée au début de l'office presque une semaine plus tôt. Pratique qu'il n'ait pas été réparé : la confession avait résonné à travers l'église avec une puissance telle que mes os en avaient tremblé.

Nous nous sommes regardés en silence avant d'avancer de concert vers la sacristie. Mais nous n'avions encore fait que quelques pas quand une silhouette noire est sortie à toute allure par la porte, filant comme une ombre vers la sortie latérale la plus proche.

Mon corps était shooté à l'adrénaline, mon cœur s'emballait. J'étais à deux doigts de résoudre le mystère, d'obtenir enfin des réponses. J'étais si près du but…

Mais, alors que nous avancions vers la silhouette inconnue, une deuxième personne est sortie à son tour de l'arrière-salle. Au début, j'ai cru que mon imagination me jouait des tours, mais, quand j'ai vu Cass changer de direction et foncer vers cette seconde silhouette, j'ai réalisé que nous ne poursuivions pas un tueur.

Nous en poursuivions *deux*.

Lydia a suivi des yeux le second inconnu qui filait à présent vers le côté opposé de l'église, talonné par Cass, qui redoublait d'efforts pour le rattraper. Lydia semblait pétrifiée à l'idée de ne pas pouvoir se couper en deux pour prendre en chasse les deux intrus, mais elle s'est vite ressaisie. Elle s'est mise à slalomer à toute allure entre les bancs, l'air déterminé. Nous avons couru après le premier assassin ensemble, nous cognant les genoux tandis que nous nous faufilions entre les bancs.

Je suis sorti le premier de l'église et je me suis mis à fouiller les environs du regard. Lydia m'a rejoint un instant plus tard et n'a pas hésité. Au lieu de s'arrêter, elle a allongé la foulée et continué à poursuivre la silhouette sombre qui disparaissait déjà dans l'obscurité. Je l'ai imitée.

Ils ont gravi la colline et traversé la route. Lydia s'est élancée sans regarder et un conducteur furieux au volant d'une voiture noire l'a évitée de justesse. Il a poussé une série de jurons en klaxonnant, mais elle n'y a pas vraiment prêté attention. J'ai contourné le véhicule par l'arrière et j'ai rattrapé Lydia alors qu'elle traversait des jardins.

Je voyais Cass poursuivre l'autre intrus. Les deux silhouettes ont disparu dans le sentier qui se faufilait entre de hauts eucalyptus. Il n'y avait plus de lampadaire à partir de là. Nous ne pouvions plus profiter du réconfort de la lueur orangée et nous devions nous aventurer à l'aveugle dans l'obscurité totale.

Ma vision s'est tachée de noir et j'ai dû faire appel à mon ouïe pour m'orienter. Malheureusement, j'avais du mal à repérer autre chose que les battements de mon cœur et ma respiration pantelante. J'avais l'impression que mes poumons allaient éclater et les muscles de mes jambes prendre feu sous la douleur.

J'entendais vaguement des pas furieux au loin, des feuilles mortes qui craquaient sous les semelles. Je ne savais pas si c'était Cass ou les inconnus, mais c'était le seul espoir qui me restait encore. J'ai continué à avancer en tentant désespérément de repérer la source des bruits.

Mais plus je suivais leur piste, plus j'avais la sensation de me perdre. Je ne poursuivais plus aucun son. J'étais juste poussé par le désespoir, je courais après quelqu'un qui m'avait échappé. Lydia semblait penser exactement la même chose.

Elle s'est arrêtée à côté de moi. Elle haletait et tournait en rond pour tenter de trouver un indice de l'endroit où pourraient se trouver les deux mystérieux individus.

— Ils n'ont pas pu s'enfuir aussi vite ! Allez, montrez-vous ! Je sais que vous êtes là, bon sang !

Mais seul le silence lui a répondu.

— Ils ont réussi, hein ? On les a perdus ?

J'ai acquiescé de la tête, même si elle ne me voyait pas.

Après un dernier coup d'œil désespéré, nous sommes retournés au parc. Nous marchions en mode automatique, le regard vide. Aucun de nous deux n'avait envie de parler, même si un tas de questions nous brûlaient les lèvres.

Je ne savais pas depuis combien de temps nous étions partis, mais, lorsque nous avons rejoint le groupe, Marcus, un copain de Colton qui suivait le cours d'économie avec lui, s'est approché et nous a éclairés sur ce point :

— Vous voilà, les gars. On vous cherche depuis une heure !

Il a tiqué en découvrant nos mines défaites.

— Ça va ? Vous avez l'air bizarre.

— Je ne peux pas rester, a décrété Lydia d'un ton calme en passant devant Marcus trop rapidement pour qu'il puisse protester.

Elle a commencé à remballer ses affaires en silence. Je l'ai regardée rouler distraitement sa couverture et la jeter dans un grand sac. Quelques filles l'ont entourée pour la réconforter. Lydia les a chassées comme des mouches et a repris le rangement comme si elles n'étaient pas là.

— Elliot, a dit Marcus en posant une main sur mon épaule.

Je l'ai dévisagé, un peu étonné.

— T'as entendu ?

— Quoi ?

— T'as une sale gueule, mon vieux. Je n'ai jamais vu quelqu'un d'aussi pâle.

— Je ne me sens pas très bien.

— Tu devrais peut-être t'allonger, prendre un peu de sucre ou quelque chose comme ça. On dirait que tu vas t'évanouir. Hé, Lisa ! Tu peux me lancer un truc sucré pour Elliot ?

Lisa, une jolie blonde, a levé les yeux de sa conversation. Elle a plongé la main dans son grand paquet de bonbons acidulés et en a jeté une poignée dans notre direction. Marcus a réussi à en attraper un vert au vol, mais les autres ont rebondi sur nous. Un d'entre eux m'a frappé au visage et, quand j'ai palpé ma peau du bout des doigts, j'ai senti du sucre sur ma joue.

Marcus a levé les yeux au ciel.

— C'est malin, Lisa.

Il m'a tendu le bonbon qu'il avait saisi au vol.

J'ai secoué la tête.

— En fait, je crois que je vais rentrer.

Marcus a froncé les sourcils, mais a fini par opiner. Je devais avoir l'air vraiment mal en point parce que Marcus était têtu quand il le voulait. Il a proposé de me raccompagner jusqu'à la voiture au cas où je m'évanouirais, mais j'ai décliné. Je me suis éloigné d'un pas rapide tandis que les rires retentissaient derrière moi.

Une fois arrivé sur le parking, j'ai vu Lydia, mais je me suis dirigé vers ma voiture sans m'attarder auprès d'elle. La soirée avait été longue, il valait mieux rentrer et dormir. Il devait être presque 23 heures et j'avais promis à mon père que je serais de retour avant. Tout ce qu'il me restait à faire, c'était de passer au supermarché pour acheter du mix à pancakes.

Quelqu'un m'a arrêté avant que je ne puisse m'installer au volant.

— Elliot. Lydia.

Je me suis retourné et j'ai vu Cass se diriger vers nous. On aurait dit qu'elle revenait de sa traque à travers la nature. Elle avait les cheveux en désordre ; des boucles étaient plaquées sur son visage en sueur. Son manteau s'était ouvert et une robe dépassait du tissu violet.

Elle titubait un peu, mais son regard était déterminé. Elle portait des bottes à talons ridiculement hauts. On aurait dit qu'elle marchait sur des pointes de couteau et, à en juger par sa moue de douleur, c'était probablement ce qu'elle ressentait.

Pourquoi était-elle habillée aussi… chic ?

Trop de questions et trop peu de réponses. Je n'avais pas besoin d'ajouter les choix vestimentaires de ma sœur à la liste.

— Ouais ?

Ma voix était fatiguée. J'avais du mal à articuler. Elle ressemblait à un gargouillis.

Lydia s'est avancée avec hésitation. Peut-être était-elle juste épuisée comme moi ? En tout cas, elle marchait lentement sur le gravier, en mesurant chaque pas comme si le moindre faux mouvement risquait de la tuer.

Quand nous avons rejoint ma sœur, elle nous a regardés tous les deux et une multitude d'expressions se sont bousculées sur son visage : l'incompréhension, l'énervement, la culpabilité et la fatigue. Une rafale de vent a collé de nouvelles mèches de cheveux sur son front humide. Elle a frissonné et refermé son manteau d'une main.

— Qu'est-ce que vous faisiez dans l'église ? a-t-elle fini par nous demander. Vous n'imaginez pas comme c'était dangereux là-dedans. Vous auriez pu vous faire *tuer* !

Elle s'est passé une main sur la figure.

— Tu sais qui étaient ces gens ? ai-je riposté. Tu as vu le visage d'un des deux ?

Cass a poussé un soupir agacé.

— Arrête de me répondre par des questions, Elliot.

Elle s'est tournée vers Lydia, le regard implorant.

— Tu peux m'aider ?

Lydia nous dévisageait tour à tour comme un animal effrayé qui cherche un moyen de s'échapper. Comme elle n'a pas réagi, ma sœur s'est dégonflée comme une baudruche.

— Si je vous dis pourquoi j'étais là, a-t-elle proposé, vous me direz aussi ce que vous fabriquiez dans l'église ?

Elle a interprété notre silence comme un accord et a indiqué sa voiture du menton. Elle était garée de travers, comme si elle s'était arrêtée avec précipitation. Je n'avais même pas remarqué sa présence avant que ma sœur ne me la montre.

— On monte dans ma bagnole ? Il fait froid et je ne me sens pas à l'aise de parler de ça dehors.

On a grimpé dans sa voiture. Cass n'a pas perdu une seconde. Elle a immédiatement dézippé ses bottes pour dégager ses pieds et inspecter les dégâts. Des trous dans ses bas laissaient apparaître des blessures. Quand elle a retiré sa main, du sang couvrait ses doigts.

— Cass ?

— Excusez-moi, a-t-elle marmonné en jetant ses chaussures à l'arrière, juste à côté de l'endroit où Lydia était assise, le dos droit, les yeux grands ouverts.

Ma sœur a soupiré, puis posé les mains sur le volant et fixé le pare-brise.

— J'ai un aveu à vous faire. Vous devez promettre de ne le dire à personne.

— Je ne sais pas…

— S'il te plaît, Elliot.

Elle m'a regardé avec tant de désespoir dans les yeux que je me suis souvenu de la sœur que je connaissais. Celle qui protégeait sa famille, aidait à la maison et dépensait tout son argent pour offrir des cadeaux à ceux qu'elle aimait, même si cela impliquait de bosser des heures durant dans un restaurant de merde avec un salaire encore plus merdique. Pour une fois, je ne la voyais plus comme une ennemie.

— Lydia ?

Elle s'est retournée vers la banquette arrière, cherchant à être rassurée.

— Eh bien… D'accord. Mais seulement parce que, si tu avoues, je vais devoir le faire aussi, et si mon secret est dévoilé… nous serons tous en danger.

Je voulais lui demander ce qu'elle voulait dire, et Cass semblait intéressée aussi, mais elle s'est forcée à sourire.

— Ça me semble juste. Elliot ?

Lydia et Cass m'observaient. J'ai soupiré.

— C'est bon.

Cass a hoché la tête et s'est retournée vers l'avant, les mains sur le volant. Elle fixait un point devant elle, comme si elle voulait à tout prix éviter de regarder dans l'habitacle. J'avais l'impression d'être sous l'eau ; tous les mouvements me paraissaient lents et le temps semblait s'être arrêté. Une éternité et demie s'est écoulée avant que Cass se décide :

— Tu sais que, quand je suis stressée, je nettoie, a-t-elle commencé à mon attention.

J'ai hoché la tête pour l'encourager à continuer.

— Après les funérailles de Colton, j'étais dans un sale état, alors j'ai décidé de laver ma voiture. Ouvre la boîte à gants, Elliot.

Le cœur battant, j'ai tendu la main et ouvert le compartiment. Il n'y avait qu'une chose à l'intérieur. Cass a recommencé à parler, mais je ne l'écoutais plus. Je ne comprenais plus rien. Parce que je venais de trouver une lettre. Rédigée sur le même papier à lignes, avec la même encre noire, la même écriture un peu brouillonne.

Une lettre écrite par le tueur de Colton.

— Je ne suis pas le seul… ai-je chuchoté.

Cass s'est interrompue et m'a fixé avec des yeux larges comme des soucoupes.

— Tu as reçu une lettre aussi ? m'a-t-elle demandé d'une voix étouffée.

Lydia m'a arraché le papier des mains. Elle a parcouru les lignes en tenant la feuille entre ses doigts tremblants. Elle était tellement agitée que je ne savais pas comment elle arrivait à lire.

— Vous n'êtes pas les seuls, a déclaré Lydia.

Elle a relevé la tête un instant plus tard, le regard vitreux.

— J'en ai reçu une aussi.

Ma gorge s'est serrée.

— On a tous reçu des lettres…

Nous avions tous reçu des lettres.

22.

— Attendez, ai-je commencé, prêt à me lancer dans un discours ponctué d'hypothèses et de grossièretés.

Mais tout ce que j'ai réussi à sortir, c'est un :

— Quoi ?

— Comment… mais pourquoi… ? a poursuivi Lydia.

— Je ne sais pas.

Cass a détaché une main du volant pour se couvrir les yeux.

J'étais abasourdi. Cass et Lydia avaient reçu des lettres elles aussi. Comment ? Quand ? Disaient-elles la même chose ? Est-ce qu'on suivait tous les trois les mêmes indices ? Est-ce qu'on était conduits aux mêmes endroits ? Toutes ces questions me donnaient le vertige.

— Bon, ai-je repris au bout d'un moment, commençons par les lettres. Lydia, tu as la tienne ?

Elle a hoché la tête.

— Elle est dans ma voiture.

J'ai sorti la plus récente de la poche arrière de mon jean.

— Commençons par comparer les messages.

Lydia a acquiescé et est sortie de la voiture. Elle a traversé le parking au pas de course pour aller chercher le message du tueur. Cass a fini par se découvrir les yeux et a laissé tomber ses mains sur ses genoux.

— Ça n'a aucun sens…

— Pour un psychopathe comme l'assassin de Colton, ça en a probablement. Nous allons assembler les pièces du puzzle, ai-je décrété en lissant la feuille.

— Pourquoi moi ? a insisté Cass. C'est logique qu'il s'en prenne à Lydia et à toi. Vous étiez les deux personnes les plus proches de Colton, mais moi je le connaissais à peine. J'en sais plus sur lui maintenant qu'il est mort que quand il était vivant. Tu crois que c'est parce que je l'ai vu le soir où il a disparu ? Oh ! Tu crois que tous ceux qu'il a croisés pendant sa disparition ont reçu une lettre ?

J'ai retourné la question. Je me suis demandé *combien* d'autres personnes avaient reçu une lettre. Comment avions-nous été choisis ? Pourquoi nous, en effet ?

— Comment as-tu su que tu devais venir ici ?

Cass a incliné la tête vers moi.

— Quand je suis rentrée à la maison ce soir, papa m'a dit que tu étais à la soirée en mémoire de Colton. J'ai vu une ombre se diriger vers l'église. J'ai pensé que ça pouvait être le tueur, alors je l'ai suivie. Avec les lettres… les aveux… je pensais que le tueur allait s'en prendre à toi dès que tu baisserais la garde.

— Je ne baisse jamais la garde.

Ce n'était même pas par habitude. J'étais devenu incapable de me détendre.

Notre conversation a été interrompue par le retour de Lydia. Elle serrait un morceau de papier froissé dans une main. Elle a vite fermé la portière pour bloquer le vent et s'est mise à la place du milieu pour se pencher vers l'avant et se joindre à la discussion.

— C'est ma plus récente découverte.

Elle nous a tendu sa lettre. Cass et moi avons approché les nôtres pour que les trois morceaux de papier soient alignés. C'était le même papier ligné, la même encre noire, la même écriture.

J'ai plaqué une main sur ma tempe qui palpitait.

— C'est officiel. Nous avons tous les trois été contactés par le tueur de Colton.

— *Les* tueurs, a corrigé Lydia.

Nous avions pris deux individus en chasse, pas un. Il s'était passé tant de choses au cours des deux dernières heures que le mystère de Colton s'était encore épaissi.

— Mais, d'après les lettres, c'est une seule personne qui l'a tué, a objecté Cass en soulignant certains passages du doigt. La personne utilise le *je.*

— Il essaie peut-être de nous lancer sur de fausses pistes en nous faisant croire qu'il n'est pas seul, a suggéré Lydia. Je ne sais pas dans les vôtres, mais, dans ma lettre, l'assassin a l'air très fier de s'en être tiré tout seul.

— C'est donc bien une fausse piste, ai-je conclu. Est-ce que ça veut dire que le tueur a tout avoué à l'autre personne qui l'accompagnait dans l'église ?

Cass a haussé les épaules.

— En tout cas, si le second individu n'était pas son complice, il l'est désormais.

— Ils vont peut-être tout raconter à la police, a avancé Lydia sans trop y croire. Toute cette affaire serait terminée s'ils passaient aux aveux.

Elle s'est rendu compte à ses propres paroles qu'elle prenait ses désirs pour des réalités. La scène dans l'église devait avoir eu lieu pour une raison. Le tueur de Colton était extrêmement intelligent, nuisible et taré. Tout ce qu'il faisait était planifié avec soin. Il ne laissait rien au hasard.

Nous avons tous les trois gardé le silence, perdus dans nos pensées.

Puis Cass a proposé :

— Et si on allait boire un café ?

Elle a tenté de sourire.

— On est presque en état de mort cérébrale. Un peu de caféine nous fera du bien.

— Un *latte*, c'est tentant, a reconnu Lydia.

— Une tasse ne peut pas me faire de mal, ai-je conclu.

Le café le plus proche était à dix minutes en voiture. Aucun d'entre nous n'y avait jamais mis les pieds avant ce soir-là. L'été arrivait tout doucement, mais les nuits étaient encore fraîches. À l'intérieur, le chauffage était allumé et la chaleur n'a pas tardé à faire son effet. Quand nos boissons sont arrivées, j'avais déjà retroussé mes manches jusqu'aux coudes.

— Nous avons beaucoup de choses à nous dire, a décrété Cass en remuant son café.

Elle a examiné le fond sombre de sa tasse, le front plissé. J'ai glissé le bol de sucres dans sa direction, mais elle n'en a pas pris.

— On devrait comparer ce qu'on a trouvé, a-t-elle ajouté.

— On devrait commencer par le contenu des lettres, a suggéré Lydia. Si on avait reçu exactement les mêmes textes, on se serait déjà rencontrés. Et il y aurait eu plusieurs messages cachés à chaque endroit.

Cass a sorti sa copie et l'a posée entre nous. Mes yeux ont rapidement parcouru les mots. Dès la première ligne, je savais que les lettres étaient personnalisées. Le seul point commun, c'était l'aveu. On avait tous les trois des indices différents.

— Le seul parallèle, c'est la confession. Ça veut dire que nous avons tous suivi des chemins différents. Vous avez trouvé combien de lettres ?

— Seulement trois, a fait Cass.

— Moi pareil. Je n'en ai que trois jusqu'à présent, a déclaré Lydia en ouvrant un sucre qu'elle a versé dans le liquide mousseux de sa tasse.

— Et les révélations sont les mêmes ? a demandé ma sœur.

Elle a levé les doigts pour les compter.

— La personne qui les a écrites est le tueur ; Colton a vu un homme mourir quand il avait dix ans.

— Il avait une deuxième identité : Daniel Heckerman, a ajouté Lydia. Il a rendu visite en prison à Tristian Yanks, le responsable du meurtre dont Colton a été témoin.

Elle a déchiré un deuxième sachet de sucre et a fait tomber le contenu en pluie dans son café.

— Les lettres deviennent de plus en plus difficiles à trouver. Ça me rend dingue. La suivante, c'est impossible.

— Presque impossible, ai-je corrigé en repensant à tout ce que j'avais dû endurer pour me la procurer.

J'étais vraiment allé au-delà de mes limites pour l'obtenir et je n'imaginais pas Lydia et Cass en faire autant. L'idée qu'elles puissent être en danger donnait à mon café un goût dix fois plus amer.

— Presque ? a répété Cass, les yeux écarquillés sous l'effet de la surprise. Tu as la quatrième ?

J'ai hoché la tête, puis je me suis passé la main dans les cheveux.

— Vous n'imaginez pas ce que j'ai dû faire pour l'obtenir.

— Oh mon Dieu, s'est exclamée ma sœur, c'est pour ça que tu étais au commissariat l'autre soir ?

— Tu as été arrêté ? s'est écriée Lydia en essayant de ne pas élever la voix.

Elle était tellement stupéfaite qu'elle a lâché l'emballage de son troisième sachet de sucre dans sa tasse et a dû le repêcher à la cuillère.

— Je n'ai pas été arrêté. La police est tombée sur moi par hasard et m'a conduit au poste pour me poser des questions.

— C'est pour ça que tu traînais à Ridgemount, Elliot. Je comprends mieux. Où était la quatrième lettre ?

Les deux filles me dévisageaient avec curiosité, l'air un peu effrayé. Si je ne répondais pas, elles me tueraient. Et, si je leur racontais, elles me tueraient aussi. J'étais un homme mort dans les deux cas.

— Dans la maison des Yanks.

— Oh ! a crié Lydia en me donnant une tape sur le torse. Espèce d'imbécile. Tu aurais pu te faire tuer !

Elle a ramassé trois sachets de sucre supplémentaires, les a ouverts et en a versé le contenu dans sa tasse. Je ne crois pas qu'elle se rendait compte de la quantité qu'elle avait déjà ajoutée à son *latte*, mais ce n'était pas le moment de lui prendre la tête avec son régime. Je me suis tourné vers ma sœur. Elle m'examinait avec incrédulité, puis elle a pris son café et l'a avalé d'un trait comme si c'était un shot de vodka.

— Putain, Elliot.

Elle a cherché autre chose à dire, mais, comme elle ne trouvait pas, elle s'est contentée de répéter :

— Putain, Elliot.

J'en avais assez qu'elles me prennent pour un cinglé.

— Ça va, j'en suis sorti en un seul morceau.

Tout juste.

— C'est fait, maintenant. Et vous savez très bien que les lettres sont chaque fois plus difficiles à trouver. Vous avez sûrement eu de sacrés défis à relever.

— En comparaison avec ce que tu as fait, ça paraît un jeu d'enfant, a répliqué Lydia. Je n'ai eu aucune épreuve physique, à part ce soir. En revanche, mon état émotionnel et mental en a pris un coup. J'ai trouvé les messages de l'assassin dans mon journal intime, au *Jukebox* et dans l'église.

— J'ai trouvé les miennes dans ma voiture, dans mon ancienne chambre de motel et dans un amphi à la fac, a précisé Cass. Ce soir a été ma seule chasse à l'homme.

Comme je ne pouvais pas en dire autant, j'ai préféré me taire. Cass aurait été furieuse si elle avait su que Tristian Yanks et moi avions échangé des coups de poing cette nuit-là. Et je ne voulais pas non plus qu'elle apprenne que j'étais entré chez lui par effraction.

Lydia ne réagirait sans doute pas mieux. Avec tout le sucre qu'elle avait ingéré, elle devait être défoncée aux glucides et n'hésiterait pas à me frapper pour me faire entendre raison. Je l'ai regardée. Elle était *encore* en train d'ajouter une dose de sucre dans son café. Combien y en avait-il là-dedans ? J'avais perdu le compte. Ça ne devait pas être buvable.

J'ai posé ma main sur son poignet et elle a fini par prendre conscience de son geste. Elle a lâché l'emballage et s'est essuyé les doigts. Elle a repoussé sa tasse pleine et archi sucrée et a placé ses mains sur ses genoux pour éviter de continuer la même bêtise.

Quand je me suis tourné vers ma sœur, elle consultait son téléphone, soucieuse.

— Qu'est-ce qui se passe ?

— C'est papa.

Avec tout ce qui s'était passé, j'avais perdu la notion du temps. J'ai sorti mon portable de ma poche arrière. Je l'avais mis sur silencieux pour ne pas être dérangé pendant la soirée. Je n'ai même pas eu à déverrouiller l'écran pour voir la longue liste d'appels manqués.

Cass était déjà debout, le téléphone collé à l'oreille.

— Je l'appelle. Dès que je reviens, on discute de ce qu'il y avait dans la quatrième lettre.

Elle est sortie.

Comme Lydia avait rendu son café imbuvable, j'ai poussé le mien vers elle. Elle a posé ses yeux fatigués dessus et l'a pris avec un sourire.

— J'avais envisagé un million de scénarios pour ce soir, mais j'étais loin de la réalité.

— Je suis d'accord. Je n'imaginais pas que la situation pouvait devenir encore plus dingue qu'elle ne l'était déjà.

— Trois cerveaux valent mieux qu'un, non ? Si on se penche tous les trois sur l'affaire, on arrivera peut-être à résoudre le mystère.

Lydia a plongé le regard dans la tasse avant de boire une gorgée.

— Je l'espère.

Quand Cass est revenue, elle m'a adressé un signe de tête pour me confirmer que c'était arrangé avec mon père.

— Il n'est pas ravi, mais ça l'a un peu radouci de savoir que tu es avec moi. On devrait aussi acheter du sirop d'érable sur le chemin du retour, pour l'amadouer.

J'ai fouillé mes poches et j'en ai sorti une poignée de pièces. Ça devait suffire.

— On revient à notre conversation ?

Je me suis penché en avant, les coudes sur les genoux.

— D'accord. Bon, par où commencer ? Vous vous souvenez du week-end où Colton a réapparu ? Il ne venait pas d'arriver. Il était déjà revenu depuis deux semaines.

— Il était chez lui depuis tout ce temps et il ne l'a dit à personne ? s'est étonnée Cass. Pourquoi ?

J'ai continué à mettre les filles au courant de ce que j'avais appris. La confession, le site Internet, la vidéo, la conversation. Je leur ai expliqué qu'une caméra avait été installée dans notre jardin pour nous filmer, Colton et moi, en train de discuter. Je leur ai raconté que le fichier s'était effacé immédiatement et avait été remplacé par une image animée. J'ai mentionné certains des mots de la lettre, notamment ceux qui avaient été écrits plus d'une douzaine de fois pour souligner leur importance.

Lydia me fixait pendant tout ce temps, bouche bée. Cass m'a interrompu quelques fois pour poser des questions et ébaucher des hypothèses.

— À mon avis, Colton était harcelé, a conclu Cass. Peut-être par quelqu'un qu'il connaissait sous son autre identité.

— Il se faisait passer pour Daniel Heckerman depuis deux ans, ai-je précisé en me souvenant de ce qu'Eliza m'avait raconté quand j'étais allé chez elle pour la première fois.

— Deux ans ?

— J'ai mené mon enquête.

Je n'ai rien ajouté.

— Il peut se passer beaucoup de choses en deux ans, a souligné Lydia. Quand on se fait passer pour quelqu'un d'autre, c'est sans doute plus facile de se confier. Il a dû se rapprocher de quelqu'un.

— Et ce quelqu'un pourrait être son assassin.

Nous ne pouvions plus discuter de grand-chose, nous tombions de fatigue. Lydia serait sans doute la première à flancher. Elle était affalée et sa tête dodelinait sur le côté. Elle murmurait de temps en temps un mot incohérent pour tenter de contribuer à la conversation, mais nous l'avions perdue.

Nous nous sommes mis d'accord sur deux choses avant de rejoindre le parking pour récupérer nos voitures. La première était de continuer à chercher les autres lettres, en utilisant mes indices vu que j'étais arrivé le plus loin. La seconde, c'était que nous parlerions du reste à une heure plus convenable.

— Je vais chercher le mix pour pancakes et le sirop d'érable, m'a annoncé Cass en freinant pour que Lydia et moi puissions descendre. On se retrouve à la maison ?

J'ai acquiescé et je suis sorti, suivi par Lydia à moitié endormie. Cass a fait demi-tour et nous a laissés au milieu du parking. Nous entendions nos copains s'amuser au loin.

— Tu as l'air crevée. Tu veux que je te dépose ?

Lydia a secoué la tête.

— Ça va aller.

— T'es sûre ? Ça ne me dérange pas…

— Ça va aller, a-t-elle répété plus fermement.

Elle a poussé un léger soupir et a tenté de sourire.

— Excuse-moi… Merci pour la proposition, mais je pense que je serai mieux toute seule ce soir. Le trajet me permettra de mettre de l'ordre dans mes pensées.

J'ai un peu hésité avant d'accepter.

— Je t'appelle ?

Lydia a émis un petit grognement pour marquer son accord tout en cherchant ses clés. J'ai attendu qu'elle ait bouclé sa ceinture et rejoint la route avant de monter dans ma voiture et de démarrer. En jetant un coup d'œil dans le rétro, il m'a semblé voir des silhouettes tapies dans la pénombre.

Je devenais parano.

Ou pas.

Peu importait, j'ai appuyé sur l'accélérateur et j'ai roulé trop vite.

23.

Le lendemain matin, on a frappé à ma porte. J'ai enfilé un tee-shirt au moment où le battant s'écartait doucement.

— Tu es prêt ? m'a demandé mon père.

— Ouais, je crois…

Il semblait nerveux et portait une chemise bleue. D'habitude, son look était plutôt négligé. Il portait rarement de hauts qui ne soient pas tachés ou en polaire. Ce jour-là était une exception.

— Est-ce que je… euh, a-t-il bafouillé en se recoiffant. Ça va, ma tenue ?

Je lui ai adressé un clin d'œil.

— Oui. Je suis sûr que tu vas impressionner les pancakes avec cette chemise. C'est ce que tu cherches ?

Il a souri.

— Presque. Ta mère vient ici.

— Pourquoi ?

— Elle reprend son vol cet après-midi.

Comme je n'ai rien répondu, il a interprété mon silence comme un signe de déception.

— Mais elle revient pour le Nouvel An.

— OK.

Les allées et venues de ma mère me laissaient indifférent. Noël approchait à grands pas et je ne m'attendais pas à ce qu'elle reste pour qu'on partage un barbecue et une tranche de gâteau. Je comprenais très bien qu'elle souhaite rejoindre sa famille dans le Queensland.

Notre relation était devenue cordiale, mais mes attentes n'avaient pas changé pour autant. Pas question, par exemple, de lui demander de rester pour les vacances.

Papa m'a adressé un dernier sourire avant de sortir.

— Attends.

Il s'est retourné.

— Tu ne crois pas que ça va être un peu gênant ?

— Si, probablement, a-t-il admis après s'être éclairci la gorge. Mais c'est toujours ta mère, Elliot. Elle veut passer vous dire au revoir avant de rentrer. C'est moi qui l'ai invitée à prendre le petit déjeuner avec nous. Tu sais ce que je pense de la nourriture de l'aéroport. C'est du vol.

Oh non. Il essayait de récupérer ma mère. C'était un plan foireux, mais il n'en avait sans doute pas conscience. Valérie était remariée et avait trois autres enfants. Et elle ne vivait pas dans le même État que nous.

Mon père était écrivain. Il réfléchissait et créait sans cesse. Il structurait des phrases comme on assemble des briques pour construire un bâtiment. Il articulait ses paragraphes avec minutie, choisissait ses mots avec soin. Ses intrigues étaient superposées comme des couches de ciment. Il donnait vie à des personnages, créait des conversations enflammées entre eux, en un mot il les faisait exister.

Cet univers était passé si brillamment de son cerveau au papier qu'il avait été couronné de succès. Son premier roman avait reçu un prix littéraire un an après sa publication. Mon père était considéré comme un génie. Malheureusement, son intelligence ne fonctionnait pas aussi bien en dehors des pages de ses bouquins. En matière de femmes, c'était un désastre ; surtout avec Valérie Scott.

— Je me suis dit que je devais aussi faire du pain perdu. Qu'est-ce que tu en penses ?

Ça ne changera rien, papa. Elle est passée à autre chose.

— Bonne idée.

Il est descendu à la cuisine en fredonnant le générique d'un vieux dessin animé. J'ai refait mon lit pour essayer que ma chambre soit un peu plus présentable. Quand je me suis retourné, Cass passait devant ma porte ouverte en s'attachant les cheveux. Elle s'est arrêtée en m'apercevant.

— Tu as une sale gueule, ai-je décrété.

— Oh, merci. Tu es trop sympa.

— Je n'ai pas meilleure mine.

— C'est les cheveux. Moi, quand ils sont gras, j'ai l'air d'une clocharde.

— C'est pour ça que tu as…

J'ai indiqué d'un geste la boule de mèches.

— … ce truc sur le sommet du crâne ?

— Vraiment, Elliot, tu es charmant ce matin.

J'ai étouffé un rire.

— Désolé, ça doit être le manque de sommeil. Vas-y, insulte-moi aussi. Je l'ai bien mérité.

— On dirait que tu viens de t'extirper d'un trou de cul.

— Sympa.

— D'un vieux trou de cul, ridé comme un raisin sec.

— Dégueu.

— Et tu sens le pet de vieux.

— C'est bon, tu as fini ?

Elle a réfléchi un instant avant de hocher la tête.

— C'est bon, je suis satisfaite. Pour le moment.

Cela faisait du bien de déconner. J'avais l'impression qu'on m'enlevait un poids de la poitrine. J'avais été submergé par l'angoisse et les interrogations ; les insultes débiles de ma sœur m'avaient changé les idées.

— J'ai vraiment une sale gueule ?

— Oui, m'a assuré Cass sans hésiter. Je suis étonnée que papa n'ait rien dit.

Je l'ai suivie et j'ai fermé la porte de ma chambre.

— Il est sur un petit nuage parce que maman vient ici.

— Oh non ! C'est pour ça qu'il porte cette chemise ? Je n'avais pas vu ce truc depuis qu'il a lâché son boulot à la fac.

Avant que mon père réussisse sa carrière d'écrivain, il était prof d'anglais à l'université locale. C'était avant qu'il découvre que la vie d'auteur n'exigeait pas d'efforts vestimentaires. Quand il s'était rendu compte qu'un pantalon de survêt et un tee-shirt faisaient l'affaire, il avait remisé définitivement ses anciennes tenues. Cela faisait presque dix ans qu'il n'enseignait plus, c'était un miracle de le voir porter une chemise.

On a frappé à la porte pendant que Cass et moi descendions l'escalier. J'ai filé dans la cuisine, laissant Cass faire entrer notre mère et aller chercher ses bagages.

— Bonjour, Elliot.

— Salut.

Je n'étais pas à l'aise de l'appeler *maman* et j'étais sûr qu'elle serait gênée si je m'adressais à elle en utilisant le prénom *Valérie*.

— Comment vas-tu ? Tu veux poser ça quelque part ?

— Oh, a fait Valérie en baissant les yeux vers le sac de voyage qu'elle tenait encore en main.

Elle l'a posé dans un coin.

— Je suis désolée de m'imposer dans votre petit déjeuner. Je voulais juste passer vous dire au revoir, mais ton père m'a invitée. Ryan m'a appelée hier soir pour me dire que les enfants avaient la varicelle. Comme il ne l'a pas encore eue, je vais bientôt devoir m'occuper d'un enfant de dix ans, d'un autre de neuf, d'un troisième de sept et d'un dernier de… quarante-sept ans.

Elle a ri de sa propre blague, mais, quand elle a réalisé que personne d'autre n'était amusé, elle a repris son sérieux et a ajouté :

— Je devrais être de retour pour le Nouvel An.

— Ça va être un super réveillon, maman, est intervenue Cass pour détendre l'atmosphère. On pourrait peut-être organiser une fête, cette année ?

Valérie a esquissé un sourire confus.

— Une fête ? Quelle bonne idée. À la maison, j'ai une recette de boulettes de viande délicieuses. Je me charge des choses à picorer au fil de la soirée, ça vous va ?

— Je m'occuperai du dîner, a enchaîné ma sœur. On pourra aller regarder le feu d'artifice à minuit.

Une fois la question réglée, le malaise a fait son retour dans la pièce. Cass est partie préparer le café. Pour éviter de parler, j'ai attrapé une orange.

— Ton père faisait toujours ça.

— Quoi ?

Valérie a indiqué du menton la pelure sur la table.

— Peler l'orange d'une traite en formant une spirale sans fin.

— Je suis étonné que tu t'en souviennes, a déclaré mon père en nous rejoignant dans la cuisine.

Il avait l'air plein d'espoir.

Ça m'a rendu malade.

Ma mère s'est mise à fixer ses mains sans rien dire. Quand elle a relevé les yeux sur moi, elle m'a adressé un sourire forcé. Je lui ai offert la moitié de l'orange et elle l'a prise. Comme moi, elle avait envie d'avoir la bouche pleine.

Le petit déjeuner s'est terminé sitôt la dernière miette avalée. J'étais soulagé que la conversation ne s'éternise pas après le repas. Il n'était que 8 heures du matin et j'étais déjà épuisé. Valérie s'est délicatement tapoté les commissures des lèvres et nous a remerciés, avant de fuir, comme toujours.

Mon père l'a suivie sur le perron. Il était le seul à paraître optimiste malgré les circonstances. Revoir son ex-femme lui rappelait leur ancienne relation. Il n'y avait plus rien entre eux, leur séparation était irréversible, mais il s'entêtait à penser le contraire.

Cass a attaqué la vaisselle et je l'ai aidée. J'ai achevé mon jus d'orange et j'ai empilé les verres et tasses pour les apporter dans l'évier. Je les ai plongés délicatement dans l'eau savonneuse. Puis j'ai attrapé un torchon pour essuyer.

— Quand est-ce que tu veux qu'on appelle Lydia ?

— Pas aujourd'hui. J'ai déjà hâte de retourner au lit. J'ai les pieds en compote alors que je ne suis pas debout depuis très longtemps.

J'ai baissé les yeux vers ses chaussons et j'ai remarqué les pansements qui couvraient ses talons. Je me suis souvenu de la tenue ridiculement habillée de Cass et des chaussures trop hautes qu'elle portait pour courir derrière les deux intrus.

— C'est ta faute, aussi. Pourquoi tu étais habillée comme ça, hier soir ?

Elle s'est retournée vers moi, les mains gantées suspendues en l'air, laissant la mousse dégouliner de ses doigts. Elle a jeté un rapide coup d'œil derrière elle pour voir si mon père était de retour, mais nous l'entendions encore parler avec Valérie dehors.

— Pas maintenant, a-t-elle sifflé.

— Pourquoi, pas maintenant ? Je te demande juste quelle était l'occasion spéciale.

— Oh, ça va, Elliot, je n'étais quand même pas en robe de bal.

Elle a soupiré, a pris une assiette et a passé l'éponge dessus.

— Si tu veux savoir, j'avais un rencard.

— Un rencard ? Avec qui ?

— Avec mon petit ami, a-t-elle répondu, exaspérée.

— Depuis quand tu as un petit ami ?

— Depuis quand tu es devenu comme papa ? C'est exactement pour ça que je ne te l'ai pas dit plus tôt. Je savais que tu en ferais tout un foin.

Cass n'avait jamais été très branchée couple. Quand elle était au lycée, elle préférait se faire un marathon de *Buffy contre les vampires* en compagnie d'une boîte de chocolats que sortir avec des garçons. Elle consacrait sa vie à ses études. Et, même si elle allait avoir vingt et un ans à la fin du mois, notre père ferait une crise cardiaque s'il apprenait qu'elle avait un copain. Il était persuadé que Cass resterait toujours sa petite fille.

— Excuse-moi. Ça doit être sérieux.

— Oui. Ça fait à peu près onze mois.

J'ai tenté en vain de cacher ma stupéfaction.

— Et tu m'en parles seulement maintenant ?

— J'ai essayé de le faire avant. J'avais tout planifié. On allait vous emmener dîner au restaurant chinois. Tu sais, celui qui sert les super bons rouleaux de printemps ? Je me disais que papa pourrait se consoler avec la nourriture, si nécessaire. Mais c'était pile au moment où Colton a disparu. Je ne pouvais pas annoncer un truc pareil tant que ton meilleur ami n'avait pas été retrouvé. Puis, quand il est revenu, ce n'était pas le moment non plus. J'aimerais tellement que vous fassiez la connaissance de Trevor. Peut-être au Nouvel An ? Je pourrais aussi le présenter à maman.

— C'est T, Trevor ?

— C'était Trevor, quand ça ? De quoi tu parles ?

— Non, je veux dire c'est lui la lettre T dans tes contacts. C'est le gars à qui tu envoyais un texto l'autre soir ? Celui qui t'as mise dans un drôle d'état ?

— Oui, c'est lui. Qui d'autre est-ce que… ?

Elle s'est interrompue quand elle a compris.

— Oh ! Tu croyais que je parlais à *Tristian* ?

J'ai haussé les épaules.

— Ça aurait pu être lui.

— Jamais je ne voudrais contacter ce connard, m'a-t-elle assuré en frissonnant.

Les choses commençaient à s'éclaircir un peu, surtout le comportement suspect de Cass. Peut-être qu'elle était au téléphone avec lui quand j'étais allé à Ridgemount.

— C'est donc avec lui que tu discutais le soir où tu es venue au motel ?

— Quel soir ?

Ses yeux se sont écarquillés.

— Quand je suis revenue chercher mon journal ? Tu étais là ?

Je me suis massé la nuque.

— J'étais certaine d'avoir éteint toutes les lumières ! Putain, Elliot, tu es entré par effraction dans combien d'endroits ?

— Peu importe.

Je n'avais pas envie que la conversation prenne cette direction.

— Tu ne m'as pas répondu.

Cass a trempé sa main dans l'eau savonneuse et a projeté de la mousse dans ma direction.

— Je sais très bien que tu essaies de changer de sujet, mais, puisque ça t'intéresse, oui, c'était Trevor aussi.

— Il est au courant de… tout ?

— Non, pas de tout. Il ne sait pas pour les lettres, mais il sait que j'essaie de résoudre le mystère de la mort de Colton.

— Et il nous aide ?

— Oui.

J'avais envie de savoir comment ou même pourquoi. Est-ce que ça lui apportait quelque chose ? J'ai ouvert la bouche pour poser des questions, mais quelqu'un d'autre m'a devancé.

— Cass ! a crié mon père en entrant dans la cuisine. Tu peux conduire ta mère à l'aéroport ? Si on appelle un taxi, il risque de ne pas arriver à temps.

— Ça c'est parce que tu as papoté trop longtemps avec elle, l'ai-je taquiné.

— Elliot, fiston, j'ai cinquante ans et j'ai toujours la cote avec les dames.

— Beuh, dégueu ! s'est exclamée Cass en retirant ses gants. J'y vais.

Elle a embrassé papa sur la joue et est sortie, me laissant avec un père sur un nuage, un évier plein de vaisselle et des tonnes de questions sans réponses.

24.

Une panne de réseau, ce n'est pas très grave, sauf si elle tombe pile le jour des résultats du bac. Pour la plupart des gens, d'ailleurs, c'était une journée normale et cette panne généralisée n'était qu'un incident mineur dans leur train-train. Mais, pour tous les terminales, l'impossibilité d'accéder à Internet ne pouvait tomber à un plus mauvais moment.

J'étais attablé face à un bol de céréales ramollies, je priais pour que le courant revienne et me permette de consulter les résultats. Ils devaient être publiés une demi-heure plus tard. Je fixais l'écran de mon téléphone en regardant les minutes s'égrener.

— Bon, je vais bosser, a annoncé Cass.

Elle est entrée dans la cuisine en attachant ses boucles d'oreilles.

— Bosser ? ai-je répété distraitement.

— Tu te souviens que j'ai travaillé pour la dentiste au lycée ? La réceptionniste est en congé de maternité, on vient de m'appeler pour la remplacer.

Elle a pris une barre de céréales dans le garde-manger, a inspecté l'emballage et l'a jetée dans son sac.

— J'ai bien l'intention de ne pas me tourner les pouces pendant les vacances et je te suggère de faire pareil.

— J'ai du pain sur la planche. L'assassin de Colton me donne assez de fil à retordre.

Cass a encore pris une banane et l'a glissée dans son sac.

— Honnêtement, je ne sais pas comment tu fais pour gérer le stress et trouver du temps pour un boulot, ai-je fait remarquer.

— J'ai besoin de normalité pour tenir le coup. Et c'est mon anniversaire à la fin du mois : j'ai bien l'intention de m'offrir un truc sympa avec mon premier chèque.

Avec tout ce qui se passait ces derniers temps, j'avais oublié que son anniversaire était proche. Je ne lui avais encore rien acheté. J'avais déjà réfléchi à mes cadeaux de Noël, mais j'étais à court de budget. Ma sœur n'avait peut-être pas tort. Il était temps de me chercher un boulot.

Cass a sorti un tube de rouge et l'a appliqué sur ses lèvres en se regardant dans la porte du micro-ondes. J'ai reporté les yeux sur mon téléphone, attendant la réapparition de la petite icône en haut de mon écran.

— Pourquoi tu n'essaierais pas à la bibliothèque ? a-t-elle suggéré en voyant mon air désespéré. C'est sur mon chemin et Internet n'est peut-être pas coupé de ce côté-là de la ville. Je te dépose ? Ça devrait être ouvert quand on arrive.

Il ne me restait que quinze minutes avant la publication des résultats. J'ai accepté.

Mon estomac gargouillait à la fois d'anxiété et de faim. Cass m'a proposé la banane qu'elle avait emportée, mais j'ai refusé. Elle a démarré avec un haussement d'épaules.

Quand elle s'est arrêtée sur le parking, j'ai constaté que nous n'étions pas les seuls à avoir eu cette idée. Des anciens de terminale traînaient devant les portes automatiques, attendant avec nervosité l'ouverture du bâtiment. Marcus et Josie faisaient partie du groupe, ainsi que quelques élèves d'autres lycées que je connaissais.

— Pas de réseau chez toi non plus ?

Je me suis retourné et j'ai vu Lydia me regarder avec un demi-sourire. J'ai secoué la tête.

— J'espère que nous aurons un ordinateur ou, à tout le moins, une connexion, a-t-elle repris en faisant un geste vers la masse d'étudiants nerveux.

— Avec un peu de chance.

— Hé, j'ai pensé à un truc... même si on n'obtient pas les notes qu'on visait, on devrait prendre le petit déjeuner ensemble. On passera chercher ce qu'il faut au supermarché et je préparerai une omelette.

J'avais eu la même idée qu'elle. Sauf que j'avais prévu de m'empiffrer en commandant sept portions de galettes de pommes de terre chez Macca's. La proposition de Lydia était beaucoup plus tentante. Je l'ai acceptée avec enthousiasme.

Derrière moi, j'ai entendu les murmures s'amplifier et l'agitation monter d'un cran. Les portes venaient de s'ouvrir et un essaim d'ex-lycéens bouchait l'entrée. Nous avons rejoint l'arrière du groupe et nous avons vu une bibliothécaire écarquiller les yeux en découvrant tant de jeunes gens impatients d'utiliser les ressources publiques.

À l'intérieur, derrière son comptoir, un homme d'âge mûr tentait à grand-peine de s'occuper de tout le monde. Les nouveaux venus agitaient sous son nez les bulletins d'inscription signés et s'emparaient des noms d'utilisateur et des mots de passe. Les yeux de l'employé ont balayé la foule avec effroi, puis il a glissé deux doigts entre ses lèvres et a sifflé. Le silence s'est imposé aussitôt.

— Qu'est-ce que vous fichez ici ? a-t-il demandé, exaspéré.

Tout le monde s'est mis à parler en même temps et les réponses ont fusé de toutes parts. Comme le vieil homme n'arrivait pas à saisir le moindre mot, il a levé la main.

— Une personne à la fois. *S'il vous plaît.*

— Il y a une panne de réseau de l'autre côté de la ville, a lancé quelqu'un par-dessus l'océan de têtes, et c'est le jour des résultats du bac.

L'information a semblé éveiller l'intérêt du bibliothécaire. Il a acquiescé pour montrer qu'il comprenait notre détresse et a jeté une pile de mots de passe sur le comptoir.

— Je vous autorise à utiliser Internet sans avoir rempli le formulaire pendant vingt minutes. Si vous êtes encore là après ce laps de temps, il me faudra votre signature.

Il a indiqué d'un geste les bouts de papier avec les informations de connexion et tout le monde a foncé pour en prendre un.

— Bonne chance !

Ses dernières paroles ont été couvertes par le brouhaha. Les jeunes se sont dispersés, les mots de passe et le téléphone en main. Ils n'étaient pas nombreux à opter pour les ordinateurs, trop impatients de connaître leurs résultats. Une fois que j'ai obtenu mon sésame, j'ai rejoint Lydia dans le coin où étaient disposés les revues et les journaux. Elle avait déjà introduit les infos sur son portable et se mordillait la lèvre en attendant qu'Internet accepte de démarrer.

— Charge, a-t-elle imploré. Charge.

La page était incroyablement lente, mais Lydia a réussi à accéder à ses résultats avant même que je puisse taper le mot de passe. Ses yeux se sont agrandis en lisant et elle a plaqué une main sur sa bouche. J'entendais des acclamations et des rires au loin. Les élèves fêtaient leur travail acharné et exprimaient leur joie. Lydia restait là sans bouger, sans ciller. J'étais stressé pour elle.

Puis elle m'a tendu son téléphone, les yeux remplis de larmes, et j'ai compris ce qui l'avait plongée dans le silence. Elle n'avait pas simplement réussi : elle avait décroché une mention. Lydia s'est mise à sangloter et je l'ai prise dans mes bras.

— Tu as vraiment assuré, Lyd. Je suis fier de toi.

Elle s'est essuyé les yeux. Elle tremblait un peu, mais souriait. L'excitation m'avait momentanément fait oublier mes propres résultats. L'inquiétude s'est emparée de moi tandis que je consultais mon écran pour vérifier si mes efforts avaient porté leurs fruits.

Je n'ai pas pu m'empêcher de sourire quand j'ai vu mes notes.

— Comment ça s'est passé ?

— Pas trop mal.

J'ai retourné mon téléphone pour montrer l'écran à Lydia. Son visage s'est illuminé.

— C'est incroyable !

Elle a applaudi et m'a serré dans ses bras.

— Je suis plutôt content.

Lydia m'a lâché et m'a décoché un coup de coude.

— Il y a de quoi. On a presque la même note.

— Ton perfectionnisme t'a fait monter un peu plus haut. Mais juste un peu.

Elle a ri.

— Cinq minutes, nous a rappelé le bibliothécaire.

— Sortons d'ici et allons prendre un petit déjeuner pour fêter ça, a proposé Lydia.

— Avec plaisir.

Il faut savoir profiter des moments de bonheur, en particulier quand on traverse une période difficile. Mes résultats m'offraient de nouvelles perspectives d'avenir. Je pouvais me projeter dans un futur qui ne tournerait pas uniquement autour du meurtre d'un de mes meilleurs amis et d'une partie de cache-cache avec son assassin. De bonnes études m'attendaient. Je pouvais prendre un nouveau départ.

J'aurais dû savourer pleinement ce moment.

Mais, alors que Lydia choisissait les œufs au supermarché, j'ai aperçu Mme Crest dans les rayons. Elle poussait son chariot, un sourire forcé plaqué sur le visage. Ma bonne humeur s'est aussitôt évaporée. Si Colton n'avait pas été assassiné, il aurait été avec nous en ce moment, il aurait porté le panier de Lydia pendant qu'elle sélectionnait les ingrédients pour son omelette. On aurait blagué et célébré notre réussite. Colton avait passé les épreuves comme nous et sa mère devait savoir que le jour des résultats était arrivé.

Elle s'est approchée.

— Elliot, Lydia.

Lydia a failli bondir au son de sa voix. Elle s'est retournée en souriant, une boîte d'œufs à la main.

— Bonjour, madame Crest.

— Qu'est-ce que vous faites là, les enfants ?

— On achète de quoi se préparer un petit déjeuner royal, lui ai-je expliqué en lui montrant le panier chargé de provisions.

— Vous fêtez vos résultats ?

Lydia et moi nous sommes regardés.

— En quelque sorte…

— Je suis fière de vous, a déclaré Mme Crest en posant une main affectueuse sur nos joues. Colton aurait été fier de vous aussi.

Elle avait raison. L'intelligence de Colton était sans égale. Ses résultats nous auraient fichu la honte à tous les deux, pourtant il aurait été plus emballé par notre réussite que par la sienne.

— Merci, a murmuré Lydia.

— Vous méritez une récompense.

Mme Crest m'a pris doucement par le coude en guidant son chariot de l'autre main. Elle m'a lâché quand j'ai accepté de la suivre. Lydia marchait de l'autre côté. Elle nous a emmenés dans l'allée confiserie et nous a adressé un large sourire.

— Choisissez ce que vous voulez.

— Oh, non… Ce n'est pas nécessaire.

— Je vous en prie.

Elle nous fixait, pleine d'espoir.

Je me suis tourné vers les rayonnages de sucettes et de chocolats. Puis j'ai jeté un coup d'œil discret à Lydia. Elle avait l'air aussi embarrassée que moi. L'instinct maternel de Mme Crest avait pris le dessus et nous étions coincés. Même si son geste était gentil, je me sentais aussi coupable que si je la volais.

— Allez-y, a-t-elle insisté. Autant que vous voulez.

Lydia a tendu la main avec hésitation et a pris un paquet de chewing-gums, choisissant exprès l'article le moins cher.

— Merci, madame Crest. Il ne fallait pas, vraiment.

— Inutile de me remercier, ma chérie. Je suis tellement fière de vous.

Mme Crest a choisi des sucettes à la fraise et les a tendues à Lydia :

— Ne sois pas timide.

Lydia a pris les sucettes à contrecœur. Pendant qu'elles discutaient, j'ai jeté mon dévolu sur une mini-barre de chocolat au lait, espérant que cela suffirait. Mme Crest ne semblait pas de cet avis. Elle a glissé deux barres supplémentaires dans mon panier. Puis elle nous a entraînés tous les deux vers les caisses et s'est mise à déposer ses achats sur le tapis roulant.

— Elliot, tu as appelé ta mère pour lui annoncer la bonne nouvelle ? m'a-t-elle demandé en sortant du chariot un pot de bouquet garni.

— Je suis sûre qu'elle voudra t'inviter à déjeuner ou quelque chose du genre. Elle va être très fière de toi.

Je me suis rendu compte que je n'avais pas rendu ses épices à Mme Crest. Elle m'en avait parlé chaque fois que nous nous étions croisés. J'imaginais qu'elle en avait en assez d'attendre.

— Elliot ? a-t-elle répété, puis elle a suivi mon regard vers les herbes que le caissier était en train de scanner.

— J'ai des invités cette semaine et j'essaie une nouvelle recette. Je me suis dit que Cass souhaiterait garder le bouquet garni et profiter que ta mère était là pour expérimenter de nouveaux plats.

— Valér… euh, ma mère est rentrée chez elle.

— Oh… J'espérais qu'on pourrait se voir.

— Elle reviendra pour le Nouvel An. Et Cass veut organiser une fête.

— Oh, quelle bonne idée, s'est extasiée Mme Crest. À propos de fêtes, je voulais vous demander si vos deux familles seraient partantes pour prendre chez nous le déjeuner de Noël ?

Les fêtes sont des moments pénibles pour les familles en deuil, surtout Noël. Personne n'a envie d'être seul à cette période. Noël, c'est un jour qu'on partage en famille – et l'occasion de se faire une overdose de bonne nourriture –, mais, quand on a perdu un être cher, on a parfois l'impression de le trahir en célébrant un événement aussi joyeux.

Accueillir des invités permettrait aux Crest d'être entourés de soutien. Pour moi, ce serait surtout une occasion en or pour fouiner. Cass, Lydia et moi avions eu quelques brèves discussions depuis la soirée en mémoire de Colton et nous étions convaincus que la balançoire en pneu était un indice majeur. Avec le recul, cela semblait évident, mais la vidéo m'avait laissé dans un tel état et je m'étais tellement démené pour tenter de récupérer les images que je n'avais pas vraiment réfléchi au contenu de la page finale.

Les filles étaient persuadées que nous devions fouiller la maison de Colton. La balançoire était aussi évoquée dans une lettre. Pour elles, c'était chez les Crest que nous trouverions le message suivant.

Je l'espérais aussi.

Lydia s'est avancée pour prendre la main de Mme Crest.

— Quelle gentille attention !

— Nous viendrons avec plaisir, madame Crest, ai-je ajouté.

Elle nous a souri et son visage radieux en disait bien plus que tous les mots du monde.

25.

Nous sommes arrivés chez les Crest à 11 heures. Cass a pris une bière dans la glacière posée dans le jardin et a filé à la cuisine préparer une salade de fruits pour le dessert. Papa s'est attardé près du barbecue pour discuter avec M. Crest.

— Où est Megan ? a demandé mon père.

M. Crest a hésité avant de répondre :

— Ma femme est en haut. La matinée a été difficile pour elle.

Il faisait chaud, le temps idéal pour un déjeuner de Noël sur la terrasse, mais la conversation prenait un tour qui ne me plaisait pas trop et la chaleur m'a tout à coup paru accablante. J'ai ouvert la porte-moustiquaire et je suis rentré dans la maison avant d'entendre la suite de leur discussion.

Cass coupait des fraises.

— Tu vas boire un coup ?

— Pas ici, non, plutôt à la maison, après.

C'était moi qui avais conduit la famille et j'avais pris la responsabilité de les ramener. Mon père sortait rarement prendre un verre, il vivait en ermite la plupart du temps. Je ne savais pas si ma sœur buvait souvent à la fac, mais un jour de décompression lui ferait du bien, de toute façon.

— Tu as, euh…

Cass s'est éclairci la gorge et a baissé la voix.

— … jeté un coup d'œil ?

J'ai piqué un fruit dans le saladier.

— Non. Pas encore. Ce n'est pas le moment.

— Ce sera encore plus compliqué quand tout le monde sera là. Comment est-ce qu'on va s'y prendre ?

Des bruits de pas ont résonné dans la maison.

— On trouvera une solution, ai-je réussi à lui dire avant que Mme Crest n'entre dans la pièce.

Elle avait les yeux rouges et bouffis, le nez gonflé et irrité. Des mèches de cheveux blonds grisonnants étaient collées à ses joues pâles et ses lèvres tentaient d'afficher un sourire tremblotant. Elle avait vraiment l'air bouleversée.

— Quand est-ce que vous êtes arrivés ? a-t-elle demandé d'une voix rauque.

— Il n'y a pas très longtemps.

— Je suis vraiment désolée. Je n'ai rien entendu. J'étais en haut… J'étais… Je…

Elle a pris une profonde inspiration.

— J'étais en train de me rafraîchir. Vous avez faim ? Je devrais sortir le déjeuner.

Elle s'est affairée dans la cuisine sans plus rien dire. Elle ouvrait un tiroir, y jetait un coup d'œil avant de le refermer et de passer à un autre. Son regard était vide. Quand elle s'est enfin souvenue de ce qu'elle était censée faire, elle a sorti plusieurs plats du frigo.

Elle a posé sur la table les salades qu'elle avait préparées et un jambon glacé au miel déjà tranché.

— Madame Crest…

Elle s'est interrompue et a levé la tête vers moi.

— Joyeux Noël ! ai-je lancé.

Elle a traversé la cuisine pour me prendre dans ses bras, les larmes aux yeux. Elle m'a tenu contre elle une éternité en reniflant contre mon épaule. Je lui ai délicatement tapoté le dos jusqu'à ce qu'elle relâche sa prise et s'essuie les yeux.

— Joyeux Noël, mon chéri.

Je lui ai souri. Cass lui a tapoté l'épaule en signe de réconfort.

— On vous a acheté un petit quelque chose. Le paquet est sous l'arbre. C'est celui avec les rennes sur l'emballage.

— Comme c'est gentil, a déclaré Mme Crest en s'approchant de ma sœur pour l'embrasser. Vous n'auriez pas dû. J'ai aussi quelque chose pour vous. Et des cadeaux pour vos parents.

On a frappé à la porte et je suis allé ouvrir. Lydia se tenait sur le seuil. Elle avait enfilé un bonnet de père Noël et ses bras étaient chargés de cadeaux. Derrière elle, il y avait ses parents. M. Potter, qui était plus grand que moi et plus corpulent, a esquissé un sourire pour masquer sa moue habituelle. Mme Potter, une réplique de sa fille en plus petit avec des cheveux d'un blond vénitien plus prononcé, était à côté de son mari et portait un grand plat de salade de pommes de terre.

— Joyeux Noël ! a claironné Lydia.

— Joyeux Noël !

Lydia est allée rejoindre ma sœur et Mme Crest dans la cuisine. Ses parents sont restés dehors, visiblement gênés.

Quand Colton avait disparu, les parents de Lydia avaient été furieux. Leur fille était effondrée à cause d'un garçon ! Avant qu'il ne s'évanouisse dans la nature, Colton était pourtant le gendre idéal, mais pour eux ce départ inopiné était signe qu'il se droguait ou qu'il avait mis une autre fille enceinte.

Cette réaction extrême avait créé une certaine distance entre les deux familles. Alors que les Crest avaient vécu la fugue de leur fils comme un deuil, les Potter n'avaient pas souhaité s'en mêler. Et, même si ces tensions n'avaient pas été exprimées ouvertement, les deux familles savaient à quoi s'en tenir. Heureusement, quand Colton avait été assassiné, la situation avait changé et la colère des Potter s'était transformée en culpabilité.

M. Potter a posé une main sur le dos de sa femme et l'a gentiment guidée vers l'intérieur.

— Elliot, ça fait longtemps.

— Ça fait une éternité, a renchéri Mme Potter.

— Je suis désolé. J'ai été pas mal occupé ces derniers temps.

— Tu devrais passer un de ces jours. Tu sais que tu es toujours le bienvenu.

— Je le ferai. Promis.

J'ai refermé la porte derrière eux et ils ont salué les autres. Mme Crest finissait d'arranger la table, elle disposait des plats de nourriture, redressait les couverts et plaçait un cracker de Noël devant chaque assiette. Maintenant que tous les invités étaient arrivés, elle se donnait à fond.

— Hé, a fait Lydia en prenant un biscuit en papillote, tu veux qu'on en casse un ?

J'ai pris l'autre bout et nous avons tiré ensemble. C'est elle qui a eu la plus grande moitié. Elle a farfouillé à l'intérieur et en a sorti une couronne en plastique violette, une petite figurine verte et une blague.

— Prêt ? Comment appelle-t-on un cadeau de Noël qui s'en va ?

Elle a laissé un petit temps de silence avant de reprendre :

— Une surprise partie !

— C'est archi connu.

— Oh, allez, c'était quand même un peu drôle.

Lydia a roulé le bout de papier et l'a glissé dans la papillote vide. Puis elle a retiré son bonnet rouge, a passé les doigts dans ses cheveux en désordre et a posé la couronne en plastique sur sa tête.

— Ce truc me donnait trop chaud, m'a-t-elle expliqué en agitant le bonnet de père Noël. Enfin, bref. Tu as…

— Non.

Elle a tourné la tête en direction du pneu suspendu.

— Quand est-ce qu'on devrait… ?

— Pas maintenant. On trouvera l'occasion, t'inquiète.

C'est ce que j'espérais, du moins.

— Il va falloir faire vite, ai-je ajouté.

— Pour ne pas perdre de temps, il faudrait réfléchir aux endroits précis à fouiller. Comme l'intérieur du pneu ou des fissures dans le tronc.

— Tu ne penses pas que ça pourrait être caché dans les branches, tout de même ?

Elle a secoué la tête.

— Ça m'étonnerait. Ce serait compliqué, surtout avec les changements de saison.

Elle a poursuivi en chuchotant :

— Le tueur ne peut pas prendre de risque avec la météo. Si la lettre était dans les branches, elle pourrait tomber avec les feuilles en automne ou se retrouver exposée en hiver. Sans parler du vent et de la pluie. Non. Non. Elle doit être dans un endroit plus sûr.

— Sous terre, peut-être ?

Lydia s'est mordillé la lèvre.

— Je ne sais pas…

Creuser un trou dans le jardin me semblait plus facile qu'entrer par effraction dans la maison des Yanks.

— Je m'en occupe, ai-je murmuré au moment où Mme Crest annonçait que le déjeuner était servi.

Le repas s'est étonnamment bien déroulé. Les invités discutaient et riaient en se passant les plats. Chacun a mangé à sa faim. Au début, j'avais l'impression qu'on jouait la comédie, qu'on faisait comme si on était un groupe d'amis et de parents radieux réunis autour d'une table. Mais, à mesure que les heures passaient, la glace s'est rompue et nous avons vraiment passé un bon moment.

Mme Crest semblait soulagée que tout se soit bien passé. Sa cuisine n'avait reçu que des compliments, tout comme la décoration. Elle s'était même resservie, elle qui se contentait de picorer les aliments depuis la mort de son fils. Ça m'a fait plaisir de la voir manger.

— J'apporte le dessert ? a-t-elle proposé en ramassant les assiettes vides.

Nous avons tous répondu avec enthousiasme, même s'il allait falloir détacher quelques boutons pour faire de la place. Mon père a poussé une acclamation de joie un peu trop enflammée, qui a fait éclater de rire les convives.

Cass a aidé Mme Crest à débarrasser la table et à remplir la glacière de boissons. Ma sœur est revenue avec un assortiment de douceurs. Il y avait la salade de fruits qu'elle avait préparée, de la glace maison et des petits puddings accompagnés de crème au caramel. Mais, avant que quiconque ne puisse attaquer son assiette – surtout la glace qui fondait déjà –, Mme Crest est apparue devant la porte-moustiquaire, bouleversée.

— Qu'est-ce qui ne va pas, ma chérie ? lui a demandé M. Crest en se levant pour s'approcher d'elle.

— Il n'y a pas de pavlova. J'ai oublié la pavlova !

Elle s'est réfugiée dans les bras de son mari et s'est mise à sangloter. Il nous a tourné le dos pour la réconforter. La scène mettait tout le monde mal à l'aise.

— Ne t'inquiète pas, Megan…

— Non, c'est terrible, a-t-elle rétorqué dans un torrent de larmes. C'était le dessert de Noël préféré de Colton. Je suis une mère horrible. J'ai gâché la fête.

Elle s'est précipitée à l'intérieur.

— Excusez-moi, nous a lancé M. Crest avant de la suivre.

— Andrew, a dit doucement la mère de Lydia.

Il a tapoté la main de sa femme.

— Wendy, nous devons faire quelque chose.

Le silence s'est abattu sur la table.

Puis Cass s'est levée.

— Je crois qu'il y a de la crème dans le frigo. Et si on préparait fissa une pavlova ? Ça semble important pour Mme Crest et elle s'est donné un tel mal pour organiser ce déjeuner… Il suffit que je prenne des fruits de ma salade, on les mettra dedans.

— C'est une excellente idée, a décrété mon père en frappant dans ses mains et en se levant à son tour. Andrew, si on passait au supermarché chercher un gâteau pour la base ? Je conduirais bien, mais j'ai déjà bu un verre de trop.

M. Potter n'avait bu qu'un Coca. Il a accepté et ils sont passés par le jardin pour rejoindre la voiture. Mme Potter a annoncé qu'elle battrait la crème et elle est partie chercher le fouet.

Il ne restait plus que Cass, Lydia et moi.

Ma sœur a ramassé les pots de glace à moitié fondue.

— C'est le moment. Je fais le guet.

Elle a ouvert la porte-moustiquaire et est rentrée pour ranger les pots dans le congélateur. Je l'ai entendue parler à la mère de Lydia pour la distraire et éviter qu'elle ne regarde par la fenêtre.

Lydia m'a tiré par la manche.

— Allons-y.

Nous avons couru vers la balançoire. Lydia a passé les doigts à l'intérieur du pneu en faisant le tour pour chercher un compartiment caché ou un trou. J'ai inspecté le tronc pour voir s'il n'y avait pas d'anfractuosités dans lesquelles la lettre aurait pu être coincée.

Rien.

Lydia a ensuite grimpé à l'arbre et a examiné la branche d'où pendait la corde pendant que je m'accroupissais pour déceler des traces de terre retournée. Le sol me semblait intact. J'ai même tiré sur quelques brins d'herbe pour vérifier si le gazon avait été replanté.

Encore une fois, rien.

Lydia a sauté par terre et s'est épousseté les mains sur son short.

— Je n'ai rien trouvé...

— De mon côté non plus. Peut-être que la lettre est vraiment enterrée.

Elle s'est assise sur la balançoire.

— Ça ne m'étonnerait pas. Plus on avance, plus le mystère se complique.

— Il devrait y avoir une trace de l'endroit où elle a été enterrée : un carré de terre retournée ou de l'herbe arrachée, mais tout semble parfaitement intact.

J'ai passé la main dans mes cheveux pour apaiser ma frustration.

— Ça n'a pas de sens.

Lydia se balançait doucement d'avant en arrière.

— On a dû passer à côté de quelque chose.

— Peut-être que trouver la lettre n'était pas la partie difficile de cette étape. Peut-être que le véritable défi, c'est d'interpréter l'indice ?

— Tu crois qu'on ne l'a pas vraiment compris ?

— C'est une explication plausible, non ?

— Quand je repense aux mots surlignés, je me dis en effet qu'on n'a pas tout compris. Tu as une idée de ce qu'ils peuvent signifier ?

— Non. Ils étaient surlignés complètement au hasard.

C'est du moins ce que je croyais. En relisant la lettre que j'avais dans la poche, je me suis aperçu que certains passages étaient surlignés et un autre souligné.

On

D

Date

Mais

Il

Y

Ordre précis

Porte

Nous avons entendu une voiture arriver. J'ai regardé Lydia et nous nous sommes empressés de retourner à table. Cass a jeté un coup d'œil par la fenêtre pour vérifier si nous étions de retour. Nous avons démarré une conversation banale pour donner le change.

Il a fallu redoubler d'arguments, mais nous avons finalement réussi à faire descendre Mme Crest pour le dessert une fois que tout a été réglé. Elle s'est laissée tomber sur sa chaise avec hésitation et a regardé ce que nous avions préparé. Son mari se tenait derrière elle, prêt à intervenir en cas de nouvel effondrement. Elle était aussi sensible qu'une bombe à retardement et le moindre faux pas risquait de déclencher une nouvelle crise.

— Merci…

Nous lui avons souri et nous avons tenté de continuer à manger comme si de rien n'était. La pavlova était posée au centre de la table, intacte.

Elle était destinée à Colton, après tout.

Mon dessert, à dire vrai, ne m'a pas paru très savoureux.

26.

Le lendemain de Noël, Cass est partie en week-end avec des amis de la fac pour fêter son anniversaire. Pendant que ma sœur se changeait les idées à la plage, j'ai accepté la proposition de Mme Potter et je me suis rendu chez eux pour faire un peu de brainstorming avec Lydia.

— Entre, m'a invité Mme Potter en ouvrant la porte. Lydia est en haut. Elle arrive.

Je l'ai suivie dans la cuisine, où elle m'a proposé des pâtisseries. J'ai pris un muffin aux myrtilles qui refroidissait sur une grille et je l'ai englouti en trois bouchées. J'en ai pris un autre pendant que la mère de Lydia feuilletait un magazine.

— Ils te plaisent ?

J'ai hoché la tête.

— Ils chont délichieux.

— Ça me fait plaisir. J'essaie de nouvelles recettes, elles viennent de ce magazine. Cette femme fait des pâtisseries exceptionnelles.

— Ah oui ? Ch'est pas une des juges de la nouvelle émission culinaire ? Ma chœur l'aime bien, je crois.

— Non, non. Elle s'appelle Alexandra Yanks. Elle vit tout près d'ici. À Ridgemount, je crois.

J'ai failli m'étouffer. J'ai inhalé tellement de miettes que j'avais l'impression d'avoir un demi-muffin coincé dans la gorge. Je me suis mis à tousser de façon incontrôlable et Mme Potter s'est précipitée pour me servir un verre d'eau. Il m'a fallu un moment pour réussir à dégager mes voies respiratoires. Une fois mon souffle retrouvé, j'ai regardé le magazine qu'elle avait laissé tomber sur le comptoir.

Alexandra avait droit à sa double page dans la revue. Sa photo apparaissait dans le coin supérieur, avec quelques images de chacune des recettes qu'elle proposait. J'ai jeté un coup d'œil au reste de mon muffin, l'appétit coupé.

— Excusez-moi. On me dit toujours de manger plus lentement. Je crois que je n'ai pas encore appris la leçon.

Elle m'a observé, l'air inquiet, sans un mot.

J'ai entendu des pas approcher. C'était M. Potter.

— Wendy, il faudrait qu'on y aille. On n'a plus beaucoup de temps et j'ai peur que quelqu'un ne trouve…

Il s'est interrompu en me voyant, une expression de surprise sur son visage renfrogné. Il a rapidement repris son regard intimidant habituel.

— Elliot !

— Monsieur Potter.

— Qu'est-ce que tu fais ici ?

— Il est venu pour Lydia, l'a interrompue sa femme, l'air un peu mal à l'aise. Tu as raison. On devrait y aller.

Elle a fait le tour du plan de travail, a ramassé le magazine et l'a glissé dans son sac. Elle a quitté brusquement la pièce en annonçant qu'elle devait changer de chaussures. M. Potter ne m'a pas quitté des yeux.

— Si tu restes ici pour dîner, vous pouvez commander quelque chose à manger. Lydia sait où se trouve l'argent, a-t-il ajouté avant de disparaître.

J'ai encore entendu des chuchotements dans l'entrée, puis ils sont partis.

— Elliot ?

— Par ici.

Lydia est apparue, le téléphone en main. Elle l'a reposé sur son socle et a pris une bouteille d'eau dans le frigo.

— Désolée, a-t-elle dit après avoir bu un verre. C'était ma tante Nina. Elle m'a obligée à saluer ses cinq chats. Maintenant que j'y pense, je ne sais même pas pourquoi elle appelait. Il devait y avoir une raison, mais nos conversations finissent toujours par tourner autour de ses animaux.

— Ah, la famille, hein ?

— Tu l'as dit ! Tu poireautes depuis longtemps ? Mon père ne t'a pas fait passer un mauvais quart d'heure, j'espère ? Il peut être impressionnant, quand il s'y met.

Elle a pris un muffin.

— Non, il n'est pas resté longtemps et n'a pas dit grand-chose. Tes parents sont partis brusquement.

— Oui, ils sont un peu bizarres ces temps-ci. Je crois que leur mariage a traversé quelques turbulences. Ils passent plus de soirées ensemble pour le moment.

Elle a mordu dans un muffin et s'est pourléché les lèvres.

— Waouh, ils sont incroyables !

— Ta mère est fan des créations d'Alexandra Yanks. Tu savais qu'elle avait sa propre rubrique dans un magazine culinaire ?

Lydia a examiné son gâteau comme s'il allait apporter les réponses à toutes nos interrogations.

— Comment une personne capable de fabriquer des pâtisseries aussi délicieuses a-t-elle pu engendrer un fils aussi malfaisant ?

— Aucune idée. On ne devrait pas se mettre à cogiter ?

Elle a acquiescé et nous sommes allés dans le salon. J'ai sorti la lettre de ma poche et je l'ai posée sur la table basse. Lydia s'est assise sur le sol, jambes croisées, et a pris un bloc-notes qui traînait au milieu des revues et des journaux avant d'attraper un stylo.

Elle a commencé par écrire les mots surlignés et soulignés, en tentant de trouver des liens entre eux. Puis nous avons relu tout le message dans l'espoir que certaines phrases aient un sens caché. Deux heures plus tard, nous n'avions réussi à finir que deux choses : un paquet de chips au poulet et une bouteille de limonade de deux litres.

Le seul point sur lequel nous nous étions mis d'accord, c'était qu'il devait y avoir une sorte de signification cachée derrière les deux mots soulignés, « ordre précis ».

Mon téléphone a vibré sur la table et elle m'a fusillé du regard quand je l'ai saisi pour voir qui m'appelait.

— Excuse-moi. C'est Cass. Allô ?

— Je pense partir d'ici une vingtaine de minutes. Je voulais juste savoir si vous aviez avancé.

— Pas vraiment. On n'a rien trouvé.

J'ai vu Lydia écrire sur le bloc-notes :

ORDRE PRÉCIS

Puis elle a recopié toutes les lettres surlignées.

— Vous bossez à ça en ce moment ?

— Oui, mais on n'avance pas. Tu as des pistes ?

— Non, j'étais avec mes copines.

J'ai entendu des rires en fond sonore. Elle a baissé la voix.

— J'étais censée fêter mon anniversaire, j'avais autre chose en tête que des tueurs et des jeux de piste.

— La seule chose sur laquelle nous nous sommes mis d'accord, c'est que les deux mots qui se suivent et qui sont les seuls à être soulignés jouent un rôle important. Nous essayons de comprendre lequel.

Lydia continuait à griffonner. En dessous d'ORDRE PRÉCIS, elle avait reporté sur sa feuille tous les mots surlignés.

ON D DATE MAIS IL Y PORTE

— Je rentre lundi. Si vous ne trouvez rien ce week-end, on recommencera. Mais, pour l'instant, j'ai besoin d'un break. Le seul mal de tête que je tolère ce week-end, c'est la gueule de bois.

— Tu as la gueule de bois en ce moment ?

— Juste un peu.

J'ai ri. Derrière moi, Lydia a poussé un juron.

Elle jurait rarement. Chaque fois que je prononçais un mot un peu grossier, elle faisait les gros yeux et me reprochait mon impolitesse. Elle était incapable de prononcer des grossièretés.

Quand je me suis retourné, elle s'était relevée et courait vers la porte.

— Cass ? Je te rappelle.

Je l'ai entendue protester tandis que je raccrochais, mais j'ai balancé mon portable sur le canapé. J'ai jeté un coup d'œil au bloc-notes noirci de lettres. Et j'ai compris.

Lydia avait séparé toutes les lettres, avant d'essayer de les remettre dans un « ordre précis ».

O N D D A T E M A I S I L Y P O R T E

Puis elle avait formé le mot MAISON et avait recopié les lettres restantes pour tenter de leur donner un sens aussi.

D D A T E I L Y P O R T E

~~D~~ D ~~A~~ ~~T~~ ~~E~~ ~~I~~ ~~L~~ ~~Y~~ ~~P~~ ~~O~~ ~~R~~ ~~T~~ E

LYDIA POTTER

Puis elle avait reporté les deux dernières lettres qu'elle n'avait pas encore utilisées, D et E, et avait rajouté MAISON devant. Ça donnait MAISON DE LYDIA POTTER.

Sans hésiter, j'ai couru pour la rattraper. La porte de derrière était ouverte et Lydia était près de l'unique arbre de son jardin. La balançoire pneu était craquelée et poussiéreuse, mais Lydia inspectait l'intérieur sans prêter attention à la saleté qui recouvrait ses doigts.

— C'est une anagramme, a-t-elle déclaré triomphalement. C'est pour ça que *ordre précis* était souligné. Il fallait réorganiser les lettres. Elles formaient mon nom, Elliot. C'est pour ça aussi que le gif du site Internet montrait une petite fille qui se balançait, pas un garçon.

Le cœur battant à cent à l'heure, j'ai vu Lydia arracher un morceau de caoutchouc noir qui dissimulait une lettre fixée à l'aide de Scotch. Elle a pris le papier entre ses doigts tremblants et a jeté le bout de caoutchouc.

Quand elle a ouvert la lettre, une pièce de monnaie en a glissé et a atterri sur l'herbe. J'ai ramassé le dollar et j'ai caressé sa surface du bout du pouce.

On aurait dit que la pièce avait été placée là exprès pour me narguer, pour me rappeler que j'avais joué à pile ou face et laissé le destin décider à ma place.

Lydia a inspiré profondément avant d'entamer la lecture.

— Prêt ?

Mes doigts se sont refermés sur la pièce. *Non.*

— Oui.

Il n'y a aucun doute : les actes criminels irrationnels découlent de la folie, or la folie elle-même n'est jamais que le résultat d'une imagination laissée totalement libre. On pourrait déduire de ces observations que les assassins sont des génies à l'imagination débridée et que le reste de la société est aujourd'hui incapable de rêver. C'est sans doute pour cela que des gens comme moi se retrouvent enfermés : parce que les pensées des assassins sont des créations si originales que le monde les considère comme dangereuses.

Je te laisse le soin de prolonger cette réflexion. Il est temps de passer aux révélations.

Colton avait des dettes envers ses proches : il leur devait des explications, des excuses, du temps. Et même de l'argent. Demande à Lydia Potter. La dernière lettre t'a mené à elle, non ? Quand Colton a eu de vrais ennuis, il s'est tourné vers sa bien-aimée pour qu'elle l'aide. Mais on ne demande pas mille dollars sans rien en échange. Il lui a offert quelque chose de précieux contre cette somme.

Tu as déjà entendu dire « Je donnerais cher pour savoir ce que tu penses » ? Le coût de la pensée devrait varier en fonction de la personne. Colton a dévoilé ses secrets les plus sombres en échange de cette somme d'argent.

Tout a un prix, même le plus innocent des plaisirs.

La foule se presse toujours à la fête foraine de Ridgemount en été, parce qu'elle a beaucoup à offrir. Tu devrais peut-être y tenter ta chance. C'est moi qui offre le premier tour. Utilise le dollar judicieusement et assure-toi d'en avoir pour ton argent. N'oublie pas de garder la tête froide.

— Il t'a demandé de l'argent ?

Les doigts de Lydia se sont crispés autour de la feuille de papier, qui s'est froissée. Elle l'a repliée sans me regarder.

— Je suis désolée.

— C'est tout ce que tu as à dire ?

Elle a secoué la tête et s'est éloignée. Je suis resté là un moment, la laissant disparaître à l'intérieur de la maison. Mon sang pulsait si fort que j'avais l'impression que tout mon corps était secoué.

J'ai tenté de respirer profondément, de me vider la tête. Si je discutais avec Lydia alors que j'étais en colère, je ne ferais qu'envenimer les choses. Et, comme le tueur nous observait à la façon d'une équipe de télé-réalité, il utiliserait cette dispute contre nous plus tard.

Quand j'ai senti que j'étais suffisamment calmé, je suis rentré à mon tour. Lydia était assise devant un verre de limonade glacée.

Elle l'a soulevé et les glaçons se sont entrechoqués dans le verre. Puis elle l'a redéposé sans avoir bu.

— On devrait parler des lettres à la police.

— Quoi ?

Elle s'est tournée vers moi et a répété :

— Je pense qu'on devrait parler des lettres à la police.

— Pourquoi maintenant ? Nous sommes si près du but… Il ne nous en reste que deux à trouver pour obtenir enfin les réponses. On va démasquer le tueur et…

— J'en ai assez.

— Lydia…

Elle m'a interrompu :

— Il faut le faire, Elliot. On expliquera à la police qu'on a été contactés par l'assassin de Colton, on leur fournira les lettres comme preuves et ils feront le reste. Tu ne comprends pas que le tueur ne cherche pas à se faire attraper ? Il veut juste nous rendre dingues en nous torturant avec des bribes d'informations qui ne nous mèneront jamais nulle part. La première lettre ne promettait pas qu'on saurait qui était le coupable à la fin. Elle laissait juste entendre que nous aurions assez d'indications pour aboutir à des suppositions. Si l'auteur des lettres voulait vraiment qu'on le démasque, il aurait adressé ses messages à la police. C'est à nous de révéler aux autorités ce que nous savons. L'enquête piétine et nous devons les aider à avancer.

— Ça fait plus d'un mois qu'on cache cette information. On pourrait être accusés d'entrave à la justice ou d'entrave à une enquête policière, je ne connais pas le terme officiel. On serait traités comme des suspects.

— Je suis prête à courir le risque.

J'ai pris une chaise et je me suis assis face à elle.

— Ton changement d'attitude est lié au contenu de la lettre ?

Lydia a froncé les sourcils et détourné le regard. Sa respiration s'est accélérée. Quand elle a reposé les yeux sur moi, ils étaient remplis de larmes.

— Je suis vraiment trop bête, a-t-elle balbutié. L'argent… Je pensais que… Je n'aurais pas dû…

Je lui ai tendu la main.

— Hé, ne pleure pas. Tu ne savais pas, d'accord ? Personne ne savait qu'il allait être assassiné. Cass ne lui aurait pas laissé sa chambre au motel, je n'aurais pas bu au point d'oublier toute notre conversation. Le tueur essaie de te culpabiliser, de rejeter la faute sur toi. Mais tu n'y es pour rien.

Lydia a hoqueté et essuyé ses larmes du dos de la main.

— J'aurais dû t'en parler…

Elle s'est penchée par-dessus le plan de travail pour attraper une boîte de mouchoirs. Je l'ai regardée renifler et se tamponner les yeux, attendant qu'elle soit prête à me raconter.

— Si je ne te l'ai pas dit, c'est parce que je ne pensais pas que c'était lié à son meurtre…

— Lydia, mille dollars…

Je me suis interrompu en apercevant son expression. Elle avait l'air brisée et mon jugement ne faisait qu'empirer les choses.

— Excuse-moi.

Je n'étais guère convaincant, mais elle a tout de même repris son récit :

— Je sais. *Je sais*. Tu ne comprends pas. Il est venu chez moi un soir, un mois après son retour environ. Il était tellement ailleurs au moment de sa réapparition, comme absent… alors que ce soir-là… il était doux, romantique, spontané. J'ai entraperçu le Colton d'avant. Il m'a presque tout raconté… ce dont il avait si peur, pourquoi il avait disparu. Je croyais que j'étais en train de le perdre… mais il m'a offert un cadeau très précieux : il m'a rassurée. J'étais rassurée sur le fait qu'il m'aimait encore, qu'il me faisait toujours confiance, qu'il finirait par tout me révéler. Et je me suis accrochée désespérément à cette lueur d'espoir.

L'assassin se trompait. Colton n'avait pas fait de révélations à Lydia en échange d'argent. Il lui avait offert ce dont elle avait besoin à ce moment-là : quelque chose de plus précieux que des réponses. Il lui avait donné de l'espoir, du réconfort et de l'amour.

Lydia a repris :

— Quand il m'a demandé de l'argent, je n'ai pas hésité. Je n'ai pas remis en question le montant ou l'urgence. Sa façon d'agir, les choses qu'il m'a dites… J'ai cru qu'il allait me demander en mariage. Rétrospectivement, ça paraît complètement idiot de penser qu'il emprunterait de l'argent à sa petite amie pour lui acheter une bague de fiançailles, mais je me berçais d'illusions. C'est la lettre qui m'a obligée à voir la réalité en face : cet argent devait rembourser ses dettes. Les messages du tueur me font douter de tout ce que je savais sur Colton. Sa seconde identité, sa disparition… Je me raccrochais à notre relation, pour moi c'était la base de tout, quoi qu'il ait fait. Mais j'avais tort.

— Le mariage, hein ?

Je ne savais pas quoi dire d'autre.

Lydia était terriblement romantique et, même si elle ne m'avait jamais parlé de son engagement avec Colton, je savais qu'elle rêvait de l'épouser. Elle y avait parfois fait allusion en laissant traîner dans la voiture de Colton ou chez lui des magazines avec des pièces montées et des robes qui ressemblaient à des gâteaux. Dès qu'il en parlait, elle s'illuminait comme une guirlande de Noël, même si c'était pour faire une remarque du style : « Lyd, on mangera des mini-pizzas à notre mariage. Comment ça, c'est pas classe ? Tout a l'air classe en miniature. » En réalité, l'idée de se marier ne l'emballait qu'à moitié, mais je savais qu'il aurait voulu se caser avec elle, un jour.

Si je l'avais dit à Lydia, elle ne m'aurait pas cru. Elle savait que je n'étais pas pour le mariage, je ne m'en étais jamais caché. J'avais vu trop de relations tourner au vinaigre dans ma famille. Les Parker étaient tristement célèbres pour leurs unions désastreuses.

— J'imaginais que nous aurions de longues fiançailles et que la cérémonie aurait lieu après la fac et tout ça, a-t-elle expliqué avec un petit rire gêné.

Elle s'est mouchée, puis le silence est retombé.

— Tu veux vraiment tout raconter à la police ? ai-je fini par lui demander. Si c'est ce que tu veux, je te soutiendrai. Ça nous concerne tous les trois, donc on va devoir en parler avec Cass, mais si tu veux vraiment…

Lydia n'a pas répondu tout de suite. J'ai eu l'impression que le temps ralentissait.

Finalement, elle a soupiré, a sorti la lettre de sa poche et me l'a tendue.

— Donne-moi juste quelques jours pour digérer tout ça.

À présent, c'était à mon tour de me cramponner à un espoir ténu.

27.

Cass est rentrée à la maison dimanche soir et je l'ai mise au courant. Nous avons pris des notes et envisagé différentes hypothèses, mais nous n'avons pas fait grand-chose de plus. J'avais promis à Lydia de lui accorder quelques jours de réflexion et nous avions convenu que nous ne ferions rien avant d'avoir pris une décision tous les trois.

Mardi, Cass a eu vingt et un ans. Mon père a essayé de préparer un gâteau, mais il a complètement raté son coup et a dû filer au supermarché acheter de la glace à la dernière minute. Nous l'avons mangée l'après-midi.

— Que veux-tu faire d'autre pour ton anniversaire ? lui a demandé papa en tirant un chocolat en forme de grenouille du paquet posé entre nous.

— Je ne sais pas. Mais je pensais à de la nourriture thaïe le pour le dîner.

— Tout ce que tu veux. Aujourd'hui, c'est ton jour.

Il lui a souri, avant d'ajouter :

— C'est une bonne idée, le thaï. Je dois avoir un menu quelque part. Écrivez ce que vous voulez manger et je passerai commande plus tard.

J'ai applaudi en silence. J'avais adoré les glaces et le chocolat qu'on avait déjà engloutis, mais je n'étais pas sûr de pouvoir supporter ce régime plus longtemps. La nourriture à emporter n'était pas la solution la plus saine, mais elle comprenait déjà plus d'aliments recommandés. À tout le moins, il y aurait des légumes.

En dehors du dîner, nous n'avions pas d'autre projet pour la journée. Cass avait passé la majeure partie de la matinée au téléphone, en conversation avec des copains ou des membres éloignés de la famille. Vers 10 heures, elle a disparu et est revenue avec un grand sourire. J'ai deviné qu'elle avait discuté avec Trevor.

— Je vais enfiler mon pyjama et regarder *Friends* pendant tout le reste de l'après-midi, a-t-elle annoncé en se levant pour s'étirer. Merci pour le cadeau, Elliot.

— Vas-y mollo pour le marathon.

— Tu rigoles ? Je suis championne en titre pour les marathons de séries. Dix saisons, c'est du gâteau.

Elle a souri et a filé dans l'escalier, mais on a frappé un petit coup à la porte. Cass a rapidement changé de direction.

— Qui est-ce ? a crié papa.

Lydia est entrée en tenant une assiette.

— Salut, qu'est-ce qui t'amène ? a demandé mon père.

Cass est arrivée avant qu'elle n'ait le temps de répondre :

— Elle est venue me souhaiter un bon anniversaire. Tu es adorable, Lyd. Merci.

— J'ai aussi apporté du pain de fée.

Papa s'est levé pour prendre un triangle de pain de mie beurré saupoudré de vermicelles en sucre multicolores.

— On ne peut pas faire une fête sans pain de fée !

— C'est exactement ce que je pensais, ai-je renchéri alors que Lydia déposait l'assiette entre nous.

— Tu as des projets pour le dîner, Lydia ? a demandé papa entre deux bouchées. Tu es la bienvenue. On mange thaï.

Lydia était perchée sur une chaise et jouait nerveusement avec la croix en argent autour de son cou.

— En fait, je me demandais si je pouvais embarquer Elliot et Cass pour le reste de l'après-midi.

— Oh ? a fait Cass.

— J'ai une surprise d'anniversaire pour toi.

— C'est sympa, a déclaré ma sœur en souriant.

— Appelez-moi sur le chemin du retour et je passerai la commande pour le dîner, a proposé papa en reprenant une tranche de pain.

— En réalité, ça va nous prendre la soirée. C'est un projet de dernière minute. J'aurais dû appeler pour voir si vous n'aviez rien de prévu…

— Mais non, c'est une très bonne idée, s'est exclamé papa en notant son malaise. Cass a passé sa journée à traîner à la maison comme une mamie. Une soirée entre amis me semble bien plus appropriée pour célébrer son vingt et unième anniversaire.

— C'est vrai ?

— Oui, bien sûr. Par contre, je ne comprends pas ce qu'Elliot vient faire là-dedans. Vous ne voulez pas faire une soirée entre filles ?

Lydia a tout de suite trouvé une excuse en or :

— C'est notre chauffeur.

Papa s'est retourné et m'a tapoté l'épaule d'un air compatissant.

— Emporte un livre, Elliot. La nuit va être longue pour toi. Quand comptez-vous partir ?

— Le réservoir de ma voiture est plein, on démarre dès que vous serez prêts, a répondu Lydia en regardant ma sœur et moi pour avoir notre confirmation.

— Je vais préparer quelques affaires et on pourra partir avant 17 heures.

— Dans ce cas, a conclu papa, je m'occupe de l'assiette de pain de fée. Vous y avez à peine touché.

Il s'est levé et s'est dirigé vers son bureau.

— Buvez de façon responsable, a-t-il commenté sans se retourner. Et veille sur les filles, Elliot. Si je dois aller au commissariat à 3 heures du matin, je considérerai que c'est ta faute. Amusez-vous bien !

Dès qu'il a fermé sa porte, j'ai regardé Lydia, un peu paniqué. Est-ce que je venais vraiment de me faire embarquer dans une soirée entre filles ?

Lydia a saisi mon expression et a secoué la tête.

— Détends-toi, il n'y aura pas d'alcool ce soir.

Elle a jeté un coup d'œil à ma sœur et a ajouté :

— Désolée.

Cass a balayé ses regrets d'un geste de la main.

— T'inquiète, je paie encore les excès du week-end dernier. Je ne suis pas prête à refaire la fête tout de suite. Bon, qu'est-ce qu'on va faire, en fait ?

— On va à la fête foraine de Ridgemount.

Je me suis senti soulagé. Je n'étais pas prêt à laisser tomber les lettres et le mystère, j'espérais depuis plusieurs jours que Lydia revienne sur sa décision.

— Qu'est-ce qui t'a fait changer d'avis ?

Lydia a baissé la voix :

— Quelqu'un s'est introduit dans ma chambre.

Dès que nous avons été en route, nous avons interrogé Lydia.

— Comment ça, quelqu'un est entré dans ta chambre ? a demandé Cass d'un ton pressant.

— Je ne sais pas qui, ni quand ni pourquoi, mais je sais qu'il y avait quelqu'un. Il me manque quelque chose.

— Quelqu'un t'a volé un truc ? a voulu savoir Cass. On t'a pris quoi ?

Lydia a soupiré en freinant à un feu rouge et a posé les mains sur le volant.

— Un objet de mon enfance. Un ours bleu. C'est une vieille peluche en lambeaux, une des rares choses que je possède encore de mon ancienne maison à Victoria.

Lydia avait déménagé quand elle était petite, juste avant de commencer l'école. Plusieurs cartons s'étaient perdus en cours de route, dont certains contenaient ses jouets. Elle avait toujours dit que c'était une expérience traumatisante. En effet, voir disparaître ses affaires quand on n'a que cinq ans, cela doit être affreux. Elle avait relégué ce nounours en haut d'une étagère pour avoir l'air de s'en être détachée, mais je savais qu'elle l'adorait.

— C'est exactement le style de notre assassin, a poursuivi Lydia en prenant un virage serré dès que le feu est passé au vert. On dirait qu'il a deviné que j'étais sur le point de reculer et qu'il a fait ça pour m'empêcher d'abandonner son jeu tordu. Financièrement, cet ours ne vaut pas un centime. Il est usé, recousu, et il lui manque une oreille, mais sentimentalement… C'est toute mon enfance. On m'a volé mon copain, ma stabilité, ma santé mentale. Je ne laisserai pas ce salaud me prendre autre chose.

Cass lui a saisi l'épaule.

— On va le récupérer.

Lydia a hoché la tête, mais elle n'a plus rien dit pendant le reste du voyage. Le trajet de quarante-cinq minutes s'est fait en silence. Personne n'avait envie d'écouter de la musique, de bavarder ou de rire. Nous étions sérieux comme trois soldats qui partent au front.

Dès notre arrivée à Ridgemount, Cass nous a dirigés vers un motel bon marché, pas loin de la fête foraine. Nous avons pris une seule chambre qui sentait l'urine, avec des lits inconfortables et des graffitis d'un goût douteux sur les murs, détaillant des exploits sexuels. Le seul avantage des lieux, c'est qu'ils n'étaient pas éloignés de notre destination.

— Je meurs de faim, a déclaré Cass. Vous voulez manger quelque chose avant qu'on explore le coin ?

— Oui, allons prendre un hamburger ou un truc dans le genre, ai-je proposé. La nourriture à la foire, c'est toujours l'arnaque. Six dollars pour une saucisse frite sur un bâton, c'est presque du vol.

— J'ai juste un petit creux, a précisé Lydia.

— En fait, j'ai envie de yaourt glacé, a tranché Cass. Et, comme c'est mon anniversaire, je vote pour ça. En plus, je connais l'endroit parfait, avec les meilleurs toppings.

Quand nous sommes arrivés à la boutique de yaourt glacé, il y avait un Subway juste à côté, alors, pendant que les filles commandaient, je suis parti m'acheter un sandwich. Comme j'ai été servi avant Cass et Lydia, je les ai retrouvées à l'intérieur. Elles étaient encore en train de garnir leurs pots avec les suppléments. J'ai commencé à regretter mon choix quand elles sont venues me rejoindre à la table.

— Ça faisait une éternité que je n'avais pas mangé de yaourt glacé, a déclaré Lydia en admirant son pot recouvert de granola et de fraises.

— Tu vas adorer. J'étais obsédée quand j'ai commencé la fac. Je venais ici presque tous les jours.

Après une cuillerée, Lydia a décrété :

— Je comprends pourquoi.

— Bon, il nous faut un plan, ai-je lancé.

Cass a consulté sa montre :

— Il est presque 18 h 30. Allons-y dès qu'on aura fini.

— On va inspecter la foire de fond en comble.

— Séparément ?

— Non, ensemble, a décidé Cass.

— L'ours en peluche devrait nous conduire à la prochaine lettre. On va se concentrer là-dessus. On va le trouver, Lyd.

Elle est à nouveau restée silencieuse jusqu'à ce qu'on arrive à la fête foraine.

28.

Il y avait quatre entrées, chacune avec une longue queue composée de groupes d'ados et de familles. L'excitation des visiteurs était palpable. En revanche, Lydia, Cass et moi étions plutôt sur les nerfs.

Nous avons acheté à l'entrée un pass nous donnant un accès illimité à toutes les attractions, ce qui pourrait nous être utile. On nous a aussi demandé d'inscrire nos noms pour une tombola. La fête foraine de Ridgemount attirait du monde, mais, pour que le public ne parte pas trop vite, un tirage au sort avait lieu toutes les trois heures. Les familles s'attardaient, espérant récupérer leur mise de départ en remportant des lots.

— On commence par où ? a demandé Lydia.

— Faisons d'abord le tour des lieux pour voir si quelque chose attire notre attention.

En nous frayant un chemin parmi la foule, nous sommes passés devant des jeux, des manèges, des files d'attente, des stands de nourriture et des tentes. Il flottait partout une odeur de graisse et de sueur, qui est devenue encore plus forte à mesure que nous nous enfoncions au cœur de la foire.

Des cris et des exclamations résonnaient dans mes oreilles et j'étais ébloui par les lumières. Le crépuscule était tombé et l'obscurité rendait les couleurs et l'éclairage encore plus éclatants. Partout où je regardais, j'étais aveuglé par des clignotements criards.

— Pourquoi ne pas tenter votre chance ? a suggéré un forain à Lydia quand ses yeux se sont attardés une seconde de trop sur les lots alignés derrière le stand.

— Non merci.

— Cinq dollars pour trois essais, c'est donné. Je vous en offre même un quatrième, si vous voulez.

Elle a secoué la tête sans répondre. Je l'ai vite éloignée avant qu'il ne parvienne à la convaincre. Cass se tenait devant la barrière d'un manège, elle observait les bras de la structure qui se levaient pour propulser les gens dans toutes les directions, provoquant des hurlements où la peur se mélangeait à l'euphorie.

— On aurait peut-être dû venir plus tôt, a déclaré Cass en détachant son regard du ciel. On ne voit rien de loin et, dès que je m'approche d'une attraction, j'ai envie de monter dedans.

— Je vois ce que tu veux dire, a renchéri Lydia. Je n'ai aucun sens de l'orientation et je ne suis pas venue ici depuis des années, je ne repère rien du tout d'intéressant. J'ai l'impression de tourner en rond.

Derrière Lydia, j'apercevais la grande roue. Sa structure imposante tournait lentement, les nacelles basculaient doucement en s'approchant du sommet. Les lumières colorées scintillaient sur le ciel obscur. L'attraction paraissait presque paisible au milieu des forains qui hélaient les passants et des cris des personnes secouées par les manèges.

J'ai fait un signe de tête.

— On pourrait se faire une meilleure idée des lieux si on montait sur la grande roue. Peut-être que la vue nous donnera une indication ?

Cass a suivi mon regard et a opiné.

Lorsque nous sommes arrivés à l'avant de la queue, nos bracelets ont été scannés et nous sommes entrés tous les trois dans la petite nacelle. La portière s'est refermée, verrouillée, et nous sommes montés d'un cran pour qu'un autre groupe puisse prendre place à son tour. La petite cage dans laquelle nous étions enfermés nous berçait doucement.

— Alors, qu'est-ce qu'on cherche ? a demandé Cass en collant le nez contre les barreaux métalliques.

— Des indices.

— D'accord, mais de quel genre ? Tu ne t'attends quand même pas à voir une installation lumineuse en forme d'ours ? Ou une flèche rouge clignotante avec ton nom dessus ?

— Arrête tes conneries, Cass. Au pire, nous aurons au moins une vue d'ensemble.

— Techniquement, c'est toujours mon anniversaire. J'ai le droit de dire toutes les conneries que je veux.

— Excuse-moi, est intervenue Lydia. C'était égoïste de ma part de t'emmener ici pour ton anniversaire…

— Meuh non, c'est pas mal du tout.

Cass lui a adressé un sourire rassurant.

— Si j'arrivais à oublier le tueur et les révélations des lettres, je pourrais presque m'amuser. La grande roue, c'est mon attraction préférée, tu sais.

— Laisse-moi au moins t'offrir un cadeau, a insisté Lydia.

— Tu as déjà payé mon entrée.

— Autre chose ?

La roue a tourné et nous a emmenés plus haut dans le ciel.

Cass a réfléchi un moment :

— Que diriez-vous d'un énorme seau de pop-corn au caramel ? Celui avec des noix dedans. Mais sérieux, Lyd, ce n'est pas comme si on était au cimetière. C'est pas la mort d'être dans un endroit avec de la bouffe, du monde et des manèges !

Lydia a serré la main de ma sœur.

— Merci.

Quelques autres groupes sont montés, puis la grande roue s'est mise à tourner vraiment, sans s'arrêter. La vue d'en haut était saisissante : c'était un festival de couleurs et de lumières. Les attractions montaient et descendaient, les toiles rayées des auvents ondulaient dans le vent. Les sentiers étaient envahis de visiteurs qui ressemblaient à des fourmis et se pressaient pour aller d'un manège à l'autre. La fête foraine était pleine de vie, de mouvement, de joie.

C'était très différent des autres endroits où nous avait envoyés le tueur. On aurait dit qu'il nous narguait en nous mettant sous le nez autant de bonheur et de joie de vivre.

Pendant les tours de roue, nous n'avons rien remarqué qui sorte de l'ordinaire. J'ai juste réussi à me faire une idée de la disposition des lieux. Ce n'était pas très compliqué. Chaque rangée commençait et se terminait de la même façon. L'avant comportait beaucoup de stands d'artisanat où on trouvait surtout des articles crochetés et des vêtements bariolés. Puis il y avait une transition vers des manèges, des jeux et des tentes où on proposait de la nourriture. Enfin, dans le fond, il y avait un cirque, entouré de machines à pince.

La grande roue a fini par ralentir et les passagers sont sortis un à un pour laisser place aux suivants. Nous sommes descendus tous les trois et nous avons été avalés par la foule.

— Je propose qu'on fasse tout le tour, a crié Cass pour se faire entendre par-dessus le vacarme. On finira bien par trouver quelque chose…

Lydia a consulté son téléphone.

— Il est 19 h 15. Je n'arrive pas à croire qu'on soit là depuis si longtemps.

— Heureusement, on est arrivés relativement tôt. Cela nous donnera bien le temps de fouiner, ai-je fait remarquer. On ne doit être à la maison qu'à 10 heures demain matin.

— Oui, a ajouté Cass. Notre mère revient pour le réveillon du 31 demain soir. Elle vient chez nous, histoire que je lui donne un coup de main pour le repas.

— Papa va lui coller aux fesses.

— J'ai déjà réglé le problème. J'ai des courses à lui faire faire. Ça devrait lui prendre deux bonnes heures.

Cass a continué à parler, elle expliquait à Lydia ce qu'elle comptait cuisiner pendant que nous marchions. Je n'y prêtais qu'à moitié attention, préférant examiner les environs attentivement.

Nous sommes arrivés à l'arrière du terrain, là où était installé le chapiteau de cirque. À l'intérieur, les gens applaudissaient avec enthousiasme le dernier numéro de la soirée. Mais quelque chose d'autre que le spectacle a attiré mon attention.

— La tête froide, ai-je murmuré.

Puis j'ai crié :

— Cass ! Je crois que j'ai trouvé quelque chose.

Lydia a foncé en voyant la machine à pince qui portait pour nom « La tête froide ». Elle a collé les mains et le nez contre le boîtier en verre qui renfermait les lots.

— C'est lui ! s'est-elle écriée. C'est mon ours !

Le premier tour est pour moi.

J'ai fouillé mes poches pour trouver de la monnaie.

— Le tueur voulait qu'on joue pour le récupérer.

Grâce à mon sandwich, j'avais même un peu de monnaie en plus. J'ai sorti une pièce d'un dollar et je l'ai glissée dans la fente. Cela me donnait droit à un essai. Une pièce de deux dollars m'en offrirait trois.

J'ai pris la manette et j'ai déplacé la pince jusqu'à ce qu'elle se trouve au-dessus du nounours. La peluche de Lydia faisait un peu figure de vilain petit canard parmi les vrais lots. La moitié de son oreille était mâchouillée, des taches non identifiées parsemaient ses bras et il avait été recousu sur presque tout le corps. En un mot, il était en piteux état.

Mais j'allais le sortir de là.

J'étais tellement concentré sur la position parfaite de la pince argentée que je n'ai pas remarqué ce qui se passait autour de moi. Lydia et Cass avaient les yeux rivés sur la machine. Nous étions tous les trois silencieux, absorbés par mes manipulations.

Soudain, un visage est apparu derrière la machine.

— Ah ! Au secours ! a hurlé Lydia en faisant un bond d'un kilomètre, tandis qu'un rire démoniaque résonnait dans nos oreilles.

Sous l'effet de la panique, mes doigts ont glissé et ont appuyé sur le bouton. J'ai poussé un grognement en voyant la pince impuissante se refermer dans le vide avant de reprendre sa position initiale.

— C'est quoi, ce bordel ? me suis-je énervé en me tournant vers le nouveau venu.

Abasourdi, je me suis retrouvé face à un visage recouvert de peinture blanche crayeuse et surmonté d'une perruque de boucles bleues. Les yeux du clown étaient entourés de triangles noirs et sa bouche était maquillée en un sourire permanent, de sorte que son expression paraissait joyeuse même quand il fronçait les sourcils. Pour compléter le déguisement, il portait un costume aux motifs géométriques colorés.

Mon cœur s'est emballé, comme s'il suivait le rythme enjoué de la fête foraine. Plus je fixais le clown, plus mon pouls s'accélérait. Quelque chose clochait. Mon cerveau fonctionnait à toute allure pour tenter de comprendre ce que c'était.

Puis j'ai percuté.

Je le connaissais.

Un éclair a dû traverser mon regard, parce que le clown s'est enfui en éclatant de rire. Je me suis lancé à sa poursuite.

Est-ce que c'était le tueur ?

Ou une simple diversion ?

— Elliot ! a crié Cass.

Mon cœur continuait à s'affoler pendant que je me frayais un chemin à travers la foule. Le clown ne s'est pas retourné une seule fois, persuadé de pouvoir me semer sans peine. Mais je ne perdais pas de vue les mèches bleues de sa perruque. Je n'osais même pas cligner des yeux et je me forçais à aller plus vite encore.

J'étais tellement focalisé sur lui que je ne prêtais pas la moindre attention aux gens devant moi. J'ai heurté des épaules et manqué de déséquilibrer plusieurs personnes, récoltant insultes et cris de colère. Je me suis excusé en vitesse et j'ai repris ma course.

Mon estomac s'est noué quand j'ai réalisé que j'avais perdu la trace du clown. Il s'était volatilisé. Je suis retourné jusqu'au chapiteau, les poings serrés.

— T'es fou ?

Cass m'a attrapé le bras comme une mère en colère qui gronde son gamin.

— T'es devenu fou ? C'était juste un connard du cirque ! Il nous a fait peur et toi tu le prends en chasse ?

Je me suis dégagé.

— Je le connaissais.

— Et alors ? Un pote à toi travaille à la fête foraine comme job d'été. Où est le problème ?

— Il ne bosse pas ici.

Elle a hésité.

— Qu'est-ce que tu racontes ?

— Il ne bosse pas ici.

— Comment… Il porte un costume, du maquillage, une perruque…

— Ses chaussures. Il portait des Converse.

J'ai indiqué d'un signe de tête un groupe de clowns qui dînaient près des caravanes derrière le chapiteau. Leurs pieds étaient revêtus de chaussures ridiculement grandes. Il y en avait même un qui portait des palmes. Le spectacle venait de se terminer et tous les artistes étaient encore dans leurs costumes pailletés, le visage maquillé. Personne n'avait pris la peine de se changer. Pas même d'enlever ses souliers.

— Oh mon Dieu ! s'est exclamée Lydia, horrifiée, avant de plaquer une main sur sa bouche.

— Tu crois que c'était le tueur ? m'a demandé Cass.

— Je ne sais pas. De toute façon, il est parti, maintenant. Prenons l'ours et allons-nous-en.

Je n'étais pas du tout dans l'état d'esprit idéal quand je suis retourné à la machine. J'étais en colère, frustré, complètement ailleurs. Si le tueur avait l'intention de me distraire pour que je n'attrape pas la peluche, il avait réussi son coup.

Mais le clown était-il le tueur ?

Le clown aurait pu facilement être engagé par le cerveau de cette affaire pour exécuter une simple tâche. Pour brouiller les pistes, nous égarer ou nous énerver.

Voire les trois d'un coup.

J'ai cogné du poing le bouton en soupirant : j'avais raté, complètement raté.

Puis j'ai encore raté.

Et encore.

Et encore.

J'ai dû dépenser vingt-trois dollars pour réussir à attraper l'ours. Les filles ont poussé des cris de victoire quand la peluche a finalement été soulevée par la pince et est tombée dans le petit toboggan.

Dès que j'ai ramassé le nounours en loques, j'ai senti quelque chose sous le tissu. Lydia a tendu nerveusement les mains vers lui, mais je l'ai secoué doucement avant de passer les doigts à un endroit précis.

— Attends, je sens quelque chose.

— Une lettre ? a demandé Cass en se rapprochant de moi.

— Non.

J'ai appuyé les deux pouces de chaque côté de l'endroit et quelque chose d'aigu est sorti de la couture.

— C'est une lame ?

Cass était horrifiée.

Je l'ai prise délicatement, en veillant à ne pas me couper contre les bords acérés.

— C'est un morceau de miroir brisé.

J'ai aperçu mon visage fatigué dans le fragment : les cernes sous mes yeux, mon teint blafard. J'avais l'air d'un cadavre ambulant. Les lumières fluorescentes qui se réfléchissaient sur mon visage ne me rendaient pas justice non plus.

J'ai poussé un soupir et j'ai retourné le miroir. Une phrase était écrite au feutre rouge.

Les perspectives nouvelles offrent matière à réflexion.

— Le palais des glaces, ai-je déclaré presque instantanément. C'est là qu'on doit aller.

Le palais des glaces était immense. C'était une attraction hallucinante qui renvoyait des reflets infinis dans toutes les directions, donnant aux visiteurs l'impression vertigineuse d'être entourés de doubles. Au départ, le dispositif semblait inoffensif, jusqu'à ce qu'on se retrouve tout à coup confronté à un million d'autres silhouettes identiques à soi-même. On ne pouvait pas échapper à ses émotions, une fois coincé là-dedans. Si on avait peur, c'était impossible de le cacher. La panique était décuplée.

Il y avait de quoi devenir dingue.

Nous avons fait scanner nos bracelets – ils utilisaient les informations pour vérifier combien de personnes étaient entrées et combien avaient réussi à sortir par leurs propres moyens – et nous avons été projetés dans le labyrinthe. La musique diffusée à l'intérieur ne couvrait pas les exclamations agacées des visiteurs perdus.

Nous n'avions pas d'autre indice que l'éclat de miroir. Est-ce que notre objectif était de trouver le chemin jusqu'à la sortie, où une récompense nous attendrait ? Ça me semblait beaucoup trop simple.

Félicitations ! Vous êtes sortis du palais des glaces ! Voici une lettre en cadeau et un doigt coupé ensanglanté pour pimenter un peu la soirée. Amusez-vous bien !

Non… aucune chance.

— Le miroir vient peut-être d'ici. On n'a qu'à trouver l'endroit d'où le morceau a été détaché, ai-je suggéré en brandissant le fragment.

Cass m'a donné une petite tape sur la main.

— Elliot ! Tu l'as gardé ?

— C'est un indice.

— C'est une arme, a chuchoté Lydia. Cache-le, au moins. Il y a des enfants ici.

Cass a pris délicatement le miroir entre le pouce et l'index, l'a enveloppé dans le cardigan qu'elle avait retiré et l'a fourré dans son sac.

Puis nous avons commencé à avancer dans le dédale.

Nous venions d'atteindre le cœur du labyrinthe quand nous avons croisé une bande de gamins de douze ans qui riaient comme des baleines. Ils ont eu un mouvement de recul en nous apercevant. La petite fille a étouffé un cri, puis s'est excusée d'être dans le chemin et a pris la main d'un garçon pour repartir à toute vitesse.

— On fait peur à voir, a fait remarquer Lydia en serrant son visage entre ses mains.

C'était vrai. J'avais déjà aperçu mon propre reflet, mais les trois ensemble créaient un effet bien plus terrible encore. On aurait dit qu'on nous avait engagés pour flanquer la frousse aux clients dans le palais des glaces.

— On donne un sens tout nouveau à l'expression « avoir une sale gueule », a marmonné Cass. Allez, plus vite on sera sortis d'ici, mieux ce sera.

Gauche.

Droite.

Tout droit.

Cul-de-sac.

Nous tournions en rond. Nous avons épuisé les différentes possibilités de déplacement, jusqu'à ce que tout s'embrouille dans ma tête. Mes multiples reflets semblaient me hurler de trouver la sortie. C'était moi qui ouvrais la marche : Cass et Lydia comptaient sur moi.

Après avoir encore erré longtemps, nous avons réussi à trouver le passage vers l'extérieur. Le velours noir qui recouvrait l'issue était apaisant et la brise soufflant du dehors nous a fait un bien fou. Tous ces miroirs illuminés et nos reflets démultipliés à l'infini avaient soumis nos yeux à rude épreuve.

— Bon, ben, c'est raté, a déclaré Lydia en s'affalant contre un des miroirs du palais des glaces, alors qu'un groupe d'adolescents nous dépassait pour sortir.

— Le labyrinthe est en parfait état. Pas le moindre miroir fêlé et rien qui correspondrait au morceau que nous avons trouvé, a renchéri Cass.

— Ce truc, c'était l'enfer, ai-je enchaîné. S'il y a un autre indice, je ne suis pas prêt à me taper à nouveau une épreuve pareille. J'ai besoin de me recharger. Tant pis si les Fanta glacés géants sont trop chers. La limonade orange m'appelle, je ne peux pas résister. Et puis j'en ai marre de cette chanson débile. C'est quoi : la septième fois qu'elle passe ? Je vais l'avoir en tête toute la semaine.

Je m'apprêtais à franchir le rideau noir quand Lydia a posé la main sur mon épaule :

— Attends. Ce morceau m'énerve aussi, mais vous avez fait attention aux paroles ?

J'ai tendu l'oreille et Cass a fait pareil.

— Ça parle d'un carrousel.

— C'est peut-être notre prochain indice, a conclu Cass.

Après les maux de crâne provoqués par le palais des glaces, tourner en chevauchant une licorne violette était sans doute la plus mauvaise idée qu'on pouvait avoir. Je me concentrais sur l'énorme Fanta bien frais que je boirais dès que le tour prendrait fin.

Avant de monter sur le manège, nous avons choisi avec soin l'animal sur lequel nous allions nous asseoir. Nous avons passé les mains sous les créatures, sur leurs flancs, sous leurs pattes, pour trouver quelque chose – n'importe quoi – qui nous rapprocherait de l'indice suivant. Mais tout ce que nous avons déniché, c'est un chewing-gum collé sous un poney rose.

Quand le carrousel s'est mis en mouvement, nous sommes restés attentifs aux moindres détails. Nous avons tenté de trouver un sens caché à la musique, à la disposition des animaux, aux éléments de la structure. Rien. Une fois le tour terminé, j'ai failli tout laisser tomber.

— Nous avons peut-être mal interprété le message sur le miroir, ai-je déclaré quand nous sommes descendus de nos montures. Si ça se trouve, nous suivons une fausse piste.

— Le message parlait de « matière à réflexion ». On devrait sans doute se creuser un peu plus les méninges…

Cass a ponctué ses paroles d'un sourire censé être encourageant, mais elle cachait mal son propre défaitisme.

— Peu importe, allons chercher à manger. Je meurs de faim.

Cass a consulté sa montre.

— On pourrait manger et faire une dernière fois le tour de la foire.

Les filles ont pris des glaces et le seau de pop-corn au caramel annoncé par Cass. J'ai eu droit à mon Fanta géant glacé, mais il n'était pas orange. Au dernier moment, j'avais choisi le Fanta saveur raisin. C'était un excellent choix et il se mariait parfaitement avec ma saucisse frite embrochée sur un bâton.

— À quelle heure ça ouvre, le matin ? a demandé Lydia en léchant la glace fondue le long de son cornet. On pourrait passer avant de partir, quand il fera clair et qu'il y aura moins de monde.

— Je crois qu'ils ouvrent à 11 heures. Ils doivent se préparer pour le compte à rebours du Nouvel An, a répondu Cass. On sera partis depuis longtemps.

Alors que nous nous tracions un nouveau chemin à travers la foule, un carillon a retenti avant une annonce. Quelques groupes se sont arrêtés pour écouter, mais la plupart des gens ne prêtaient pas la moindre attention aux messages diffusés. Ils continuaient leurs activités comme s'ils n'avaient rien entendu.

— C'est à nouveau le moment du tirage au sort, les amis ! Un nouveau tirage au sort. Si votre nom est cité, pour récupérer votre prix, n'oubliez pas de garder vos bracelets et de vous présenter à l'entrée principale. Et voici, sans plus tarder, nos heureux gagnants de 21 heures… Cass Parker, Elliot Parker et Lydia Potter !

Heureux n'était pas l'adjectif que j'aurais utilisé pour nous décrire à ce moment précis.

29.

— Montrez vos poignets, s'il vous plaît, a claironné le gars trop enjoué qui avait annoncé notre tirage au sort.

Il nous tendait la main avec impatience en souriant de ses dents tachées.

Lydia a placé la main dans la sienne pendant qu'il scannait le bracelet pour confirmer qu'elle était bien l'une des « heureuses » gagnantes. Il a laissé retomber le poignet quand un bip enthousiaste a retenti. Cass était la suivante.

— Tu crois…

Lydia s'est tue, ne sachant pas comment poursuivre sa phrase.

— Je ne sais pas, ai-je répondu en levant le bras pour que mon poignet soit scanné également.

— Eh bien, a conclu l'homme en applaudissant, félicitations pour cette victoire éclatante ! Nous avons de super lots pour vous ce soir.

Il s'est écarté de la table pliante et s'est dirigé vers un vigile corpulent à quelques mètres de là. Ils ont échangé deux ou trois mots avant de s'approcher du bac qui contenait les prix enveloppés dans de la cellophane bon marché et du papier crépon. Ils sont revenus avec nos cadeaux.

Lydia a reçu un gros paquet de forme bizarre. Elle a glissé son petit ours bleu sous son bras pour prendre son lot.

Ses doigts se sont enfoncés dans le papier jaune, causant une petite déchirure sur le côté.

Cass a eu droit à une liasse de coupons. En y jetant un coup d'œil, j'ai aperçu des codes qui pouvaient être utilisés en ligne pour précommander des entrées moins chères, des réductions sur la nourriture, des tickets gratuits pour jouer à certains jeux. Elle les a rangés dans son sac avec un sourire crispé.

J'étais le dernier. Mon lot n'avait même pas été emballé, il n'y avait pas le moindre mystère. C'était un puzzle de cent pièces représentant une petite maison dans un décor de campagne. La boîte avait été collée maladroitement pour maintenir les pièces à l'intérieur et le couvercle promettait « des heures de plaisir ».

Un morceau de Scotch se détachait du côté gauche. J'ai tiré doucement dessus pour décoller le reste. Pendant ce temps, Lydia ouvrait son paquet informe à côté de moi. L'emballage mince s'est rapidement déchiré et a laissé apparaître un ours en peluche géant.

Il était rose pâle et sa fourrure ressemblait à une gigantesque boule de barbe à papa. Il portait un nœud en soie magenta autour du cou. Le contraste entre Lydia et le nounours était frappant : Lydia était pâle et avait l'air abattue ; l'ours était énorme et avait des couleurs criardes. Les traits de Lydia étaient tirés par l'inquiétude ; le visage de l'ours était jovial et innocent.

J'ai continué à arracher des morceaux de bande adhésive transparente. Quand j'ai enfin réussi à tout enlever, j'ai soulevé le couvercle. La boîte contenait bien plusieurs dizaines de pièces éparpillées, certaines retournées et laissant voir le dos en carton uni, tandis que d'autres montraient des formes et des couleurs étranges qui n'avaient aucune signification individuellement, mais qui contribueraient à former l'image finale.

Mais j'ai remarqué autre chose.

Une lettre était collée au dos du couvercle.

Confession numéro six.

Cass a étouffé un cri de surprise en la remarquant à son tour. La main de Lydia s'est contractée autour de mon biceps.

— Je vous félicite encore d'avoir remporté notre tombola de 21 heures ! Si vous voulez qu'on garde vos prix jusqu'à votre départ, vous pouvez les laisser ici.

— Non merci, a répondu Cass nerveusement en sortant les clés de la voiture de Lydia. Nous allions partir, de toute façon.

L'homme a haussé les épaules et nous a montré une dernière fois ses dents jaunies avant que nous ne fassions demi-tour vers la sortie. Sa voix trop enjouée a continué à résonner dans notre dos tandis que nous nous éloignions.

— Vous croyez que le tueur était à la foire ? nous a demandé Lydia alors que nous marchions à toute allure vers la voiture.

— Pas sûr, a répondu Cass, mais je n'ai pas l'intention de m'attarder ici pour m'en assurer.

Il y avait tellement de monde que nous avions dû nous garer à l'autre bout du pâté de maisons. Quand nous sommes enfin arrivés à la voiture, j'ai sorti la lettre avant que tout le monde ne soit entré. Je me suis glissé au milieu du siège arrière, Lydia a allumé le plafonnier et nous avons lu le message du tueur tous ensemble.

Dis-moi, tu t'es bien amusé ?

Tu l'avais bien mérité ! Tu es arrivé jusqu'ici, après tout. Avec tout le stress que tu as subi, j'avais peur que ton esprit fragile n'ait atteint son point de rupture. Et je ne voudrais pas que tu pètes les plombs et qu'on doive t'interner, surtout si près du but. Ça ne serait pas marrant.

J'espère donc que tu t'es bien amusé. Et si ce n'est pas le cas, c'est bien dommage : c'était ta seule chance. J'ai été très gentil de te l'offrir. En échange, je te demande juste de t'engager. Tiens bon jusqu'à avoir trouvé la dernière lettre. Je peux t'assurer que tu ne seras pas déçu.

Ça t'étonne que je n'aie pas parlé d'argent ? Pour les cerveaux comme moi, l'argent est bassement matérialiste. Il y a des choses beaucoup plus précieuses dans la vie. Malheureusement, dans la société actuelle, l'argent règne en maître. On n'a rien sans fric, hein ? Et qu'est-ce qu'on fait avec des paquets de dollars ?

On les dépense.

Colton a claqué beaucoup de fric dans les mois qui ont précédé sa mort. Il n'était pas très dépensier mais, quand il voulait quelque chose, il n'hésitait pas à sortir la somme nécessaire. Tout ce qu'il gagnait et qu'il recevait pour son anniversaire partait en livres et en jeux vidéo. L'un de ses achats les plus remarquables reste sa magnifique montre à gousset en or.

Tu dois t'en souvenir : il ne la quittait jamais. Elle faisait presque partie de lui et, s'il l'oubliait, c'était comme s'il lui manquait quelque chose. Comme Colton connaissait la valeur de cette montre, il en a fait réaliser une copie. Je crois qu'il a été enterré avec.

C'est la vérité, l'originale est toujours là.

Il a été enterré avec la fausse.

J'avais presque du mal à lire tellement mon cœur battait bruyamment dans mes oreilles. Au moment où mes yeux ont parcouru les dernières lignes, mon pouls s'est emballé. Impossible de me concentrer sur la conversation qui se déroulait à l'avant de la voiture.

La montre à gousset de Colton était toujours là, elle était probablement cachée avec la dernière lettre. L'objet auquel il tenait le plus était en possession du tueur et servait de carotte pour nous contraindre à avancer.

Tout à coup, une idée m'est venue.

— C'est peut-être pour ça qu'il a été assassiné ?

Les filles ont interrompu leur discussion et se sont tournées vers moi, l'air à la fois surpris et horrifié.

— La montre doit avoir une autre importance que sa valeur. Un bijou ne justifie pas un meurtre et le tueur est bien trop malin pour ça. Colton a très bien pu faire réaliser une copie pour essayer de piéger l'autre personne. Ils avaient peut-être une sorte d'accord et, quand il a réalisé que Colton lui avait donné la fausse montre, l'assassin s'est vengé.

Il y a eu un silence pendant que toutes deux réfléchissaient à ma nouvelle hypothèse.

— Tu dis toi-même que le tueur est intelligent. Il n'aurait pas eu de mal à se procurer la montre. S'il est capable d'entrer chez Lydia et de lui voler son ours en peluche sans que personne s'en aperçoive, il aurait parfaitement pu s'emparer de la montre. Le vol aurait été beaucoup plus simple que le meurtre.

Les failles de ma théorie étaient de plus en plus évidentes. Plus j'y pensais, plus mon raisonnement me paraissait absurde. Je me sentais abattu. Nous étions de retour à la case départ. Nous tournions en rond.

— À moins que Colton n'ait tout deviné, est intervenue Lydia. Ça expliquerait la copie. Imaginons qu'il savait que le tueur voulait sa peau et que c'est pour ça qu'il a fait fabriquer une fausse montre. Peut-être que la vraie nous mènera à l'information que Colton avait découverte. La lettre ne précise pas si elle était entre les mains du tueur ou pas.

— Alors, on doit se mettre à chercher la montre à gousset de Colton ?

— On peut la chercher, mais on doit se concentrer sur la dernière lettre, ai-je tranché. On est si près du but, ce serait bête d'arrêter.

Je me suis passé la main dans les cheveux.

— En plus, il n'y a aucune indication au sujet de l'emplacement de la montre. Au moins, avec les lettres, on nous donne un indice, même s'il est vague.

J'ai regardé les filles. Comme elles n'avaient pas d'objection, j'ai pris leur silence pour une approbation.

— On devrait rentrer au motel pour essayer de trouver un élément dans la lettre ou dans nos lots qui pourrait nous mener à la lettre finale, a suggéré Lydia en introduisant la clé de contact.

Pour souligner sa proposition, elle a démarré.

— On peut y consacrer quelques heures, si personne n'est fatigué ? a proposé Cass.

J'étais épuisé. Ma sœur et Lydia semblaient l'être aussi. Mais personne n'a protesté ni lancé d'autre proposition. Nous nous sommes juste arrêtés au drive du McDo pour prendre des cafés à emporter, avant de rejoindre notre chambre pour une nuit qui s'annonçait très longue.

Il n'y avait pas beaucoup de place. La chambre était à peine plus grande qu'un placard, une bande de moquette étroite permettait de se déplacer d'un côté à l'autre en contournant le lit superposé. Celui du bas était double et me semblait l'endroit le plus spacieux pour s'installer, mais les filles refusaient de passer plus de temps que nécessaire sur le matelas. Je n'ai pas insisté, surtout après avoir lu les exploits sexuels d'un certain Tyler détaillés sur le mur.

Nous avons opté pour la petite table basse dans le coin, sous la vieille télé cubique suspendue. Même si nous étions serrés, personne n'a pris le temps de se plaindre. J'ai aplati la lettre et nous nous sommes mis à disséquer chaque mot. Lydia s'était installée près du mur, son téléphone branché sur le chargeur, pour taper les notes dictées par Cass.

Je les ai laissées analyser le message et j'ai examiné les lots de la tombola. Lydia n'a pas émis d'objection quand je lui ai demandé de sacrifier son ours pour l'enquête. Elle a même paru presque soulagée quand j'ai réussi à trouver un point faible dans la couture et que j'ai arraché la patte gauche.

Le sol s'est retrouvé couvert de bourrage et de peluche rose, une fois mon massacre achevé, mais il n'y avait rien d'intéressant à l'intérieur. Je me doutais que le tueur n'utiliserait pas deux fois la même tactique, mais je devais en avoir le cœur net.

Je me suis joint à la conversation de Cass et Lydia tout en passant les coupons au crible.

— La première ligne de la lettre m'a vraiment énervée, a avoué Lydia.

— C'est typique du tueur, a ronchonné Cass. Je n'arrive pas à croire qu'il nous ait entraînés dans cette fête foraine pour qu'on passe un bon moment. Ça n'a servi à rien de se balader dans le palais des glaces ou de monter dans le carrousel.

— Donc, l'assassin est un connard, ai-je conclu.

Lydia a réagi au quart de tour.

— Elliot…

Son radar à gros mots était encore plus affûté que d'habitude, sans doute à cause de la caféine qu'elle avait ingérée. Quoique… nos cafés n'étaient pas très forts. Son énergie devait plutôt venir du sirop de caramel et de la crème fouettée qu'elle avait fait ajouter sur le sien.

— Excuse-moi, je voulais dire trou de cul à chapeau.

— C'est censé être mieux ?

— Un peu plus drôle ?

— Qu'est-ce que ça a de drôle ?

— T'as déjà vu un chapeau sur un cul ?

— Les gars, nous a implorés Cass en levant les yeux au plafond, concentrez-vous.

Juste à ce moment-là, son téléphone a bipé pour annoncer un message et elle s'est penchée pour le prendre. J'ai haussé un sourcil interrogateur.

— C'est papa ?

— Non, c'est Trevor.

— C'est qui, Trevor ? a voulu savoir Lydia.

— Son petit ami.

— Petit ami ?

— Oui, Cass a un copain et je ne l'ai pas encore rencontré.

— Vous ferez sa connaissance demain. Il vient à notre réveillon de Nouvel An, a annoncé Cass.

— Tu crois que c'est le meilleur moment pour le présenter ? Avec maman qui sera là, papa qui fera le beau pour la reconquérir, les Crest et leur tristesse infinie…

— La présence de Trevor ne peut pas aggraver la situation. Et puis, il est super à l'aise partout, sa présence sera un atout, vous verrez.

— Bon, ai-je concédé, même si je n'étais pas convaincu.

Je suis retourné à mes coupons.

À première vue, il n'y avait rien d'intéressant. Ce n'étaient que des tickets colorés avec des promos du style deux cornets de glace pour le prix d'un ou un essai gratuit aux fléchettes. Les réductions étaient affichées en caractères gras et des images de manèges étaient imprimées dans les coins. Je n'avais rien trouvé lors de ma première inspection et je n'ai pas eu plus de chance la deuxième fois.

Restait le puzzle. J'ai palpé la boîte usée pour tenter de détecter une éventuelle encoche, j'ai vérifié s'il n'y avait pas un élément entouré sur la photo du couvercle. J'ai même retourné chacune des pièces pour déceler des marques ou des lettres qui pourraient former un mot.

— Il n'y a rien, ai-je décrété.

Cass a relevé la tête.

— Il doit y avoir un indice dans la lettre, alors.

— Vous avez des pistes ?

Lydia m'a montré son téléphone. Leurs notes consistaient surtout en insultes au tueur pour nous en avoir fait voir de toutes les couleurs. Le seul point constructif rappelait que la montre à gousset était un élément crucial. En dehors de cela, rien.

— Eh bien, vous avez été productives, ai-je ironisé.

— Ce n'est pas censé être facile, m'a rappelé Cass. L'assassin nous a pratiquement offert la dernière lettre sur un plateau. Et c'est la confession finale. C'est normal que le mystère soit difficile à percer.

J'ai soupiré. Nous avons continué à nous concentrer sur la lettre. Vingt minutes plus tard, je commençais à piquer du nez. Cass était en train de relire le message à voix haute, j'avais l'impression que c'était la millionième fois et je perdais pied. Pour réussir à garder les yeux ouverts, j'ai commencé à assembler le puzzle.

Colton a claqué beaucoup de fric dans les mois qui ont précédé sa mort. Il n'était pas très dépensier mais, quand il voulait quelque chose, il n'hésitait pas à sortir la somme nécessaire. Tout ce qu'il gagnait et qu'il recevait pour son anniversaire partait en livres et en jeux vidéo. L'un de ses achats les plus remarquables reste sa magnifique montre à gousset en or.

Petit à petit, j'ai réussi à assembler des petits morceaux de la maison.

Tu dois t'en souvenir : il ne la quittait jamais. Elle faisait presque partie de lui et, s'il l'oubliait, c'était comme s'il lui manquait quelque chose. Comme Colton connaissait la valeur de cette montre, il en a fait réaliser une copie. Je crois qu'il a été enterré avec.

L'image qui se formait ne ressemblait pas du tout au chalet sur le couvercle.

C'est la vérité, l'originale est toujours là.

Il a été enterré avec la fausse.

Les doigts de Lydia se sont serrés autour de mon poignet alors que je tendais la main pour attraper un angle. J'ai relevé la tête. Elle fixait le puzzle, les yeux écarquillés, les lèvres entrouvertes.

— C'est chez Colton !

Cass a examiné le petit assemblage de pièces. Il montrait un fond crème et un bout d'un panneau de liège. La photo avait été prise de trop loin et le tableau était trop petit pour que je distingue les documents ou les photos accrochés dessus. Mais Lydia l'avait reconnu.

— Ça vient de la chambre de Colton !

— Tu es sûre ? lui a demandé Cass.

— Certaine.

— Il est malin, ce salopard !

Lydia ne m'a pas remis à ma place cette fois.

— Il faut terminer le puzzle. Il a peut-être retiré ou ajouté quelque chose. Ça va sûrement nous mener à notre prochain indice.

Les doigts tremblants, elle a commencé à arranger quelques pièces du bord et Cass et moi nous y sommes mis aussi.

Heureusement, le puzzle ne comptait que cent pièces assez grandes. À trois, nous avons vite progressé.

Maintenant que la photo était presque complète, je reconnaissais le lieu où elle avait été prise. C'était le mur en face de la porte, où se trouvait le bureau de Colton. Mais l'image avait été coupée avant qu'on n'aperçoive les manuels du lycée, ses pots à stylos ou même toute la plaque de liège au-dessus de la table. Le point central était à gauche.

C'était sa bibliothèque.

Les dernières pièces ont été placées à la hâte. Lydia a étudié le puzzle de près pour vérifier si quelque chose clochait, mais c'était difficile à déterminer. Colton était un gros lecteur et ses rayonnages étaient pleins à craquer. Les livres étaient rangés n'importe comment, simplement insérés là où il y avait de la place. Si un roman avait disparu, je ne le remarquerais évidemment pas.

Lydia a continué à scruter l'image en poussant un soupir irrité.

Cass s'est rapprochée, son téléphone à la main, et a pris une photo du puzzle.

— Rien ? a-t-elle demandé.

Nous avons tous les deux secoué la tête.

— Il n'y a peut-être pas d'indice dans le puzzle. On devrait aller inspecter la chambre de Colton. Mais Mme Crest veille dessus comme un chien sur son os.

— Qu'est-ce que tu proposes ? m'a demandé Lydia.

— Une expédition discrète.

— Non, Elliot, a protesté Cass.

— Demain soir, ce serait l'occasion rêvée. Pendant la fête, on s'éclipse, on entre chez les Crest et on va fouiller la chambre.

Ma sœur s'est massé les tempes.

— Ne dis pas n'importe quoi. Tu ne crois pas que ce serait suspect, si on disparaissait tous ?

— Je pourrais y aller seul.

— Non. C'est trop dangereux.

Elle a levé la main pour m'empêcher de parler.

— Je n'arrive plus à réfléchir. Il est tard, il faut qu'on dorme. On a bien avancé, les gars. On n'arrivera pas à résoudre ce mystère d'un coup. Je propose qu'on dorme et qu'on en reparle demain matin.

Il n'y a eu aucune discussion. Même pas de ma part.

Cass avait déjà pris une photo du puzzle, mais nous l'avons quand même laissé sur la table basse jusqu'au lendemain. Nous espérions que, avec un regard frais à la lumière du jour, un détail nous sauterait peut-être aux yeux.

Nous avons défilé rapidement dans l'espace qui faisait office de salle de bains, puis nous nous sommes couchés. Lydia a pris le lit du haut. Cass et moi avons partagé le double, en bas. Ma sœur a été la première à s'endormir, suivie de Lydia.

J'ai passé la majeure partie de la nuit les yeux grands ouverts. Je n'avais pas besoin de dormir pour faire des cauchemars.

30.

Nous avons quitté la chambre à 9 heures, Lydia nous a déposés à 10 heures et Cass est partie chercher notre mère à l'aéroport à 11 heures. La journée était chargée.

— Est-ce que ça fait « sophistiqué et sexy » ? m'a demandé papa en s'arrêtant devant ma chambre et en tendant vers moi une cravate vert vif.

— Euh…

— Ou est-ce que ça fait « triste et célibataire » ?

— Eh bien…

— Tu crois que je dois plutôt porter l'argentée ?

— Bon sang, papa, je croyais que tu l'avais brûlée celle-là.

— L'argentée ? Pourquoi j'aurais fait ça ? Elle déchire.

— Elle est déchirée, tu veux dire. Et couverte de taches.

— C'est une belle cravate, même si elle est…

Il s'est tu un instant pour essayer de trouver l'adjectif approprié.

— Dans un état un peu *douteux*.

— Papa, elle est à sequins. On dirait que tu as tué un poisson aux écailles argentées et que tu l'as suspendu à ton cou.

— C'est disco, les sequins.

— Non, c'est *ringard.*

Il a eu l'air de reconsidérer son jugement.

— Elle est si moche que ça ?

— Tu la portais à la remise des diplômes de Cass. Tu brillais plus à toi tout seul que toutes les robes ensemble.

Papa a soupiré.

— C'était une super soirée... Donc, pas l'argentée ?

Je n'ai pas répondu.

— Je prends ton silence pour une confirmation. Je mettrai la noire, alors.

— Qui est-ce que tu cherches à impressionner ?

— Tu connais mon obsession pour la nourriture. Ta mère apporte des boulettes de viande. Je me dois d'être à la hauteur d'un menu pareil.

— Donc, tu te fais chic pour des boulettes.

— Exactement.

— Alors tu ferais bien d'aller chercher des chaussures. Il ne faudrait pas que tu déçoives le plateau de fromages.

Je me suis remis à taper à l'ordinateur, hyper concentré. Dès que la vidéo s'était autodétruite et que j'avais renoncé à essayer de récupérer les images, j'avais noté tout ce dont je me souvenais. Il y avait des pointillés, des passages surlignés et des points d'interrogation partout. C'était la seule trace dont je disposais et, chaque fois que je pensais me souvenir d'un détail, je l'ajoutais à mon document.

— J'ai rencontré ta mère grâce à des boulettes de viande.

Je me suis retourné : mon père traînait toujours devant ma porte. Je le croyais déjà parti.

— Quoi ?

— J'ai rencontré ta mère grâce à des boulettes de viande, a-t-il répété. J'étais dans un resto et elle m'a recommandé de prendre ça. Comme elle était en train de lire, je lui ai conseillé un livre. On a fini par manger ensemble.

On ne m'avait jamais raconté la rencontre de mes parents. Je trouvais l'anecdote gênante. C'est le genre d'histoire que je n'aimais pas du tout entendre. Et que ni mon père ni ma mère n'aimaient partager, d'ailleurs. Jusqu'à présent.

— Pourquoi tu me parles de ça ?

Papa a incliné la tête, l'air pensif. Puis ses traits se sont détendus et il a souri.

— Parfois, les plus beaux souvenirs refont surface à des moments inattendus. La morale de cette histoire, c'est que la nourriture rapproche les gens.

— Donc tu ne t'habilles pas pour les boulettes de viande. Tu te fais beau pour maman.

— Waouh, Elliot, a-t-il raillé avec un sourire espiègle, je me demande comment tu en es arrivé à cette conclusion ?

Quand Cass et Valérie sont revenues de l'aéroport, elles ont allumé la bouilloire pour le thé et ont commencé à préparer le repas. Papa les a ratées d'à peine dix minutes. Cass l'avait envoyé faire des courses très précises. Elle lui avait demandé d'aller à l'autre bout de la ville pour acheter des cierges magiques, prétextant que c'était là qu'on trouvait les meilleurs. En réalité, on trouvait les mêmes au magasin « Tout à un dollar », mais mon père n'en savait rien, parce qu'il sortait trop rarement de son bureau.

Cass avait aussi quelques tâches à me confier. J'étais en charge des boissons, qu'elle considérait comme « extrêmement importantes ». Dans la cuisine, j'ai tenté de proposer mes services comme goûteur, mais elle m'a chassé en me disant que je ferais mieux d'aller acheter l'alcool avant que les rayons ne soient vides.

— Je n'ai plus d'essence. Tu vois, je suis condamné à rester pour tester vos préparations.

Ma mère a retenu un rire et s'est détournée pour que je ne le remarque pas. Cass a pris ses clés sur le plan de travail et me les a lancées.

— Prends ma voiture !

J'ai fini par m'avouer vaincu. Son ton seul aurait suffi à me faire ramper jusqu'à la porte.

— D'accord. À condition que tu me gardes un de ces mini-gâteaux.

Apparemment, notre repas de Nouvel An avait un thème : les boulettes ou plutôt, pour reprendre les termes utilisés par Valérie, les « aliments sphériques ». Cass s'occupait des boulettes de viande pendant que ma mère façonnait des boules de pâte à gâteau.

Cass m'a fusillé du regard et j'ai reculé en levant les mains pour montrer que je me rendais. J'avais à peine claqué la portière que mon téléphone s'est mis à pépier. Je l'ai sorti de ma poche, je l'ai placé en mode haut-parleur et je l'ai posé sur le tableau de bord.

— Allô ?

— Salut, c'est moi, a annoncé Lydia. Tu es occupé ?

J'ai bouclé ma ceinture de sécurité en pensant aux achats que je devais faire.

— Pas vraiment.

— Tu crois que Cass serait partante pour une petite expédition ?

— Pas trop. Elle cuisine. Qu'est-ce que tu as en tête ?

— Ma mère m'envoie chez les Crest pour leur emprunter leur machine à pâtes. Je détournerai leur attention pendant que tu fouilleras.

— Lydia Potter, c'est le vent de la rébellion qui souffle, là ? ai-je ironisé.

— J'ai peut-être bu plus de cafés que je n'aurais dû.

— Mieux vaut profiter de ton enthousiasme, alors, ai-je conclu en démarrant. Je serai là dans dix minutes.

— Bon, voilà le plan : je vais faire en sorte de détourner l'attention de Mme Crest pour que tu puisses t'introduire en cachette.

— Et comment je suis censé faire ?

— Tu ne peux pas grimper par la fenêtre ?

— Lydia, je ne suis pas un écureuil. Même si on avait la chance de trouver une fenêtre ouverte, il n'y a pas d'arbre assez proche pour que je puisse escalader.

Elle s'est mordu pensivement la lèvre.

— Tu as une idée, toi ?

— On y va ensemble ? Et je m'éclipse sous prétexte d'aller aux toilettes ?

— Super. Ça ne fera pas louche du tout. Et si M. Crest est là aussi ?

J'ai passé une main sur mon visage. C'était la cinquième fois que nous faisions le tour du pâté de maisons en tentant de trouver un plan pour justifier ma présence. Improviser n'était pas une bonne idée. Une simple gaffe risquait d'attirer l'attention. Les Crest nous bombarderaient de questions auxquelles nous serions incapables de répondre.

Même si le tueur n'avait jamais menacé de s'en prendre à nos proches, je ne voulais pas courir de risque. Mettre les Crest au courant ne ferait que compliquer la situation. Et nous étions si près du but…

Je me suis garé dans une rue perpendiculaire à celle des Crest.

— Je vais aller voir s'il y a un moyen d'entrer. Sinon, il faudra trouver une autre stratégie.

— D'accord. Pourquoi tu t'es arrêté ici ?

— On roule dans la voiture de Cass. Ce serait suspect si Mme Crest la repérait dans son allée. On va y aller à pied.

Lydia a hoché la tête. J'ai verrouillé les portières et je lui ai donné les clés. Son sac était plus sûr et je ferais moins de bruit sans le trousseau de ma sœur. En marchant, j'ai mis mon téléphone sur silencieux et coupé les vibrations.

— Ta mère fait des pâtes ?

— Quoi ?

— Des pâtes. Ce n'est pas pour ça qu'elle voulait emprunter la machine de Mme Crest ?

— Pas vraiment.

Je l'ai regardée, intrigué, espérant qu'elle m'expliquerait.

Elle a soupiré et replacé une mèche de cheveux derrière son oreille.

— Elle s'est mise à la pâte polymère récemment et elle a besoin de la machine pour l'aplatir.

— De la pâte à modeler ?

— L'artisanat, c'est son truc, en ce moment.

Nous n'avons pas dit grand-chose d'autre sur le reste du trajet. Le soleil couchant me caressait la nuque et me faisait transpirer. La journée avait battu des records de température, l'année allait se terminer en beauté.

Le quartier des Crest était animé. Des enfants jouaient dans l'herbe ou faisaient des batailles d'eau, des parents transportaient des tables et des chaises pliantes en vue du réveillon. Mais, à l'approche de la maison des Crest, on aurait dit que la vie s'était enfuie, ne laissant qu'un édifice imposant et triste.

Avant que nous atteignions l'allée, Lydia m'a arrêté d'un geste de la main. Elle m'a montré la porte du garage ouverte et des objets crasseux qu'on lançait sur la pelouse. Je me suis caché devant le jardin des voisins. J'étais assez près pour entendre ce qui se disait chez les Crest.

— Bonjour, monsieur Crest, a lancé Lydia en s'approchant de la porte du garage.

— Lydia, quelle surprise ! Je faisais un peu de ménage. Je comptais m'y mettre depuis longtemps. J'ai décidé que l'heure était venue. Autant bien commencer l'année.

— Je suis désolée, je ne voulais pas vous interrompre.

— Ne t'excuse pas. Tu es toujours la bienvenue. Qu'est-ce qui t'amène ?

— Ma mère m'a envoyé faire des courses et elle m'a demandé de passer voir si on pouvait emprunter votre machine à pâtes. Elle en a parlé à Mme Crest il y a quelques jours, mais je ne sais pas si…

— Chéri ? À qui parles-tu ?

Je me suis tapi derrière un buisson quand Mme Crest est venue les rejoindre. Elle portait un chapeau de paille et des gants de jardinage. Elle avait l'air fatiguée, mais ne semblait pas avoir pleuré récemment.

— Lydia, ça me fait plaisir de te voir, a-t-elle déclaré en la serrant contre elle sans se soucier de ses vêtements maculés de terre. J'étais derrière en train d'arracher des mauvaises herbes. Le jardin est dans un état pas possible. Qu'est-ce que je peux faire pour toi ?

— Bonjour, madame Crest ! Je passais juste voir si je pouvais emprunter votre machine à pâtes.

— Bien sûr, a-t-elle répondu en retirant ses gants.

Pendant un bref instant, son regard s'est promené derrière Lydia et j'ai cru une seconde qu'elle m'avait aperçu. Mais ce n'était pas ça qu'elle cherchait des yeux.

— Comment es-tu venue jusqu'ici ?

— À pied. Depuis la remise des diplômes, je ne sors pas assez de la maison. J'ai eu envie de profiter du beau temps.

— Tu dois avoir soif. Laisse-moi te servir un verre. Tu as déjeuné ? J'ai de quoi te préparer un sandwich. Tomate, jambon et concombre ?

Les filles ont disparu à l'intérieur. Tout ce que j'avais à faire, c'était passer devant M. Crest. Il était dans le garage, occupé à trier de vieilles affaires et à redécouvrir des trésors, mais ses mouvements étaient imprévisibles. Il tournait le dos parfois quelques minutes, parfois quelques secondes.

Chaque fois que j'essayais de sortir de ma cachette, il faisait volte-face pour balancer un objet sur la pelouse. Je tournais en rond, nerveux. J'espérais que les voisins ne me remarqueraient pas, surtout les propriétaires de la grande haie derrière laquelle je m'étais glissé.

Mon estomac se nouait un peu plus à chaque instant précieux qui passait. Je perdais mon temps et Lydia ne parviendrait pas à occuper Mme Crest éternellement. J'ai envisagé de faire le tour du pâté de maisons pour me retrouver du côté gauche de la façade. J'aurais plus de chances de réussir à passer en douce, mais je ne voulais pas gaspiller les trop courtes minutes qui m'étaient offertes par la diversion de Lydia.

J'ai essuyé du revers de la main la sueur qui perlait sur mon front et j'ai décidé de tenter ma chance. J'allais courir. Dès que M. Crest a disparu dans le garage, j'ai bondi hors de ma cachette et j'ai foncé vers la barrière. J'ai tendu la main et je secouais la poignée pour tenter de l'ouvrir quand j'ai entendu M. Crest ressortir.

— Qui est-ce ?

Mon cœur s'est figé pendant une seconde, jusqu'à ce que je réalise qu'il ne me parlait pas. Il était au téléphone. Il n'était qu'à un mètre à peine, mais il me tournait le dos. Mon cœur s'est remis à battre si fort que j'étais persuadé qu'il devait m'entendre. Ou que ma respiration haletante allait me trahir. J'étais paniqué et la chaleur n'arrangeait rien. J'étais complètement desséché.

Je ne pouvais même pas épier la conversation parce que j'étais certain que M. Crest allait se retourner et me surprendre devant sa propriété. Heureusement, au bout d'une minute, il a mis fin à ma torture en s'éloignant dans la direction opposée.

J'ai fermé les yeux un instant et j'ai tenté de reprendre mon souffle. Puis j'ai ouvert la barrière le plus discrètement possible. J'ai regardé autour de moi pour m'assurer que personne ne me voyait, avant d'entrer dans le jardin de devant.

J'entendais Lydia et la mère de Colton bavarder dans la cuisine. Je me suis dit que si Mme Crest était en train de jardiner à notre arrivée, la porte de la buanderie serait ouverte. J'ai tenté ma chance et, à mon grand soulagement, la poignée a tourné sans difficulté. Mais pousser le battant sans faire de bruit était une autre histoire. Elle a grincé et les voix se sont tues. Je suis resté immobile, m'attendant à ce que des pas résonnent, mais Lydia a repris la discussion.

Comme je ne voulais pas risquer de pousser la porte davantage, j'ai retenu ma respiration et je me suis faufilé dans l'espace. Une fois à l'intérieur, j'ai rejoint le couloir. J'étais soulagé qu'il y ait du bruit dans la cuisine, mais je restais sur mes gardes. M. Crest pouvait à tout moment franchir la porte d'entrée ou celle qui menait au garage.

Je me suis rapidement dirigé vers les escaliers et j'ai monté les marches deux par deux. La porte de la chambre de Colton était fermée, j'ai tourné tout doucement la poignée et je me suis glissé à l'intérieur. Dès que j'ai mis le pied dans son espace, une vague de souvenirs m'a submergé. J'ai fermé les yeux et je les ai vus défiler derrière mes paupières comme un vieux film amateur.

J'avais une mission à accomplir. Je me suis forcé à repousser les images et je me suis approché de la bibliothèque. J'ai sorti mon téléphone pour examiner la photo que Cass m'avait envoyée. C'était comme un jeu des différences.

Hélas, je ne voyais que des similitudes.

La réalité était pratiquement identique au puzzle.

J'ai passé les doigts sur la tranche des romans avant de retirer rapidement ma main, persuadé que j'allais laisser des traces. Mais il n'y avait pas de poussière, pas de toiles d'araignée. Rien n'indiquait que je venais de toucher aux livres. Soulagé, j'ai remercié en silence Mme Crest d'avoir fait le ménage. Je devais tout de même rester extrêmement prudent en déplaçant les objets. La mère devait connaître par cœur l'emplacement de chaque bibelot. J'ai donc utilisé la photo de mon téléphone comme aide-mémoire chaque fois que je touchais quelque chose.

Je cherchais des fissures dans le bois, des cachettes secrètes, des messages, des dessins ou de petits objets. J'ai même examiné les tranches des livres pour déceler des mots cachés ou des indices.

Rien du tout.

J'ai appuyé le coude contre un rayonnage et j'ai soupiré. Je n'avais plus le temps. J'allais devoir revenir plus tard.

Super. Je n'étais vraiment pas ravi de mon travail.

J'ai envoyé un texto à Lydia pour la prévenir que j'allais partir et qu'il fallait qu'elle distraie les Crest. Mon message pourrait lui servir d'excuse pour s'en aller. Puis j'ai rangé mon téléphone et j'ai pris appui contre la bibliothèque pour me redresser. Comme les romans de Colton étaient placés en rangées doubles, je m'attendais à ce qu'ils soient trop serrés pour bouger. Mais mon coude, en exerçant une pression sur les livres, en a repoussé certains et a mis à nu un espace dans la planche en bois.

Il s'agissait d'une petite trappe carrée d'à peine dix centimètres de côté. Un trou en demi-lune, assez grand pour qu'on y glisse un doigt, permettait de soulever le couvercle. Mon pouls s'est accéléré quand j'ai déniché à l'intérieur un morceau de papier plié.

Je l'ai aussitôt sorti et j'ai réalisé qu'il n'avait pas le format des lettres auquel j'étais habitué. C'était un carré de papier épais parfaitement découpé, comme s'il provenait d'un projet artistique. Il était minuscule. Comment pouvait-il y avoir quelque chose d'écrit sur une feuille aussi petite ?

Quelle déception.

Ce n'était pas la septième et dernière lettre.

À moins que ?

J'ai pris une profonde inspiration et j'ai déplié le papier.

Eh oui, tout le monde ment, y compris moi. Comment crois-tu que j'ai pu aller aussi loin sans me faire prendre ? Il y a une huitième lettre et ce sera la dernière. La montre à gousset contient toutes les réponses. Trouve à qui elle appartient vraiment et tu connaîtras mon identité.

31.

— Elliot, m'a ordonné Cass en me poussant dans le dos, souris.

J'ai obéi.

— Génial. Et maintenant la même chose sans le regard assassin.

— Non, je ne peux pas faire les deux à la fois.

Elle a soupiré en secouant la tête. Elle portait des pendants d'oreilles en cristal qui ressemblaient à des lustres miniatures et qui se balançaient au moindre mouvement. Elle n'était pourtant pas fan de bijoux. Elle ne s'intéressait qu'aux montres. Mais, ce soir-là, elle s'était littéralement mise sur son trente-et-un.

— Et si toi, tu souriais ? ai-je riposté.

Elle m'a adressé un sourire crispé. Elle était hyper stressée. Tout était parti en sucette quand j'étais sorti de chez les Crest. J'étais rentré chez moi avec Lydia et j'avais montré ma trouvaille aux filles. Cass était furieuse que j'aie profité des courses pour aller fouiner dans la chambre de Colton. Elle était trop énervée pour cuisiner et Valérie avait dû mettre les bouchées doubles pour tout préparer.

Mon humeur n'a rien arrangé. La dernière lettre – ou, plus exactement, l'avant-dernière – m'avait mis en rogne. Chaque fois que quelqu'un essayait de m'adresser la parole, je ne pouvais pas m'empêcher de bougonner une réponse désagréable. J'avais été tendu tout l'après-midi, à tel point que j'en avais oublié de déjeuner, ce qui n'avait fait qu'empirer les choses. Le soir, je n'étais toujours pas à prendre avec des pincettes.

J'avais plus que jamais hâte que toute cette histoire prenne fin. Je voulais des réponses, je mourais d'envie de savoir ce qui était arrivé à Colton et de reprendre le cours de ma vie. Je ne voulais absolument pas me lancer dans une dernière chasse aux indices. J'en avais marre de me faire mener par le bout du nez.

J'étais tellement énervé que j'avais carrément oublié les boissons. Cass avait vraiment failli exploser. À cause de ma distraction, nous n'avions rien à offrir à boire aux invités. En temps normal, ma sœur aurait improvisé, mais elle était sur les dents elle aussi. Elle avait l'intention de présenter Trevor à tout le monde pendant la soirée, et l'idée que la fête ne soit pas parfaite la mettait hors d'elle.

— Maman veut te voir dans la cuisine, m'a-t-elle annoncé sèchement.

J'ai trouvé Valérie occupée à couper des fruits. Heureusement, mon père n'était pas là. Il devait prendre soin des invités.

— Prends un couteau et une planche et aide-moi, s'il te plaît.

J'ai fait ce qu'elle me demandait et j'ai découpé les fraises qu'elle avait lavées.

— Je ne vois pas l'intérêt de l'alcool. On peut encore s'amuser avec de l'eau.

— Tu crois ? ai-je répondu d'un ton dubitatif.

— Bien sûr. Une carafe d'eau contiendra des myrtilles, des fraises et des framboises. L'autre des concombres, du citron vert et de la menthe. Et on impressionnera les convives avec la nourriture.

— Sans doute.

Elle a interrompu son geste un instant et m'a examiné avec inquiétude.

— Il y a quelque chose qui te tracasse ?

— Un million de trucs.

— Ce n'est pas la meilleure façon d'achever l'année.

J'ai haussé les épaules et j'ai continué à débiter les fruits. Nous n'avons plus rien dit après ça. Nous entendions mon père dans le salon raconter une anecdote de façon théâtrale. Les Crest n'étaient pas encore arrivés, Lydia et sa famille non plus. Il y avait quelques amis, des voisins et quelques anciens camarades de fac de papa.

Pendant que je faisais tomber un tas de fraises en rondelles dans le pichet, ma mère a posé quelque chose devant moi.

— J'ai fait ce que tu m'avais demandé.

C'étaient trois gâteaux miniatures trempés dans le chocolat et saupoudrés de vermicelles. Avant de partir, je lui avais demandé de m'en garder un. Je ne m'attendais pas à ce qu'elle le fasse. Mais elle avait tenu parole.

— Il y a du caramel à l'intérieur. Ne le dis pas à ta sœur. Ce sont les trois seuls qui en ont. J'ai utilisé le reste du caramel pour autre chose.

J'ai esquissé un sourire et j'ai senti ma colère s'apaiser un peu.

— Merci.

Elle m'a souri avant de retourner à sa planche à découper.

De plus en plus de gens arrivaient et la maison a commencé à se remplir. Mon père a sorti sa musique de vieux, que Cass a brusquement changée pour mettre une liste de lecture de son iPod. On a sorti la nourriture. Certains invités avaient apporté des boissons, d'autres des desserts.

Puis Trevor est arrivé.

— Il est là ! m'a annoncé Lydia à voix basse en tentant de l'examiner à travers le verre dépoli à côté de la porte.

Je l'ai poussée pour essayer de le voir. Mais, avant que je ne puisse distinguer leurs silhouettes dehors, la porte d'entrée s'est ouverte. Lydia et moi nous sommes écartés comme les espions coupables que nous étions. Cass est passée la première, sans quitter Trevor des yeux. Elle souriait. Le stress de la journée semblait s'être dissipé. Elle a traîné son petit ami à l'intérieur en riant.

Trevor était exactement ce à quoi je m'attendais.

Et exactement ce à quoi je ne m'attendais pas.

Il avait les cheveux courts, était rasé de près et n'avait ni tatouages ni piercings visibles. Pas d'alliance ou de trace indiquant qu'il ait enlevé la sienne. Ma sœur avait dû vérifier d'abord.

Mais j'avais un mauvais pressentiment.

— Trevor, je te présente mon frère Elliot et sa copine Lydia.

— J'ai beaucoup entendu parler de toi, a-t-il déclaré en souriant.

Sa poignée de main était ferme.

Comme je ne pouvais pas en dire autant, je n'ai rien dit.

Dès que les présentations ont été terminées, Trevor a pris la main de ma sœur. Leurs doigts se sont enlacés. Le visage de Cass resplendissait.

— Nous allons faire le tour pour le présenter à tout le monde, a-t-elle annoncé en le tirant dans son sillage.

— Ça m'a fait plaisir de vous rencontrer tous les deux, a lancé Trevor par-dessus son épaule. À plus tard.

J'ai regardé la foule les engloutir.

— Il a l'air gentil, a conclu Lydia. Mais…

— Il y a un truc qui cloche…

— Ouf. Je pensais que c'était juste moi.

Elle m'a jeté un regard inquiet.

— La journée a été stressante. On se fait peut-être des idées ? C'est possible qu'on ait vu sa tête dans le journal ou quoi.

— Oui, *ou quoi*, ai-je répété.

J'ai essayé de le chasser de mes pensées pour la soirée. Cass semblait heureuse et elle méritait de l'être. J'ai décidé d'accorder à son petit ami le bénéfice du doute. Pour l'instant.

Dans la cuisine, j'ai montré à Lydia les gâteaux que ma mère avait préparés spécialement à mon attention. J'avais l'impression d'être un gamin tout fier, mais je m'en fichais. J'avais eu très peu de moments de ce genre au cours de mon enfance.

J'ai offert une de mes pâtisseries à Lydia. Ses yeux se sont écarquillés quand elle a mordu dans le cœur de caramel. J'ai enfourné les deux autres et je les ai dévorés d'un coup.

Mon père est arrivé précipitamment dans la cuisine alors que j'avais encore les joues pleines. Il faisait des grands gestes et avait l'air surexcité.

— Cass… Petit ami, a-t-il balbutié.

— Oui, elle nous a présentés, ai-je dit, une fois la nourriture avalée.

— Je n'en croyais pas mes yeux, a repris papa. J'ai dû toucher son visage pour m'assurer qu'il était bien réel. Et il l'est, au cas où tu te poserais la question. Ma petite fille grandit…

Mon père était enchanté par Trevor.

À mesure que la soirée avançait, tout le monde tombait sous le charme. Comme nous l'avait dit Cass, il était hyper à l'aise. Il faisait rire les gens : les invités étaient suspendus à ses lèvres. Trevor avait réussi à mettre l'assistance dans sa poche.

Tout le monde sauf moi. Je n'arrivais pas à me débarrasser de mon malaise initial. Peut-être que j'étais juste difficile. Sa voix me paraissait familière. J'ai tenté de faire taire le détective qui sommeillait en moi et de faire appel à mon instinct fraternel. Mais cela n'a pas marché.

Je ne l'aimais toujours pas.

À l'approche de minuit, papa a proposé d'aller faire la fête dehors. Tout le monde est sorti sur la terrasse. Mme Crest et Valérie distribuaient des cierges magiques. Lydia et moi en avons eu deux.

Les deux mères semblaient tendues, même si elles essayaient de faire la conversation. Mme Crest n'arrêtait pas de consulter sa montre, elle regardait défiler les secondes qui la rapprochaient de la nouvelle année. Une nouvelle année sans Colton. Valérie jetait des regards anxieux en direction de mon père, qui affichait un sourire ahuri. Elle redoutait le compte à rebours où tout le monde devrait s'embrasser.

Lydia a allumé son cierge et je l'ai utilisé pour allumer le mien. Puis elle a agité sa baguette pour admirer les étincelles qui dansaient dans le noir. Elle semblait hypnotisée. Comment un simple mouvement du poignet pouvait-il créer un spectacle aussi fascinant ? J'ai regardé les étincelles de mes deux cierges descendre lentement jusqu'au bas du bâton. Même si nous n'étions plus des enfants, c'était sympa d'avoir des cierges magiques au Nouvel An.

C'était un bref instant de beauté pure.

Le compte à rebours a démarré pile au moment où les flammèches de mes baguettes se sont éteintes.

— Dix !

— Neuf !

Lydia scandait les chiffres en secouant son cierge magique. Elle vivait à fond l'instant présent et semblait avoir oublié ses problèmes.

— Huit !

— Sept !

— Six !

Cass et Trevor étaient à l'avant de l'assemblée. Il avait la main dans le dos de ma sœur, qui admirait les feux d'artifice. Trevor admirait Cass.

— Cinq !

— Quatre !

Les Crest étaient collés l'un contre l'autre, le nez en l'air. Ils envoyaient leurs prières, leurs vœux et leurs rêves vers le ciel, espérant qu'une étoile en attrape un.

— Trois !

— Deux !

Pour une fois, ma mère semblait à l'aise. Elle avait l'air heureuse d'être entourée de gens, d'être incluse dans ce moment particulier. Mon père l'avait remarqué aussi. Il l'observait depuis l'autre côté de la pelouse, comme si elle était la seule personne au monde. Il était retombé amoureux d'elle en moins de dix secondes.

— Un !

À cet instant précis, tout le monde était heureux. Et, pour la première fois depuis longtemps, je me suis autorisé à l'être moi aussi.

— Bonne année !

Les invités ont commencé à retourner à l'intérieur en échangeant gaiement leurs bonnes résolutions pour la nouvelle année, même si la motivation les lâcherait bien vite et qu'ils ne mettraient probablement pas à exécution leurs louables ambitions pour tirer le meilleur parti des douze prochains mois.

— Tu as pris de bonnes résolutions, toi aussi ? ai-je demandé à Lydia en passant un bras autour d'elle.

Elle m'a souri.

— Oui, j'ai envie de changement cette année. Je vais me teindre les cheveux.

— Oh non, pas tes cheveux !

Elle a ri et a enroulé une boucle entre ses doigts.

— J'ai aussi l'intention de faire quelque chose qui me fait peur.

— Genre du parachutisme ou un truc du style ?

— Un truc du style.

— Qu'est-ce que tu avais en tête ?

— La fac.

Je savais déjà que Lydia avait prévu d'aller à l'université. Mais ça m'a quand même fait un choc qu'elle ait arrêté sa décision. Nous nous étions beaucoup rapprochés ces dernières semaines et cela me faisait du bien d'avoir une amie. J'ai eu une boule dans la gorge à l'idée qu'elle allait s'éloigner. Elle me manquerait, mais elle méritait le meilleur et elle était sur la bonne voie. J'étais content pour elle. J'ai souri.

— Et toi ? m'a-t-elle demandé.

Un cri s'est élevé par-dessus le brouhaha au moment où j'allais lui répondre. Quelqu'un avait allumé la télé et mis une chaîne d'information en continu. Un petit attroupement s'était formé et le volume avait été monté.

— Ici Hailey Carmack, en direct du commissariat de Ridgemount. C'est ici que, il y a une dizaine de minutes, Tristian Yanks, déjà condamné pour meurtre, a avoué avoir assassiné Colton Crest.

Il y a eu un sanglot dans la foule. Ce sanglot est devenu un gémissement, puis un hurlement d'agonie. J'ai écarté plusieurs personnes et j'ai vu Mme Crest effondrée sur le sol, entourée par le tissu délicat de sa robe. Elle ressemblait à une fleur fanée.

M. Crest essayait de réconforter sa femme, mais il arrivait à peine à tenir sur ses jambes. Il était agenouillé à côté d'elle et pleurait de façon incontrôlable. Alors que Mme Crest exprimait sa douleur dans les cris, il sanglotait en silence. Je ne savais pas ce qui était le pire.

Ils s'accrochaient désespérément l'un à l'autre, espérant que quelqu'un leur dise que tout cela n'était qu'un horrible cauchemar beaucoup trop réaliste. Malheureusement, personne ne pouvait leur apporter la moindre consolation.

Lydia s'est mise à pleurer à son tour. Je l'ai serrée contre moi alors que tout son corps était secoué. Même ma mère pleurait. Mon père, qui voulait se montrer fort, a glissé un bras autour de sa taille en regardant nos invités d'un air grave. Quelqu'un a éteint la télé – ou a simplement baissé le son – et nous avons passé le reste de la première heure de la nouvelle année dans le silence le plus complet. Puis tout le monde s'est mis à partir en petits groupes.

Nous restions collés, tentant de nous apporter le réconfort que les mots ne pouvaient pas nous offrir.

Alors j'ai pris conscience de ce qu'on venait d'apprendre.

Tristian Yanks avait tué mon meilleur ami.

32.

J'ai rendu visite à Tristian dès que le choc de la nouvelle de son arrestation s'est dissipé. Je voulais obtenir des réponses pour enfin tourner la page. Je ressentais le besoin de lui faire face, de lui parler, de lui dire à quel point je le détestais.

J'ai respiré profondément pour tenter de me calmer. Si je n'étais pas dans un bon état d'esprit pour lui parler, l'entrevue me ferait plus de mal que de bien. Après tout ce que j'avais traversé, je voulais en finir rapidement pour retrouver la tranquillité d'esprit que j'attendais depuis longtemps.

J'avais déjà reçu mon pass de visiteur. Je n'avais plus qu'à attendre qu'on me conduise jusqu'à l'assassin de mon meilleur ami. Le trajet avait été long pour rejoindre la prison et la journée avait été stressante. L'attente était insupportable.

Quand quelqu'un est enfin venu me chercher, je me suis levé d'un bond. Le gardien, un homme musclé et bourru, m'a adressé un signe de tête, mais n'a rien dit pendant que nous arpentions les couloirs pour rejoindre un des parloirs. Nous avons croisé un autre visiteur.

C'était une femme qui avançait à contresens dans le couloir d'un pas furieux, faisant voler derrière elle ses cheveux foncés. Elle était suivie par un gardien qui avait l'air fatigué. Elle ne s'est pas excusée pour que nous la laissions passer et m'a bousculé sans ménagement.

Son épaule a cogné la mienne. Elle s'est arrêtée un instant pour me dévisager. Son expression s'est légèrement adoucie quand elle a réalisé que j'étais sans doute dans la même position qu'elle. Puis elle s'est remise en route au même rythme.

Je suis resté cloué sur place, mais je ne pensais pas à elle. L'incident m'avait rappelé une situation similaire. Quelqu'un m'avait bousculé aux funérailles de Colton. Un inconnu m'avait cogné l'épaule.

Cet inconnu avait tout à coup un visage.

Celui de Tristian.

Il était à l'enterrement de Colton. Pendant que tout le monde pleurait sa disparition et évoquait des souvenirs, son tueur était là, à savourer son succès. Avait-il échangé des anecdotes à propos de Colton ? S'était-il fait passer pour un parent éloigné ? Est-ce qu'il…

Je me suis arrêté net dans mes interrogations.

D'autres souvenirs remontaient. Comme les brèves excuses qu'il avait bredouillées dans l'église après m'avoir heurté. Il m'avait parlé. C'est pour ça qu'il m'avait semblé si familier quand je l'avais revu chez les Yanks. Je n'avais pas fait le lien ce jour-là, mais à présent c'était très clair.

— Ça va ?

J'ai relevé les yeux vers le gardien. La mâchoire et les poings serrés, je me suis forcé à hocher la tête. Il ne m'a pas cru, mais il s'est remis à avancer. Je n'arrêtais plus de penser à tout ce que Tristian avait fait. Comme laisser ces bouts de papier dans ma voiture avec la phrase *Colton Crest a disparu depuis longtemps.* Il m'avait torturé. Il avait torturé Lydia. Il avait torturé Cass.

Aujourd'hui, son tour était venu.

On m'a guidé jusqu'à une porte surveillée. Mon cœur s'est emballé quand j'ai poussé le battant et que je suis entré.

Dès que j'ai vu Tristian, un déluge d'émotions m'a submergé. Je ne l'avais pas recroisé depuis le soir où il avait menacé de me tuer. Mais ce n'était pas la dernière fois que lui m'avait aperçu.

Je me suis assis de l'autre côté de la table. Il m'a examiné avec une intensité troublante. Il a souri comme si tout cela n'était qu'une blague. Il avait l'air très satisfait de lui-même.

— Elliot, c'est ça ?

J'avais envie de frissonner, de me boucher les oreilles pour ne plus jamais entendre cette voix.

— Tristian.

— Ça fait plaisir de te revoir. Qu'attends-tu de moi ?

Son ton condescendant m'énervait déjà.

— Je veux savoir pourquoi tu as fait ça.

— Fait quoi ?

— Tu sais très bien de quoi je parle.

Il s'est penché en avant, les coudes sur la table et les doigts croisés. Son sourire s'est élargi.

— Je veux te l'entendre dire.

J'ai serré la mâchoire.

— Demande-moi pourquoi je l'ai *tué*.

— Ne me donne pas une raison supplémentaire de te haïr.

Tristian a ri, amusé par ma réaction.

— Réponds-moi, ai-je insisté.

Il a reculé et s'est appuyé contre le dossier de sa chaise en continuant à me narguer. On aurait dit qu'il repensait à ce qu'il avait fait. Ça avait l'air de lui plaire.

— Colton m'a tourné autour pendant des années. Ce gamin était obsédé par moi. Il a fait semblant de m'idolâtrer pour gagner ma confiance, mais ce n'était qu'une façade. En réalité, il voulait des réponses, alors je les lui ai données. Mais tout a un prix. Tu devrais le savoir.

J'ai serré le bord de mon siège pour contrôler ma colère. J'ai réussi à garder une expression neutre.

Mais Tristian n'était pas dupe. Il m'examinait d'un air narquois. Il a tambouriné des doigts sur la table, comme s'il attendait la question suivante avec impatience.

— Est-ce que c'était une transaction juste, à tes yeux, de prendre sa vie en échange de réponses ?

— Mes réponses en valaient la peine, je t'assure. Je suis quelqu'un de très attentionné, Elliot. J'ai tout fait pour qu'il soit satisfait des renseignements que je lui ai fournis. Malheureusement pour lui, il n'a réalisé leur valeur que trop tard. Colton en savait déjà trop. Il fallait le faire taire.

J'ai failli m'étrangler.

— Tu sais qui garde le mieux les secrets ? a-t-il demandé.

Je lui ai répondu par le silence. L'amusement se lisait dans ses yeux.

— Les morts, a-t-il achevé.

Quand j'ai enfin recouvré la parole, j'ai craché :

— Qu'est-ce que tu lui as donné comme réponses ?

— La vérité.

— Dis-moi ce que tu lui as dit !

Mon ton avait durci. Ça l'a étonné.

— Quels secrets étaient précieux au point de t'obliger à le tuer ?

Tristian a éclaté d'un rire méprisant qui a ricoché contre les murs. Le son s'est mis à tourner en boucle dans mon cerveau, provoquant ma colère et mon dégoût.

— Tu n'as pas de quoi t'offrir ces réponses, Elliot.

Je me suis mis à rire à mon tour. Cela l'a pris au dépourvu et il a incliné la tête pour m'étudier avec plus d'attention. Ses yeux suivaient mes moindres gestes. Il ne savait pas à quoi s'attendre de ma part. Pendant un bref instant, c'est moi qui ai eu le contrôle.

— Colton voulait des informations à propos d'un événement qui s'est déroulé il y a huit ans. Comment est-ce que ces infos pouvaient encore avoir de la valeur ? ai-je demandé en essayant de prendre un ton léger, indifférent.

— Oh, le plus important s'est produit il y a bien plus de huit ans. Tu n'as rien appris ?

— Il y a huit ans que tu as tué Harrison Noel.

Je n'avais plus l'air aussi sûr de moi. Je n'arrivais pas à dissimuler le doute qui s'était insinué dans mon esprit. Je m'étais aventuré sur un terrain dangereux et j'avais perdu le contrôle de la conversation. Tristian l'avait remarqué et en profitait pour afficher une moue moqueuse.

— Colton ne cherchait pas simplement à savoir pour quelle raison j'avais tué Noel. Il voulait aussi que je confirme ses soupçons.

— À quel sujet ?

Tristian a eu l'air de retourner la question dans sa tête. Je tremblais presque d'impatience. Il s'est remis à tambouriner des doigts sur la table.

Auriculaire, annulaire, majeur, index, pouce.

Puis il a répondu par un seul mot :

— La famille.

La porte s'est ouverte.

— La visite est terminée.

Tristian semblait se moquer pas mal de cette interruption. Il s'est contenté de hausser les sourcils en attendant que je parte. Mon cœur tambourinait dans ma poitrine. J'avais encore tellement de questions…

Pourquoi avait-il décidé d'avouer maintenant ?

Où était la dernière lettre ?

À qui appartenait la montre à gousset ?

Après cette trop brève conversation, j'avais l'impression désagréable que quelque chose ne tournait pas rond. La colère que je ressentais envers Tristian commençait à vaciller comme une bougie dans le vent, prête à s'éteindre. J'ai été pris de panique. À mon arrivée à la prison, j'étais certain que Tristian avait assassiné Colton. À présent, le doute me taraudait.

Pourtant, je voulais à tout prix m'accrocher à la certitude que Tristian était coupable. Sans cela, j'allais retomber dans l'inconnu. Je serais à nouveau perdu. J'ai reculé ma chaise et je me suis levé. Mais, avant d'atteindre la porte, j'ai subitement fait volte-face. Il y avait une chose que je savais à propos de l'assassin de Colton et je voulais obtenir une confirmation.

— J'ai une dernière question, ai-je déclaré en indiquant du menton la main de Tristian posée sur la table. Tu es gaucher ?

Il a ricané.

— Tu es observateur, hein ? Je ne vois pas quelle importance ça a, mais oui, je suis gaucher.

Je n'avais pas besoin d'en savoir plus.

Tristian n'avait pas écrit les lettres. Il couvrait quelqu'un.

Le vrai tueur était toujours en liberté.

Quand je suis sorti de la prison, la chaleur estivale m'a enveloppé, ce qui n'a fait qu'ajouter à mon irritation. Je me suis tapi dans l'ombre près de l'entrée pour tenter de me rafraîchir un peu. J'ai fermé les yeux et j'ai inspiré une bouffée d'air un peu plus frais. Mon entretien avec Tristian n'avait pas satisfait ma curiosité. Et, même s'il m'avait apporté quelques réponses, elles étaient vagues. Il m'en fallait davantage.

J'ai tenté d'évacuer la tension. J'ai attendu que mon cœur se soit remis à battre à un rythme normal avant de rouvrir les paupières. La première chose que j'ai vue, c'est un homme qui faisait des allers-retours sur le parking devant le bâtiment. Des taches de sueur s'étaient formées dans son dos. Je l'ai vu tirer sur le col de sa chemise blanche pour avoir moins chaud.

Ce type me disait quelque chose.

Il s'est retourné et je me suis rendu compte que c'était Trevor. Il était au téléphone, mais, dès qu'il m'a aperçu, il m'a adressé de grands signes enthousiastes. Je me suis raidi. Je n'avais aucune envie de lui parler, mais il se dirigeait déjà vers moi.

J'étais accablé par la chaleur, et ma rencontre avec Tristian avait soumis mes nerfs à rude épreuve. Et le fait que je n'aie toujours pas identifié le lieu où j'avais déjà vu Trevor n'arrangeait rien. J'avais besoin de laisser exploser ma colère et le pauvre gars se dirigeait droit dans mes filets.

Il m'a abordé avec un sourire.

— Elliot, quoi de neuf ? On n'a pas vraiment eu l'occasion de parler au réveillon.

— Oui, c'était trop nul.

— Qu'on n'ait pas pu se parler ou la soirée ?

— La fête, ai-je répondu avec le plus grand sérieux.

Mais ma réaction à sa tentative de plaisanterie l'a juste fait rire.

— Cass m'avait prévenu que tu étais drôle. Qu'est-ce que tu fais là ?

En temps normal, sa question m'aurait mis mal à l'aise. Mais j'étais en colère, fatigué, et j'avais besoin d'une bonne sieste.

— Et toi, qu'est-ce que tu fais ici ? ai-je répliqué d'un ton désagréable.

Son sourire s'est effacé et il a légèrement froncé les sourcils. Je ne savais pas si c'était à cause de mon ton ou parce qu'il était vraiment surpris par ma question. Puis une idée lui est venue et son visage s'est éclairé.

Il a fermé le poing et l'a tapoté comme si c'était un micro.

— Ici Trevor Keagan en direct de Berkley Park, où nous nous trouvons avec Elliot, dix-huit ans, le petit frère de l'extraordinaire Cass Parker.

Trevor s'est éclairci la gorge et a redressé sa cravate en me regardant. Il s'attendait sans doute à ce que je l'applaudisse ou que je joue le jeu, mais je me suis contenté de le fixer pendant que je digérais l'information.

— Tu es journaliste ?

— Juste pour la chaîne d'info locale. Ce n'est pas grand-chose, mais, si on veut arriver loin, il faut bien commencer petit, non ?

— C'est juste.

C'est de là que je le connaissais !

L'impression bizarre que j'avais en sa présence s'est évaporée, même si un recoin de mon esprit me murmurait de rester prudent. Je me demandais si c'était devenu ma réaction naturelle quand je rencontrais de nouvelles personnes. Est-ce que je soupçonnerais tout le monde, désormais ? Est-ce que je traiterais tous les nouveaux visages comme des menaces potentielles ?

J'ai secoué la tête mentalement.

J'avais le droit de me poser des questions, de me méfier, de mettre en doute les motivations des inconnus.

Je me suis creusé la tête pour savoir si j'avais déjà rencontré Trevor. Il me semblait que non. Je n'arrivais pas à décider si je l'avais aperçu ou non à l'église pendant les funérailles de Colton, mais je savais que ce n'était pas lui le clown de la fête foraine. Seule certitude, je l'avais vu présenter les nouvelles locales à 18 heures, juste avant que les programmes intéressants démarrent.

Cela faisait au moins une personne à rayer sur ma liste.

— C'était sympa de te revoir, mais je dois vraiment y aller.

— C'est pas grave. Mon caméraman est en pause, mais on a un reportage à faire. Le chat d'une dame qui habite dans cette partie de la ville a eu des chatons albinos.

— Passionnant…

Même si je ne considérais plus Trevor comme un suspect, j'étais encore énervé par ma conversation avec Tristian et je n'avais pas pu m'empêcher de prendre un ton cinglant. Si Trevor était vexé, il ne l'a pas montré. Il s'est contenté de sourire.

— Passe un bon après-midi, Elliot.

Je n'ai rien répondu.

33.

La colère et la frustration avaient continué à s'accumuler en moi depuis ma visite à la prison. Comme j'avais vraiment besoin de l'évacuer, j'ai décidé d'aller au gymnase.

Ça m'a fait un bien fou de sentir mes poumons brûler et mes muscles travailler. Je n'avais plus qu'une chose en tête : me défouler physiquement. Ni tueurs, ni confessions, ni mensonges, ni lettres. Mon esprit était concentré sur l'effort. J'étais déterminé.

Je n'avais pas réalisé à quel point le sport m'avait manqué. Je trouvais même l'odeur familière de sueur et de déo réconfortante. Pour la première fois depuis une éternité, mon pouls s'accélérait pour une autre raison que la panique. C'était addictif.

Mais j'ai bien dû finir par m'arrêter.

J'ai pris ma bouteille d'eau et j'ai bu une longue rasade largement méritée. Même si l'exercice physique m'avait apaisé, je n'avais pas encore envie de rentrer chez moi. Maintenant que tout le monde était au courant que Cass avait un petit ami, elle passait plus de temps en dehors de la maison. Elle semblait plus heureuse, plus vivante.

Je l'enviais.

Cass était convaincue de la culpabilité de Tristian. Elle avait tellement envie que toute cette affaire soit classée qu'elle était ravie de lui faire porter le chapeau. Pourtant, un tas de questions demeuraient sans réponse. Cass était curieuse, mais elle savait aussi que la curiosité est un vilain défaut. Chaque fois que je lui démontrais qu'un élément ne collait pas, elle haussait les épaules et reprenait le cours de sa vie.

Nous ne savions toujours pas pourquoi nous avions été contactés.

Lydia disait que Tristian avait fait tout ça simplement pour s'amuser.

Mais pourquoi *nous* ?

Et, plus important encore, pourquoi *ma sœur* ?

Elle n'avait aucun lien direct avec Colton, si ce n'est par mon intermédiaire. Elle n'avait rien à voir dans cette histoire.

J'ai secoué vigoureusement la tête pour chasser ces pensées. Je n'étais pas venu à la salle de sport pour laisser les préoccupations reprendre le dessus. J'étais là pour oublier, même si ce n'était que pour quelques heures.

J'ai pris mes affaires et je me suis dirigé vers les vestiaires. Quand je suis passé devant la réception, quelqu'un m'a appelé. Je me suis retourné et j'ai vu Rick. Il avait le front plissé, les yeux rétrécis. Je ne savais pas s'il était fâché de me voir ou si c'était son expression habituelle.

— J'ai dit *Salut*.

Il tenait un porte-bloc qu'il a déposé sur le comptoir à côté de l'ordinateur avant de s'approcher de moi.

— J'ai entendu pour Tristian.

Encore une fois, le meurtre me revenait à la figure. J'ai juste répondu :

— Ouais.

Rick s'est gratté derrière l'oreille.

— Je ne sais pas trop quoi dire, dans ce genre de situation.

— Moi pareil.

Nous avons échangé des grognements approbateurs. Le sujet nous mettait tous les deux mal à l'aise. J'avais juste envie de filer sous la douche, de m'asperger d'eau froide et de rentrer.

— Colton était un mec bien. Je suis content que le tueur ait été arrêté.

Il a croisé ses bras musclés, les sourcils froncés.

— Je dois reconnaître que ça m'a étonné, a-t-il ajouté.

— Je ne m'attendais pas non plus à ce qu'il avoue. Il a dû en avoir marre que la police ne s'intéresse pas à lui. Son esprit tordu avait besoin de stimulation.

Rick a réfléchi à mon hypothèse et a acquiescé d'un signe de tête.

— Oui, c'est une explication plausible.

Il y avait quelque chose dans son ton, ses mouvements, et dans la façon dont il semblait trop absent à chaque réponse que je lui donnais.

Au bout d'un moment, j'ai fini par demander :

— Pourquoi est-ce que j'ai l'impression que ce ne sont pas ses aveux qui vous ont surpris ?

Rick a poussé un long soupir en croisant les doigts sur son crâne rasé. Pour la première fois depuis le début de notre conversation, il m'a regardé droit dans les yeux.

— En réalité, je suis étonné que ce soit *lui* qui ait été arrêté.

Mon sang s'est glacé. J'ai eu un léger vertige.

— Qu'est-ce que vous voulez dire ?

Rick a tourné la tête vers les gens qui s'entraînaient sur les machines du gymnase, puis il m'a indiqué la porte. Je l'ai suivi. Les questions se bousculaient dans mon esprit. Je n'étais donc pas le seul à mettre en doute la version de Tristian...

Cela me replongeait en plein mystère. J'espérais enfin obtenir des réponses.

Dehors, Rick a attendu qu'un groupe de joggeurs s'éloigne avant de poser sur moi un regard hagard.

— Tu te souviens quand je t'ai dit que Colton venait souvent à la salle de sport après sa disparition.

J'ai hoché la tête.

— Un soir, quelqu'un l'a suivi.

— Que... Quoi ? ai-je demandé d'une voix étranglée.

— Au début, je n'y ai pas fait trop attention. La voiture est arrivée peu de temps après Colton. J'ai d'abord cru que c'était juste un de ces couples du lycée. Ils viennent sur le parking vide en fin de soirée pour s'embrasser. Frapper à la vitre embuée est plus gênant pour moi que pour eux.

Il a secoué la tête, comme pour chasser un souvenir désagréable. Rick avait dû surprendre pas mal d'ados dans des situations compromettantes.

— Mais, dès qu'on a en fini l'entraînement et qu'il est parti, une dispute a éclaté dehors.

— Une dispute ? ai-je répété, la gorge sèche.

— J'étais en train de fermer le gymnase quand je les ai entendus.

— Entendus ?

J'avais l'impression de m'être transformé en perroquet, tout juste bon à reproduire des bribes de son récit. Qu'est-ce qu'il avait entendu ? Une altercation ? Une bagarre ?

— Ils criaient. Je n'arrivais pas à comprendre ce qu'ils disaient, mais Colton avait l'air furieux. Il y a aussi eu pas mal de pleurs.

Une engueulade. Mais avec qui ?

— Vous avez vu quelque chose ? Le visage de l'autre personne ? Ses vêtements ? Sa plaque d'immatriculation ?

Rick a secoué la tête.

— La lumière n'allait pas jusque-là.

J'étais très déçu. Une fois de plus, un pas en avant, trois en arrière. Je n'arrivais jamais nulle part. Je me suis passé la main dans les cheveux et j'ai fermé les paupières en laissant le soleil chauffer ma peau. Peut-être que cela apaiserait ma frustration.

— Mais je sais une chose…

J'ai ouvert les yeux et je me suis retourné vers lui. J'étais suspendu à ses lèvres. Après cet avant-goût décevant, j'espérais une info croustillante.

— Il se disputait avec une femme.

Cela changeait tout.

Seul un imbécile sous-estimerait une femme.

34.

On a frappé à la porte de la maison.

En passant devant le bureau de mon père pour aller ouvrir, je l'ai aperçu debout sur son fauteuil, en train de diriger un orchestre invisible. Une musique instrumentale tonitruante émergeait de son vieux tourne-disque. Mon père agitait les bras avec un abandon total, puis il s'est mis à marteler le vide de ses poings.

Je n'avais vraiment pas envie d'assister à ça !

Personne ne devrait surprendre ce genre de scène.

J'ai refermé doucement la porte de son bureau et je suis allé ouvrir. Je n'avais aucune envie de faire face à la personne souriant sur le seuil. C'était beaucoup trop tôt.

Même s'il était déjà 1 heure de l'après-midi.

Mes horaires de sommeil étaient décalés et j'étais trop fatigué pour fonctionner normalement.

— Salut, Elliot. Ça va ?

— Trevor, ai-je grommelé.

Son sourire n'a pas faibli, malgré son malaise évident. Il a enfoncé les mains dans les poches de sa veste.

— Est-ce que Cass est là ? Je voulais lui faire une surprise et l'inviter à déjeuner. Elle n'a pas encore mangé, j'espère ?

— Elle est partie il y a une heure, mais elle va sûrement rentrer bientôt. Je ne sais pas si elle a mangé.

— Zut. Pas simple de faire une surprise à sa petite amie.

Pour toute réponse, j'ai commencé à refermer la porte. Trevor s'est empressé de la bloquer avec son pied. J'ai poussé un soupir exaspéré, mais il a fait comme si de rien n'était. Ce type était tenace. J'ai rouvert le battant.

— Je peux entrer ? Pour attendre ta sœur ?

J'ai ravalé une remarque sarcastique.

— Fais comme chez toi.

Dès que l'occasion s'est présentée, je lui ai tourné le dos et je suis remonté. La simple présence de Trevor et de son sourire trop enthousiaste me donnait mal au crâne. Ce n'est pas parce que je l'avais rayé de ma liste de suspects que je devais l'apprécier. Ce n'était peut-être pas un assassin, mais il était agaçant.

— Elliot, tu as un problème avec moi ?

Un bruit a retenti dans le bureau de mon père, suivi d'une exclamation :

— Oh, mon coude ! Mon coude préféré, en plus.

Nous avons jeté un bref coup d'œil en direction du vacarme avant de nous regarder. Trevor m'examinait, cherchant une réponse que je ne lui fournirais pas. Il a fini par passer la main dans ses cheveux courts.

— Tu sais, Cass est la meilleure chose qui me soit jamais arrivée. Je ne demande pas qu'on devienne les meilleurs potes du monde, toi et moi, mais j'ai l'intention de construire une relation solide avec ta sœur. On va devoir s'habituer à se voir souvent, toi et moi. Et si on apprenait à se connaître un peu ? Tu découvrirais que je ne suis pas un sale type.

Pour Cass. Fais-le pour Cass.

J'ai soupiré intérieurement et j'ai redescendu les marches. Trevor a interprété mon retour comme un feu vert. Il m'a suivi dans la cuisine et s'est assis sur le banc. J'ai ouvert le frigo, prêt à lui servir un verre d'eau, quand j'ai vu un liquide doré dans des bouteilles posées à côté des restes du dîner de jeudi dernier.

— Tu veux une bière ?

J'en ai sorti une de l'emballage et je l'ai fait glisser sur la table.

Il l'a repoussée.

— Je conduis. Je ne voudrais pas nous mettre en danger, ta sœur et moi.

Il m'a souri. Il a eu l'air soulagé quand j'ai repris la bière pour la remettre dans le frigo. Je n'avais pas fini de tester le petit ami de ma sœur.

— De l'eau ? ai-je proposé d'un ton bourru en examinant le contenu du réfrigérateur.

— Tu n'aurais pas du jus de fruit ?

Je me suis retourné en entendant un bip aigu. Trevor retirait un petit appareil de son doigt.

— Je fais de l'hypoglycémie.

Comme je n'ai pas réagi, il s'est expliqué :

— Ça veut dire que le taux de glucose dans mon sang est bas. Je suis diabétique.

— Oh, merde.

J'ai rouvert le frigo et je lui ai servi un verre de jus d'orange. S'il s'évanouissait dans la cuisine, Cass me tuerait à mains nues. Trevor a avalé la moitié du verre d'un trait et s'est essuyé la bouche du revers de la main.

— Tu n'as pas besoin de t'allonger ?

— Non, ça ira mieux dans quelques minutes.

La télévision était allumée dans le salon, on entendait en bruit de fond un reportage aux infos. Cass devait regarder une émission avant de partir. Trevor avait l'air de tendre l'oreille pour écouter ce qui se racontait.

— Donc, tu es journaliste.

— Eh oui. Mais pas depuis très longtemps.

— Tu as quand même dû entendre des trucs de dingue.

Il a bu une gorgée de jus.

— Pas vraiment. Il ne se passe pas grand-chose ici. À part la famille Yanks, qui fait souvent parler d'elle.

Grâce à son don pour la pâtisserie, Alexandra était sans doute une célébrité locale, en vedette dans les magazines et les journaux. Tristian faisait les gros titres, même si c'était à cause de ses actes criminels. Je me demandais si Eliza était déjà apparue dans les médias, elle aussi. Ou est-ce qu'elle laissait ce privilège à sa mère et à son frère ?

— C'est une sacrée famille.

— Tu l'as dit. J'ai grandi à Ridgemount. Je suis allé à l'école avec Eliza, tu sais. Elle était brillante. Je la considérais comme une rivale, même si elle était trois ans en dessous de moi. Elle a eu une enfance difficile. J'aurais sûrement fait une dépression à sa place.

— Tu connais Eliza ?

— Pas de façon très personnelle. Je ne dirais pas que nous étions super amis, mais nous avons eu l'occasion de discuter ensemble quelques fois.

Je n'avais jamais pensé que Trevor pouvait avoir un lien avec les Yanks. Il avait été témoin de la chute de leur famille, il avait connu Eliza avant la première arrestation de Tristian… Je me demandais comment était Tristian avant de tuer Harrison Noel. Est-ce que c'était un type bien ? Un élève brillant comme sa sœur ? Est-ce qu'il faisait du sport, est-ce qu'il avait des activités extrascolaires ?

Qu'est-ce qui *fait* un assassin ?

— Tu connaissais un peu Tristian aussi, alors ?

Trevor a terminé son verre et a haussé les épaules.

— Je ne lui ai jamais parlé, mais il n'était pas très accessible. Il venait chercher Eliza à l'école l'après-midi et ça avait l'air d'être le genre de gars qu'il ne faut pas emmerder.

— Oui, c'est pas le mec le plus sympa que j'aie rencontré.

— L'autre jour, quand on s'est croisés, tu lui rendais visite ?

J'étais tombé dans un piège que je m'étais tendu moi-même en évoquant Tristian. J'étais bien obligé de répondre à la question de Trevor, surtout au moment où j'essayais de lui soutirer des informations.

Pour obtenir des réponses, il fallait bien en offrir aussi.

Il a dû deviner ma réticence à mon expression pincée, parce qu'il s'est empressé de préciser :

— Je n'ai rien dit à ta sœur, si c'est ça qui t'inquiète.

J'ai émis un petit ricanement narquois, pas très convaincant.

— Je préférerais qu'elle ne soit pas au courant, ai-je admis. Elle a enfin l'esprit en paix. Oui, j'ai rendu visite à Tristian en prison cet après-midi-là. Je voulais comprendre.

— C'est courageux de ta part. Peu de gens auraient le cran de regarder droit dans les yeux la personne qui a tué un de leurs proches.

Courageux. Ou complètement stupide.

En tout cas, je n'avais pas perdu mon temps en lui rendant visite. J'étais désormais convaincu que Tristian n'était qu'un rouage dans une machination beaucoup plus élaborée. Il servait à détourner l'attention d'une chose qui nous échappait encore.

Mon cerveau s'est mis en branle et des images ont défilé dans ma tête. J'essayais d'assembler les faits et de trouver ce qui les reliait. Trevor a pris ma concentration pour de l'inquiétude et a tenté de me rassurer.

— Heureusement, c'est fini tout ça. Ça a été dur, pour ta sœur aussi. L'étrange affaire de Colton Crest…

C'étaient les mots qui figuraient sur la première page du journal de Cass, dans la chambre du motel.

— Ça l'a vraiment éreintée. Elle a tenté de résoudre le mystère et je l'ai aidée. Je détestais la voir dans un état pareil, a-t-il poursuivi.

De quoi Trevor était-il au courant exactement ? Cass lui avait-elle parlé des lettres ? De tous les trucs dingues qu'on avait dû accomplir pour les obtenir ?

— La souffrance a parfois un effet domino. Cass était au plus mal et je devais me montrer fort pour la soutenir. On n'a jamais creusé à fond cette histoire. Peut-être parce que je n'ai pas vraiment de talents de détective, mais ce mystère… il m'a paru impossible à résoudre. Je dois avouer que j'ai été soulagé quand Tristian a poussé la porte du commissariat pour tout déballer.

— Ça ne t'a pas semblé trop simple, justement ?

Trevor a réfléchi un instant avant de répondre.

— Si… mais…

— Mais quoi ?

— Tristian *est* un suspect crédible. Il a déjà tué quelqu'un. Qu'est-ce qui l'empêchait de recommencer ? C'est de notoriété publique que ce type est incapable de gérer sa colère. Il s'enflamme pour un rien. La plupart des gens peuvent se mettre en colère sans que ce soit grave, mais Tristian ? Quand il est hors de lui, c'est un danger ambulant.

J'avais envie de le contredire, de souligner tout ce qui ne collait pas dans cette histoire. Mais les arguments de Trevor étaient irréfutables ; j'aurais eu l'air de défendre Tristian, ce qui n'était pas mon intention. J'étais convaincu que ce n'était pas lui l'assassin de Colton, mais ça ne faisait pas de lui un innocent pour autant.

— Donc tu crois vraiment que c'est lui le coupable ?

Trevor m'a regardé d'un air compatissant :

— Je sais que tu veux que le meurtrier de Colton paie et je suis certain que justice sera faite.

J'ai entendu la porte d'entrée s'ouvrir. Ma sœur est arrivée dans la cuisine quelques secondes plus tard.

— Tu es enfin debout, El…

Cass s'est interrompue en apercevant son petit ami.

— Trevor ! Qu'est-ce que tu fais là ?

— Salut.

Il s'est levé pour l'embrasser.

— Je suis venu te faire une surprise et t'inviter à déjeuner. Tu n'as pas mangé, j'espère ?

— Non, mais je reviens du bar à sushis et j'ai commandé de quoi nourrir une armée. Tu aimes les tempuras de crevettes ?

Elle a posé son sac en plastique sur la table et en a sorti des boîtes de nourriture japonaise.

— Tant pis pour la surprise, a déploré Trevor en prenant ma sœur par la taille.

— Mais non, c'est une excellente surprise de te trouver ici après une matinée pénible.

Elle a déposé un baiser sur le sommet de la tête de son petit ami. Ça devenait trop pour moi, j'ai décidé de partir.

— Je vais vous laisser à votre déjeuner romantique.

— Tu es sûr que tu n'en veux pas ? Il y a des rouleaux au saumon fumé.

— Je mangerai plus tard.

— D'accord. Trevor, tu mets la table ? Je monte changer de chaussures. Elles me tuent.

Cass s'est mise pieds nus, a empoigné ses souliers et s'est précipitée hors de la cuisine. Dès qu'elle a disparu, je me suis tourné vers Trevor pour reprendre notre conversation :

— Tu n'as pas répondu à ma question.

Ses yeux se sont attardés sur moi.

— Je t'ai dit ce que tu voulais entendre, non ?

J'ai dégluti. En un sens, c'était vrai. Il m'avait donné une raison de continuer mes recherches. Mais sa façon de répondre était étonnante et je ne pouvais l'oublier…

L'affaire Colton Crest était loin d'être classée.

35.

J'ai décidé de me pencher à nouveau sur les lettres pour trouver la huitième, qui devrait enfin m'offrir la clé du mystère. Mais, après tout ce qui s'était passé, la frustration, la colère et la confusion que j'avais subies, j'étais dans un état proche de la dépression.

La phase 4 du deuil ne m'avait pas laissé indemne.

— Qu'est-ce qui ne va pas, mon chéri ? m'a demandé ma mère en posant un sandwich devant moi.

Elle insistait pour m'emmener en vacances. Depuis l'arrestation de Tristian, elle laissait entendre que j'avais besoin de changer d'air avant le procès. Elle avait déposé dans ma voiture quelques dépliants d'hôtels en bord de plage et avait glissé des magazines de voyage dans ma chambre.

Chaque fois que je lui rendais visite à son motel, elle étalait sur la petite table ronde des catalogues de vacances et prétendait devoir s'éclipser pour une course urgente. Elle espérait que je profite de son absence pour lire les articles sur les hôtels cinq étoiles et les activités incluses dans les séjours. Puis elle revenait avec du gâteau roulé et des sucettes.

J'avais l'impression d'avoir dix ans.

Mais je ne m'en plaignais pas.

Je commençais à apprécier ma mère et à me sentir bien en sa présence. J'étais toujours mal à l'aise quand elle appelait sa famille dans le Queensland, mais elle prenait soin de couper son téléphone quand j'étais là. C'était bienveillant.

Maman s'est assise en face de moi et a poussé le sandwich plus près. Elle m'a souri en attendant que je réponde. Je me suis contenté de hausser les épaules, les yeux baissés vers la table.

Ma mère s'est levée sans rien dire et a fouillé les placards pour en sortir un paquet de chips au sel et au vinaigre. Elle l'a fait glisser sur la table à côté de mon sandwich en faisant un signe de tête pour m'encourager à manger.

— Je n'ai pas très faim.

Elle m'a versé un verre d'eau.

— Qu'est-ce qui te tracasse ?

— Plein de choses.

— Je suis une bonne oreille, a-t-elle affirmé en m'adressant un sourire chaleureux.

— Mais moi, je ne suis pas très doué pour parler.

Le silence est retombé. Je m'en voulais d'avoir refusé son aide, mais je ne voyais pas ce qu'elle aurait pu faire pour me remonter le moral. J'étais surtout trop crevé pour prétendre que sa stratégie avait marché.

— Tu as lu le livre que je t'ai offert ?

J'étais soulagé qu'elle change de sujet.

— Non. Je n'ai pas encore eu le temps de l'ouvrir.

J'étais incapable de me concentrer sur de la fiction, alors que j'avais les aveux d'un meurtrier à analyser.

— Ton père l'a étudié à l'université et moi aussi. C'est une révélation, ce bouquin.

— C'est ce qu'on m'a dit.

— J'étais en train de le lire quand j'ai rencontré ton père.

Mon père aussi avait évoqué leur rencontre, juste avant le réveillon. Je m'en souvenais :

— Tu lui as recommandé les boulettes de viande.

Ses yeux se sont légèrement écarquillés, puis elle a masqué sa surprise avec un petit sourire forcé.

— Il t'a raconté ça ?

— Le jour où tu es arrivée.

Elle a serré les mains autour de sa tasse de thé avant de la soulever délicatement pour boire une petite gorgée. L'idée que mon père ait évoqué avec moi leur relation semblait la mettre aussi mal à l'aise que le fait qu'elle venait de faire la même chose.

— Ça reste une belle histoire, a conclu ma mère.

Elle a pris mon sandwich.

— Et si je t'emballais ton déjeuner pour plus tard ?

— Je ferais mieux de rentrer, ai-je annoncé en me levant.

J'avais du mal à garder les yeux ouverts.

Je ne dormais pas beaucoup ces temps-ci. Je passais mes nuits éveillé, à prendre des notes, à relire les lettres, à analyser les mots du tueur. C'était le moment où j'étais le plus productif ; quand tout le monde était couché et que j'étais moi-même dans un état proche du rêve, quand mon imagination était en roue libre et mon esprit ouvert à toutes les possibilités.

Je m'effondrais généralement vers 5 heures du matin. Parfois, je piquais du nez en plein travail. Je me réveillais à mon bureau, des feuilles collées sur le visage. Ou je me retrouvais sur le plancher, des feutres fluo coincés sous mon corps courbaturé.

Je passais mes journées à stresser, à me poser des questions, à faire des calculs. Je n'avais plus aucune routine, je flottais en attendant que le temps passe.

Ma mère a posé la main sur mon épaule pour me faire rasseoir.

— Elliot, ce n'est pas une bonne idée. Tu as vraiment l'air crevé. Je ne veux pas que tu prennes le volant dans un état pareil.

— Je vais très bien, ai-je protesté sans conviction.

— Je ne te laisse pas partir tant que tu n'as pas fait une sieste.

Elle m'a indiqué le deuxième lit et j'ai obtempéré sans broncher. Je me suis laissé tomber sur le matelas comme un sac de pommes de terre. Il faisait chaud dehors, mais Valérie avait mis la clim pour moi. Elle savait que la chaleur me mettait de mauvaise humeur.

Je me suis glissé sous les draps et j'ai fixé le plafond. Ma mère a remonté les draps jusque sous mon menton et m'a bordé comme si j'étais un burrito humain. Je suis resté immobile.

À mon grand soulagement, elle ne m'a pas embrassé sur le front en me disant qu'elle m'aimait. Je ne voulais pas qu'elle se sente obligée de manifester son affection comme à un gamin. Cela aurait paru artificiel et j'appréciais le tour qu'avait pris notre relation.

— Pendant que tu dors, je vais passer au supermarché d'en face, m'a-t-elle annoncé en prenant son sac à main et un chapeau impressionnant. Je vais acheter de quoi faire du sauté ce soir. Tu peux rester pour dîner si tu veux…

Ma mère avait l'air un peu gênée par sa proposition. Habituellement, nous ne prolongions pas les visites au-delà de deux heures. Si je restais pour dîner, ce serait un record. J'ai hoché la tête. Depuis que Cass sortait souvent, je ne mangeais quasiment plus que des plats surgelés réchauffés au micro-ondes.

— Appelle-moi si tu as besoin de quoi que ce soit.

Elle m'a souri et est partie.

J'ai fermé les yeux, espérant un sommeil qui n'est pas venu.

Nous avons dîné tôt et j'ai eu le droit de rentrer directement ensuite. Mon estomac a gargouillé pendant tout le trajet. Peut-être qu'il n'était pas satisfait par les quantités que j'avais avalées ? En tout cas, à cause de ça, je n'ai pas prêté attention à ce que je faisais en descendant de la voiture.

Quand j'ai ouvert la porte d'entrée de la maison, j'ai failli trébucher.

— Papa ! ai-je gémi en me cramponnant à la poignée.

Il m'a jeté un regard peiné. Il était allongé sur le sol en plein milieu du hall, les bras et les jambes écartées. On aurait dit une étoile de mer. J'ai refermé en soupirant.

— Syndrome de la page blanche ?

— Non, il n'y a plus de biscuits.

— Tu te mets dans cet état-là pour ça ? Pourquoi tu ne vas pas en acheter ?

— Je n'ai plus d'essence, a-t-il déclaré d'un ton abattu. Ta sœur me manque.

— À moi aussi.

C'est parce que Cass n'était jamais là que je rendais plus souvent visite à notre mère. Pour ne rien arranger, Lydia était aussi absente. Le lendemain du Nouvel An, elle avait bouclé ses valises et était partie en vacances avec ses parents. Ils voulaient que leur fille passe un peu de temps à l'abri des drames et des larmes. Je ne l'avais pas vue depuis le jour où Tristian avait avoué le meurtre. Je n'avais pas grand monde pour me tenir compagnie.

— Je ne suis pas certain d'apprécier Trevor, a avoué mon père.

— Parce qu'il t'a privé de tes biscuits ?

Il a acquiescé d'un signe de tête.

— Où étais-tu passé ?

— J'étais avec maman.

— Oh ?

Son intérêt était perceptible.

J'ai jeté mes clés de voiture sur le sol.

— Tiens, papa, fais-toi plaisir. Tu pourras faire le plein quand tu auras fini ?

Papa a ramassé mon trousseau en souriant comme si je lui avais offert un chèque d'un million de dollars. Je me suis dirigé vers les escaliers.

— Tu ne veux pas venir faire un tour avec moi ? m'a-t-il proposé en voyant que je m'apprêtais à monter. On pourrait prendre une glace en revenant.

Je me suis retourné et j'ai fait non de la tête.

— Je suis vraiment crevé. Je vais me coucher tôt.

Papa s'est relevé et s'est approché de moi. Il m'a serré tendrement l'épaule. Je lui ai souri.

— Tu veux que je t'achète quelque chose ? Des biscuits à la vanille ? Des barres chocolatées ? Des biscuits framboise-coco ?

— Non merci. Je vais juste lire un peu avant de dormir.

Mon père était ravi d'entendre ça. Ses yeux se sont illuminés comme ceux d'un personnage de dessin animé. Je n'étais pas un grand lecteur, ce qui lui faisait de la peine. Il rêvait que ses enfants apprécient la littérature autant que lui. Cass adorait se plonger dans un bon livre, mais moi, pas trop.

— J'espère que ta lecture te plaira. On en discutera quand tu auras fini ?

J'ai accepté, même si je ne pensais pas avoir terminé le livre de sitôt.

Papa a quitté la maison avec un sourire jusqu'aux oreilles. J'ai écouté la voiture reculer dans l'allée avant de monter dans ma chambre. Le livre était encore sur mon étagère, entouré des lectures obligatoires du lycée. J'ai pris le volume sans jaquette et je me suis mis au lit pour me plonger dans les premières pages.

Le Message d'un fou

Un roman de Gregory Everett

Dédicace

Pour Jamie

Tu as été mon premier, mais pas mon dernier ;

mon éternel, mais pas pour toujours.

Épigraphe

« Il fut submergé par une insupportable mélancolie en voyant son sang couler sur le plancher. L'homme poussa un cri d'angoisse tel qu'il faillit se blesser. »

William Harold

Je ne suis même pas arrivé au début du premier chapitre. Je m'étais endormi avant de tourner la page.

Je me demandais si mon père avait discuté avec ma mère du fait que je ne bouquinais jamais pour le plaisir et si c'était pour cette raison qu'elle m'avait poussé à lire : elle savait que je m'endormirais. Si c'était le cas, elle avait eu une idée de génie.

Je n'avais plus dormi aussi profondément depuis une éternité.

36.

J'ai rendu visite à ma mère le lendemain et au déjeuner nous avons terminé les restes de sauté. Lydia venait de m'appeler le matin même pour m'annoncer son retour dans la soirée. J'avais tout un après-midi à tuer avant qu'on ne puisse rattraper le temps perdu.

— Qu'est-ce que vous allez faire, Lydia et toi, ce soir ?

J'ai haussé les épaules.

— Passer du temps ensemble, peut-être regarder des films.

Peut-être parler, tout simplement.

Lydia et moi n'avions pas discuté de Tristian depuis le matin du jour de l'An. Elle m'avait juste envoyé un texto pour me prévenir qu'elle partait. Je ne savais même pas si elle voulait aborder le sujet. Avec Cass, c'était hors de question. J'avais laissé tomber depuis longtemps.

Si Lydia réagissait de la même façon, je serais condamné à poursuivre l'enquête seul.

Ma mère a plongé les mains dans l'eau savonneuse et en a sorti une assiette couverte de mousse.

— C'est sympa.

— Oui.

Elle a fini de laver et d'essuyer la vaisselle, puis elle s'est tournée vers moi.

— Et si on allait quelque part ? Histoire de sortir un peu de cette pièce ?

— Je l'aime bien, moi, cette chambre.

— Allez, l'air frais te fera du bien. Il y a une bibliothèque pas loin. On pourrait jeter un coup d'œil aux livres.

— Je ne lis pas beaucoup.

— Je sais, ton père me l'a dit.

— C'est pour ça que tu m'as recommandé ce roman ?

Elle n'a pas pu retenir un sourire espiègle.

— Ça t'a fait dormir ?

— Comme un bébé.

Elle a ri et replacé une mèche de cheveux derrière son oreille.

— Alors, qu'est-ce que tu en dis ? La bibliothèque a un rayon de livres audio. Ça pourrait rendre tes trajets en voiture plus intéressants quand tu viens me rendre visite.

— Plus intéressants qu'écouter du rock alternatif ?

— Bien sûr, s'est exclamée Valérie.

Je me suis levé et je me suis étiré.

— D'accord.

En réalité, je n'en avais pas envie du tout, mais ma mère était enfermée dans sa chambre depuis son arrivée. Ses virées au supermarché d'en face ne devaient pas être très exaltantes. Et j'avais remarqué qu'elle avait déjà remisé dans sa valise les quelques livres qu'elle avait emportés. Elle avait prévu de passer ses journées dans une station balnéaire avec moi, pas seule dans un motel.

— Et puis il y a la clim, a-t-elle ajouté.

— Tu m'as convaincu.

Elle a souri.

— Bon, allons-y.

Valérie n'avait pas de carte de bibliothèque et la mienne n'était valide que dans celle de mon quartier. Je me disais qu'elle voulait surtout passer du temps avec moi et, à la limite, lire quelques chapitres d'un roman sur place. J'ai emporté mon chargeur de téléphone dans l'espoir qu'il y ait du Wi-Fi gratuit.

Mais, dès que nous avons franchi les portes automatiques, une dame enthousiaste a foncé vers nous. Elle s'est tellement précipitée que le bandeau qui retenait ses cheveux a glissé sur ses yeux. Elle l'a écarté d'un geste rapide et a soufflé quelques boucles de cheveux noirs sur son front.

— Valérie, je ne m'attendais pas à te voir si tôt dans l'après-midi.

Puis elle s'est tournée vers moi.

— Oh, ça doit être le fils dont tu m'as parlé ! Quel beau jeune homme !

Ma mère m'a pris le bras.

— C'est Elliot.

— Margaret, a annoncé la dame en me tendant une main potelée. Il est venu nous aider ?

Maman m'a jeté un regard en coin.

— J'allais juste lui montrer sur quoi on travaillait et peut-être finir ma partie, puisqu'on est de passage. Elliot, tu n'es pas obligé de…

— Vous travaillez sur quoi ?

Margaret m'a pris par le poignet et m'a entraîné à l'autre bout de la bibliothèque.

— Viens avec moi.

Elle avait l'air tout excitée en approchant de la zone réservée aux enfants. Les étagères avaient été démontées et des albums étaient empilés partout.

— Nous avons fait pas mal de rénovations dans cette section. Nous allons déplacer les étagères pour les installer là. Nous avons aussi de nouveaux meubles et des jeux pour les petits. Mais, comme tout a été chamboulé, ce mur se retrouve vide. Ta mère m'a suggéré de peindre des animaux. Elle fait un boulot formidable. Elle se dépense sans compter : elle vient tous les après-midi de 16 à 18 heures.

J'ai regardé dans la direction que m'indiquait Margaret. Le mur blanc était recouvert de toutes sortes d'animaux. Un éléphant violet portait un singe tacheté sur le dos, un ours en tutu dansait avec un crocodile coiffé d'un diadème. Toute la partie gauche était peinte, mais la droite n'était pas achevée.

— C'est…

— Ce n'est pas ce que j'ai fait de mieux, a complété Valérie à ma place, en nouant un tablier à sa taille.

— Non, c'est super.

Mon admiration lui a fait plaisir. Elle a pris un pinceau.

— Tu veux m'aider ?

J'ai jeté un coup d'œil hésitant aux pots de peinture.

— Je ne suis pas vraiment doué en peinture.

Valérie a balayé mon excuse d'un geste et m'a fait signe de prendre place sur un tabouret. Je me suis approché lentement et je me suis assis.

Maintenant que j'étais plus près, je distinguais les contours de chaque silhouette tracés à la peinture noire. Elle m'a expliqué que c'était comme un coloriage géant. Tout ce que j'avais à faire, c'était de peindre chaque animal d'un ton uni. Elle rajouterait les détails par la suite.

Nous nous sommes mis au travail sans attendre.

Comme la bibliothèque était presque vide, Margaret a allumé une petite radio. Nous nous appliquions en silence. Ma mère fredonnait de temps en temps une chanson, mais, en dehors de cela, nous n'avons pas prononcé un mot.

C'était étonnamment réconfortant.

Après avoir raccompagné Valérie au motel, j'ai décidé de rentrer chez moi. Je voulais prendre une douche en vitesse et me changer avant l'arrivée de Lydia. Les journées d'été étaient de plus en plus chaudes. Je me sentais moite et j'avais des taches de peinture partout.

Je me suis glissé au volant et j'ai allumé la clim pour me rafraîchir. Ma voiture avait cuit au soleil ; l'ombre sous laquelle je m'étais garé s'était déplacée à mesure que l'après-midi avançait. Je me suis protégé les yeux du plat de la main, mais cela ne suffisait pas à atténuer l'éblouissement.

Finalement, j'ai laissé tomber et j'ai décidé de me mettre en route sans attendre, mais, avant que je ne puisse tourner la clé de contact, on a frappé sur la vitre côté passager.

Eliza.

— Salut, m'a-t-elle crié à travers la fenêtre en me faisant signe de lui ouvrir.

Je n'étais pas très à l'aise à l'idée de la faire monter. Je n'avais aucune idée de ce qu'elle voulait me dire, mais je me doutais que la discussion n'aurait rien d'amical. Son frère lui avait peut-être parlé des lettres ou raconté que j'étais entré chez eux par effraction. Tristian avait pu lui révéler bien des choses à mon sujet et j'étais persuadé qu'il ne s'en était pas privé.

J'ai tout de même tendu la main et déverrouillé la portière. Eliza a grimpé à l'intérieur, en grimaçant à cause de la chaleur de l'habitacle.

— Salut, a-t-elle répété.

— Salut.

— Comment tu vas ?

Elle a écarté une mèche humide de son visage. Qu'est-ce que j'étais censé répondre ? Heureusement, elle a repris la parole avant que je ne puisse parler :

— C'est un peu gênant. La dernière fois qu'on s'est vus, on avait une sorte de rendez-vous amoureux. Et, depuis… eh bien… mon frère a avoué avoir tué ton meilleur ami. Je me doute que tu ne t'attendais pas à me voir après tout ce qui s'est passé et tu n'en as sûrement pas envie, mais il y a quelque chose qui me ronge. Je… euh… j'ai un truc à t'avouer.

J'ai dégluti. J'ai eu l'impression que la température venait de monter de dix degrés, malgré la clim.

— À m'avouer ? ai-je demandé quand j'ai retrouvé ma voix.

— Tristian m'avait dit qu'il avait tué Colton.

J'ai passé mes doigts dans mes cheveux en gardant les yeux rivés droit devant moi.

— Tu le sais depuis quand ?

— Assez longtemps pour en parler à la police, si j'avais voulu le faire.

Je me suis frotté le visage, puis j'ai reposé les mains sur le volant et je l'ai serré de toutes mes forces, jusqu'à ressentir une douleur physique, pour m'assurer que cette conversation était bien réelle.

— Je sais qu'il t'a suivi, a-t-elle repris en fixant ses mains posées sur ses genoux. J'étais avec lui, un soir.

Je me suis tourné vers elle. Eliza avait vraiment l'air de s'en vouloir. Mais sa culpabilité était-elle sincère ?

— J'étais avec Tristian lors de la soirée en mémoire de Colton. Nous étions venus en ville pour manger un bout, mais il a dit avoir un truc à faire et s'est arrêté à l'église. Il est électricien et, depuis sa sortie de prison, il avait du mal à trouver du travail. Un des rares boulots qu'il avait réussi à décrocher, c'était de s'occuper du système de sonorisation de l'église.

Eliza a inspiré profondément avant de poursuivre :

— Nous étions dans la sacristie. J'attendais qu'il termine ce qu'il avait à faire quand nous t'avons entendu entrer.

Elle a étouffé un sanglot.

— Sa confession m'a surprise autant que toi. Je croyais qu'on était là pour qu'il termine son travail, mais en réalité… il t'attendait. On s'est enfuis en courant juste après.

— C'était toi ?

— Je suis désolée, a-t-elle murmuré en essuyant les larmes qui s'étaient accumulées sous son menton. J'étais paniquée. J'étais en état de choc. Je ne savais pas quoi faire…

— C'est pas grave, ai-je répondu d'un ton un peu sec. Merci de m'avoir expliqué tout ça.

— Je ne suis pas la seule au courant.

Mon cœur s'est serré.

— Qui d'autre savait ?

— Bones… Tristian l'a payé pour vous faire peur à la fête foraine.

— Le clown ?

Eliza a hoché la tête.

— Tristian espérait que ça vous déconcentrerait. Il m'a dit que vous cherchiez quelque chose d'important et qu'il ne pouvait pas vous laisser mettre la main dessus. Ce soir-là, il a avoué à Bones avoir tué Colton.

J'avais du mal à emmagasiner toutes ces informations. Dans un sens, l'affaire devenait plus claire, les pièces manquantes du puzzle se mettaient en place. Mais cela m'apprenait surtout que mes soupçons étaient faux. Ce qu'Eliza venait de me révéler confirmait que Tristian était bien le tueur et que je perdais mon temps à chercher un autre suspect. Cela m'avait paru trop simple qu'il soit allé se livrer à la police. Je m'attendais à ce qu'il me manipule encore, qu'il joue avec mes nerfs, qu'il me balade avec ses énigmes. Il n'était pas censé baisser les bras et se rendre spontanément.

— Encore une fois, je te remercie de me confier tout ça, Eliza.

Elle a tourné vers moi ses yeux remplis de larmes et secoué la tête.

— Je n'ai pas fini. Ce n'est pas pour ça que je te raconte tout ça.

— Pourquoi est-ce que tu te confies à moi ?

Cette révélation spontanée était frustrante. J'avais envie de rentrer à la maison.

— Je voudrais que tu réalises que malgré ce que tu crois savoir sur Tristian… c'est quelqu'un de très attentionné.

Je n'ai pas pu retenir un ricanement.

— C'est vrai, a-t-elle insisté en serrant les poings. Il veille sur sa famille. Il ne nous ferait jamais de mal.

— Ce traitement de faveur ne concerne que sa famille, Eliza. Et Harrison Noel ?

— Tu as raison, Tristian a toujours eu du mal à gérer sa colère, mais Harrison Noel n'était pas innocent non plus. Les journaux l'ont présenté comme un étudiant modèle, un jeune homme parfait. Ils se sont bien gardés de mentionner qu'il était violent avec sa petite amie enceinte.

Je n'ai pas réagi. Je ne savais pas si elle disait la vérité, mais j'avais envie qu'elle me raconte la suite de l'histoire, vu que Tristian refusait d'en parler.

— Je ne dis pas que Tristian a bien fait. Il harcelait Harrison, il le menaçait et il a fini par le renverser avec sa voiture. Mais Tristian était persuadé d'agir comme il le fallait.

Quand ses explications ont pris fin, je n'étais pas beaucoup plus avancé.

— Tout ça n'excuse en rien ce qu'il a fait subir à Colton.

— Il ne ferait jamais de mal à sa famille, a-t-elle répété avec fermeté. Colton et lui étaient de vrais frères.

— Oui, je sais. Ils étaient hyper proches, inséparables, peu importe comment on qualifie leur amitié. *Je le sais.* Tout le monde était au courant avant moi.

Mon ton était dur.

— Non, tu ne comprends pas ! Je ne disais pas ça au sens figuré.

Mon cœur s'est arrêté.

— Mon frère a été adopté, Elliot. Tristian et Colton étaient frères de sang.

37.

Je ne mangeais plus. Je ne dormais plus. Je ne fonctionnais plus.

Après les aveux d'Eliza, j'avais passé la nuit dehors sans rien expliquer à personne, pas même à Lydia. Depuis, j'étais un ouragan qui détruisait tout sur son chemin. Les gens m'évitaient. Rien ne pouvait m'atteindre. Des pensées destructrices tournaient en boucle dans ma tête et, même quand je tentais de les chasser, elles revenaient, plus violentes encore, me saccager de l'intérieur.

Les aveux d'Eliza m'avaient bouleversé. Les Crest ne mentaient pas quand ils avaient expliqué que Colton rendait visite à de la famille pendant sa disparition. Mais, si Tristian n'avait pas tué son frère, qui l'avait fait ?

J'étais au bord du lac, assis sur le ponton, et les sept lettres étaient étalées devant moi, maintenues en place par des pierres. Je n'étais pas venu ici depuis la découverte du corps de Colton.

C'était morbide de retourner sur les lieux du crime. Cet endroit était la source de mes cauchemars récurrents, il suffisait que j'y pense un instant pour revivre le moment atroce où j'avais vu le corps flotter. Mais les derniers instants de sa vie avaient dû être horribles, et c'était ici qu'il avait rendu son dernier souffle. Le lac était hanté par ses souvenirs.

J'étais prêt à tout pour faire taire les questions qui m'obsédaient. Prêt à croire que l'eau me murmurerait les réponses que j'attendais ou que les arbres me donneraient une indication.

J'implorais l'univers de me faire un signe.

J'aurais voulu que le fantôme de Colton m'apparaisse, que des pétales de fleurs portés par le vent forment le nom du meurtrier.

N'importe quoi.

— N'importe quoi, ai-je murmuré en regardant fixement les sept feuilles dépliées devant moi.

Rien.

J'ai passé une main sur mon visage en laissant échapper un gémissement. Tous les faits étaient répertoriés dans mon esprit, connectés entre eux, mais je n'arrivais pas à prendre assez de recul pour visualiser l'image globale. On aurait dit un dessin à relier mal complété.

Comme je doutais de la sincérité d'Eliza, dès mon retour à la maison, j'avais fait des recherches pour confirmer ses révélations à propos de Harrison Noel. C'était un nom assez courant et j'avais dû passer au crible des pages et des pages de sites et d'articles.

Mais j'avais fini par tomber sur ce que je cherchais. Quelques années avant sa mort, Harrison Noel avait fait l'objet d'une arrestation, à son domicile de Ridgemount. Des voisins avaient appelé la police, qui avait retrouvé sa petite amie de l'époque, Melissa Doer, rouée de coups. Il avait été accusé de violence conjugale.

Eliza m'avait dit la vérité.

Si elle ne m'avait pas menti à ce sujet, ça signifiait que ce qu'elle m'avait raconté à propos de Colton et de Tristian était vrai également. Ils étaient frères. Cela expliquait leur ressemblance physique. Ce n'était pas une simple coïncidence. J'aurais dû m'en douter. Rien dans ce fichu mystère n'était dû au hasard.

Mais pour quelle raison les Crest auraient-ils voulu que Tristian soit adopté ?

J'ai tenté de faire le calcul, mais d'autres pensées venaient sans cesse perturber mon esprit et j'ai perdu le fil plusieurs fois. Pour éviter que les chiffres ne m'échappent à nouveau, j'ai fermé les yeux et je me suis concentré. Il m'a fallu quelques essais avant d'arriver enfin au résultat.

Mme Crest aurait eu dix-sept ans et M. Crest dix-neuf.

C'était peut-être à cause de leur âge et de leur situation financière qu'ils s'étaient jugés incapables d'élever un enfant ensemble. Colton avait dû apprendre un jour qu'il avait un frère et finir par remonter la piste jusqu'à Tristian. Cela avait dû être un choc pour lui de découvrir que son grand frère caché était un assassin.

Surtout qu'il avait été témoin du meurtre.

Ces deux raisons étaient plus que suffisantes pour qu'il se lance dans ce projet qui pouvait paraître insensé. Peut-être que leur amitié n'était pas forcée et qu'elle n'avait pas démarré sous de faux prétextes ? Peut-être que Colton voulait *vraiment* apprendre à connaître son frère et comprendre pourquoi il avait tué Harrison Noel ?

Mais pour quelle raison Tristian s'était-il accusé du meurtre de Colton ?

Qui est-ce que Tristian protégeait ?

J'avais l'impression qu'il me restait toujours plus de questions à résoudre que je n'avais réussi à obtenir de réponses. Les questions bourdonnaient dans ma tête comme des abeilles en colère. Je luttais contre moi-même. Je voulais tourner la page, mais c'était peine perdue tant que ce mystère ne serait pas résolu. J'étais la seule personne persuadée que la vérité n'avait pas éclaté au grand jour.

Si tout ce qu'Eliza m'avait raconté était vrai, Tristian semblait avoir pleinement confiance en sa famille adoptive. C'est probablement pour cette raison qu'il avait avoué le meurtre de Colton aux deux personnes les plus importantes dans sa vie : Eliza et Bones. Il savait qu'ils le croiraient sur parole. Tout me portait à croire qu'il leur avait fait ces aveux pour rendre son histoire plus crédible. Grâce à cela, au moment où il se livrerait à la police, deux personnes pourraient confirmer sa version des faits.

Je me suis étendu sur le dos, les bras au-dessus de la tête. Plus je creusais mes hypothèses, moins elles me paraissaient logiques, mais je ne pouvais pas m'empêcher de me torturer. On ne m'avait pas désigné au hasard pour élucider cette affaire et j'étais déterminé à réussir coûte que coûte.

Je scrutais les nuages en tentant d'identifier des formes. J'avais lu que regarder le ciel est thérapeutique et qu'observer la lente rotation de la Terre permettait de faire le vide en soi. Malheureusement pour moi, ça ne me donnait que le tournis.

Je me suis redressé en soupirant et replongé dans les lettres. J'avais l'impression de les relire pour la centième fois. Peut-être qu'un détail m'avait quand même échappé.

Mais je ne faisais que tourner en rond.

C'était comme chuter dans un gouffre infini.

Mon téléphone a sonné. Je l'ai regardé vibrer sur le bois du ponton. Comme je n'étais pas d'humeur à parler à qui que ce soit, je n'ai pas répondu. Mais la personne qui tentait de me joindre était persévérante. À la quatrième tentative, j'ai fini par décrocher.

— Allô ?

— Salut, a fait Lydia. Tu es où ? T'es impossible à joindre. Je suis passée chez toi ce matin et ton père m'a dit que tu étais encore sorti.

Je n'avais pas vu Lydia depuis le Nouvel An. Je ne l'avais même pas rappelée après lui avoir posé un lapin à son retour. J'étais entré dans une phase d'isolement total.

— Oui, je suis sorti, ai-je confirmé laconiquement.

J'avais passé la journée au bord du lac. J'étais affamé, épuisé et déshydraté. Le soleil de fin d'après-midi me brûlait la peau. Quand je rentrerais chez moi, je ressemblerais à une étoile de mer desséchée.

Elle a soupiré.

— Viens me voir, Elliot. Ça me manque de passer du temps avec toi. Et puis j'ai envie de profiter de l'été avant de partir à la fac.

— Je ne suis vraiment pas d'humeur, tu sais.

Je savais que je finirais par regretter de ne plus voir Lydia, mais la laisser seule valait mieux que tout gâcher par manque d'enthousiasme. Je voulais qu'elle garde de moi une image plus heureuse que celle que je me sentais capable de lui offrir. Elle méritait au moins cela.

— Je suis désolé, ai-je ajouté, comme elle ne répondait pas.

— Hé, devine quoi ? m'a-t-elle lancé avec un enthousiasme qui m'a paru un peu forcé.

Elle a interprété mon silence comme une invitation à continuer.

— Pendant mes vacances, j'ai attrapé de nouvelles taches de rousseur !

Cass m'avait dit qu'elle avait croisé Lydia en ville et qu'elle était couverte de taches de rousseur. Lydia qualifiait son incapacité à bronzer de « super-pouvoir » et considérait l'apparition de petits points roux sur sa peau comme un miracle. Elle y tenait beaucoup, selon elle ces taches étaient des constellations solaires, un cadeau que lui offrait le ciel en été.

C'était ce genre de détail qui faisait de Lydia une fille hors du commun.

— Compte-les et dis-moi le total.

Elle a ri, puis a repris son sérieux :

— Je le pense vraiment, tu sais. Tu me manques.

— Tu me manques aussi. Mais ce n'est pas le bon moment.

— Je comprends. Promets-moi juste qu'on partagera un dernier paquet de bonbons acidulés avant la fin de l'été ?

— Sept même, si tu insistes.

J'ai perçu son sourire au téléphone.

— Sept, ce serait génial.

— Écoute, je te rappelle plus tard, d'accord ? Je crois que je vais rentrer chez moi.

— D'accord. Je passerai ce soir. Je dois te déposer quelque chose.

— Qu'est-ce que c'est ?

— Une petite surprise. À tout à l'heure.

On s'est salués et j'ai raccroché. Une fine pellicule de sueur s'était accumulée sur la surface de mon téléphone, je l'ai essuyée avec l'ourlet de mon tee-shirt avant de glisser l'appareil dans ma poche.

J'étais enfin prêt à rentrer à la maison. J'ai ramassé les pierres qui empêchaient les pages de s'envoler et je les ai lancées dans l'eau. Puis j'ai empilé les lettres.

Mais, en les regardant déployées comme un éventail dans mes mains, j'ai remarqué quelque chose.

Mon cœur a fait un bond dans ma poitrine. Je n'en revenais pas.

Tout était clair, d'un coup.

Les lettres du tueur constituaient une suite. Ensemble, elles formaient le dernier indice.

La première lettre de chaque page formait un mot.

S U I C I D E

— Il s'est suicidé, ai-je murmuré.

— Non. Quelqu'un d'autre souhaitait encore plus sa mort. Plus que lui-même.

Cette maudite voix. Un frisson m'a parcouru l'échine, malgré la chaleur accablante.

— C'est *moi* qui ai tué Colton Crest.

38.

— Papa, qu'est-ce que tu racontes encore comme connerie ?

Mon père a attendu que je me retourne et que je le regarde droit dans les yeux pour me répondre. Mon cerveau essayait encore d'analyser les paroles qu'il venait de prononcer, mais mon rythme cardiaque affolé m'indiquait que j'avais déjà tout compris.

J'ai examiné l'homme qui se tenait devant moi. Son visage si familier, mal rasé, ses traits tirés par les longues nuits de travail, sa dégaine pas nette, suite aux douches qu'il oubliait de prendre. Ses cheveux en pétard, sa veste en tweed démodée et ridicule qu'il adorait tant, avec ses coudes renforcés en cuir. En l'observant mieux, j'ai remarqué que quelque chose dans son regard avait changé : il avait perdu sa douceur. Ses yeux étaient sombres et agités comme une mer sous la tempête.

— J'ai tué Colton. Il se tenait exactement là où tu te trouves en ce moment.

Il a sorti une montre à gousset de sa poche. Celle de Colton.

— Cette montre m'appartient.

Quoi ? Pourquoi ? Mais comment est-ce que… ?

Les questions se bousculaient dans ma tête, mais j'étais trop abasourdi pour former des phrases cohérentes. Mon estomac était retourné par l'angoisse.

— Je suis étonné que tu ne l'aies pas découvert tout seul.

Le ton habituellement blagueur de mon père me paraissait soudain cruel, condescendant.

— Honnêtement, je suis déçu. Je t'ai pratiquement fourni les réponses sur un plateau. J'ai sans doute surestimé tes capacités, Elliot.

Le doute qui m'assaillait encore, le refus de croire que mon père soit capable d'un acte aussi horrible, s'est évaporé à mesure qu'il parlait. J'ai été pris d'une rage folle :

— Tu es un vrai malade !

Ma réaction a semblé l'amuser. Il a éclaté d'un gros rire.

— Tu as toujours été le maillon faible de la famille. J'imagine que mes trois enfants ne pouvaient pas tous avoir un cerveau brillant.

J'ai ouvert la bouche pour protester, mais je l'ai refermée quand j'ai réalisé ce qu'il venait de dire.

— Tu ne savais pas ? s'est-il exclamé avec un immense sourire. Tristian n'est pas juste le frère de Colton, c'est le tien aussi. Tu ne t'es pas demandé pour quelle raison Cass recevait aussi les lettres ? Le meilleur copain, la petite amie et… Cass. Tu ne croyais tout de même pas qu'elle avait été choisie au hasard ?

J'aurais voulu rester aussi calme que mon père, mais j'avais du mal. Mes mains tremblaient tellement que je devais serrer les poings. J'étais si tendu que ma mâchoire crispée me faisait un mal de chien.

— Toi et Megan…

Même si c'était une question, j'ai prononcé ces mots comme une affirmation. Mon père et Mme Crest !

— Nous avions dix-sept ans. Nous n'envisagions pas de rester ensemble après la remise des diplômes. Puis Tristian a changé la donne. Pour le bien de cet enfant que nous n'avions pas désiré, nous sommes restés ensemble jusqu'à sa naissance, puis son adoption. Nous avons trouvé un couple de parents adoptifs à Ridgemount. Alexandra Yanks et son mari, Jasper, qui ne pouvaient pas avoir d'enfants. Elle avait vingt-sept ans à l'époque, elle possédait une petite entreprise de pâtisserie et son mari travaillait pour une grosse boîte. Ils ont accueilli notre bébé à bras ouverts. Ce qui est étonnant, c'est qu'ils ont fini par avoir une fille à eux quatorze ans plus tard. Je crois qu'ils l'ont appelée Eliza.

— Tu as laissé ton *propre fils* porter le chapeau pour un crime que *tu* as commis ? ai-je fulminé.

Cet acte de trahison me révulsait. Mon père, que j'avais toujours considéré comme un parent aimant, était un salaud sans cœur. Il ne faisait plus partie de ma famille. C'était un assassin.

Ma colère n'avait pas l'air de l'ébranler. Il a repris son récit avec calme :

— Il s'est confessé de son plein gré. Tristian a grandi dans le doute au sujet de ses origines. Lorsque nous avons repris contact après la mort de Colton, il était tellement avide d'amour paternel qu'il m'a pratiquement proposé de s'accuser à ma place. Tu sais que je suis doué avec les mots. Il était tellement instable psychologiquement que je suis parvenu à le manipuler en très peu de temps.

— Je ne comprends pas pourquoi tu as tué Colton. Qu'est-ce qui t'a poussé à assassiner mon meilleur ami, bon sang ?

— Ce maudit gamin allait tout faire foirer ! Il allait tout détruire. Tu ne comprends pas, Elliot ? J'ai fait ce qu'il fallait. J'ai fait tout ça pour toi. Est-ce qu'il ne vaut pas mieux sacrifier une seule personne que faire du mal à tous ceux qu'on aime ?

L'orage dans ses yeux était électrique, ses iris lançaient des éclairs de folie pure.

— Quand nous nous sommes séparés, Megan et moi, c'était un soulagement pour tous les deux. Mais, quand ta mère a appris l'existence de Tristian, elle est devenue hystérique. J'ai fait l'erreur de me marier sans tout dévoiler de mon passé et elle ne m'a pas pardonné de lui avoir caché ce secret. C'était l'amour de ma vie et j'étais effondré de la voir partir. C'était insupportable de voir ma famille voler en éclats à cause d'une erreur de jeunesse. Je savais qu'il fallait enterrer cette affaire. Comment aurais-je pu lui avouer la vérité ? Comment lui confesser que les premières fois que nous avions partagées n'étaient pas vraiment les premières ? Comment lui raconter qu'au lycée j'avais eu un enfant avec sa nouvelle meilleure amie ? Valérie et Megan étaient devenues inséparables dès qu'elles s'étaient rencontrées et, une fois cette amitié lancée, je savais que plus j'attendais, moins elle accepterait mes aveux. J'ai préféré garder le silence et laisser le squelette prendre la poussière dans le placard. Mais, avec le temps et la poussière qui s'accumulait, j'ai décidé qu'il était temps d'enterrer les ossements pour de bon et de m'assurer qu'ils ne seraient jamais retrouvés.

Mon cœur battait la chamade. Ses paroles résonnaient dans ma tête et me soulevaient l'estomac. Je ne savais pas si j'étais capable de supporter la chute de son histoire.

— Colton s'est un jour mis à fouiller mon passé et a tout déterré. J'avais presque de la peine pour lui. Il a tellement souffert de voir son propre frère tuer un autre homme sous ses yeux. Cette scène le hantait, le poursuivait dans ses cauchemars, le harcelait dans ses rêves éveillés. Ce meurtre était imprimé dans sa mémoire, c'était un souvenir dont il ne parvenait pas à se détacher. Il avait l'intention de se suicider, de laisser ces lettres pour toi, pour que tu puisses remonter le fil des événements et découvrir la vérité de la même manière que lui. Tu t'es déjà demandé pourquoi tu ne reconnaissais pas l'écriture ? Il était ambidextre, ce roublard… Quand il a retrouvé son frère, il s'est mis à douter. Il ne voulait plus mettre fin à ses jours. Les lettres étaient déjà en place, les indices aussi, mais il est venu ici pour faire le point. Comme j'étais la dernière pièce de son puzzle ou la dernière étape de sa chasse au trésor, il avait caché la montre à gousset dans mon bureau. Je sais qu'il a toujours l'air en désordre, mais je connais les moindres recoins de la pièce, je sais précisément où se trouve chaque chose, si un objet a été déplacé ou si quelque chose y a été caché. J'ai découvert la montre dès qu'il l'a dissimulée. Je l'avais offerte à Megan quand nous avions commencé à sortir ensemble. C'était un cadeau romantique, à une époque où je croyais que notre amour durerait pour l'éternité. J'étais jeune et naïf. Je ne me rendais d'ailleurs pas compte de la valeur de ce bijou. Le donner à une femme dont je pensais être amoureux me semblait la meilleure preuve de mon affection. J'ai pourtant oublié l'existence de cette montre quand j'ai rencontré ta mère.

Mon père avait décidé de vider son sac et rien ne semblait pouvoir l'arrêter. Je sentais mes doigts trembler au bout de mes bras raides.

— Le bijou n'a refait surface que lorsque Colton s'est mis à fouiner dans les affaires de sa mère. Il fourrait toujours son nez partout. À ce moment-là, Valérie était partie depuis longtemps. Elle était retournée dans sa ville natale du Queensland avant même que notre divorce ne soit prononcé. J'ai dit à Megan que Colton pouvait garder la montre, mais que l'histoire de cet objet devait rester secrète. J'avais tiré un trait sur mon passé. Mais il m'a soudain rattrapé quand j'ai trouvé la montre à gousset dans mon bureau l'année dernière, accompagnée de la dernière lettre. J'ai découvert les intentions de Colton et j'ai décidé de lui en parler à visage découvert. Je me suis laissé emporter par la colère quand il a refusé de me révéler où étaient les autres lettres. Puis j'ai eu un éclair de lucidité. Colton devait disparaître. Il était au courant des secrets enfouis depuis des lustres et qu'est-ce qu'on enterre d'autre que les secrets ? Les morts.

Les pièces se mettaient peu à peu en place. La mise au point se faisait enfin sur l'image floue que j'avais dans la tête. Les événements étaient liés, les gens aussi. Les mobiles étaient clairs, la perspective changeait, j'avais trouvé la réponse à mes questions. En partie, du moins.

— Pourquoi tu me déballes tout ça maintenant ? Le procès de Tristian s'ouvre dans quelques jours, il a déjà avoué. Tu es pratiquement tiré d'affaire.

Mon père a posé sur moi un regard dur.

— Non, quelqu'un a témoigné sous serment l'avoir vu ailleurs le jour du meurtre, à l'heure estimée de la mort de Colton. La police a des preuves que Tristian a passé toute la journée loin d'ici. Ils l'ont relâché ce matin et l'enquête a été rouverte. Je ne te le dis pas pour satisfaire ta curiosité. Je te le dis parce que tu es mon complice, maintenant.

Il a sorti une arme qu'il cachait dans son dos et l'a pointée sur moi.

— Tu vas m'aider à m'enfuir.

39.

Je n'aurais jamais imaginé qu'un beau jour mon père me collerait une arme contre la tempe et m'obligerait à monter dans sa voiture. Mais, depuis ses aveux, je ne considérais plus vraiment David Parker comme mon père. Il avait perdu ce privilège et avait remplacé ce titre par celui de *tueur*.

— Ce n'est qu'une simple question de temps, a-t-il déclaré en continuant de braquer le pistolet vers moi quand j'ai démarré.

— Tu ne peux pas me tuer, ai-je répliqué d'un ton calme qui m'étonnait moi-même.

J'essayais de rester indifférent à la situation. *Bah, tu me menaces avec un flingue. Et alors ? Ce n'est pas grave, parce que tu m'as nourri de nouilles au fromage que tu réchauffais au micro-ondes. Ça doit bien avoir une importance, non ?*

— Bien sûr que non, Elliot. Tu es mon fils. Tout a commencé parce que je voulais te protéger. Je veux préserver notre relation, quoi qu'il m'en coûte.

Il m'a souri en me fixant à nouveau de ce regard d'illuminé. Puis il a éclaté d'un rire hystérique comme un personnage de film d'horreur. Il était vraiment flippant. Quand il a retrouvé son sérieux, il a pointé l'extrémité froide du canon contre mon torse.

— En revanche, je n'hésiterai pas à employer les grands moyens si tu ne m'obéis pas. Nous formons une famille. Si l'un d'entre nous tombe, nous tombons tous.

— Pas étonnant que Valérie t'ait largué.

Je restais concentré sur la route, mais le silence de mon père m'indiquait que j'avais touché un point sensible. J'ai jeté un rapide coup d'œil sur le côté et j'ai remarqué qu'un tic agitait sa mâchoire. Je l'avais ébranlé, mais je n'étais pas certain du résultat. Est-ce qu'il allait me tirer dessus ? Me rouer de coups de poing ?

— Si tu avais lu le livre qu'elle t'a offert, tu aurais compris bien plus tôt.

À mon tour d'être pris au dépourvu. Mon pied a appuyé un peu trop fort sur l'accélérateur et la voiture a bondi vers l'avant, manquant de percuter le véhicule devant nous. J'ai réussi à freiner et à éviter la collision. Ma ceinture de sécurité s'est bloquée pour me retenir. Mon père savait qu'il avait le contrôle. Ça l'a fait sourire.

— *Le Message d'un fou*, de Gregory Everett. Ce pseudonyme m'a toujours semblé plus professionnel que mon nom de naissance. J'avais dix-sept ans quand ce bouquin a été publié.

Quel imbécile j'avais été ! Les réponses étaient sous mon nez. Il m'aurait suffi d'ouvrir le petit livre cartonné sans jaquette.

— Mais tu m'as dit que tu l'avais étudié à la fac ?

— C'est vrai. J'ai disséqué mon propre travail, j'y ai jeté un regard critique. Ta mère a essayé de t'expliquer par la fiction la raison pour laquelle elle est partie.

— Jamie, ai-je murmuré.

Il a eu l'air surpris.

— Tu en as lu une partie, je vois. Tu n'es pas arrivé très loin, je suppose, mais ce n'était pas nécessaire. C'était un des plus gros indices. La dédicace et l'épigraphe. Si tu les avais assemblées, tu aurais obtenu une information cruciale. Hélas, les lecteurs négligent toujours les premières pages.

— Jamie, c'est Tristian.

— Nous ne connaissions pas le sexe du bébé. Nous l'appelions Jamie quand nous envisagions encore de l'élever nous-mêmes. C'est un prénom unisexe. *Mon premier, mais pas mon dernier ; mon éternel, mais pas pour toujours.*

— Tu m'as fait croire que c'était ma mère qui était responsable de votre séparation.

— Je n'ai jamais prétendu ça, Elliot. Je t'ai juste dit que nous n'étions plus amoureux. C'est elle qui a décidé de partir. Je n'avais rien à voir avec ça.

En y réfléchissant, j'ai réalisé qu'il avait raison. Mon père ne m'avait pas manipulé pour que je pense que c'était la faute de Valérie. J'avais tiré mes propres conclusions à l'époque de son départ. Je me rendais compte que j'aurais dû lui accorder le bénéfice du doute. Mon père ne m'avait pas tout dit et ma mère non plus.

J'ai décidé de changer de sujet :

— Où est-ce qu'on va ?

Et comment est-ce que je peux t'échapper ?

— On quitte cette ville.

— Ça ne va pas paraître suspect ? Tristian est relâché et, hop, on disparaît ?

— Tu me sous-estimes. Nous serons revenus dans quelques heures. Je dois juste me débarrasser de certaines preuves.

J'avais envie de vomir. La simple idée qu'une arme ait pu servir à tuer Colton me révulsait. Est-ce qu'elle était dans le coffre ? Est-ce qu'elle était couverte de sang ?

— Tourne à droite au prochain carrefour.

J'ai obtempéré.

— On va devoir faire un arrêt rapide.

Nous nous sommes garés sur une route abandonnée, au milieu de nulle part. Mon père a collé le pistolet au milieu de mon dos et m'a poussé vers les arbres. Même s'il avait affirmé qu'il ne me tuerait pas, j'avais l'impression que nous marchions vers le lieu de mon exécution.

Nous nous sommes enfoncés dans les bois et nous avons fini par tomber sur une petite cabane isolée. Mon estomac s'est noué. J'ai senti le canon appuyer contre ma colonne vertébrale.

— C'est quoi, cet endroit ? ai-je demandé d'une voix chevrotante.

J'étais furieux contre moi-même de laisser transparaître à quel point j'avais peur.

Mon père a sorti une petite clé de sa poche et a déverrouillé la porte.

— Tu ne t'en souviens pas ? Je vous emmenais ici, ta sœur et toi, quand vous étiez petits. Je venais aussi pour écrire.

J'étais révulsé qu'il évoque mon enfance comme si nous étions en train de feuilleter un vieil album de photos et que je l'interrogeais sur ses plus beaux souvenirs. Il était complètement dérangé s'il espérait que je partage sa nostalgie malsaine.

Il a ouvert le battant et m'a poussé du canon de son arme pour que j'entre. L'espace confiné sentait la terre et la fumée. Il s'est mis à fouiller une des étagères en murmurant des propos incohérents. Il détournait de temps en temps le regard pour me surveiller.

J'ai profité qu'il était en partie occupé pour examiner les lieux. Peut-être que mon père n'avait pas qu'un pistolet et qu'une autre arme était à ma portée ? Mais j'ai eu beau parcourir la pièce du regard, je n'ai rien trouvé de menaçant. Un bureau imposant était placé à côté d'une bibliothèque. Une vieille machine à écrire et une petite lampe étaient posées sur la table. Sur la gauche, il y avait un coffre en bois sculpté et, sur la droite, un canapé en cuir sombre.

C'était un petit paradis pour écrivain.

Mon seul salut pouvait venir de la machine à écrire, si je la lui balançais violemment sur la tête. Sans ça, j'étais fichu. Et cela me demanderait trop de temps. Le temps de saisir l'arme improvisée, il m'aurait tiré une balle dans la jambe.

Je serais fichu pour de bon.

Mon père a sorti un grand livre cartonné et s'est mis à le feuilleter. Quand il a repéré ce qu'il cherchait, il a souri. Il avait trois enveloppes en main. J'ai aperçu mon nom écrit sur l'une d'entre elles.

C'était l'écriture de Colton.

La dernière lettre.

Papa a remarqué que je le fixais et a glissé les trois rectangles blancs dans sa poche arrière.

— En route.

— Cette lettre est à moi.

Je n'ai pas bougé, malgré la pression qu'il exerçait dans mon dos.

— Je t'ai déjà révélé tout ce que tu dois savoir, Elliot.

— Il y a toujours plusieurs versions d'une même histoire. Tu devrais le savoir. Tu es écrivain.

Il s'est contenté de hausser les sourcils.

— J'ai encore des questions !

Mon père a eu l'air d'y réfléchir. À en juger par son front plissé et ses lèvres pincées, j'ai eu l'impression qu'il était sur le point de me faire une proposition. J'étais prêt à parier qu'il allait utiliser la dernière lettre comme monnaie d'échange. Mais il n'avouerait pas que c'était ma réponse qui lui avait donné cette idée.

— Tu seras récompensé si tu fais ce que je te demande, a-t-il décrété en enfonçant le canon dans mon dos. Maintenant, avance.

J'ai marché d'un pas nonchalant vers la sortie. Je voulais mettre sa patience à l'épreuve et je cherchais à gagner du temps. Peut-être que j'arriverais à cogner sa main contre la porte, à lui arracher son arme et à prendre le dessus.

Malheureusement, la théorie m'a semblé soudain beaucoup plus simple que la pratique. J'avais plus de chances d'échouer que de réussir. J'avais de bons réflexes, mais je n'étais pas un ninja non plus.

Même si mon père avait cinquante ans, je ne devais pas sous-estimer ses capacités à utiliser une arme à feu. Je ne pouvais pas supposer qu'il visait mal, c'était trop risqué. Surtout à bout portant. Et le pistolet n'était pas ce qui me faisait le plus peur.

Ce que je craignais plus que tout, c'était sa vivacité d'esprit.

Dès que nous sommes sortis, j'ai entendu des pas réguliers approcher. La personne n'était manifestement pas consciente qu'à quelques mètres à peine un père tenait son fils en joue.

J'avais envie de hurler pour attirer l'attention du promeneur. Mais j'ai hésité quand une pensée a surgi : et si cet innocent se faisait tirer dessus ? Je ne laisserais personne être blessé.

J'ai profité que mon père était distrait par les bruits pour prendre la fuite. Je me suis mis à courir en zigzag pour être plus difficile à atteindre.

Mon père a poussé un cri de rage et s'est lancé à ma poursuite en ouvrant le feu. Le problème, quand on change sans cesse de direction en courant dans les bois, c'est que le sol n'est pas plat. J'ai failli plusieurs fois me prendre les pieds dans les racines d'arbres et les branches tombées au sol. Mon cœur tambourinait si fort dans mes oreilles que je n'entendais plus rien. Les protestations furieuses de mon père étaient couvertes par ma respiration haletante et mon pouls rapide.

Un nouveau coup de feu a retenti et j'ai plongé derrière un arbre, mais une balle s'est fichée à l'arrière de mon mollet gauche. J'ai étouffé un cri.

Fils de pute.

Je sentais déjà le sang couler de la blessure. Le liquide chaud glissait le long de ma jambe et s'insinuait à l'intérieur de ma chaussure. J'ai repris ma fuite en boitillant. La douleur me transperçait le mollet.

J'ai réussi à me traîner vers l'arbre le plus proche et je me suis adossé contre le tronc en me tenant sur un pied pour soulager ma jambe touchée. La sueur qui perlait sur mon front m'aveuglait. J'étais à bout de souffle. Mon cœur se débattait dans ma poitrine, comme un animal sauvage qui cherche à sortir de sa cage.

Une autre balle a fendu l'air et m'a éraflé le poignet, déchirant ma chair. Le sang s'est échappé de la blessure et s'est mis à ruisseler vers ma paume. J'ai refermé les doigts et mes ongles se sont enfoncés dans ma peau tandis que je me retenais de toutes mes forces pour ne pas hurler de douleur.

— Tu ne peux pas m'échapper, Elliot.

J'entendais ses pas, calmes et lents. Des brindilles craquaient sous ses semelles, des feuilles crissaient. Il savait que j'étais blessé.

Par-dessus le martèlement dans ma tête et le bourdonnement de mes oreilles, j'ai entendu mon père siffler une comptine pour enfants…

Quel salaud. Il allait se mettre à chanter comme un psychopathe sur grand écran.

— *Promenons-nous dans les bois, pendant que le loup n'y est pas.*

Il approchait à pas lents et réguliers.

— *Si le loup y était, il massacrerait… sa famille au complet pour taire les secrets.*

J'étais trempé de sang et de sueur, aveuglé et pris de vertige.

— *Loup, y es-tu ? Entends-tu ? Que fais-tu ?*

On approchait de la fin. Et pas juste celle du couplet.

— *Je prends mon pistolet ! J'arrive ! Me voilà !*

J'ai rampé autour de la large circonférence du tronc, en me collant à l'écorce et en faisant le moins de bruit possible. J'ai retenu ma respiration, comme si ça pouvait me rendre invisible.

Je n'avais plus le temps de fuir.

J'ai senti à nouveau le canon froid se coller contre ma peau. Il m'a chuchoté à l'oreille :

— Ne m'oblige pas à te tirer dessus.

Trop tard pour fuir, en effet.

Mais je pouvais encore me battre.

— Va te faire foutre !

J'ai balancé mon coude gauche au hasard et je l'ai touché à la gorge.

Mon père a titubé en arrière en toussant violemment. Il a lâché son arme et porté les mains à son cou. Malgré la douleur de mes deux blessures, je me suis précipité pour la ramasser.

Il a vite réalisé son erreur et a tenté de récupérer son pistolet. Nous avons tous les deux trébuché l'un vers l'autre et nous nous sommes empoignés en hurlant. Il y a quelques semaines, la simple idée de frapper mon père m'aurait scandalisé. Depuis qu'il m'avait mis deux balles dans la peau, je m'en fichais complètement.

— Donne-moi ce foutu flingue ! a-t-il hurlé en enfonçant les doigts dans la blessure de mon poignet.

J'ai pris une grande inspiration, mais ça ne m'a pas soulagé. Le sang a jailli de l'impact et a imbibé la terre sèche.

Il m'a frappé au visage. Le coup m'a stoppé net, mais m'a rendu plus furieux encore. Je lui ai balancé mon poing dans le ventre. Il s'est plié en deux en serrant les dents. J'en ai profité pour le frapper à nouveau de toutes mes forces, ce qui a déclenché un rugissement furieux.

Pendant qu'il se tordait de douleur, j'ai réussi à m'emparer de l'arme. Je me suis remis debout tant bien que mal en serrant le pistolet dans ma main intacte. Il me semblait lourd et je ne savais pas si c'était à cause de son poids ou parce que, si je visais juste, j'aurais la mort de mon père sur la conscience.

Je saignais aussi du nez. Je commençais à me dire que, quand tout serait terminé, il y aurait plus de sang sur le sol que dans mon corps.

Si par chance je m'en sortais vivant.

Je me suis essuyé le nez de ma main blessée, étalant du sang et de la crasse sur mon visage. J'étais blessé, contusionné, à bout de forces, mais je pointais l'arme sur mon père. Il s'est relevé à son tour en riant comme un taré. Il me fixait avec des yeux de fou et un sourire dément.

— Ne bouge pas ! lui ai-je ordonné.

Je tentais de garder le bras tendu, mais c'était très dur et mes muscles commençaient déjà à fatiguer.

— Tu ne me tueras pas, a-t-il affirmé avec calme.

— C'est vrai. Mais je n'hésiterai pas à te tirer dessus si tu tentes quoi que ce soit.

— Me tirer dessus ? a-t-il répété en riant. Elliot, tu ne pourras jamais me faire de mal. Nous formons une famille.

— Ça ne t'a pas empêché de me tirer dessus. Deux fois.

— Tu ne comprends pas ! J'accomplis mon devoir. C'est clair dans ma tête.

Il s'est tapoté vigoureusement la tempe pour souligner ses propos. Il était vraiment persuadé de faire ce qu'il fallait. Dans son esprit, il n'était pas un salaud, mais un héros.

— Ne me tire pas dessus.

J'ai frôlé la détente du bout du doigt.

Il s'est rendu compte que j'étais décidé.

— Tu tirerais vraiment sur ton vieux père ?

Je suis resté de marbre.

— Tu ressembles trop à ta mère. Tu ne le feras pas.

— Ne me tente pas.

— Allez, vas-y, alors.

Je tentais de garder la tête froide. Mon bras commençait à trembler, à s'ankyloser. Je n'avais qu'une envie : m'écrouler sur le sol et m'endormir sur un lit de feuilles et de brindilles.

— Allez, tire, a-t-il insisté.

— Je vais appeler la police.

— Oh, tu n'es pas drôle. Jouons plutôt à un jeu.

D'un geste rapide, il a sorti un autre pistolet et l'a braqué sur ma poitrine.

— Le premier qui tire a gagné.

La situation se compliquait encore. Et s'il tirait le premier ? Et si pour me défendre je tuais accidentellement mon père ? Ma tête tournait, ma vue se brouillait. Ce n'était pas le moment de paniquer. Les questions se bousculaient dans mon cerveau, réclamant mon attention.

— Tire !

Je n'arrivais plus à me concentrer. Les secondes filaient et je ne savais que faire.

Mon père a levé le bras, appuyé sur la détente, et un coup de feu est parti en l'air. Il a surpris quelques oiseaux, qui se sont enfuis pour se mettre à l'abri. J'ai regardé mon père droit dans les yeux. Je ne le reconnaissais plus. C'était un étranger.

— Tire ! a-t-il répété.

J'ai décidé de lui obéir. J'ai pointé l'arme vers son pied.

Je veux juste le désarmer.

Juste le blesser.

J'ai appuyé sur la détente.

Clic.

Pas de *bang*.

40.

Il a éclaté de son rire de psychopathe quand j'ai réalisé qu'il n'y avait plus de balles dans l'arme. Il m'a fixé en secouant la tête.

— La bêtise peut tuer, tu sais.

Il s'est avancé. J'ai reculé. Notre danse avait l'air de l'amuser.

Un léger craquement a retenti dans mes oreilles. J'arrivais à peine à tenir debout. Si je ne me faisais pas abattre dans les minutes qui suivaient, j'allais perdre connaissance. Quelle que soit la suite du scénario, je finirais face contre terre.

Mon père a fait un pas de plus et un flacon en plastique est tombé de la poche de sa veste. Des cachets ont rebondi à l'intérieur. Je ne savais pas que mon père prenait des médicaments.

— C'est de l'aspirine, a-t-il déclaré comme s'il lisait dans mes pensées. Je savais que tu me donnerais mal à la tête, je suis passé à la pharmacie avant de te rejoindre au lac.

Il s'est baissé pour ramasser le pot en gardant son arme rivée sur moi au cas où je tenterais de fuir.

— J'ai vraiment tout fait pour te protéger, Elliot.

Mon père me regardait d'un air grave, mais il avait plus que jamais l'air d'un dingue.

— Je ne pensais pas que tu croirais au blabla de la première lettre et encore moins que tu te lancerais à la recherche des suivantes. Mais, le jour des funérailles de Colton, quand tu as interrompu ton éloge funèbre… j'ai deviné à ton expression que tu avais mis la main sur le premier message. J'ai fait tout ce que j'ai pu pour t'empêcher de résoudre le mystère. J'ai appelé ta mère le jour même pour lui suggérer de t'emmener en vacances, afin de gagner du temps. Mais tu as refusé et tu t'es entêté à fouiner, c'est pour ça que je t'ai imposé le couvre-feu. Ça ne t'a même pas arrêté. Tu commençais à en savoir trop, j'étais de plus en plus convaincu que tu allais découvrir la vérité. Ta mère m'a quitté dès qu'elle a appris l'histoire de Tristian… Je ne pouvais pas risquer de vous perdre, toi ou ta sœur, de la même façon. Vous grandissez, vous serez bientôt tous les deux à la fac. Vous allez fonder votre propre famille. Vous m'auriez tourné le dos à tout jamais.

Il continuait à avancer en parlant, mais je me sentais trop faible pour reculer au même rythme. Le crépitement dans mes oreilles s'intensifiait.

Puis j'ai réalisé que le bruit n'était pas seulement dans ma tête et qu'il n'avait rien à voir avec la fatigue. Quelqu'un foulait les feuilles mortes et les brindilles sèches. Quelqu'un marchait dans les bois.

Le joggeur que nous avions entendu plus tôt.

Maintenant que j'avais identifié le son, je parvenais à me concentrer dessus. Quelqu'un courait au loin et j'avais l'impression que les bruits de pas provenaient de deux directions différentes. Mon père a tout à coup mis un terme à son discours. Son regard furieux a confirmé mes soupçons. Des gens arrivaient.

— Par ici ! ai-je crié pour attirer leur attention.

C'était ma dernière chance de m'en sortir. En espérant que ces personnes ne courent pas avec de la techno dans les oreilles.

J'ai soudain vu surgir une jeune fille aux cheveux blond vénitien que je ne connaissais que trop bien et mon appel à l'aide s'est transformé en supplication :

— Non ! Lydia ! Va-t'en !

Mon père a tourné la tête et son pistolet pour tenter de la repérer. Je fouillais frénétiquement la forêt pour voir derrière quel arbre elle s'était cachée. Elle risquait d'être blessée. De se faire *tuer.*

Putain de merde !

Comme il ne parvenait pas non plus à localiser Lydia, mon père a à nouveau braqué son arme vers moi. Seuls quelques mètres nous séparaient encore et il visait mon front.

— Je t'ai peut-être sous-estimé.

Mon père avait un regard de fou. Il avait perdu la tête pour de bon.

— Comment as-tu fait ? Comment l'as-tu contactée ? À qui d'autre en as-tu parlé ? Tu as passé un appel d'urgence et tu as enregistré notre conversation, c'est ça ?

— Je ne sais pas comment elle nous a trouvés.

Ma tête tournait à toute allure et mon estomac était noué à l'idée qu'il pourrait s'en prendre à Lydia.

— Je te le jure, ai-je ajouté.

— *Ne me mens pas.*

Il était complètement hystérique, sa poitrine se soulevait à un rythme effréné. Il a lâché un petit rire démoniaque.

— C'est très mal. J'avais tout planifié… Mon plan était sans faille. Comment as-tu fait pour appeler à l'aide ?

Derrière lui, je voyais quelqu'un approcher discrètement. Mon père perdait les pédales, on aurait dit qu'il était possédé. J'avais déjà eu du mal à le reconnaître quand il avait avoué le meurtre de Colton, mais maintenant… c'était comme s'il n'était même plus humain. Il marmonnait à voix basse, tentant de rafistoler son plan qui partait en sucette.

La silhouette derrière lui est apparue dans mon champ de vision. J'avais du mal à en croire mes yeux : c'était ma mère. Elle pleurait en silence et ses épaules étaient secouées de sanglots. Elle avait l'air terrifiée, mais avançait à pas de loup, la machine à écrire de la cabane d'écrivain dans les bras.

Mon père a remarqué que j'étais distrait par quelque chose derrière lui. Il s'est redressé et se préparait à se retourner quand ma mère a lancé la machine de toutes ses forces. Dès qu'elle a quitté ses mains, j'ai deviné qu'elle n'aurait pas beaucoup d'effet. L'élan n'était pas suffisant pour qu'un objet aussi lourd atteigne sa cible et fasse de gros dégâts.

Comme je m'y attendais, la machine est tombée à quelques mètres de mon père, s'écrasant sur le sol.

Nous étions foutus. C'était fini pour nous.

Il a regardé la machine à écrire, puis ma mère.

— Valérie ?

— C'est fini, David.

Elle tremblait et des larmes roulaient sur ses joues.

Ses paroles avaient un double sens.

— Je n'ai jamais voulu te faire de mal, Valérie.

— Tu me fais du mal, là, en ce moment.

Il a hésité. Il n'avait pas l'air de comprendre.

— Tu as tiré sur notre fils.

Mon père s'est retourné et m'a regardé comme s'il ne me considérait plus comme un obstacle, mais comme s'il me voyait enfin comme la chair de sa chair.

— Je…

Il cherchait une excuse pour justifier ses actes. Mais rien n'est sorti.

— Tu as passé tant d'heures à imaginer des méchants, des démons et des cauchemars que tu as fini par en devenir un toi-même, a murmuré ma mère entre ses sanglots.

— Lâche ton arme, papa.

Cass venait de nous rejoindre. Elle était bouleversée, mais se mordait la lèvre inférieure pour contenir ses sanglots. Trevor est arrivé derrière elle et a passé les bras autour de sa taille, la serrant contre lui pour la protéger.

— Ce sera mieux pour tout le monde, David, a-t-il ajouté.

J'ai cligné des yeux pour m'assurer que la scène qui se déroulait sous mes yeux était bien réelle. Comment tout ce monde était-il arrivé ici ?

Mon mal de tête empirait et j'avais envie d'avaler les cachets d'aspirine que mon père avait rempochés. Est-ce que j'avais des hallucinations ? Est-ce que j'étais mort, putain ?

Mon père s'est mis à pivoter sur place en braquant son pistolet d'une main tremblante, sans viser personne en particulier. On aurait dit un cerf pris dans les phares d'une voiture en pleine nuit, les yeux écarquillés, le regard fou. Il s'est retrouvé face à ma mère, le canon pointé dans sa direction. Cass a poussé un cri.

— Je suis désolé, Valérie. Je… suis… vraiment… désolé.

Il pleurait. Les sanglots le faisaient bafouiller.

Mon père se prenait pour Superman. Mais tous les super-héros ont leur kryptonite. Son point faible, à lui, c'était ma mère. Elle l'avait toujours été. Il l'aimait à la folie. À en perdre la raison.

À la vie à la mort.

— Jeter vos armes à terre ! Mains derrière la tête ! Vous êtes cernés.

La police était arrivée. J'avais l'impression que le décor tournait autour de moi. Il se passait trop de choses. Si une licorne avait débarqué, je n'aurais même pas été surpris.

Valérie a croisé les doigts derrière son crâne.

— Rends-toi, David.

Ma famille au complet l'encerclait. Ensemble, nous venions d'affronter cet homme dont nous n'aurions jamais imaginé qu'il deviendrait un jour notre ennemi. J'avais cru que le meurtre de Colton serait l'épreuve la plus pénible de ma vie. Comme je me trompais…

Nous faisons entièrement confiance à ceux que nous aimons et les conséquences peuvent être douloureuses.

Mon père s'est effondré, terrassé. Il admettait enfin que son plan avait échoué. Ses épaules se sont affaissées, son pistolet pendait mollement au bout de son bras. Il l'a posé sur le sol, les yeux emplis de larmes, et s'est retourné, les mains en l'air.

La police s'est approchée de lui. À partir de là, je n'ai plus été capable de me concentrer. Je n'ai pas suivi les détails de son arrestation parce que la douleur a pris le dessus. Ma mère est apparue à mes côtés tandis que j'essayais d'inspecter ma jambe. Un policier a remarqué mon état et a signalé à un collègue que j'avais besoin d'urgence de soins médicaux.

— Où est Lydia ? ai-je demandé en la cherchant du regard.

— Elle va bien, elle est en sécurité.

Ma mère a pris mes joues entre ses mains et m'a regardé comme si elle avait du mal à croire que j'étais bien là. Elle a étouffé un sanglot.

— J'ai eu si peur… J'ai cru qu'il allait te tuer…

J'ai pris appui contre un arbre et j'ai ignoré la douleur fulgurante qui me traversait la jambe.

— Comment as-tu su ce qui se passait ?

— Grâce à Trevor.

Ma mère était trop secouée pour m'en dire plus. Trevor est apparu à ses côtés un instant plus tard et lui a tapoté délicatement le bras.

— Ça va, Valérie ?

Elle a hoché la tête en reniflant. Quand il s'est rendu compte qu'elle n'était pas en état de m'expliquer, il l'a fait à sa place :

— J'étais à la pharmacie, j'étais venu acheter des bandelettes pour mesurer la glycémie et j'ai vu ton père entrer. Il serrait une montre à gousset et je me suis dit qu'elle ressemblait à celle de Colton. J'ai lu pas mal de rapports sur le meurtre et cette montre était un élément important de l'enquête. Nous avons échangé quelques mots, David et moi, et j'ai trouvé qu'il n'avait pas l'air dans son état normal. Je ne sais pas comment décrire ça, il était… comme hanté.

— J'étais dans la voiture de Trevor, est intervenue Cass.

Trevor lui a massé les épaules.

— Dès que j'ai vu la montre à gousset, a-t-elle repris, j'ai compris que c'était lui le coupable. Nous avons perdu sa trace dans la circulation, mais nous vous avons finalement retrouvés au lac. Quand j'ai vu qu'il t'emmenait, je ne savais pas quoi faire. J'ai appelé maman et elle m'a dit qu'elle pensait savoir où vous alliez.

— Cette petite cabane était son sanctuaire, a complété ma mère en souriant tristement. Je savais que, s'il avait des secrets, c'est là qu'il les aurait cachés.

Elle avait pris des risques incroyables pour venir ici, faire face à son ex-mari, armée uniquement de son courage et de sa persuasion. Tout ça parce que mon père avait pété les plombs. Il voulait tellement me protéger qu'il croyait agir pour mon bien.

Ma mère avait accompli ces exploits pour un fils qui était presque un étranger pour elle. Même si nous ne passions que peu de temps ensemble, elle m'aimait encore de tout son cœur.

— On va t'emmener à l'hôpital. Ça va aller, je te le promets. Tout va bien se passer.

J'ai passé mon bras valide autour de ma mère et je l'ai serrée le plus fort possible. Elle a eu l'air étonnée un instant, puis elle s'est collée contre moi. Elle dégageait une délicieuse odeur d'assouplissant.

Je me sentais bien.

J'avais l'impression d'être de retour à la maison.

41.

Quand l'ambulance est arrivée, j'étais à bout de forces, j'avais perdu trop de sang. Je parvenais à peine à garder les yeux ouverts et j'ai fini par sombrer.s

J'ai été transporté aux urgences, où je suis passé directement sur la table d'opération afin qu'on extraie la balle du mollet ! Après quelques jours de repos forcé à l'hôpital, je suis parvenu à rester éveillé pendant plus de deux minutes.

La première chose que j'ai remarquée en ouvrant les paupières, c'était Lydia. Elle était affalée sur une chaise en plastique, elle tenait ma main dans la sienne. Sa tête était posée sur mon lit, ses longs cheveux éparpillés sur les draps. J'ai serré doucement ses doigts et ce petit geste a suffi à la tirer de son sommeil paisible.

— Elliot ! s'est-elle exclamée avant de se jeter sur moi.

Le choc m'a pris au dépourvu et j'ai poussé un petit cri de douleur.

— Oh mon Dieu, excuse-moi.

Elle s'est écartée dès qu'elle s'est rendu compte de sa maladresse. Mais je l'ai à nouveau attirée vers moi.

— Je suis trop content qu'il ne te soit rien arrivé.

— Et moi je suis trop contente que tu commences à récupérer.

Elle s'est agrippée à ma blouse d'hôpital et elle s'est mise à sangloter sur mon épaule, le corps secoué de tremblements incontrôlables. J'ai enfoui mon visage dans ses cheveux pour m'empêcher de faire la même chose. Nous sommes restés longtemps dans cette position.

— J'ai eu tellement peur.

Je l'ai serrée plus fort :

— Moi aussi.

Affronter la réalité et accepter que l'assassin que je traquais était mon père était une expérience traumatisante, mais ce n'était pas la seule. Me rendre compte qu'il n'avait aucune limite et qu'il n'hésitait pas à faire du mal était terrifiant. Le pistolet qu'il tenait en main n'était pas la seule source de danger, loin de là.

Il était écrivain et il savait comment torturer les gens en quelques phrases.

Les mots sont des armes. On peut s'en servir pour infliger la plus atroce des souffrances ou pour exprimer les plus belles choses. Pour manipuler, influencer la pensée, les croyances, les émotions. Si mon père n'avait pas eu d'arme à feu, son pouvoir de persuasion m'aurait blessé aussi durement que les balles de son pistolet. Un discours bien affûté peut s'imprimer dans la mémoire, et il est parfois plus difficile de se remettre de ce genre de traumatisme que de guérir d'une blessure par balle.

— Comment as-tu su où nous nous trouvions ?

— Quand Cass et Trevor ont compris que ton père était l'assassin de Colton, ils ont appelé ta mère. Comme ils n'avaïent pas le temps de venir la chercher à Ridgemount, c'est moi qui m'en suis chargée. J'ai failli provoquer un accident en dépassant allègrement la limite de vitesse.

Lydia a secoué la tête :

— Je n'ose même pas imaginer ce qui se serait passé si nous n'étions pas arrivés à temps.

— Je ne serais plus là pour en parler avec toi.

Elle a frissonné.

— Tu crois vraiment qu'il t'aurait tué ?

— Je mettais sa patience à rude épreuve. Il était à bout. Je crois qu'il m'aurait encore tiré dessus parce que je le faisais chier.

— Tu ne peux pas t'en empêcher, hein ?

— C'est mon point faible, j'avoue.

Nous nous sommes souri. Malgré les circonstances, ça faisait un bien fou de plaisanter. Quand j'ai repris mon sérieux, j'ai reposé la tête sur l'oreiller et j'ai parcouru ma chambre du regard. Des cartes de « Bon rétablissement » étaient empilées sur la table de nuit et un ballon en alu flottait au pied du lit.

— De qui ça vient, ce truc ?

Lydia s'est retournée pour regarder dans la direction que j'avais indiquée.

— De Trevor.

— Trevor, hein ? Je l'ai mal jugé.

— Tu n'es pas le seul. Je me méfiais de lui aussi. Mais c'est un mec génial. Il rend ta sœur super heureuse. Je ne l'ai jamais vue sourire autant.

— Et où est Cass, à propos ?

— Chez toi, elle s'occupe de tout. Elle était ici ce matin. Elle sera soulagée de savoir que tu t'es enfin réveillé.

J'ai passé une main sur mon visage en étouffant un gémissement.

— Je suis resté KO combien de temps ?

— Quelques jours.

— J'ai dû rater plein de trucs.

Lydia a ri.

— Pas vraiment. Il s'est passé plus de choses en quelques heures dans les bois que pendant les journées entières où tu es resté inconscient.

Elle s'est tue et s'est mordillé nerveusement la lèvre inférieure.

— Qu'est-ce qu'il s'est passé là-bas ? Tu es le seul à connaître toute l'histoire…

J'ai réalisé que les autres n'étaient toujours pas au courant de la scène qui avait précédé les coups de feu.

C'était une longue histoire et je n'étais pas sûr de me souvenir de tout, mais j'ai pris une grande inspiration et j'ai raconté à Lydia tout ce que je savais.

Je suis encore resté quelques jours à l'hôpital, le temps de récupérer suffisamment de forces pour me lever et que la blessure commence à cicatriser. Le jour de ma sortie, ma mère m'a aidé à emballer mes affaires. Elle voulait que j'utilise un fauteuil roulant, mais j'étais convaincu que mes béquilles suffiraient. Lydia était aussi présente. Elle m'a patiemment soutenu pendant que je sautillais jusqu'au parking. Quand je suis arrivé à la voiture, j'étais vidé.

Une main s'est posée doucement sur mon épaule. Je me suis retourné et j'ai vu ma mère.

— Rentrons à la maison.

Lydia lui a adressé un petit sourire.

— Merci, Valérie. Pour tout.

Ma mère a posé une main sur la joue de Lydia.

— Pas besoin de me remercier, ma chérie. Je suis contente que vous alliez bien tous les deux.

Ma mère s'est avancée et a serré Lydia dans ses bras. Quand elle s'est écartée, elle tenait quelque chose en main. C'était une enveloppe blanche avec son nom dessus.

— Comment as-tu…

Je n'ai pas terminé ma phrase. Mon père avait les lettres quand la police l'avait arrêté. Comment avait-elle réussi à les récupérer ?

— Elles sont tombées de la poche de ton père dans les bois. Il n'a rien remarqué.

— Tu ne les as pas données à la police ?

— Elles vous sont adressées et ce n'est pas l'écriture de ton père. S'il te les a cachées, c'est que le contenu doit être intéressant. Si vous voulez les confier aux autorités, libre à vous de le faire. Mais je pense que vous avez le droit de les lire d'abord.

— C'est l'écriture de Colton, a déclaré Lydia en passant délicatement les doigts sur son prénom.

— La dernière lettre.

Elle l'a rangée dans sa poche. Un million d'émotions se bousculaient sur son visage, mais elle a souri malgré tout.

— Merci.

Lydia m'a pris dans ses bras, nous nous sommes dit au revoir, puis la voiture a démarré.

Dès que nous avons quitté le parking, ma mère a décrété qu'il fallait que je mange. Nous nous sommes arrêtés en route. Elle avait envie de sushis, mais m'a proposé un kebab. C'est ce que nous avions mangé au cours de notre premier déjeuner en tête à tête.

Comme j'étais fatigué, j'ai préféré rester dans la voiture. Elle m'a laissé sur le parking et a verrouillé les portières en me faisant promettre de l'appeler s'il y avait quoi que ce soit. Dès qu'elle s'est éloignée, j'ai ouvert la boîte à gants et j'ai pris ma lettre. Elle contenait les réponses aux ultimes questions et je ne pouvais pas me retenir plus longtemps de la lire.

J'ai pris une grande inspiration, j'ai déchiré l'enveloppe et j'ai commencé la lecture.

Elliot,

J'ai gagné de multiples batailles contre la dépression, mais au final ma maladie a remporté la guerre. Elle s'est mise à hanter mes pensées, mes cauchemars. J'ai du mal à me projeter dans l'avenir parce que je suis torturé par mon passé.

Au début, mes idées noires n'étaient que de minuscules flocons de neige. Aujourd'hui, elles se sont transformées en avalanche. Faut que tu comprennes que je suis le skieur et que la seule réaction possible, c'est de partir en vrille.

J'imagine que tu te poses beaucoup de questions et j'ai beaucoup de réponses à te donner. Cette dernière lettre t'apportera toutes les clés qui te manquent et, même si tu ne saisis pas tout de suite mes intentions, tu finiras par les comprendre.

Quand j'avais dix ans, ma mère m'emmenait souvent à la gare en voiture. Il y a un bureau de poste juste à côté et, parfois, on s'asseyait devant avec des frites et on regardait les trains passer. Ce jour-là, ma mère avait un colis à livrer, du coup j'étais seul sur le banc.

Il y avait une voiture noire de l'autre côté de la rue.

Un homme était en train de traverser. Coïncidence, il était habillé en noir.

Le temps de cligner des yeux et le véhicule et l'inconnu n'ont plus formé qu'un amas sombre. J'ai entendu un cri, des crissements de pneus, du métal froissé et du verre qui vole en éclats. Une collision, un meurtre. Et j'ai été témoin de tout ça.

La scène n'arrêtait pas de refaire surface dans ma tête. Elle tournait en boucle, encore et encore. Il n'y avait pas de bouton stop, je ne pouvais pas mettre sur pause. Certains jours, j'arrivais à me changer assez les idées pour chasser le souvenir, mais il revenait sans cesse me hanter. Le pire, c'était la nuit. Dans l'obscurité, mon esprit tournait en roue libre. Derrière mes paupières fermées, mon imagination fabriquait des cauchemars même dans mon sommeil.

J'ai commencé à rendre visite à Tristian en prison quand j'avais seize ans sous le nom de Daniel Heckerman. Je voulais juste lui parler, vérifier s'il était vraiment dépourvu d'émotions, tenter de comprendre pourquoi il avait fait ça. Il m'a surpris. J'ai fini par devenir ami avec lui. Je ne lui ai pas demandé pourquoi il avait tué Noel. Pas encore.

Après mes dix-huit ans, ma mère a découvert pourquoi je m'absentais si souvent. Elle a piqué une crise terrible quand elle a réalisé l'impact de la scène à laquelle j'avais assisté. Puis elle m'a tout avoué : elle m'a raconté qu'elle avait eu un petit garçon quand elle avait dix-sept ans et que, comme elle n'était pas capable de l'élever, elle l'avait confié à une famille d'adoption. Les Yanks l'avaient élevé comme leur propre fils. Et ce fils, c'était Tristian.

Mon demi-frère.

Garder un secret aussi lourd me rongeait de l'intérieur. Le 17 mai approchait à grands pas – l'anniversaire du jour où Tristian avait tué Harrison Noel – et, depuis les révélations de ma mère, je pressentais que ça ne pouvait que mal se terminer.

Dans la deuxième lettre, je t'ai expliqué avoir vu quelqu'un le soir de ma disparition. Dans un certain sens, c'est vrai. J'ai vu un inconnu dans le miroir en apercevant mon reflet. Tout à coup, mon identité et mon objectif ne me semblaient plus clairs du tout. Qui était Colton Crest ?

J'ai décidé de me lancer dans une quête pour le découvrir. J'avais besoin de tourner la page, d'obtenir des réponses, j'avais désespérément besoin de stabilité et de conseils. Il fallait que je me reconstruise parce que j'avais l'impression d'être un fantôme assistant de loin à la vie d'un d'autre.

Comme ma mère me suppliait de ne pas partir, je lui ai proposé un marché : si je n'étais pas de retour après un mois, je lui dirais où je me trouvais et pour quelle raison j'étais parti. Ma décision était prise, aucune discussion n'était possible.

Tristian est sorti de prison pendant mon séjour à Ridgemount. Mais plus nous devenions amis, plus j'avais des questions à régler. Un soir, alors qu'il était tard et que nous étions dans son garage, deux de ses amis devaient nous rejoindre pour boire un verre. Le moment de lui révéler mes véritables intentions n'était pas très bien choisi, mais j'étais incapable de me retenir.

Je lui ai avoué que je l'avais vu écraser Noel quand j'avais dix ans. Je lui ai expliqué que je faisais des recherches sur lui depuis des années. Je lui ai dit que, si je lui avais rendu visite en prison, c'était parce que j'avais besoin de savoir pourquoi il avait commis cet acte.

Tristian est devenu fou furieux. Il m'a accusé de m'être servi de lui. Je savais qu'il avait du mal à gérer sa colère et j'ai pu le constater de mes propres yeux. La férocité de ses actes, le venin de ses paroles dépassaient tout ce qu'on peut imaginer. Il aurait pu me tuer à mains nues.

Puis je lui ai révélé que j'étais son frère.

Il savait pour ma mère. Alexandra lui avait donné le nom de ses parents biologiques quand il avait treize ans. Il savait aussi qui était son vrai père.

C'est ainsi que j'ai su pour ton père.

Nous partageons un frère, Elliot.

Je suis désolé si c'est par moi que tu l'apprends. Le jour où j'ai débarqué à ta porte, je t'ai dit que, si je ne te racontais pas ce que j'avais appris pendant mon absence, quelqu'un d'autre le ferait. Ton père a gardé ce secret, comme ma mère. Certains pensent qu'avoir un frère qui a été adopté ne devrait pas nous affecter, mais Tristian est mêlé à nos vies à tous les deux, qu'on le veuille ou non. J'avais le droit de savoir. Tu as le droit de savoir.

Et Cass a le droit de savoir aussi.

J'ai caché des lettres pour qu'elle les trouve, si tu ne le sais pas encore. J'ai fait la même chose pour Lydia. Vos chemins finiront par se croiser, sans doute grâce à la chambre de motel de Cass et à l'ours de Lydia. C'est pour cette raison qu'il y a trois séries de lettres personnalisées. Leurs dernières lettres sont jointes à la tienne.

Et, si tu te demandes comment tu n'as pas reconnu mon écriture, c'est parce que je suis ambidextre : j'écris aussi bien de la main gauche que de la droite. C'est si rare que mon grand-père affirmait que c'est un super-pouvoir. Je m'en suis servi pour faire le mal plutôt que le bien : est-ce que ça fait de moi un sale type ?

Pourquoi est-ce que je me suis donné tant de mal pour vous faire croire à tous les trois que j'avais été assassiné alors que c'était moi le seul tueur ? Pourquoi vous ai-je fait subir de telles épreuves ?

Une simple lettre d'adieu ne suffisait pas à mes yeux.

Pour tenter de vous faire comprendre ce que j'ai vécu lors de ma disparition, j'ai recréé mon parcours à votre attention. Je vous ai fait traverser la confusion, la colère et l'angoisse que j'avais ressenties. La folie, les secrets, les mensonges. J'avais besoin que vous compreniez et, pour ça, j'avais besoin que vous en fassiez l'expérience également.

Ce n'était pas simple. Il fallait non seulement tout planifier, mais aussi trouver le budget. J'ai dû emprunter mille dollars à Lydia. Mon séjour à Ridgemount avait épuisé les fonds que j'avais économisés pour nos projets de voyage. Demander de l'argent à Lydia m'a détruit. Et la voir accepter m'a fait encore plus mal. Son amour était inconditionnel et j'étais un salaud de lui faire endurer ce que je préparais.

Je suis amoureux de Lydia, Elliot. Je le serai toujours, malgré ma mort prématurée. Et, même si je suis parti, je tiens à parler d'elle au présent. C'est un cadeau que je ne méritais pas, mais je la chéris plus que tout. Cependant, ces derniers mois ont été particulièrement pénibles pour moi : j'ai eu du mal à m'occuper de moi-même et encore plus de ceux que j'aimais.

La somme qu'elle m'a prêtée a été divisée. Une partie a été consacrée à la fête foraine de Ridgemount. J'ai fait une demande spéciale pour que l'ours se retrouve parmi les prix dans une des machines à pince et pour que le puzzle vous soit attribué via une tombola. D'ailleurs, le puzzle a nécessité une coquette somme aussi : j'ai dû le faire personnaliser.

La majeure partie de l'argent a servi à acheter la fausse montre à gousset. J'avais fini par m'y attacher, elle ne faisait pourtant pas partie de mon héritage, mais du tien. Ça ne me semblait pas correct de la conserver après ma mort, même si ma mère aurait sans doute voulu que je la garde. J'ai donc fait fabriquer une copie pour rendre l'originale à ton père.

La somme que j'ai empruntée a été virée sur le compte de Lydia la première semaine des examens.

Je n'ai toujours pas écrit de lettre pour mes parents au moment où j'écris la tienne. Je ne sais pas quoi leur dire. Peut-être que j'ai justement trop de choses à leur expliquer et que je suis incapable de coucher mes pensées sur le papier.

Je ne suis même pas parvenu à raconter à ma mère ce qui m'arrivait quand je suis rentré pour une nuit. J'étais parti depuis un mois et j'avais promis de lui donner des nouvelles. Je n'arrivais pas à lui parler, malgré son insistance. Notre rencontre a eu lieu sur le parking du gymnase. Elle était hystérique, on l'entendait hurler jusqu'à l'autre bout de la rue. Elle voulait savoir ce qui m'arrivait et comment elle pouvait m'empêcher de partir encore. Je lui ai dit qu'elle n'y pouvait rien.

Voilà qui me ramène à la première lettre, dans laquelle je disais que, si tu avais su ce qui se passait, tu aurais pu l'empêcher. Ce n'est pas vrai. Tu es comme un frère pour moi. C'est comme si tu faisais partie de ma famille. Je sais que tu aurais fait tout ce qui était en ton pouvoir pour m'aider. Mais ce n'était pas une grippe. Il ne suffisait pas que je me repose et que je boive beaucoup d'eau pour aller mieux.

J'ai l'impression d'être au volant d'une voiture lancée à toute vitesse. Les freins sont cassés, la route est en pente raide. Le seul moyen de m'arrêter, c'est de m'écraser en bas.

J'espère que cette dernière lettre t'aura apporté des réponses, t'aidera à tourner la page et à avancer. J'espère que tu comprends désormais.

Prends soin de Lydia. Prends soin de toi.

Colton

Dès que ma lecture s'est achevée, je me suis mis à réfléchir à tout ce que Colton m'avait confié. Il pensait mettre fin à ses jours en se suicidant. Mais la vie est pleine d'inattendu. On ne peut jamais être vraiment sûr de ce qui va arriver.

Mon père a tué Colton avant qu'il ne puisse le faire lui-même.

La portière s'est déverrouillée d'un clic et ma mère est entrée en tenant un sac plastique avec le déjeuner. Elle l'a posé à mes pieds et m'a souri, mais, quand elle tourné les yeux vers moi, son visage s'est assombri. Elle a alors remarqué la lettre sur mes genoux.

— Oh, mon cœur…

Elle avait l'air vraiment triste pour moi. Pendant des années, j'avais été convaincu que ma mère était un monstre, qu'elle ne se souciait pas de nous, qu'elle ne venait que deux fois par an parce qu'elle ne supportait pas de rester plus longtemps. Je m'étais tellement trompé…

— Pourquoi n'es-tu jamais revenue nous chercher ?

La question m'a échappé avant que je puisse la retenir. Mon ton était curieux, pas accusateur.

— J'ai essayé… Je ne voulais pas vous abandonner, ta sœur et toi. Quand je suis retournée dans le Queensland, tout ce que j'avais, c'était un sac de vêtements et juste assez d'argent pour tenir une semaine. J'ai dû vivre chez une copine pendant longtemps. Je n'avais pas de travail, pas d'endroit pour vous accueillir, ni de quoi vous nourrir. Je ne voulais pas vous forcer à partager ma souffrance. Quand j'ai trouvé un logement et un petit travail de bureau qui payait suffisamment pour subvenir à vos besoins, vous ne vouliez plus de moi. Tu avais quatre ans et Cass presque sept. À cause de mon départ, vous me preniez pour un monstre et, chaque fois que j'ai essayé de vous emmener, vous avez refusé. Vous étiez très attachés à votre père. Vous m'aviez zappée…

Pendant des années, je m'étais construit une vision fausse de ma mère. Je la considérais comme cette femme sans cœur qui avait brisé notre famille et ne voulait pas recoller les morceaux. Je n'avais pas réalisé qu'elle avait essayé tant qu'elle pouvait de rester dans nos vies, même si elle avait choisi de ne plus vivre avec mon père.

— Je comprends pourquoi tu es partie, ai-je murmuré.

Elle a essuyé une larme et m'a regardé, un peu interdite.

— Je suis au courant pour papa et Megan.

— Ce secret a détruit notre mariage. Je me demandais tout le temps ce qu'il me cachait d'autre. Ça a été une horreur pour moi de découvrir qu'il avait eu un premier enfant avec Megan. C'était devenu ma meilleure amie et… apprendre ce qu'ils avaient vécu… et ce qu'ils m'avaient caché… Je n'ai pas pu le supporter.

— C'est pour ça que tu m'as offert le livre ?

Elle a hoché la tête en fouillant dans son sac à main pour en sortir un mouchoir froissé. Elle s'est mouchée.

— Je ne savais pas s'il t'avait avoué la vérité. En voyant ta tête quand je t'ai donné le roman, j'ai compris qu'il ne l'avait pas fait, mais j'espérais que ça l'y inciterait.

— Ça n'a pas marché.

— Je sais.

— Maman ?

C'était la première fois que je l'appelais comme ça. Elle s'est tournée vers moi, le visage rayonnant.

— Je suis prêt à partir en vacances avec toi.

Elle m'a serré la main.

— Nous partirons dès que ce sera possible.

Épilogue

Un secret peut détruire une famille. Heureusement, il existe toujours des solutions pour s'en sortir.

Pour Lydia, la solution était de fuir. Il y avait trop de cachotteries, trop de mensonges dans notre petite ville de campagne. Elle avait besoin de laisser cette histoire derrière elle, de trouver un endroit où elle aurait droit au nouveau départ auquel elle aspirait.

Sa famille partageait son point de vue. Ce que Lydia avait pris pour des soirées en amoureux destinées à sauver leur relation était en réalité des moments que ses parents consacraient à chercher une maison dans une autre ville. Les événements récents les avaient poussés à déménager. Ils avaient décidé de retourner dans leur ville natale, dans l'État de Victoria, à la fin de l'été.

Les Crest aussi avaient bouclé leurs valises et étaient partis. Une pancarte *À vendre* avait été plantée dans leur pelouse une semaine après l'arrestation de mon père. Leur mariage ne tenait plus qu'à un fil, mais M. Crest semblait décidé à surmonter les obstacles. Je ne savais pas si c'était une bonne idée ou non.

— Tu ne me dis pas au revoir ?

Je me suis retourné et j'ai vu Cass me sourire dans l'allée. Nous avions encore beaucoup de mal à accepter que notre père soit un assassin. Avant toute cette affaire, nous lui faisions pleinement confiance et nous l'adorions plus que tout. Désormais, nous n'étions plus très sûrs de rien.

Mais nous faisions du chemin, doucement.

— Ciao.

Elle a ouvert grand les bras :

— Serre-moi fort.

Lydia et moi avions prévu d'aller en ville cet après-midi-là. Elle allait rentrer à la fac bientôt et avait reçu la confirmation de son logement. Elle serait en coloc avec une lectrice boulimique qui venait du sud du pays. Lydia voulait se familiariser avec son nouvel environnement et découvrir des « joyaux cachés » qu'elle pouvait revisiter quand elle serait à l'université.

Elle avait très hâte d'être à la rentrée.

— Appelle-moi quand tu seras à l'aéroport, m'a demandé ma sœur.

Après la balade avec Lydia, je lui ferais mes adieux et je me rendrais à l'aéroport pour prendre un vol vers le Queensland. Ma mère m'avait convaincu de rencontrer mes demi-frères et demi-sœur. Elle m'avait décrit Carson, Zac et Molly comme « des enfants énergiques et pleins de joie de vivre » – ce que j'avais interprété comme un avertissement : ils allaient certainement m'épuiser.

Finalement, ce n'était pas si mal que ça d'avoir une sœur aînée.

Même si je craignais qu'ils me fatiguent un peu, j'étais impatient de faire leur connaissance. Comme je m'attendais à ce que nous soyons tous un peu mal à l'aise les premiers jours, j'avais prévu de leur apporter du chocolat. Qui pourrait résister à un grand frère génial qui débarque les bras chargés de sucreries ?

— Et toi, tu m'appelles si quelque chose se passe mal, ai-je répliqué en me tournant vers Trevor, qui sortait de la maison.

— Hé, j'ai entendu ! a-t-il protesté.

Je ne connaissais pas encore très bien le petit ami de ma sœur, mais nous avions passé suffisamment de temps ensemble pour que j'en conclue qu'il convenait à merveille à Cass. Il était doué pour la cuisine, comme elle. Ses tacos étaient une tuerie. Mais, ce que je préférais chez lui, c'est qu'il faisait sourire ma sœur. Et il la faisait rire, aussi. Du genre rire explosif qui fait recracher le lait par les narines. Cass avait nié en bloc, mais nous étions tous témoins. Un type capable de faire rire Cass Parker aussi fort ne pouvait que me plaire.

J'ai serré la main de Trevor.

— Prends soin de Cass.

Tristian était retourné dans sa famille adoptive et ne semblait pas avoir envie d'être en contact avec ses parents biologiques. Je ne savais pas s'il voudrait en savoir plus sur son frère et sa sœur, mais j'espérais que cette idée ne lui viendrait pas à l'esprit. Je n'avais aucune envie qu'il vienne rôder par ici.

— Prends bien soin de toi. Tu nous appelles si tu as besoin de quoi que ce soit ?

— Merci.

Cass m'a poussé vers la voiture. J'ai pris place sur le siège passager en lui adressant un dernier signe et j'ai fermé la portière.

— Tu as mis le temps, m'a taquiné Lydia.

Elle a souri et a démarré.

— Tu as suivi mon conseil. Tu ne t'es pas teint les cheveux, ai-je fait remarquer en tirant doucement sur ses boucles fraîchement coupées.

Elles arrivaient juste au-dessus de ses épaules couvertes de taches de rousseur.

— Je suis ravie de ne pas l'avoir fait.

Nous avons roulé avec les fenêtres ouvertes. Lydia chantait à tue-tête les tubes qui passaient à la radio. C'était un moment sympa, un instantané de ce que pourrait être mon avenir.

La dernière étape du deuil est l'acceptation. J'étais en bonne voie vers la guérison définitive.

PAPIER À BASE DE FIBRES CERTIFIÉES

hachette s'engage pour l'environnement en réduisant l'empreinte carbone de ses livres. Celle de cet exemplaire est de :
450 g éq. CO_2
Rendez-vous sur www.hachette-durable.fr

« Pour l'éditeur, le principe est d'utiliser des papiers composés de fibres naturelles, renouvelables, recyclables et fabriquées à partir de bois issus de forêts qui adoptent un système d'aménagement durable. En outre, l'éditeur attend de ses fournisseurs de papier qu'ils s'inscrivent dans une démarche de certification environnementale reconnue. »

Composition et mise en page : Nord Compo
Achevé d'imprimer en Espagne par Industria Grafica Cayfosa
Dépôt légal 1re publication mai 2018
32.5047.8 – ISBN : 978-2-01-626938-1
Édition : 02 – Dépôt légal : juillet 2018